타오르는 마음

타오르는 마음

이두온
장편소설

은행나무

차례

1부

D-2, 나는 미치지 않았어	9
비말	15
나도 뭔가를 부수고 싶은데	28
소화제	37
빅버거 슬로건	44
들이받을 벽이 없어서	52
네온사인	59
한 달 전 위도, 은퇴	76
D-1 수레바퀴	83
위도, 말을 말로써	99
D-day 올드맨	116
한 달 전, 퀴즈쇼	138
D-1 위도, 사이드미러	150
D+1 용의자의 집	166
위도, 유예	179
손님들한테는 친절해야지	183
위도, 체리	190
살인마의 시간	196
위도, 진짜	202
너희들이 범인을 잡길 바라	208

2부

위도, 납치	229
야생의 스파이	235
위도, 최고의 수사관	254
D+2 소문의 출처	256
위도, 전부인	261
풋사랑	265
위도, 후회할 짓	272
앞으로 간다는 건 어떤 거야?	275
위도, 편지	285
삐뽀삐뽀	289
위도, 빈 깡통	299
그런 식으로라도	302
위도, 용기	317
창문	321
위도, 앞니	328
실패한 쌍놈들의 세상	330
위도, 기어코	345
타오르는 마음	349
위도, 이기적인 사람	359
찾기 힘든 아이들	364
D+3 적합한 장소	371
망치고 싶지 않아	378
평원에서 하나가 무너지면	391
위도, 길고 큰 하품	406
너는 네가 미쳤다고 생각해?	410
작가의 말	414

D-2, 나는 미치지 않았어

 낮게 걸린 태양을 노려보았다. 자비 없는 빛이 동공을 두들기고 있었다. 시야가 금세 깜깜해졌다. 해에 시선을 고정한 채 힙색에 넣어뒀던 호두를 한 움큼 잡아 입에 털었다. 그것을 씹어 삼킨 후, 허허벌판 위에 벌거벗은 채로 누워 있는 오기를 바라보았다. 이런 망할, 태양을 그렇게 쳐다봤는데도 그의 알몸이 선명하게 보였다.
 전방 20킬로미터 내외로는 당분간 아무 그늘도 없었다. 척박한 분지는 발목 아래에서 달랑이는 여러해살이풀만을 듬성듬성 허락하고 있었다. 평원 안으로 더 들어가면 풀 한 포기 보기 힘든 노란 사구가 펼쳐질 것이다. 그 와중에 눈에 띄는 것은 지평선 앞에 홀로 솟은 5미터 높이의 암석이었다. 지질학적으로 어떻게 저게 가능한가 싶지만, 지각변동과 침식 작용에 의해 만들어진 바위였다. 그것은 마치 죽은 평원 위에 세워진 비석 같았다. 보지 않으려야 않을 수가 없는 것이다. 해가 기울면서 암석의 그림자가 평원을 조롱하듯 길게 늘어섰다. 나는 그 그림자를 바라보다 다시 오기에게로 고개를 돌렸다.

오기는 바위가 만든 그늘 밖에 누워 있었다. 그가 타고 온 자전거가 그 옆에 쓰러져 있었다. 어쩌자고 저런 데 누워 있는 거지? 노출된 땅이 공기를 끓이고 있었고, 그대로 두었다가는 다른 생명체들이 그러했듯 그 역시 가진 수분을 모두 잃고 말 것이다. 그는 무엇으로부터도 보호받지 못할 것이다. 직사광선이 그를 벗기고 찌르고 들어가 그가 가진 생기를 태워, 성마르고 지독하게 변모시킨 후 결국은 없애버릴 것이다. 모조리, 모조리. 파괴될 터였다.

발소리를 내며 오기에게 다가갔다. 인기척을 느꼈을 법도 한데 그는 눈을 뜨지 않았다. 나는 태양을 등진 채 오기 앞에 섰다. 그의 얼굴과 몸에 그늘이 생겼다. 등이 따가웠다. 오기가 벌거벗고 다닌다는 소문을 듣기는 했지만 그와는 근 5년 동안 만난 일이 없었다. 우연히 마주친 적도 없었다. 만날 것 같은 예감이라도 들면 기를 쓰고 달아났다. 그랬기 때문에 나는 우리가 그럭저럭 무사히, 열일곱 살이 될 수 있었던 거라고 생각한다. 오기와 나는 여러모로 서로에게 크게 도움이 되지 않았다.

그나저나 대체 어쩌자고 여기……. 접은 팔을 이마에 얹은 채 눈을 감고 있는 오기의 단정한 얼굴을 내려다보았다. 그러다 다갈색의 곧고 긴 그의 목과, 단단한 쇄골, 일직선으로 뻗어 있는 어깨, 거칠고 날렵해 보이는 가슴팍과 허리를 지나, 도드라져 있는 치골의 시작점을 바라보았다. 알몸의 남자를 보기는 처음이었다. 영상 밖에서는. 보기 좋다고 할 법한 몸이었지만, 그것은 영상에서 보았던 남자들의 몸과는 사뭇 달랐다. 말랐고, 볕에 제멋대로 그을려 있었으며, 흉폭하게 날이 서 있는 느낌이었다. 그 때문에 바라보고만 있어도 속이 울렁거렸다. 현기증이 일었다. 그리고 불현듯 나는 그 몸을 후려치고 싶은 생각에 사로잡혔다. 그러면 어떻게 될까. 상처 입을까. 어쩌면 오기를 죽일 수도 있지 않을까. 그가 마치 세상에 존재하지 않았던 것처럼 말이다. 그때 돌연 오기가 눈을 떴다. 달궈진 심장에 찬물을 끼얹 듯 맑고 검은 눈이었다. 오기는 내가 무슨 생각을 하는지 알고 있다는 듯 서늘한 얼굴로 나를 바라보았다. 나는 그의 배 언저리로 시선을 피하며 말했다.

"뜨거운 공기나 열기 때문에 얻는 화상을 뭐라고 하는지 알아?"

"......."

"초를 셀 테니까 답을 맞춰봐. 1, 2, 3."

"......."

"답은 흡입 화상이야. 2차 세계대전 전에, 북유럽에서 문명의 허식을 버리고 자연으로 돌아가자는 의미로 시작했던 운동을 뭐라고 하는지 알아?"

"......."

"1, 2, 3. 나체 운동."

다른 문제를 낼까 하다 불쑥 물었다.

"너는 나체주의자야?"

"왜 왔어?"

오기의 시선을 피한 채 평원을 둘러보며 말했다.

"왜 나조 씨 장례식에 오지 않았어?"
"가고 싶지 않았어."
"왜?"
오기의 눈썹이 치켜 올라갔다. 나는 중얼거리듯 말했다.
"그러니까 추궁을 하러 온 건 아니고, 내가 곰곰이 생각하다 아주 중요한 사실을 깨달았어."
"……."
"오늘은 그 말을 하러 온 거야. 들어봐."
"다른 데 가서 해."
"뭐?"
"네 생각은 다른 데 가서 말하라고."
오기가 다시 눈을 감았다. 나도 모르게 목소리를 높여 말했다.
"이미 했어. 그런데 들어주지를 않아."
"왜?"
"그러니까……."
"왜 들어주지를 않는데?"
오기가 눈을 가느다랗게 뜨며 몸을 일으켰다. 그의 솟아오른 목젖이 성큼 허공 위로 올라갔다. 그에게서 마른 땀냄새가 났다. 나는 움찔 놀라 뒷걸음질을 쳤다. 오기의 눈에 조소가 어렸다. 나도 모르게 주먹을 쥐었다. 그것이 떨리고 있었다. 오기가 그 손을 물끄러미 바라보았다. 손을 풀며 말했다.
"나는 미치지 않았어."
"알 바 아니야."

"난 미치지 않았다고."

"알고 싶지 않아."

"알고 싶지 않으면서, 그날 왜 나를 도왔어?"

"……."

"난 다 들었어. 왜 퀴즈쇼 날 마을회관에 갔던 거야?"

오기가 잠시 멈춰 서 나를 노려보았다. 심장이 미친 듯이 널뛰고 있었다. 쏟아내듯 말했다.

"난데없이 나타나서 이런 말을 하는 게 불쾌하게 느껴질 수도 있겠지만 말이야. 나는 우리가 이럴 때일수록 힘을 합쳐야 한다고 생각해."

"이럴 때?"

"나조 씨가 없는 이런 때 말이야."

"……."

"나는 나조 씨가 우리한테 퀴즈를 남겼다고 생각해."

오기가 눈짓을 하듯 힐끗 후방 4킬로미터, 마을 외곽에 존재하는 허름한 박물관과 세트장을 쳐다보았다. 그러다 그는 몸을 돌려 자전거를 향해 걷기 시작했다. 내 말에 대꾸조차 하고 싶지 않다는 투였다. 태양 아래 너무 오래 서 있었던 탓인지 머리가 어지러웠다. 이대로 돌아가면 그를 다시 볼 수 없을 터였다. 목청을 높여 외쳤다.

"오기, 나랑 함께 하자!"

오기는 걸음을 멈추지 않았다. 앞을 향해 나아가는 그의 엉덩이가 껍질을 벗기지 않은 둥근 호두 같다고 생각했다. 아니 호두보다

매끈했다. 그러나 색이 곱고 단단해 보이는 것은 호두와 꼭 같았다. 그가 걸음을 옮기자 엉덩이에 보조개가 잡혔다. 저렇게 귀여운 보조개를 가졌으면서 악마같이 차갑다니. 그가 걸음을 옮길 때마다 그의 엉덩이에 붙은 마른 모래들이 후두둑 떨어져내렸다. 하지만 곡선이 시작되는 엉덩이 윗부분에 있는 모래들은 어찌어찌 매달려 있었다. 그 모래가 왠지 나 같다고 생각했다. 착각을 했다. 오기는 인간적으로 나를 좋아하지 않는다. 아니 여전히 싫어하고 있었다. 내가 뭔가를 크게 잘못 알았다. 수치심이 치밀어올랐다. 다시 외쳤다.

"나조 씨가 살해된 게 아무렇지도 않은 거냐고!"

돌연 오기가 몸을 돌렸다. 눈을 질끈 감았다. 오기의 벌거벗은 모습을 보고 처음에는 경찰에 신고를 하는 사람들이 있었다. 오기 어머니에게 항의를 하는 사람들도 있었다. 그러나 중요한 것은 그가 여전히 벗은 채로 마을을 활보한다는 사실이었다. 승패를 따지자면 그가 이겼다. 자전거 페달에 발을 올린 오기가 부러 나를 스쳐지나가며 말했다.

"아무렇지도 않아."

비말

주말 오후 두 시였지만 시내에는 사람이 보이지 않았다. 한때 숙박 시설과 레스토랑, 술집과 오락 시설, 레저와 관광상품 판매점을 비롯한 노점들이 우후죽순으로 생겨나던 때가 있었다. 그러나 이제는 식료품점, 교회와 약국, 먼지 쌓인 잡지가 진열되어 있는 잡화점, 낡은 식당과 유행에 뒤처진 옷가게, 지역민들에게 없어선 안 되는 토박이 펍 같은 실용적인 것들밖에 남지 않았다.

마을의 몰락은 마치 계획된 일인 것처럼 천천히 이루어졌다. 대도시로부터 떨어진 2번 국도와 17번 국도가 교차하는 지점에 있는 비말은 지도에 표기조차 되지 않은 작은 마을이었다. 이곳은 트레일러 기사들이나 운전자들이 쉬어가는 중간 거점지로, 우리 할머니와 할아버지 세대는 운전자들에게 숙식을 제공하며 살아왔다. 조부모들의 삶은 큰 부자가 될 일도 없었지만 크게 배를 곯아야 할 필요도 없는, 더 좋아질 것도 나빠질 것도 없는 종류의 것이었다.

황폐하고 건조한 기후 탓에 농사를 짓는 것은 요원했고 꿈이 있는 자들은 도시로 나가 돌아오지 않았다. 남은 이들은 느리고 뜨거운 기후 속에서 누군가가 나타났다 사라져버리는 모호하고 둔중한 일상에 맞춰 자신의 삶을 적응시켜왔다. 알면서도 모르는 척 모르면서도 아는 척, 눙치고 짐작하며 속삭이는 목소리를 통해 전해지는 거짓과 진실들. 주민이 300명 안팎인 작은 마을에서 속내를 잘못 드러내거나, 상대의 비밀을 섣불리 들췄다가는 그곳에서의 삶이 불가능해지는 수가 있었다. 이런 할머니 세대의 평화는 급격히 무너져내렸다. 그건 30년 전에 생긴 고속도로 때문이었다.

고속도로 덕분에 트럭 운전수들은 더 이상 마을에서 쉬어가야 할 필요성을 느끼지 못했다. 그들은 절약된 시간을 통해 보다 효율적으로 일할 수 있으리라는 기대에 부풀었다. 마을 사람들에게 그것은 배반과 낙후를 의미했지만 말이다. 모두가 고속도로를 타고 우리를 스쳐지나갔다. 그들이 더 나은 미래를 향해 달려나갈 때, 공동의 파이를 키우는 것이라 믿으며 동료라는 이름으로 서로의 어깨에 톱니바퀴를 박아넣을 때, 마을 사람들은 무엇을 해야 할지 몰랐다. 상실감과 소외감. 그것을 견디지 못한 많은 젊은이들이 도시로 뛰쳐나갔다. 마을 인구가 200명 안팎으로 줄었다.

남은 자들에게는 그들대로의 몸부림이 있었다. 누군가는 마을 밖으로 일자리를 구하러 돌아다녔고, 다른 누군가는 수입에 맞춰 생활을 긴축했다. 물론 손을 놓아버린 자도 있었지만 그렇다고 해서 그들의 삶이 결코 수월했을 리 없다. 사람들은 가난한 자들을 이야기할 때 쉽게 근면과 성실의 부재를 말하지만, 그것은 너무도 모호한 표현이다. 그리고 그 때문에 누군가는 근면과 성실이라는 말을 증오하게 되기도 한다.

그때 마을은 무엇을 하고 있었느냐. 당시, 마을에서 발행된 신문들을 찾아보면 상당수의 노력들이 눈에 띈다. 물적 자원이 없는 마을에서 사람들이 기대를 걸었던 분야는 아무래도 관광이었듯 했다. 마을을 관광지로 키우기 위해 이곳에서 내세웠던 캐치프레이즈 중에는 상당히 인상적인 것들이 있다.

'당신의 인생이 깜깜하거든, 비말에서 아침을.'

'태닝! 태닝! 태닝!'

'비말, 구릿빛 남녀의 휴양지.'

'마신다, 춤춘다, 달린다. 마라토너들의 성지. 비말'

그랬다. 진부하고 흥미를 불러일으키지 않는다는 측면에서 인상적이었다. 이것들은 어쩐지 술을 마셨거나 잠이 덜 깬 상태에서 만든 듯한 구호들로, 모두 마을 축제를 홍보하기 위한 문구들이었다. 볼만한 거라곤 건조한 평원과 그 위에 솟은 바위, 그리고 일출뿐인 마을에서 나올 수 있는 행사란 뻔했다. 해돋이였다.

축제는 단순했다. 개막식과 함께, 액운을 쫓고 화합을 도모하는 퍼레이드가 있었다. 그러고 나면 나쁜 기운이 빠져나간 길에서 마라톤 대회가 열렸다. 특이한 것은 마라톤이 야간에 시작된다는 점이었다. 참가자들은 마을 입구에서 달리기 시작해 통제된 도로를 돌아 평원으로 나아갔다. 결승점은, 평원에 솟은 5미터의 바위였다. 그곳은 좋은 해맞이 장소였다. 마라톤이 끝날 무렵이면 대충 일출 시간이 되고, 그럼 결승점에 도달한 사람들은 바위 근처에 줄지어 섰다. 재미있는 건 이 다음이었는데, 대회에서 1등을 한 자에게는 평원 바위에 올라설 수 있는 권한이 주어졌다. 축제는, 우승자가 바위 위에 서고 나머지 사람들은 평지에 서서 다 함께 해가 뜨는 모습을 지켜보는 걸로 마무리되었다.

축제 성적은 그다지 좋지 않았다. 낯선 시골 마을을, 그것도 야밤에 달리고 싶어 하는 사람은 많지 않았다. 마라톤 마니아들뿐. 문제는 그들이 달리기 위해서만 마을에 온다는 사실이었다. 그들은 마을에서 파는 술도, 기름진 음식도, 관광 상품도 필요로 하지 않았다. 단출하고 숙면을 취할 수 있는 숙소에 값을 지불할 따름이었다. 마을 사람들은 그들의 금욕적인 삶에 혀를 내둘렀다. 상가 사람들은 서로를 달래듯 '마라톤이 끝나면 그들도 술과 고기, 휴식을 필요로 할 거야' 하고 속삭였다. 그러나 그 몇 되지도 않는 마라토너들은 달리기를 마치고 나면, 금방 자신들의 터전으로 돌아가 버렸다. 마라톤에 너무 많은 에너지를 소모했다는 게 그 이유였다.

마라토너들에게는 돌아갈 곳이 있었지만 마을 사람들에게는 돌아갈 곳이 없었다. 그들은 손님들이 떠난 마을을 지키며 삶을 지속했다. 그때 그들이 무슨 생각을 했는지는 잘 모르겠다. 매일 해가 뜨고 해가 졌을 것이다. 잠을 자고 눈을 떴을 것이다. 음식을 먹고 똥오줌을 쌌을 것이다. 축제를 준비하고 말아먹길 거듭했을 것이다. 그 사이 누군가가 태어나고 죽었을 것이다. 그리고 그 안에 그들이 공유하고 있는 정서와 생각들이 있었을 것이다. 그게 과연 무엇이었을까. 이게 궁금한 이유는, 그 이후에 일어난 일들 때문이다.

마을에 계속된 몰락만 있었던 것은 아니다. 돈의 물꼬가 트인 때가 있었다. 그 사건은 9년 전에 시작됐고, 우리의 삶에 큰 영향을 미쳤다. 그리고 나는 지금도 해명할 수 없는 그 순간, 그 안에 있다.

9년 전 사건의 문을 연 자는 평범한 달리기 광, 중년의 수의사였다. 그녀는 교통사고로 아이를 잃은 후 달리기에 매진하고 있었다. 달림으로써 슬픔을 조금이라도 덜어낼 수 있기를 바랐다. 그러나 그녀가 바라는 일은 결코 일어나지 않았다. 육체의 고통이 마음의 고통을 잠시 마비시킬 뿐 슬픔은 작아지지도 사라지지도 않았다. 세상에는 문제를 해결하기 위한 몸부림이 있는가 하면 그저 참을 수 없어서 치는 몸부림이 있다. 수의사의 것은 후자였다. 그 해 그녀가 참가하지 않은 마라톤 대회란 없었다. 달리지 않고는 견딜 수 없었던 수의사는 찾다찾다, 이름 없는 시골 마을의 야간 마라톤까지 굴러 들어왔다.

수의사에게는 프로 선수에 버금가는 폐활량과 근육, 그리고 스스로를 몰아세우는 가학성이 있었다. 외진 달리기 대회에서 1등을 거머쥐는 건 그녀에게 그리 어려운 일이 아니었다. 그녀는 예상보다 빠른 시간 내에 마지막 구간에 들어섰다. 자신의 뒤를 따라 달리던 선수들도, 주최 측도 눈에 띄지 않았다. 그것은 자포자기한 느낌을 주는 허술한 대회였다. 이상했지만 싫지는 않았다. 그리고 수의사는 어느 순간, 자신이 완전히 혼자가 되었음을 깨달았다. 그녀는 고개를 들어 붉게 달려드는 하늘을 바라보았다. 그리고 자신이 올라서게 될 바위를 응시했다. 1등을 하면 바위에 올라설 수 있는 권한을 준다니. 원시 부족의 제천행사를 떠올리게끔 하는 포상이었다. 그녀는 그 포상이 우스꽝스럽게 느껴졌고, 우승을 한다 해도 바위에 올라가고 싶지는 않다고 생각했다. 그때였다. 바위를 바라보던 그녀의 눈에 무언가가 들어왔다. 바위 위에 무언가가 있었다.

검은 공 같았다. 우승 트로피인가. 올라가서 쟁취하라는 건가. 20미터가량 떨어진 거리에서 바위를 끼고 돌던 수의사는, 곧 그것이 공이 아니라는 사실을 깨달았다. 그녀는 입을 벌리고 자신이 공이라고 착각한, 인간의 정수리를 바라보았다. 검은 사람은 하늘 향해 주먹을 움켜쥔 채로 누워 있었다. 그녀는 그자를 불렀다. 대답은 돌아오지 않았다. 수의사는 숨을 헐떡이며 바위로 다가갔다. 바위로 다가가는 동안에도 누워 있는 사람은 움직이지 않았다. 그자가 무엇인지 깨닫는 데에는 그리 오랜 시간이 걸리지 않았다. 의학지식이 필요한 일도 아니었다. 수의사는 바위 아래 서서, 잠시 해가 뜨는 걸 지켜보았다. 그러다 그녀는 맨 손으로 바위를 기어오르기 시작했다.

비석같이 생긴 바위였지만, 생각보다 경사가 가파르지 않고 바위에 홈이 잘 파여 있어서 오르는 데는 긴 시간이 걸리지 않았다. 십여 분 후 그녀는 평평한 바위 꼭대기에 서서, 거기에 누워 있는 사람을 바라보았다. 성별도 나이도 가늠할 수 없었다. 빛 때문에 검게 보이는 거라고 생각했던 시체는, 암흑 그 자체였다. 불에 의해 피부와 피하 근육, 골조직까지 손상되어 검게 뼈만 남은 인간. 가죽과 내장은 고사하고 눈이 있었어야 할 자리 역시 불에 타 텅 비어 있었다. 시체는 입을 벌리고 하늘을 향해 고개를 젖힌 채 주먹을 뻗으려는 듯 권투 자세를 취하고 있었다. 이미 끝나버린 상황에 대해 뒤늦게 취하고 있는, 무의미한 전투태세 같았다. 그러나 그것은 죽은 자의 의지가 아니었다. 불이 근육을 수축시켜 만들어낸 몸짓에 불과했다. 바위에 방화의 흔적이 없는 걸로 봐서는, 시체는 다른 곳에서 태워진 후 바위로 옮겨진 듯했다.

한참 그자를 바라보던 수의사는 주저앉았고, 짐승 같은 신음을 내뱉기 시작했다. 견딜 수 없었던 것이다. 명확한 죽음이 그녀의 눈앞에 있었다. 그녀는 그때, 무언가를 참아낼 수 있을 거라고 생각했던 자신이 역겨워 견딜 수 없었다. 자신에게 남은 게 아무것도 없다는 불현듯한 깨달음에 몸서리쳤다. 수의사의 신고에 곧 사람들이 들이닥쳤고, 그 장면을 목격한 누군가가 카메라를 들어 시체를 찍었다. 사진이 일파만파 퍼져나갔다. 살인사건의 목격자였던 수의사는 조사와 인터뷰에 시달린 후 집으로 돌아갔다. 그리고 약 두 달 후, 자신이 돌보던 농장의 소 100마리를 농장주의 허락 없이 풀어주었다. 그 일로 징계를 먹자 그녀는 남아 있는 소들을 죽이기 위해 다시 농장에 잠입했다. 그러다 검거되었다.

피해자는 스물두 살 된 마을의 청년, 이름은 난보였다. 전문가들은 이 살인사건이 원한에 의해 계획된 범행일 거라고 추측했다. 범인은 피해자와 알고 지내던 사이일 것이다, 그 때문에 피해자를 늦은 밤 평원으로 불러내 살해할 수 있었을 거라고 말이다. 더불어 그들은 교육 수준이 낮고, 비정규직이거나 무직의, 정신질환이 있고, 과시적인 성격을 지녔으며, 주도면밀한, 건장한 체격의, 이삼십 대 남성을 주요 용의자로 짚었다. 범인은 금방 잡힐 것 같았다. 사체에서 범인의 것으로 추정되는 혈흔이 발견됐던 것이다. 마을의 이삼십대 청년들은 대부분 용의선상에 올랐다. 마을의 젊은이들은 모두 교육 수준이 낮았고, 비정규직이거나 무직이었으며, 알고 보면 조금씩 이상했고, 스스로를 드러내고 싶은 욕망 하나쯤은 마음속에 품고 있었으니까. 그들 중 누군가가 평균 키를 조금 넘기라도 하면 '이 체격 좋은 자식!', 주변 정리를 깔끔히 하면 '이 주도면밀한 놈!' 하고 사람들은 달려가서 그자를 때려잡았다.

그러나 그 해 말 비말에 태풍이 불면서, 사건은 새로운 국면으로 접어들었다. 뜻하지 않은 바람에 의해, 죽음의 냄새를 맡고 몰려든 들짐승의 쑤석거림에, 평원에서 다섯 구의 시체가 더 발견된 것이다. 그러니까 발견된 희생자는 총 여섯, 남자 넷 여자 둘로 모두 마을 사람들이었다. 그동안 그들의 실종이 주목받지 못한 이유는, 사람들이 그들의 사라짐을 단순 가출로 여겼던 까닭이다. 도시로 가겠다며 한밤중에 뛰쳐나간 사람들은 심심치 않게 있어왔으니까. 그건 마을에서 예사로 일어나던 일이니까. 희생자 중에는 한 달 전에 사라진 자도 있었고, 멀게는 5년 전에 자취를 감춘 사람도 있었다.

전문가들은 기존의 발표를 철회하고, 연쇄살인을 공표했다. 대대적인 수사가 이루어졌다. 전담팀이 꾸려졌고 경찰은 마을 사람들, 마을에 잠시라도 머물렀던 외부인이라면 누구라도 할 것 없이 용의선상에 올렸다. 그러나 범인은 노련한 자였고, 평원의 시체들은 시간과 태풍에 마모되어 결정적 단서를 잃어버린 상태였다. 살인마를 잡지 못한 채 시간이 갔다.

불특정 다수의 죽음이 무서운 이유는, 우리가 살인이 왜 일어나는지 모르는 상태에서 그 죽음을 들여다보아야 한다는 데 있다. 사람들은 마음속에 서로에 대한 의심을 키웠고, 두려움과 무력감에 대해 알아나갔다. 그 배움은 그들을 미치게 했다. 마을은 그 사건으로 유명세를 타고 있었다. 언론은 상처받은 마을이 얼굴을 감싸려 들자 그 손을 잡아 뜯었고, 타지 사람들은 그 맨 얼굴을 보겠다며 몰려들었다. 생존에 있어 오랫동안 무능함을 뽐내온 마을 사람들은 그때 어렴풋이 깨달았다. 그것이 돈이 될지도 모른다는 사실을 말이다. 그러나 그때까지도 그것은 어렴풋한 짐작에 불과했다.

'돈이 될지도 모른다'는 마음이 노골적으로 고개를 쳐들기 시작한 건 살인사건 2년 후 — 마을에 쓰레기 매립장이나 저유소 건설을 유치하려 했으나 그것들을 인근 도시들에 빼앗기면서 — 영화팀이 이곳을 찾았을 때였다. 그들은, 평원의 살인마를 소재로 한 이야기를 만들고 싶다고 했다. 그것이 큰 화제를 모을 거라고 말이다. 평원과 맞닿아 있는 마을 외곽에는 세트장이 들어섰다. 당연한 말이지만 영화 촬영 기간 석 달 동안, 수백에 달하는 사람들이 비말을 다녀갔다. 그들이 먹고 마시고 잠을 자는 비용이 전부 돈으로 환산되었다. 마을 사람들은 얼떨떨한 얼굴로 '이게 이야기가 된단 말이오?' 하고 물었고, 그러면 그들은 '그럼요, 이 영화는 크게 흥행할 거예요' 하고 대답했다. 늘 수심에 잠겨 있던 상가 사람들의 얼굴에 처음으로 빛과 기름이 돌았다. 마을 사람들은 생각했다. 우리가 겪은 그 참혹한 사건이 돈이 될지도 모른다, 아니 확실히 돈이 된다.

끔찍한 것은 이 지점이다. 마을 사람들은 어떤 물살을 만나고 있었다. 마을 사람들이 처음으로 한 소극적 행동은, 세트장을 살려두는 것이었다. 그곳에는 좋았던 추억이 가득했다. 그런 것은 좀처럼 없앨 수가 없다. 그런 이유로 영화팀은 가버렸지만 세트장은 남았다. 마을 사람들은 막연하게, 그곳에 다시 사람들이 찾아와줄 것을 기대했다. 어쩌면 재촬영이 있을지도 모르며, 혹은 축제를 찾는 사람들이 입장료를 내고 세트장을 둘러보고 싶어 할지도 모른다고. 그러나 개봉 전인 영화의, 휑뎅그렁한 세트장을 사람들이 둘러보고 싶어 할 리 만무했다.

그러자 사람들은 이곳을 찾아온 투자자들과의 만남을 시작했다. 곧 개봉될 영화는 좋은 홍보수단이 되어주었다. 마을 축제, 그리고 부지와 관련한 여러 차례의 거래들이 있었던 걸로 안다. 마을을 기웃거리던 투자자 중 하나는, 세트장 옆에 있던 2층 모텔을 사들이기도 했다. 그리고 그것을 '범죄의 역사' 박물관으로 개조했다.

엄밀히 말해 그 박물관은 범죄의 역사를 다루고 있지 않았다. 그들은 그곳에 살인마와, 그에 의해 희생된 자들의 죽음을 전시하기 시작했다. 그리고 그 사이 살인마의 영화 〈평원의 살인마〉가 개봉을 했다. 영화는 현실에서 몇 가지 사실을 차용해 만든 잔혹한 슬래셔 무비로, 평원에서 타르를 뒤집어쓴 채 살아가던 살인마가 마을의 젊은이들을 죽이는 내용의 잔혹극이었다. 그랬으면 안 되었을 것 같은데, 이것이 놀랍게도 흥행을 했다. 언론에서는 이 영화를 본 젊은이가 전기톱을 들고 거리로 나가 난동을 부린 사건을 기사화했다. 컬트 팬들이 생겨났다. 영화에 힘입어 살인마의 팬도 늘었다. 그 해, 마을 축제에는 이천여 명의 사람들이 다녀갔다. 그들은 우리 마을을 관광하고자 했지만 마을 사람들은 입을 벌린 채 그들을 관광했다.

다음해, 축제가 변모했다. 마을을 찾는 관광객들의 요구를 만족시키기 위해서였다. 세트장에는 살인 현장을 연기할 재연 배우들이 나타났다. 박물관의 볼거리는 더 풍성해졌다. 그들은 노골적으로 살인마의 행적을 전시하기 시작했다. 몇 차례의 소송과 법적 문제들이 있었지만 박물관은 그 방해들을 모두 물리쳤다.

새로운 행사도 만들어졌다. 그것은 살인마의 이동 경로를 추측하는 현장 답사였다. 이를테면 살인 관광인 셈이었다. 당시 그것은 대호황이었다. 답사에는 가이드가 붙었는데, 그 일은 주로 프로파일러가 되고자 하는 학생들이 맡곤 했다. 흥미로운 사건이었기 때문에 그들은 열정을 가지고 그 일에 임했다. 그러나 그 내용이 너무 딱딱하고 학술적이었던 까닭에, 사람들은 가이드의 설명을 지루해했다. 관광객들은 애송이들의 추측성 더듬거림을 들으러 온 게 아니라 자극을 원했던 것이다. 얼마 후 경찰대 학생 대신 레크리에이션 강사가 그 일에 투입됐다. 딱딱하고 건조했던 현장 답사는 가이드의 수선스럽고 과장된 장광설로 메워졌다. 그뿐이 아니었다. 답사에는 살해된 희생자 귀신과의 영적 접촉이라든가, 귀신과 영혼 결혼식을 올리는 행사가 추가됐다.

마라톤 역시 변모했다. 마을에서는 더 이상 마라톤을 운영해야 할 필요성을 느끼지 않았다. 굳이 도로를 통제하고 급수대를 설치하며, 구급 차량을 섭외하는 등의 성가심을 감수하지 않아도 돈이 벌렸던 것이다. 지긋지긋한 마라톤이 다 뭔가. 그러나 마을을 찾은 컬트 팬들의 시각은 좀 달랐다. 그들은 '야간' 마라톤에 흥미를 보였다. '살인마가 이 평원에서 야밤에 살인을 했단 말이지?' 하고 말이다. 그들은 어느 순간부터 멋대로 살인마의 살해 현장을 경로로 하는 호러 마라톤을 시작했다. 밤이 되면 피칠갑을 하거나 가면을 쓴 사람들이 열을 맞춰 평원을 달리는 진풍경을 볼 수 있었다.

박물관과 세트장을 비난하는 목소리가 없던 것은 아니었다. 끝나지 않은 사건을 전시하는 게 가능한 일인가. 죽은 자를 희롱하는, 의미가 변질된 축제를 그만두어야 한다는 목소리가 없던 것도 아니다. 그러나 어영부영 다시 한 해가 갔고 그 다음해에는 더 많은 사람들이 몰렸다. 상황이 크게 달라졌다. 마을에 돈이 들어왔다. 합리화하고 싶은 마음은 없다. 현상을 이야기하고 있는 것이다. 마을 사람들은 돈의 기근에 시달렸고 누구도 그 문제를 해결하지 못하고 있었다. 그런데 살인마 하나가 나타나 사람 몇을 죽이는 것으로 마을에 돈을 가져다줬다.

여기서 갈림길, 꼭 살인마를 통해야만 돈을 벌 수 있었던 건 아닐 것이다. '먹고살기 위해서였다'는 핑계는 너무 모호하다. 그러나 다수의 마을 사람들은 선택을 했던 것 같다. 살기 위해서였다고 말이다. 윤리 의식, 죄책감, 동정심, 인간애 같은 것들이 사라질 수 있는 것이냐 묻기도 전에, 사람들의 생존 앞에서 힘을 잃었다. 그것들이 사람들의 마음속 깊은 곳으로 후퇴했다. 그리고 생존과 성공을 자랑스러워하는 풍조가 그 자리를 대신했다.

그동안 살인마는 잡히지 않았다. 마을 사람들은 살인마를 미워하면서도 좋아했다. 멸시하면서도 두려워했다. 그건 살인마에 대한 것이라기보다는 돈에 대한 감정이었을 것이다. 그러는 동안 축제는 발전을 거듭했다. 해마다 새로운 행사가 나타났다 사라졌다. 사람들은 열의를 가지고 축제를 가꾸는 일에 임했다. 그러나 왜 누구도 말해주지 않았던가. 이 돈벌이에도 유효기간이 있다고.

범인이 잡히지 않은 지 9년이 흘렀다. 살인마의 살해 방식은 고전적이라고 평가됐다. 시골 마을, 방화, 평원, 태풍 같은 단어들은 어쩐지 늙고 뭉근하며 느리터분한 느낌을 줬다. 세상에는 어리고 신선하며 머리가 팽팽 돌아가고, 드라마가 있고, 매력적이며, 별 희한한 수를 써서 사람을 죽이는 각양각색의 싸이코패스들이 있었다. 그런 와중에, 평원의 살인마가 가질 수 있는 경쟁력이란 무엇인가. 아직 잡히지 않았으며 컬트 팬들을 거느리고 있다는 사실 외에, 새로운 팬을 유입시킬 수 있는 이점이 존재하나. 후속편이 예고됐던 영화는 법정 문제가 불거지면서 엎어지길 거듭했다.

축제 개편 네 번째 해, 마을을 찾던 관광객이 반으로 줄었다. 그 다음해에는 또 그 절반이 줄었다. 큰 폭으로 사람들은 사라져갔다. 마을 사람들의 얼굴에는 근심이 어렸고 지난해, 마을을 찾은 관광객은 오십여 명에 불과했다. 그리고 이 주 전, 마을은 박물관을 철거할 것을 공표했다.

지금 우리는 축제를 이틀 앞두고 있었다.

나도 뭔가를 부수고 싶은데

상당수의 유가족이 마을을 떠났다. 견딜 수 없었던 것이다. 마을과 박물관을 상대로 소송을 걸었던 사람, 축제 한복판을 점거해 울부짖었던 사람, 조용히 안으로 안으로 칼날을 들이밀며 죽어간 사람들이 있었다. 이제 그들이 어디에 있는지 모른다. 마을에는 남은 유가족이 거의 없는데 그 중 하나가 오기 네였다. 오기는 살인마에게 형을 잃었다. 그의 형은 평원에서 가장 마지막으로 발견된 희생자였다.

오기는 형의 장례식에 참석했지만 그것을 끝까지 지켜보지는 못했다. 한참 식이 진행되고 있을 때 그가 돌발행동을 했기 때문이다. 오기는 하관한 관 위로 몸을 던졌다. 그가 평소 말수가 적고 유순한 아이였기 때문에, 사람들은 적잖이 놀랐다. 어른들이 '오기, 안 돼! 올라와' 하고 외쳤지만 오기는 관 위에 웅크려 앉은 채 움직이지 않았다. 성인 남자 두 명이 내려가 그를 올리려 했지만 오기는 턱을 악문 채 발버둥을 쳤다. 그래도 상대가 되지 않자 그는 남자들을 깨물기 시작했는데 남자들이 비명을 지르며 그를 떼어내는 동안에도, 오기는 울거나 소리를 지르지 않았다. 결국 오기는 강제로 지상에 올라왔고, 그럼에도 그가 다시 관 위로 뛰어내리려 했기 때문에 사람들은 그의 팔다리를 제압한 채 오기를 장례식장에서 끌어내야만 했다. 물론 이것은 모두 전해들은 이야기였다. 나는 그때 그곳에 없었다.

 사람들은 대부분, 오기의 어머니 이비가 운영하고 있던 모텔을 내놓을 거라고 생각했다. 손님이 없던 시절에는 상관이 없었다. 그러나 영화팀이 오고, '살인마는 끝내줘!' 하고 말하는 코어 팬들이 쏟아져들어오는 상황에서, 이비가 그들을 받아들일 수 있을 거라고는 누구도 생각지 않았다. 그런 짐작 하에 누군가는 그녀에게 모텔 운영권을 넘길 것을 넌지시 제안하기도 했다. 그러나 그것은 오기네 사정을 모르는 사람들이 하는 이야기였다. 당시 오기의 아버지는 다발성경화증으로 10년 넘게, 요양원에서 치료 중이었다. 오랜 병은 사람을 지치게 할 뿐 아니라 갚기 힘든 빚을 축적시키기도 한다. 이비에게도 그것이 있었다.
 이비는 축제 개편과 동시에 모텔을 크림색으로 칠했다. 그뿐이 아니었다. 모텔에 그녀의 죽은 아들이 머물던 방이 있다는, 코어 팬들 사이에 떠도는 소문에 대해서도 침묵으로 일관했다. 모텔을 찾는 사람 중에는 '여기 희생자의 방이 있다지요?' 하고 물어오는 사람이 있었기 때문이다. 있던 것뿐만이 아니라 사실은 꽤 많았다.

그러면 오기의 어머니는 무표정한 얼굴로 손가락 두 개를 들어 보였다. 방 값이 두 배라는 뜻이었다. 때때로 오기의 어머니를 고깝게 본 누군가는 '어떻게 죽은 아들을 팔아서 먹고살 수 있느냐'며 그녀를 비난하기도 했다. 그러면 오기의 어머니는 놀란 얼굴로 상대를 빤히 바라보았다. 그 얼굴이 '어떻게 내게 그런 멍청한 말을 할 수가 있지?' 하고 말하고 있었기 때문에, 말을 한 자는 당황한 채 황급히 자리를 떠나곤 했다.

사람들은 오기가 변했다고 말했다. 그는 낙천성과 유순함을 잃었다. 언젠가부터, 모텔 방과 집기들을 부수기 시작했다. 그러면 그의 어머니는 아무 일도 없었다는 듯 망가진 방과 집기들을 수리해냈다. 그때 오기의 마음은 더 부서져나갔던 것 같다. 오기는 닥치는 대로 부수고 파괴했다. 그것을 목격한 사람들은 그가 걷잡을 수 없는 방향으로 흘러가고 있다고 말했다. 그러나, 걷잡을 수 없는 방향으로 흘러갔다는 건 좀 이상한 말이다. 멀쩡한 얼굴로 잠을 자고 식사를 하고 사람들과 관계 맺어야지만 잘 사는 건 아니기 때문이다. 오기와 그의 어머니를 놓고 볼 때, 그리고 마을 사람들과 나를 놓고 볼 때 가장 잘 살고 있었던 건 어쩌면 오기였는지도 모른다.

나조 씨가 비말에 온 것은 6년 전이었다. 그녀의 딸은 평원에서 발견된 희생자 중 하나였다. 바깥에서 상황을 지켜보던 나조 씨는 모든 걸 정리한 후 가방 하나만 든 채 이곳으로 왔다. 마을로 들어선 그녀는 곧바로 오기네 모텔로 갔고, 별다른 설명 없이 '장기투

숙을 원한다'고 말했다. 이비는 잠시 나조 씨를 응시한 후 그녀에게 2층 방을 내주었다. 평소처럼 숙박비를 뻥튀기하지는 않았다. 이례적인 일이었다.

나조 씨가 방에 들어섰을 때 처음 본 것은 오기였다. 그는 한창 매트리스를 찢는 데 열중하고 있었다. 난폭한 소년으로서의 변태 과정을 겪고 있던 중이었다. 나조 씨는 가만히 서서, 끙끙거리며 힘을 쓰는 오기의 뒷모습을 바라보았다. 그리고 마침내 일을 끝낸 오기는 몸을 돌리다 나조 씨를 발견했다. 그가 깜짝 놀라 뒷걸음질을 쳤다. 그리고 그게 부끄러운 듯 입술을 깨문 채 그녀를 쏘아보았다. 나조 씨는 그 모습에서 어떤 슬픔을 느꼈다고 했다. 그녀가 말했다.

"나도 뭔가를 부수고 싶은데 뭘 부숴야 할지 모르겠어."

나조 씨는 찢어진 매트리스 위에 앉은 후 오기에게 하던 일을 계속 하라고 손짓을 했다. 오기는 코웃음을 친 후 방에 있던 TV를 부수고, 누렇게 바란 린넨 커튼을 찢고, 두리번거리다 개인용 냉장고의 콘센트를 잘랐다. 그런 후 그녀를 돌아보며 물었다.

"당신은 누구야?"

"당이 너무 떨어져서 그런데, 그것 좀 줄래?"

그녀가 오기의 주머니를 가리키며 말했다. 망설이던 오기가 주머니 밖으로 빠져나와 있는 초코바를 나조 씨에게 건넸다. 그녀는 초코바를 한 입, 두 입, 세 입만에 해치운 후 입을 열었다. 자신이 정년을 맞은 역사 선생님이라는 것, 자기 딸이 평원에서 발견된 희생자라는 사실, 자신은 잠들 수 없는 밤을 보내고 있는데 딸의 죽음을 파는 자들이 있다는 소식을 들었다는 것, 그자들이 누구인지 어떤 사람들인지 두 눈으로 똑똑히 보고 싶었다는 이야기, 살인마를 잡고 싶은 열망, 그자를 잡아 찢어 죽이고 싶은 분노, 그 때문에 이곳에 왔다는 사실을 열한 살에 불과한 오기에게 털어놓았다. 그녀는 말했다.

"이 이야기를 다른 사람들에게 해도 상관없어."

그러나 오기는 누구에게도 그 이야기를 하지 않았던 것 같다. 나조 씨의 이야기는 이후 그녀의 활동을 통해 밝혀졌다. 이전까지는 누구도 그녀에 대해 몰랐다.

시간이 조금 지났을 때 나조 씨는 내게 말했다. '오기는 어렸지만 나는 그애에게 왠지 모든 걸 말해야만 할 것 같았어' 하고 말이다. 내가 '왜요?' 하고 묻자, 그녀는 '그가 나처럼 분노해 있었어' 하고 대답했다.

어쩌면 세상에는 보지 않는 편이 더 나은 것들이 있다. 요즘은 거의 대부분의 것들이 그런 게 아닐까, 하는 생각이 들기도 한다. 나조 씨는 이곳에서 6년 동안 맹렬히 지켜보았다. 지켜보기만 한 게 아니었다. 그녀는 '희생자 유가족 연합'을 만들어 살아남은 사람들을 돌봤다. 잠시일지언정, 사람들의 관심이 집중되고 수사가 탄력을 받는다는 이유로 방송 출연도 마다하지 않았다. 따로 수색대를 조직해 범인 추적을 계속했고, 박물관을 철거할 것을 주장했다. 그리고 축제 때에는 평원에서 야영을 했다. 그녀는 박물관 맞은편에 텐트를 치고 먹고 자며 이곳을 찾는 사람들에게 희생자의 존재를 알리고자 애썼다. 하지만 유가족들은 떠나갔고, 방송은 그녀의 슬픔을 포르노로 소비했으며, 축제는 건재했다. 게다가 그녀의 야영은 무시됐고, 사람들은 유가족이 조망하는 살인사건을 좋아하지 않았다. 거기에는 스릴이 없었고 구질구질한 슬픔만이 존재했기 때문이다.

덧붙이자면 나조 씨가 이곳에 와서 한 일은 또 있었다. 그녀는 나에게 연락을 취했고 만나자는 말을 해왔다. 나는 처음에는 그녀를 피했다. 나조 씨가 내게 화가 나 있을 거라고 생각했던 것이다. 그게 아니더라도 원하는 바가 있지 않은 이상에야 그녀가 뭣 하러 나에게 만나자고 하겠는가. 그러나 우리가 처음 만났을 때 그녀는 대화를 시도했을 뿐 별다른 목적을 드러내 보이지 않았다. 그래서 나는 그녀가 나를 안심시키려 한다고 생각했다. '시간을 두고 나와 친밀감을 쌓아서 원하는 바를 얻으려 하는구나' 하고 말이다. 그러나 두 번째 만남에서도 그녀는 별다른 뜻을 내비치지 않았다. 시시껄렁한 농담을 하거나, 흘러가는 대로 잡담을 시도했을 뿐이다. 되는대로 말을 했고, 내가 입을 열면 기다려주었고, 그리고 들었다. 그게 다였다. 그러다 어색한 침묵이 감돌면 나조 씨가 TV를 틀었다. 우리는 그럴 때면 보통 퀴즈쇼를 보았다. 정답이 있는 문제를 푸는 게 축복처럼 느껴지던 때였다. 나조 씨는 늘 흥분해서 답을 외쳤고, 참가자의 드라마에 과하게 몰입했다. 그러다 쇼에서 웃기거나 인상적인 장면이 나오면 내가 그것을 놓쳤을까봐 전전긍긍하며, 화면을 향해 손짓하곤 했다. 저걸 봐. 저 장면을 봤니? 그런 열기에는 나도 휘말려들지 않을 수 없었다. 그렇게 6년이 갔다. 그리고 나는 이제 알고 있었다. 나조 씨가 그런 식으로 내게 친구가 되어주었다는 사실을 말이다.

한 달 전, 우리는 마을을 떠나 사흘에 걸친 큰 여행을 했다. 명망 있는 퀴즈쇼 탈출구(ESCAPEWAY)에 나가기 위해서였다. 나는 참가자였고, 나조 씨는 내가 초대한 유일한 방청객이었다. 그러나 그 여행은 결과적으로 우리에게 상처뿐인 사건으로 남았다. 퀴즈쇼가 끝나고 마을로 돌아온 나조 씨는, 내 연락을 피하는 기색이 역력했다. 나는 나대로 화가 나서 '망할 할망구, 나도 이제 죽을 때까지 먼저 연락하지 않을 거야!' 하면서 방 벽에 혼자 머리를 쾅쾅 박아대고 있었다. 그러다 결국 참지 못하고 그녀를 찾아갔었다. 그 만남은 내게 적잖은 충격으로 남았다. 그런데 2주 전 돌연, 나조 씨가 살해된 것이다.

전문가들은 그녀의 죽음이 살인마를 상기시킨다고 말한다. 살해 방식이 9년 전의 그것과 꼭 같다고 말이다.

나는 그녀의 죽음과 관련해 경찰 조사를 받았다. 내가 나조 씨의 마지막 전화를 받았기 때문이다.

나조 씨는 그때 공포에 질려 있었다. 흐느꼈던 것 같기도 하다.

나조 씨는 내게 '고고 밴나!' 라고 말했다.

고고 밴나!

경찰은 내게 '고고 밴나'가 무슨 뜻이냐고 물었다. 우스꽝스러운 말이지만 그것은 우리가 만든 암호였다. 퀴즈쇼를 위해 버스를 탔던 밤, 무릎 통증으로 자다 깬 나조 씨는 도통 잠들지 못하고 있는 내게 무심히 말했었다.

"OX 퀴즈는 내가 맡겨. O면 '밴나, 밴나'라고 응원하고, X면 '고 고 밴나'라고 외칠 테니까. 내가 어떻게 응원하는지 잘 들으라고."

그 말을 들은 나는 웃음을 터뜨렸다. 나조 씨도 웃었다. 우리는 들떠 있었다. 나는 살면서 기대를 받아본 일이 없지만, 그건 나조 씨를 포함시키면 아마도 틀린 말이다. 그때 그녀는 내게 기대하고 있었다. 어떤 말도 하지 않았지만 그녀가 희망을 품고 있다는 사실을 나는 피부로 느꼈다. 그건 눈물이 날 것 같기도 하고 달아나고 싶기도 한, 저릿저릿한 감정이었다.

암호의 향방을 이야기하자면, 나조 씨는 나를 배신하는 편을 택했다. 그녀는 OX 퀴즈에서 단 한 번도 자신이 약속한 응원을 하지 않았다. 심지어 헷갈려서 버벅거린 문제도 있었는데. '밴나. 밴나', '고고 밴나'는 개뿔. 나조 씨는 턱을 굳게 다문 채 나를 지켜보고 있었다. 내가 생방송 쉬는 시간에 그녀에게 다가가 '이게 어떻게 된 일이냐'고 눈짓을 하자, 그녀는 땀으로 범벅돼 홀쭉해진 얼굴로 '잘할 줄 알았다'며 웃었다. 애초에 답을 가르쳐줄 생각이 없었던 것이다.

그런데 그녀가 '고고 밴나'를 말하고 죽었다. X. 무언가가 틀렸다고, 아니라고 말하고 있었다. 무엇이 틀렸다는 걸까. 결과부터 이야기하면 나는 그녀가 한 말이, '너의 짐작은 틀렸어'라고 생각한다. 그러니까 이걸 풀면 '나를 죽인 건 살인마가 아니야'쯤이 된다. 그렇지 않고서야, 나조 씨가 '틀렸다'고 말할 이유가 무엇이 있겠는가.

경찰은 '웬 다잉 메시지냐. 너무 뜬 구름 잡는 이야기고, 논리적 비약'이라며 내 말을 들은 척도 하지 않는다. 그들이 그렇게 생각하는 이유도 안다. 증거가 없으니까. 게다가 '틀렸다'라는 말은 나조 씨가 직접 한 게 아니라 내 해석에 불과하니까. 인정한다. 비약으로 여길 수도 있다. 그러나 나는 내가 틀렸다고 생각하지 않는다. 내가 직접 나조 씨의 목소리를 들었기 때문이다. 그녀는 죽어가는 순간 내게, 우리의 언어로 말했다. 내가 세상에서 유일하게 잡고 걸어가야 할 목소리가 있다면 그건 아마도 나조 씨의 목소리일 것이다. 왜냐면 그녀가, 분명한 언어가 되지 못한 내 말을 애타게 기다리고 듣고자 했던 몇 안 되는 사람이기 때문이다.

만일 나조 씨의 '틀리다'에 다른 뜻이 있다면 흔쾌히 그것을 받아들일 마음도 있다. 그러나 지금으로서 '나를 죽인 건 살인마가 아니다' 외에는 다른 해석의 여지가 없었다.

소화제

선데 가게로 들어서자, 덩치 큰 영감이 구석 창가에 앉아 있는 게 보였다. 작은 탁자 때문인지 웅크린 자세 때문인지 앉아 있는 그의 모습이 크고 불편해 보였다. 그는 창밖의 중고 옷가게를 바라보고 있었다. 나는 문가에 붙어 서성이다 걸음을 옮겼다. 내가 탁자로 다가가자, 영감은 부리부리한 눈을 들어 나를 쏘아보았다. 나도 모르게 몸을 움츠렸다. 마주 보는 것만으로도 위축이 되는 눈이었다. 나는 그의 앞에 놓인 바닐라 선데로 시선을 떨궜다. 손을 대지 않은 선데는 홀로 녹아가고 있었다. 영감은 잠시 나를 응시하다 다시 창밖으로 고개를 돌렸다. 그러고는 말했다.

"무슨 일이냐."

"앉아도 돼요?"

"용건부터."

상대를 제압하는 데 이골이 난 자 특유의 낮고 딱딱한 목소리였다. 나는 그의 맞은편에 있는 의자를 뺐다. 그것이 삐거덕거리며 바닥을 긁는 소리를 냈다. 그 소리에 움찔댄 게 부끄러워 나는 거칠게 그 위에 주저앉았다. 영감은 말없이 나를 바라보고 있었다. 퇴직 후 그가 선데 가게에서 시간을 때운다는 이야기를 듣고 이곳에 오기는 했으나 선뜻 입을 열기가 어려웠다. 과거에 새겨진 두려움은 좀처럼 사라지지 않았다.

영감은 살인사건을 담당했던 형사였다. 좌천을 당해 비말에 온 거라고 소문이 돌았으나 대도시에서 경력을 쌓은 베테랑이었다. 그가 살인마를 잡는 데 성공했더라면 그는 원래 자신이 있던 자리로 돌아갈 수 있었을 것이다. 그러나 그는 그러지 못했다. 영감은 이미 내가 찾아온 이유를 알고 있는 듯 물었다.

"말도 안 되는 주장을 하고 돌아다닌다지?"

나는 선데를 내려다보며 말했다.

"경찰의 어원이 뭔지 아세요?"

"……."

"politeia. 그리스에서 온 말이에요. 참고로 덧붙이자면 저는 아이큐가 138이에요. 천재는 아니더라도 영재 축에는 드는 거죠."

"그런데?"

"그냥 알아두시라고요."

"예나 지금이나 얼간이처럼 말하는구나."

"저는 얼간이가 아니에요! 그러니까 제 말은, 제가 하는 말이 그렇게 허황된 게 아니라는 이야기예요. 저는 나조 씨랑 마지막으로 통화를 했어요. 저보다 나조 씨를 잘 아는 사람은 없고요."

그러기가 싫은데 목소리가 떨려서 나왔다. 퇴직 경찰이 나를 훑어보았다. 나는 그의 그런 시선이 싫었다. 그가 말했다.

"너는 이미 잘못된 증언을 한 적이 있어."

나는 고개를 숙였다. 생각 같아서는 테이블을 걷어차고 싶었지만, 그의 앞에 서면 몸이 제대로 움직이지 않았다. 나는 선데를 노려보며 말했다.

"그때 아저씨는 저를 겁박했고요. 사람들은 보통 그런 방식에 소송을 걸어요."

퇴직 경찰이 두툼한 손으로 구릿빛 이마를 쓸어내리는 게 얼핏 보였다. 그가 말했다.

"그건 범인을 잡고자 한 일이었어."

"어린아이를 밤새 붙들고 협박한 일이요? 응당 해야 할 법적 고지도 제대로 하지 않고요?"

"너는 경찰의 일을 몰라."

"아저씨가 범인을 잡지 못한 건 알아요."

"네가 제대로 된 증언만 했어도 일이 이렇게까지 되진 않았을 게다."

고개를 들었다. 퇴직 경찰이 증오에 찬 눈으로 나를 노려보고 있었다. 그랬다. 그는 과거에도 그런 눈으로 나를 바라봤다. 나도 그를 노려보았다. 마음 같아서는 몸을 웅크린 채 탁자 밑으로 기어들어가고 싶었다. 그가 쐐기를 박듯 말했다.

"너는 모두의 인생을 망쳤어. 나조뿐만이 아니라 내……."

"……."

"어린애를 상대로 이런 이야기를 하고 싶지 않아. 이제 그만 가 봐라."

"돌이킬 수 있을지도 몰라요."

"하?"

"저랑 같이 경찰 서장을 만나주세요. 아저씨한테는 가능한 일이 잖아요. 서장을 만나서 수사 방향을 바로잡아야 해요."

"진작에 돌이키지 그랬니. 나는 이미 퇴직을 했어."

"불명예스러운 퇴직이잖아요. 그러니까 지금이라도 일을 하라고 요!"

퇴직 경찰이 지나치게 작아 보이는 나무 의자에 몸을 기댔다. 그가 가라앉은 눈으로 물었다.

"너희 아버지는 네가 이러고 돌아다니는 줄 알고 있냐?"

"아버지 얘기는 집어치워요."

"방범 주간이라는 건 알고 있어. 그래서 네가 이렇게 날뛰고 다니는 거구나."

"다른 말로 돌리지 마요. 저랑 같이 서장을……."

"미친 애를 누가 만나려고 하겠냐."

"저는 미치지 않았어요!"

"미치지 않은 녀석이 경찰서에서 그렇게 분탕질을 쳤고?"

"아무도 제 말을 들어주지 않았다고요, 이런 망할!"

"욕하지 마! 어린애들이 욕하는 건 견딜 수가 없어."

"망할이 무슨 욕이야! 이런 망할! 망할!"

그가 부릅뜬 눈동자로 나를 노려보았다. 나는 그의 시선을 피하지 못한 채 눈을 깜빡였다. 그가 가라앉은 목소리로 말했다.

"그렇게 나조를 잘 알면, 나조가 심한 우울증을 앓고 있던 것도 알고 있었냐?"

"……."

"그날 나조가 약에 취해 돌아다니는 걸 본 사람이 한둘이 아니야. 그리고 돌연 평원에 나갔어. 지랄했다고!"

"망할, 그게 죽은 사람한테 할 소리예요?"

"고속도로나 평원에 함부로 나가지 말아야 한다는 사실은 세 살배기 애들도 알고 있어. 그런데 자길 죽여달라고 거길 돌아다닌 게 지랄한 게 아니고 뭐냐?"

눈을 질끈 감았다. 그랬다. 나조 씨는 살해당하던 당일 아침, 기차 티켓을 취소했다. 축제 기간 동안 동생 집에 가 있겠다고, 몇 달 전에 끊어둔 표였다. 그런데 사건이 있던 날 아침, 돌연 그것을 취소한 것이다. 그러고는 차를 끌고 마을 밖 고속도로로 나갔다. 그녀는 도로 갓길에 차를 버려둔 채, 빈 도로를 걸어다녔다. 그녀가 멍한 얼굴로 그곳을 헤매더라는 목격담이 확보되었다. 그 후 나조 씨는 마을로 돌아와 살인마 박물관으로 갔다. 그녀는 전시실을 관람했다. 그러고는 자신의 근거지인 모텔로 돌아갔다. 그곳에서 시간을 보냈다. 그녀가 방 안에서 무엇을 했는지는 모른다. 오후 세 시 무렵 나조 씨는 다시 모텔을 나섰고, 만나기로 한 친구와의 약속을 말없이 파기한 후 평원으로 갔다. 그리고 그곳에서 살해되었다.

나조 씨가 우울증을 앓고 있었다는 사실은 뒤늦게 신문기사로 알았다. 그녀가 소화제라고 하며 삼키던 약이 항우울제였다는 사실 역시 뒤늦게 알았다. 나는 그녀가 약을 삼킬 때마다, '어휴, 무슨 소화제를 그렇게 자주 먹어요? 나조 씨는 먹는 걸 지나치게 좋아해서 문제예요' 하고 말하곤 했다. 그러면 그녀는 '먹는 것 외에 무슨 재미가 있겠니' 하고 말하며 웃었다. 떠올리면, 여러모로 미칠 것 같은 기억이다. 그러니까 내가 미쳤다는 건 아니고 그냥 미칠 것 같은 이야기라는 말이다.

"고고 밴나라는 말은 나조 씨와 저만의 암호예요. 그녀는 틀렸다고 말했어요."

"네가 하는 짓거리가 틀렸다는 거겠지."

"나조 씨는 살인마한테 살해된 게 아니라고요."

퇴직 경찰은 나를 응시한 채 한마디 한마디 씹어 삼키듯 말했다.

"그녀는, 남아 있는 게 거의 없다고 해야 할 만큼 타 있었어. 하지만 뒷목 뼈가 손상된 거나, 왼쪽 대퇴부가 골절된 모양은 이전 희생자들과 꼭 같더구나. 세간에는 살인마의 살해 방식이 자세히 보도된 적이 없어. 그런데 공개된 적 없는 그 방법으로 나조는 살해되었어. 현장을 정리하는 수법도 살인마의 그것과 꼭 같았고. 증거가 이렇듯 명확한데, 나조를 죽인 게 살인마가 아니라고?"

"고고 밴나는······."

"그만 가라."

그는 한심한 대화를 하고 있다는 듯 고개를 저었다. 그때였다. 맞은편 중고 옷가게의 문이 열렸다. 틀어올린 머리의 중년 여자가 가게 앞으로 나와 행거에 걸린 옷들을 정리하기 시작했다. 가게 주인이었다. 뒤이어 백발의 여성이 가게를 나섰다. 퇴직 경찰이 그녀를 물끄러미 바라보았다. 백발의 여성이 걷기 시작했다. 내가 물었다.

"안 쫓아가도 돼요?"

"내가 왜?"

"이혼 얘기가 오간다면서요. 아내분이랑 화해하고 싶어서 이러고 있는 거 아니었어요?"

"대체 어디서 그렇게 내 이야기를 듣고 오는 거냐."

나는 고개를 숙인 채 어깨를 으쓱해 보였다.

"가보세요."

"됐어, 오늘은."

퇴직 경찰이 가게 주인을 바라보았다. 그러자 우리를 보고 있던 가게 주인이, 문으로 다가갔다. 그가 문을 열자 문에 걸려 있던 종이 차가운 소리를 내며 딸랑거렸다. 주인은 문에 기대어 팔짱을 낀 채 내게 턱짓을 했다. 작은 마을은 이래서 안 좋다. 경찰 말이라면 그저 법인 줄 안다. 손님을 똥으로 안다. 나는 잠시 그를 노려보다 가게를 나섰다. 문을 벗어나는 내게 주인이 속삭였다.

"살인마가 마을을 돌아다니고 있을지도 모른다. 어서 집으로 돌아가라."

빅버거 슬로건

17번 국도를 따라 약속 장소로 향했다. 빛이 사정없이 얼굴로 내리꽂혔다. 온도가 30도를 훌쩍 넘어서고 있었다. 땀을 훔치며 터덜터덜 걷고 있는데 등 뒤에서 경적이 울렸다. 싱글캡을 탄 노박이었다. 멈춰 서 다가오는 차를 바라보았다. 노박의 옆자리에는 회색 민소매 티셔츠를 입은 덩치 큰 남자가 앉아 있었다. 차가 갓길에 섰다. 나는 문을 열고 차 안에 억지로 몸을 구겨넣었다. 가운데 앉은 덩치는 좀처럼 엉덩이를 움직이려 들지 않았다. 운전석에 앉은 노박이 에어컨 온도를 낮추며 물었다.

"왜 혼자야?"

"……."

"두 명 더 오기로 했다며?"

"응."

"누구?"

나는 옆에 앉은 덩치를 힐끔 쳐다보며 말했다.

"너야말로 왜 혼자가 아니야?"

"친구가 오고 싶다고 해서 같이 왔어."

덩치는 본인 이야기를 하고 있음에도 무심한 표정으로, 셔츠 주머니에서 캐러멜을 꺼냈다. 그는 하나 남은 캐러멜을 입에 넣은 후 포장지를 구겨 내 쪽 창밖으로 던졌다. 털이 부숭부숭 난 팔이 눈앞에 그림자를 만들었다 사라졌다. 덩치가 말했다.

"이게 마지막 캐러멜이야."

노박이 대답했다.

"잠시만 기다려. 가다 보면 편의점이 나올 거야."

"언제 출발하는데?"

"사람들이 합류하면. 밴나, 사람들은 언제 오는 거야?"

"왜 쫓아와서는……."

덩치는 내 중얼거림을 들은 척도 하지 않은 채 캐러멜을 질겅거리며 눈을 감았다. 나는 당연히 노박이 혼자 나올 거라고 생각했다. 이런 짐덩이를 데리고 오다니. 짜증이 치밀어 노박을 노려보았다. 나와 눈이 마주친 노박은 난처한 듯 어깨를 으쓱이며 웃었다. 그의 볼에 보조개가 패었다.

노박을 처음 만난 건 일곱 살 때였다. 나를 본 그가 장난스러운 얼굴로 '이사 왔어? 여기 온 걸 보면 너희 부모님이 해선 안 될 짓을 저지른 모양인데' 하고 말을 걸어온 게 시작이었다. 노박은 나와 오기보다 두 살이 더 많았고, 우리 놀이의 아이디어는 대부분 그의 머리에서 나온 것들이었다. 이를테면 폐주유소를 아지트로 꾸민다든가, 평원에 모래 화덕을 만들어 빵을 굽는다든가, 페이스 페인팅을 하고 나가 마을 사람들을 놀래키는 놀이들 말이다. 노박과 함께 하는 건 늘 미치게 재미 있었다. 살인마가 나타나지 않았다면 우리의 어린 시절은 더 풍요로웠을 터였다.

커서는 만나는 빈도가 줄었지만, 그래도 우리는 꼭 일주일에 한 번씩 나조 씨 방에 모여 함께 보드게임을 하곤 했다. 그러나 노박은 재작년에 학교를 그만두고 마을을 떠났다. 고등학교 졸업을 앞둔 상태였다. 나조 씨는 학업을 마치는 편이 낫지 않겠느냐고 노박을 설득했다. 그러나 그는 부모님과의 불화 때문인지, 그 해 축제에서 있었던 사건 때문인지 자신의 결정을 굽히지 않았다. 우리는 누구도 그를 막을 수 없었다.

그랬던 노박이 두 달 전, 연락도 없이 비말에 돌아왔다. 이전보다 하얘진 얼굴의 그는 헐렁한 꽃무늬 셔츠를 입은 채, 일광욕 의자에 앉은 나조 씨 옆에 짝다리를 하고 서서 웃고 있었다. 그는 어리둥절한 얼굴로 자신을 바라보는 나를 향해 손을 흔들었다. 그의 곁에는 처음 보는 덩치도 있었다. 덩치는 노박과 함께 살던 다섯 살 많은 형으로, 노박과 절친한 친구 사이라고 했다. 그가 축제에 관심을 보여서 노박이 그를 데리고 마을을 찾은 거라고 했다.

그날, 오기를 제외한 우리들은 간만에 모였다. 신이 난 내가 도시 생활을 이야기해달라고 하자, 노박은 2년간 빅버거에서 일했다고 말했다. 내가 웃음을 터뜨리며 빅버거는 우리 마을에도 있는 것 아니냐고 묻자, 그는 자신이 만든 패티가 더 두껍다며 도시의 빅버거를 무시하지 말라고 너스레를 떨었다. 그러나 그것이 온전히 농담만은 아닌 게 노박은 귀향 후, 세 끼 전부를 빅버거에서 해결하고 있었다. 내가 '시골 쥐의 도시 사랑이냐'고 중얼거려도 노박은 개의치 않았다.

나조 씨의 죽음이 마을에 알려졌을 때에도, 노박은 빅버거에 있었다. 그녀의 소식을 들은 그는 들고 있던 햄버거 트레이를 떨어뜨렸고, 매장에 주저앉았다고 했다. 사람들의 말에 의하면 그는 아이처럼 울었다. 그러나 그것은 이상한 일이 아니었다. 나는 노박이 다른 사람들에게는 하지 않는 이야기를 나조 씨에게만은 해왔다는 사실을 알고 있었다. 이후 그는 다시 도시로 돌아가겠다며 미친 듯이 아르바이트를 했다.

노박이 나를 힐끔 쳐다본 후, 잠긴 목소리로 말했다.

"너 아르바이트에서 잘렸다며?"

"뭐……."

"빅버거 매장에 소개해주랴."

"됐어. 누가 날 쓰려고 하겠어."

"마을회관에 내가 있었어야 했어. 그랬으면 네가 퀴즈쇼에서 그런 흉측한 꼴은 안 당했을 거야."

"언제 적 이야기야. 그런데 흉측했냐."

"말도 마라."

침울한 얼굴로 도로를 바라보던 노박이 물었다.

"상금을 타면 뭘 하려고 했어?"

"여길 나갈 수 있을까 했지."

노박이 조금 웃었다.

"그 마음은 내가 제일 잘 알지."

"빅버거에만 있었으면서 알긴 뭘 알아."

"빅버거에 세계가 있다, 애송이야."

"그건 빅버거 슬로건이잖아."

노박이 시계를 쳐다보며 말했다.

"그나저나 온다는 사람들이 누구길래 이렇게 늦는 거야."

"안 와."

"뭐?"

"아무도 안 올 거라고."

내가 그의 시선을 피하며 창문을 내리자 노박이 에어컨을 껐다. 그새 잠든 덩치가 코를 골고 있었다. 텁텁한 공기가 차 안으로 들어왔다. 다시 창문을 올렸다. 볼을 찌르는 노박의 시선이 느껴졌다. 호두를 꺼내 씹었다. 사실을 말하자면 나는 그에게 거짓말을 했다. 나조 씨가 유언을 남겼다고 말이다. 나는 나조 씨가 지정한 장소에 가서, 그를 포함한 세 사람에게 유언을 전달할 계획이라고 말해둔 상태였다. 사람들이 여럿 있어야 좀 그럴싸해 보이고, 멀리 나가는 줄 알아야 노박이 시간을 내줄 것 같았기 때문이다. 노박은 늘 너무 바빴다. 나에게만 유독 바쁜 척을 하는 것 같기도 했다. 그래서 나조 씨의 이름을 팔았다. 내가 생각해도 엉성하기 짝이 없는 거짓말이었다. 질이 나빴고.

"미안해."

노박이 나를 무표정한 얼굴로 바라보며 물었다.

"왜 그랬어?"

"네가 날 피했잖아."

"피하지 않았어."

"망할, 날 피했잖아. 넌 날 피했어."

"하, 너랑 나조 씨 얘기를 할 마음의 준비가 아직 안 됐다고."

"……."

"왜 이런 거짓말을 한 건지 이해가 안 돼."

"있잖아. 내 말 좀 들어봐."

"또 무슨 괴상한 말을 하려고."

"나조 씨는 살인마한테 살해된 게 아냐."

노박이 에어컨을 틀며 말했다.

"전화로 했던 이야기잖아."

"좀 들어봐. 찬찬히 들으면 네 생각도 달라질 테니까."

노박은 피곤한 듯 받침대에 머리를 기댄 상태로 내 말을 들었다. 나는 그에게 '고고 밴나'에 대해 이야기했다. 요지는 그가 나를 도와 경찰과 여론을 설득해야 한다는 것이었다. 그래야 나조 씨의 죽음을 바로잡을 수 있을 테니까. 노박은 내 이야기를 다 들은 후 눈꺼풀을 부르르 떨었다. 어떻게 반응해야 할지 모르겠을 때 보이는 그의 버릇이었다. 노박이 눈꺼풀을 누르며 물었다.

"경찰은 뭐래?"

"믿어주질 않아."

"……."

"알아, 경찰 말도 일리는 있지. 하지만 수사 방향을 달리 생각해 볼 수 있는 거잖아."

"고고 밴나 때문에?"

"이상하지 않아? 나조 씨가 나한테 뭐하러 '고고 밴나'라고 말했겠어?"

"그 한마디로 나조 씨를 죽인 게 살인마가 아니라고 추측하는 건 무리 아니냐."

"그래, 바로 그거야! 그런 식으로 의문을 품는 게 중요해. 네가 다른 가설을 내놓으면 나도 들어는 볼게. 하지만 지금으로서는 다른 게 없잖아."

"아냐 밴나, 지금 중요한 건 나조 씨가 죽고 없다는 거야."

순간 짜증이 치밀어올랐다.

"너한테 그게 그렇게 중요하면, 그렇다고 쳐. 어찌됐든 나는 이 문제를 풀어야겠어. 같이 할래, 말래?"

묵묵히 운전대를 내려다보던 노박이 조용히 입을 열었다.

"혹시 네가 잘못 들은 거 아니야?"

"아냐."

노박은 말이 없었다. 그는 뭔가를 생각하고 있었다. 나는 그게 뭔지 알고 있었다. 내가 먼저 시작하지 않으면 그는 결코 그 문제를 건드리지 않을 것이다. 그러니까 나도 입 다물고 넘어가자, 말하지 말자. 굳이 확인하려 들지 말자. 이런, 빌어먹을. 샌들 밖으로 비어져나와 있는 발가락을 내려다보며 물었다.

"내가 또 잘못 짚었다고 생각하는 거야?"

노박이 시동을 걸며 말했다.
"일단은 마을로 돌아가자."
"정말 그렇게 생각하는 거야?"
노박은 대꾸하지 않은 채 차를 출발시켰다. 나는 그가 왜 내가 잘못 들었다고 생각하는지, 어째서 내 정보처리 기능을 의심하는지 알고 있었다. 그 부분에 대해서는 나도 할 말이 없었다. 맥이 빠졌다. 나는 달리는 도로의 중앙선을 바라보다 말했다.
"내릴게."
"이 더위에 걸어가겠다고?"
"내릴게."
노박이 신경질적으로 말했다.
"그냥 좀 조용히 돌아가자."
"내린다고."
노박이 나를 노려보았다. 그가 트럭을 세우며 말했다.
"너 때문에 지금 무슨 고생을 하고 있는지 봐."
"지랄하지 마."
"……."
"노박, 마지막으로 제안할게. 같이 할래, 말래?"
노박을 바라보다 차 문을 열고 도로변으로 나왔다. 싱글캡이 등을 돌린 채로 달려나갔다. 그것을 바라보다 다시 걷기 시작했다.

들이받을 벽이 없어서

'평원의 살인마, 6명의 희생자를 내다!'

남자 둘이 마을 입구에 걸린 축제 현수막 숫자 6에 7을 덧붙이고 있었다. 잠시 그것을 바라보다 마을 입구에 서 있는 공중전화 부스로 다가갔다. 거기에서 전화번호부를 뒤져 지역 신문사 번호를 찾았다. 그리고 그곳으로 전화를 걸었다. 그곳 접수처에는 수다스럽고 마을 소식에 빠삭한 자미 씨가 앉아 있을 터였다.

"비말 신문사입니다."

"제보할 게 있는데요."

"성함이 어떻게 되시죠?"

"이번 살인사건은 평원의 살인마 짓이 아니에요."

"네?"

"살인마 말고, 다른 범인이 있다고요. 왜 그런지도 설명드릴 수 있어요."

"아……. 그렇지 않아도 '평원의 살인마 특집'을 기획 중이었어요. 일단 성함하고 연락처를 알려주시겠어요? 그 이야기를 들어보고 싶은데요."

"살인마 특집이요?"

"네."

"살인마가 범인이 아니라니까요. 그런데 왜 살인마 특집에 제 인터뷰를 실어요?"

"지금 기획하고 있는 게 평원의 살인마 특집이니까…….."

"그러니까, 그 특집을 하면 안 된다니까요. 모방범 특집을 해야 한다고요."

"일단 인터뷰부터 부탁드려도 될까요? 얘기를 들어보고 괜찮으면 다른 기획을 해볼 수도 있는 거니까요."

"정말요?"

"그런데 잠깐, 너 혹시 밴나니?"

"예."

"바쁜데 귀찮게 굴지 마라."

전화가 끊겼다. 작은 마을은 이래서 안 좋다. 소중한 제보자를 개 취급한다. 걷기 시작했다. 음식과 술을 실은 트레일러들이 줄지어 마을로 들어오는 것이 보였다. 예년에 비해 관광객 수가 많을 거라는 소문 때문인지, 평소보다 배달 차량이 많아 보였다. 그것을 세다 울화증이 터져서 그저 걷기만 했다. 마을을 감싸고 있는 도로를 따라 세 시간쯤 걸었을까, 평원의 입구가 보였다. 멀리 솟은 바위도 보였다.

내가 소식을 듣고 바위로 달려갔을 때 나조 씨는 이미 그곳에 없었다. 사건 현장 주변에는 접근 금지 테이프가 쳐져 있었고, 나는 테이프 안쪽의 풀들이 일정 부분 눌려 있는 것을 보았다. 눌린 풀들이 아마 나조 씨가 누워 있던 흔적인 듯했다. 그것을 바라보았지만 큰 감흥은 없었다. 마른 흙은 마른 흙이고 풀은 단지 풀일 뿐으로, 그 위에 누워 있는 나조 씨를 상상할 수가 없었다. 테이프가 제거된 후에도 나는 매일 그곳에 갔다. 나조 씨의 흔적을 찾기 위해서라고 스스로에게 설명을 하기는 했으나, 사실은 그냥 갔다. 그저 가서 바위를 쳐다보고 나조 씨가 누웠던 풀 위에 앉아 시간을 보냈다. 거기 앉아서 뭘 했는지는 잘 모르겠다. 혼잣말을 하기도 하고, 퀴즈쇼에서 풀었던 퀴즈들을 곱씹기도 하고, 눌린 풀을 보며 나조 씨가 '나는 푹신한 침대가 좋아. 그게 허리에 좋지 않다지만 침대는 푹신해야 한다고 생각해' 하고 말했던 사실을 떠올리기도 하고, 그 위에 그냥 누워보기도 하고, 누운 채로 몸을 뒹굴기도 했다. 그러면서 나는 내가 무언가를 기다리고 있다는 느낌을 지울 수가 없었는데 그러다 불현듯 깨달았다. 내가 나조 씨를 기다리고 있다는 사실을 말이다. 그리고 그 부질없는 기다림에 놀라 그때부터는 일어나 걷기 시작했다. 나조 씨가 죽었다는 생각은 좀처럼 할 수 없었다. 슬프지도 않았다.

그렇게 넋을 놓고 돌아다니다 열흘이 훌쩍 지났을 때에야 이상하다는 생각이 들었다. 고고 밴나라니. 나조 씨는 왜 '고고 밴나'라고 말했던 걸까. 이해할 수가 없어서 그 질문에 매달렸다. 그리고 '나를 죽인 건 살인마가 아니야'라는 답에 도달했을 때 나는 기뻤다. 정말로 열광했다. 그녀의 그릇된 죽음을 알려서 바로잡아야겠다고 생각했다. 이건 나조 씨가 낸 퀴즈였다. 그러니까 당연히 풀어야 하는 것 아닌가. 그게 최우선 아닌가. 나는 다시 경찰서로 달려갔고, 내 말을 들어줄 만한 사람을 찾아헤맸다. 그런데 퀴즈는, 퀴즈 취급조차 받지 못하고 있었다.

이쯤 되니 생각하지 않을 수가 없다. 나 때문에 그런가. 말하는 사람이 나라서 사람들이 이야기를 들을 생각조차 않는 건가. 나는 아이큐가 138인데, 대체 왜. 호두를 한 움큼 꺼내 입에 넣었다. 그것을 씹으며 마을이 끝나는 지점, 그리고 평원이 시작되는 곳에 덩그러니 서 있는 박물관을 바라보았다. 뭣 하자고 여기까지 걸어왔담. 속은 답답한데 들이받을 벽이 없어서 숨을 몰아쉬다가, 몸을 돌렸다. 박물관에 가지는 않을 것이다. 그곳에 간다고 해서 뾰족한 수가 나오지 않을 테니까. 나조 씨가 살해되던 날 박물관에 갔었다는 이야기를 기억하고 있었지만, 그래서 뭐. 그게 뭐란 말인가. 빠른 걸음으로 그로부터 멀어지기 시작했다. 그때였다.

"우우우욱! 토할 것 같아!"

맞은편, 반대쪽 차선에서 낡은 왜건 한 대가 오고 있는 게 보였다. 조수석에 탄 털보가 상체를 차창으로 내민 채 구토를 하는 시늉을 하고 있었다. 차에 타고 있던 그의 친구 둘이 웃음을 터뜨리며 소리쳤다.

"우리 마을에서 천재가 났어! 고고! 고고 밴나!"

"이제 태풍 이름을 아냐, 고고 밴나?"

"아이고 또 토할 것 같네! 우우우욱!"

'고고 밴나'를 설명하기 위해 경찰서에 갔을 때, 기물 파손 죄로 붙들려 있던 마을 얼간이들이었다. 개자식들. 마을 방범대에 소속돼 있으면서 사람을 희롱하거나 물건을 부수는 것 외에는 할 줄 아는 게 없는 놈들이었다. 내가 가운데 손가락을 들어올리자 차가 차선을 바꿨다. 녀석들이 나를 향해 다가오기 시작했다. 도로가 비었다고 아무렇지도 않게 역주행을 하고 있었다. 미친 놈들이었다. 나는 차를 피해 도로 밖 평야로 몸을 틀어 걷기 시작했다. 그러자 녀석들도 나를 따라 도로를 벗어났다. 겁이 덜컥 났다. 주변에는 도움을 청할 만한 사람도 무엇도 없었다. 걸음을 빨리하다, 달렸다.

"저 미친 년, 밀어버려!"

전속력으로 발을 놀렸지만 타이어 소리가 계속 등 뒤에서 들렸다. 트인 평지에서는 달아날 곳도 숨을 곳도 없었다. 심장이 좁은 곳에 갇힌 짐승인 양 쿵쿵거리고 있었다. 엔진 소리가 가까워졌다 멀어지길 반복했다. 녀석들이 나를 희롱하고 있었다. 그러다 돌연 가열되는 타이어 소리에, 몸을 돌려 등 뒤에 바짝 붙은 차를 바라보았다. 창밖으로 몸을 내밀고 있던 털보가 혀를 빼 문 채 내게 손을 뻗고 있었다. 그 손짓에 놀라 발을 헛디디고 말았다. 중심을 잡아보려 했지만 상체가 바닥으로 무너져내렸다. 무릎이 바닥에 닿으며 쩌개지는 소리가 났다. 돼지밥같이 생긴 자식들이, 미치게 아팠다. 그러나 중요한 건 그게 아니었다. 나를 지나쳐갔던 왜건이 속력을 높이며 다시 달려들고 있었다. 머리를 감싼 채 몸을 웅크렸다. 차가 몇 센티 간격으로 나를 스치고 지나가는 것을 느꼈다. 흙

먼지가 날렸다. 고개를 들자 크게 원을 그리며 돌던 녀석들이, 다시 내게 돌진하는 게 보였다. 운전석에 앉은 민머리와 눈이 마주쳤다. 녀석이 히쭉 웃으며 액셀을 밟았다. 나는 다시 흙 위에 고개를 파묻었다.

"토할 것 같아아아!"

"고고! 고고 밴나!"

"죽어라, 미친 년아!"

몸을 갈아버릴 것 같은 몇 차례의 곡예가 있었다. 내가 할 수 있는 것은 아무것도 없었다. 귀를 막고 얼굴을 흙에 처박고 있는 것뿐. 얼마나 시간이 지났을까. 녀석들의 목소리가 멀어지는 것을 느꼈다. 늘 그랬다. 이런 일은 심심치 않게 일어났고, 그럴 때마다 내가 할 수 있는 건 아무것도 없었다. 마을 얼간이들이 더 독한 마음을 품지 않고 적당히 즐기다 떠나길 바라는 수밖에. 이에 대해 억울함을 토로하면, 아버지는 애초에 내가 원인을 제공하지 말았어야 한다며 나를 비난했다. 그러나 그게 대체 무슨 소용인가. 늘 시비를 거는 쪽은 내가 아닌데. 녀석들이 가고 나서도 나는 한참을 웅크리고 있었다.

몸을 뒤집자 낮게 걸린 태양이 보였다. 그것을 잠시 바라보다 상체를 일으켜 앉았다. 목이 말랐다. 흙을 한 바가지는 먹은 것 같았다. 똥통에 빠질 새끼들. 지들이 타고 있는 왜건이 개척시대 마차에서 따온 차인 줄도 모를 새끼들이. 잡히는 대로 흙을 잡아 허공에 던졌다. 그게 그대로 내게 돌아왔다.

고개를 털며 다시 마을이 끝나는 지점, 그리고 평원이 시작되는 곳에 서 있는 박물관을 바라보았다. 화가 치밀어올랐다. 어차피 나는 신뢰할 수 없는 미친 년이고, 내가 하는 짓은 제대로 된 게 없는데, 도대체 내가 못 갈 곳이 어디인가. 소득이 없어도 한 번은, 저곳에 가봐야 했다. 흙은 한 바가지 퍼먹고 어떤 운명을 느꼈다는 말이다, 망할. 몸을 일으켰다. 무릎이 제대로 펴지지 않았다. 절뚝이며 박물관을 향해 걷기 시작했다.

네온사인

'살인의 역사' 박물관은 마을 외곽, 평원에 인접한 2층 모텔을 개조해 만들었다. 그것은 시골의 인적 없는 도로를 달릴 때면 예사로 볼 수 있는 평범한 복도식 모텔이었다. 그곳은 나조 씨 딸이 잠시 머물렀던 곳이기도 했다. 나조 씨 딸은 여행 칼럼니스트였고, 우연히 비말에 왔다 이곳에 눌러앉았다. 망해가는 마을의 일출과 저녁놀을 좋아했다. 그녀는 이곳에서 책을 집필하기를 원했고, 집을 구할 계획도 가지고 있었다. 그러나 잠시 살던 곳에 다녀오겠다고 말하며 마을을 떠났던 그녀는 이곳에 다시 돌아오지 않았다. 사람들은 그녀가 변심했다고 생각했다. 그런 일은 흔했으니까. 해가 뜨고 지는 모양은 처음에나 감탄할 만하지, 이사까지 해가며 볼만한 건 아닌지도 모른다. 사람들은 그녀를 잊었다. 그리고 1년 뒤, 우리는 그녀가 마을을 벗어난 적조차 없다는 사실을 알게 되었다.

언젠가 나조 씨는 지나가듯 딸 이야기를 한 적이 있었다. '나는 그애가 어딜 그렇게 돌아다니는지 몰랐어. 이런 곳이 존재한다는 것도 그애가 죽은 후에야 알았어' 하고 말이다. 내가 '딸이랑 연락을 잘 안 했었나요?' 하고 묻자 나조 씨는 무심한 얼굴로 고개를 끄덕였다. '사이가 좋지 않았어' 그러고는 갑자기 웃음을 터뜨렸다. 내가 놀라서 그녀를 바라보자, 나조 씨는 '살고 죽는 문제 앞에서 사이가 좋지 않았다는 사실이 얼마나 우습냐'고 말했다. 그녀는 '나는 이런 식으로 문제의 초점을 흐리는 걸 싫어하는 사람이었어' 하고 덧붙였다. 그녀는 가끔 그렇게 고약할 때가 있었다.

박물관 앞 주차장은 텅 비어 있었다. 도로를 향해 세워진 표지판 로고는 내게 매우 익숙했다. 그것은 사람 얼굴을 세로로 쪼개 반달 모양으로 그린 캐리커처였는데 음영이 매우 강조된 그림이었다. 얼굴의 주인은 음침한 이목구비의 소유자로, 드러난 하나의 눈과 코의 윤곽이 흐릿한 데 반해 입매는 매우 선명한 모양을 하고 있었다. 그 입은 곡선을 그리고 있었는데 그것이 그자의 얼굴을 웃는 낯으로 만들었다. 기괴한 느낌을 자아내는 캐리커처였다. 해가 지면 네온전구로 만들어진 그 얼굴에 불이 들어올 터였다.

나는 잠시 그것을 바라보다 표지판을 지나쳐 건물로 다가갔다. 멀리서 봤을 때 허름해 보였던 박물관은 생각보다 훨씬 깔끔했다. 건물 외벽도 관리가 잘 되어 있었고, 마당 내부도 정돈되어 있었다. 살인마 박물관이므로 음습하고 퀴퀴할 거라고 생각했던 내 예상을 뒤집는 외관이었다. 나는 건물 입구로 다가가 유리문 손잡이를 잡았다. 그러나 선뜻 그것을 당길 수가 없었다. 심장이 조이듯 아파왔다. 이런 등신. 나는 박물관이 처음이었다. 나조 씨와 친했다고 주장하면서, 내가 그녀의 삶 핵심적인 부분에서 얼마나 거리를 두고 있었는지 새삼 깨닫지 않을 수 없었다. 그런 관계를 친밀했다고 말할 수 있을까. 그때였다. 어디선가 새된 숨소리가 들려왔다.

소리의 향방을 찾아 뒷걸음질을 쳤다. 그러자 박물관 2층, 일렬로 개방된 복도 한편에 서 있는 남자가 보였다. 작고 두루뭉술한 몸집의 70대 노인이었다. 그는 누가 온 줄도 모른 채 솔로 난간에 거품을 내고 있었다. 그가 상체를 움직일 때마다 티셔츠 아래 탄력을 잃은 배와 가슴이 드러났다. 그것이 쌕쌕거리는 숨소리와 함께 위 아래로 흔들렸다. 잠시 그것을 바라보다 시선을 돌렸다. 얼마 후 비누칠이 대충 마무리된 듯 노인이 구부렸던 몸을 폈다. 둥근 얼굴 위에 처진 눈매와 긴 인중, 작은 입 때문에 소심하고 선량해 보이는 얼굴이 드러났다. 그 얼굴은 발갛게 달아올라 있었다. 노인은 고무장갑을 낀 팔로 정수리의 땀을 닦다 나를 발견했다.

"뉘슈?"

"박물관에 볼 일이 있어서 왔어요."

관리인이 잠시 나를 바라보다 말했다.

"오늘은 휴관일이오. 개장을 앞두고 너무 바빠서……."

나는 고개를 숙였다. 그때 돌연 노인이 물었다.

"우리 도넛 가게에서 보지 않았소?"

그랬다. 노인은 매일 아침마다 내가 일하던 도넛 가게에 와서 우유와 함께 올드훼션드를 먹고 가던 손님이었다. 그에게 올드훼션드와 관련한 문제를 낼까 하다, 그러기를 포기했다. 도저히 그럴 기분이 들지 않았다. 퀴즈쇼에 나가서 구토를 했다는 이유로 가게 주인은 나를 해고했다. 도넛을 사러 오는 사람들이 나를 보면 비위가 상해서 매출이 떨어진다나 뭐라나. 그래서 도넛 얘기는 당분간 하고 싶지가 않았다. 아니 한마디만 덧붙이자면, 나는 결근을 한 적도 없고 도넛 이름을 잘못 외우거나 계산 실수를 한 일도 없는데 망할 사장 새끼. 항의를 해온 손님들도 문제였다. 자신들은 살면서 토 한번 해본 일이 없나. 다 망할 토사물 같은 새끼들이었다. 아무튼 노인은 늘 일정한 시간에 와서 얌전히 도넛을 먹고 사라지는 괜찮은 손님이었다. 나는 고개를 저으며 말했다.

"이젠 아니에요. 잘렸거든요."

"왜요?"

"모르겠어요. 사람들이 저를 싫어하는 것 같아요."

왜 그런 말을 했는지는 모르겠다. 노인이 잠시 나를 바라보았다. 그가 솥을 내리며 말했다.

"잠깐 기다리슈. 내려갈 테니."

박물관 마당에 앉은 채 노인이 타온 아이스티를 두 컵 마셨다. 그제야 좀 기운이 나는 것 같았다. 얼음까지 씹어먹었다. 관리인에게도 그것을 권하자, 그는 찬 것을 먹으면 속이 좋지 않다고 고개를 저었다. 그의 눈치를 살피던 내가 말했다.

"아주 잠깐만 박물관에 들어갔다 나오면 안 될까요."

"학생은, 이곳에 오면 안 되지 않소?"

"저를 들여보낸다 해도 문제될 건 없을 거예요. 약속할게요."

망설이던 관리인이 말했다.

"날이 좋지가 않아요. 축제를 앞두고 있어서 안이 엉망이오. 축제가 끝나고 그때 다시 오면 어떻겠소?"

나는 고개를 숙였다. 그의 대답에 실망한 건지, 안도한 건지 나도 알 수가 없었다. 잠시 입술을 달싹이던 관리인이 말했다.

"나조가 죽은 건 유감이오."

"나조 씨가 살해되던 날 여기 왔었다고 들었어요."

노인이 고개를 끄덕였다. 내가 물었다.

"나조 씨가 여기 와서 뭘 했는지 알 수 있을까요."

"전시를 관람했지."

"갑자기 왜요?"

"갑자기가 아니라 종종 이곳에 왔었소. 딸이 살던 방을 둘러보곤 했지."

"딸의 방에 뭐가 있는데요?"

"나조의 딸이 이곳에 살던 때와 거의 흡사할 거요. 운영위가 그걸 재현하는 데 공을 많이 들였으니까."

노인의 목소리에 은근한 자부심이 베어나왔다. 나는 그를 바라보며 말했다.

"나조 씨는 여길 싫어했어요."

"알고 있소. 그것도 올해로 끝이었는데 그렇게 가버렸군."

바닥을 내려다보다 물었다.

"언제부터 여기서 일하셨어요?"

"개장할 때부터 일했소. 나도 얼마 전에 해고 통보를 받았지."

"해고 통보요?"

"박물관이 없어지는데 관리인이 남아 있는 건 이상한 일이잖소."

관리인이 정수리의 땀을 훔치며 말했다. 그는 주름이 많이 잡힌 눈으로 박물관을 찬찬히 바라보았다. 그곳은 지어진 지 수십 년이 된 건물이라고 하기에는 믿을 수 없을 만큼 관리가 잘 되어 있었다. 그가 해낸 일일 터였다. 노인이 중얼거리듯 말했다.

"저게 사라지면 어디로 가야 할지 모르겠소."

나는 고개를 숙인 채로 말했다.

"저는 박물관이 없어졌으면 좋겠어요."

"왜지?"

나는 박물관 표지판에 그려져 있는 로고를 바라보며 말했다.

"저 그림은 제 거예요. 제가 그린 거예요."

9년 전 시체를 처음 발견한 사람은 수의사였지만, 그 이전에 목격자가 있었다. 그게 바로 나였다.

나는 10년 전 부모님을 따라 비말에 왔다. 아버지가 하던 외식 사업이 잘 안된 까닭에 우리는 늦은 밤 도망치듯 살던 집을 나섰다. 부모님은 이사 길 내내 한시도 싸움을 멈추지 않았다. '다 끝났어! 박살나버린 인생을 개구멍에 넣는 꼴이라고. 이제는 회복할 길이 없어' 하면서 말이다. 비말로 우리를 부른 고모부가 들었더라면 기함을 할 만한 말들이었다. 고모와 사별한 고모부는 비말에서 홀로 철물점을 운영하며 두 아들을 키우고 있었는데, 아들들은 모두 도시로 유학을 나간 상태라고 했다. 그 때문에 적적함을 느낀다고 말이다. 오륙 년 만에 고모부를 만난다던 아버지는 그를 두고 '아이들을 기르는 걸 보면 돈벌이를 꽤 하는 모양이야' 하고 말했다가도 '그래봤자 시골 촌놈이지' 하고 빈정거리곤 했다.

부모님은 비말에 도착해서도 한동안 현실을 인정하려 들지 않았다. 기껏 추려온 짐들은 제 자리를 찾지 못한 채 현관 한편에 쌓여 있었다. 부모님은 이에 대해 '언제든 돌아갈 수 있으니까' 하고 핑계를 대듯 중얼거렸다. 그들은 '돌아가게 되면 전부 짐이 될 것'이라는 이유로 새 가구나 생필품을 사들이는 일조차 꺼렸다. 집은 더럽게 휑뎅그렁했다. 당시 우리는 식사를 할 때에도 소파에 붙어 앉아서, 일회용 식기를 무릎 위에 얹고 고개를 박은 채 음식을 먹곤 했다. 식탁도 그릇도 없었던 것이다. 내 방에 있는 가구 역시 침대뿐으로, 그것은 이전 집주인이 쓰다 버리고 간 물건이었다. 내 방은 잠을 자는 것 외에 도무지 뭘 할 수 있는 공간이 아니었다.

그러나 나는 이사를 온 편이 훨씬 좋았다. 내가 친구들 사이에서 따돌림을 당하고 있었기 때문이다. 잘난 척 몇 번을 했다 나를 못마땅하게 여기는 아이들이 생기기 시작하고, 겁에 질린 나머지 그걸 회복해보려다 바보 같은 짓을 또 해버리고, 그러면 또 나를 바보 취급하는 아이들이 나타나고, 때로 인간관계라는 건 어떤 연쇄 작용을 일으키기도 해서 정신을 차리고 보면 내가 완전히 등신이 되어 있을 때가 있다. 당시가 그랬다. 그런 내게 비말은 탈출구였다. 천국이었다.

부모님은 낙심한 나머지 내게 별 관심을 쏟지 않았고, 내 방의 가구란 침대뿐이었으며, 사람들은 나를 몰랐다. 틈만 나면 집 밖으로 뛰쳐나가지 않을 이유가 무엇이 있겠는가. 그리고 나는 그 과정에서 노박과 오기를 만났다. 우리는 매일같이 몰려다니며 놀았다. 그게 미치도록 재미 있었다. 생각해보면, 그것이 가장 큰 문제였던 듯싶다. 미치도록 재미가 있으면 그 대상과 밤낮 붙어 지내고 싶어지는 법이다. 노박이 '부모님들 몰래 해돋이를 보러 가자'는 제안을 해왔을 때 나는 얼마나 환호했던가. 머릿속에서 폭죽이 터지는 것만 같았다.

그날 우리는 이른 새벽, 마을에서 만나 함께 평원에 가기로 약속했다. 나는 약속을 지키기 위해 이른 저녁을 먹은 후 초저녁부터 잠이 들었다. 그래야 맨 정신으로 해돋이를 볼 수 있을 터였다. 그러나 눈을 떴을 때는 잠든 지 고작 두 시간이 지난 후였다. 너무 들뜬 나머지 깊이 잠드는 게 불가능했던 것이다. 약속 시간보다 네 시간이나 이른 시간이었다.

나는 더 자기를 포기한 후 작은 배낭을 꾸렸다. 거기에는 셀로판을 붙여 만든 3D 안경, 이틀 전 짐들 속에서 찾아낸 망원경, 어렵게 훔친 아빠 선글라스, 약간의 간식과 물을 넣었다. 그곳에는 내 보물 목록에서 꺼낸 폭죽도 있었다. 머릿속에서 터지고 있는 폭죽을 구현하고 싶었던 것은 아니고, 그것은 오기를 위한 물건이었다. 그는 눈을 내리깐 채, '폭죽 기술자가 되고 싶어. 이곳에서 불꽃놀이를 열면 아주 재미 있을 거야' 하고 말한 적이 있었다. 그러면 많은 사람들이 마을을 찾을 거라고 말이다. 폭죽을 가져가면 오기가 아주 좋아할 터였다.

나는 인기척을 죽인 채 집을 나섰다. 그리고 아빠 선글라스를 코에 걸친 후 약속 장소를 향해 달리기 시작했다. 밤인데다 선글라스를 써서 눈앞이 잘 보이지 않았다. 이전 친구들이 그걸 본다면 '또 잘난 척을 한다'며 손가락질을 할지도 몰랐다. 하지만 오기와 노박은 나를 보면 웃음을 터뜨릴 것이다. 그리고 '앞이 보이냐?' 하고 말하며 앞다투어 선글라스를 써보려 할 것이다. 그럼 순번을 나눠서 차례차례 쓰게 해야지. 선글라스 주인이라고 해서 내가 그것을 더 오래 쓰거나 하지는 않을 터였다.

약속 장소에는 나뿐이었다. 나는 시간을 확인했고, 내가 정해진 시간보다 세 시간이나 일찍 도착했음을 알았다. 나는 평원과 맞닿아 있는 마을 출구에 서서, 잠시 마을과 평원을 번갈아 보았다. 그때 나는 어떤 선택을 할 수 있었다. 친구들을 기다린다거나, 아이들에게 연락해 약속 시간을 당기자고 제안한다거나, 아니면 집으로 돌아가는, 그런 여러 가지 선택들 말이다. 그러나 나는 그 중에서도 가장 바보 같은 선택을 하고 말았다.

먼저 평원에 나가보자.

그것은 종종 '너는 초짜라 아무것도 몰라' 하고 말하던 노박의 말을 의식한 것으로, 나는 생각했다. 평원에 먼저 나갔다 돌아와, 아이들에게 길을 안내하자고 말이다. 그럼 더 이상 초짜라는 말을 듣지 않아도 되고, 혹여나 무서워할 친구들을 다독일 수도 있을 테니까. 나에게는 시간이 아주 많으니까. 그리고 나는 그런 식으로 거

들먹거리는 걸 조금 좋아하니까. 그야말로 초짜다운 생각이었다.

결심이 서자마자 나는 냅다 평원으로 뛰어들었다. 주변이 너무 어둡게 보였다. 그게 조금 겁이 나서 더 빨리 달렸다. 그리고 내가 돌아가기에도 너무 먼 길을 왔다는 생각이 들기 시작했을 때, 나는 새로운 사실 하나를 깨달았다. 늦은 밤 평원에 혼자 있는 건 미친 짓이라는 걸 말이다. 가까워 보였던 바위는 나타나지 않고 있었다. 마을로부터 얼마만큼 멀어진 건지도 알 수 없었다. 그리고 드는 의문 하나. 길이 없는데, 내가 맞게 달리고 있기는 한 건가. 멈출 수도 없고, 돌아갈 수도 없었다. 그렇다고 해서 계속 나아가는 게 맞는 건가. 내 숨소리가 나를 옥죄어오기 시작했다. 그 소리가 지나치게 컸다. 게다가 밤의 흙냄새는 낮의 흙냄새와는 달랐다. 그것은 어둠과 습기를 품고 있었다. 달리느라 몸은 뜨거운데, 피부 표면에는 차갑고 끈끈한 공기가 내려앉았다.

그러나 가장 무서운 건 따로 있었다. 나를 가장 두렵게 만든 건, 놀라지 마라. 내가 서 있다는 사실이었다. 그러니까 평원에는, 몸을 숨길 만한 곳이 어디에도 없었다. 나지막한 지상에 알 수 없는 존재들과 어둠이 나를, 나만을 응시하고 있었다. 나는 그 사실에 놀라 기절할 뻔했다. 이전에도 이후에도 나는 스스로를 그토록 크게 느낀 일이 없다. 나는 드러나 있었다. 연약하고, 콧물을 질질 흘리며, 길을 잃은 상태로 그렇게 드러나 있었다. 나는 멈춰 섰고 주변을 두리번거렸다. 그리고 내 눈을 가렸다가 헐떡이며 울음을 터뜨렸다. 제정신이 아니었다.

공포에 질린 내가 본능적으로 한 행동은 몸을 낮추는 것이었다.

짐승이 온 것도 아니고 무언가에 걸려 넘어진 것도 아닌데 나는 자발적으로 주저앉았다. 그리고 평원 바닥에 몸을 바짝 붙여 엎드렸다. 흙에 얼굴을 박은 채로 쿨쩍거렸다. 한번 몸을 굽히고 나자 도저히 그것을 다시 일으킬 수 있을 것 같지가 않았다. 나는 바닥이, 땅이 되고 싶었다. 그것이 될 수 없을 바에는 평원에 붙은 개미가 되고 싶었다. 개미가 된 채 땅밑으로 들어가고 싶었다. 그렇게 얼마를 엎드려 있었을까.

멀리, 차가 멈추는 소리가 들렸다. 몸을 낮춘 채 고개를 뒤로 틀었다. 검고 큰 덤프트럭이 그곳에 있었다. 도움을 요청할 어른이 나타났다! 굳어 있는 몸을 일으켜 손짓을 해야 했다. 내가 이곳에 있다는 사실을 알려야 할 순간이었다. 늦은 밤 아무것도 없는 평원에서 사람을 만난다는 건 엄청난 행운일 테니까. 그때, 차의 전조등이 꺼지는 게 보였다. 곧 차문이 열렸다. 그리고, 비명과 함께 사람이 튀어나왔다. 젊은 남자였다.

"아아악! 살려주세요!"

탁, 탁, 탁, 탁. 발자국 소리가 이어졌다. 차 밖으로 나온 사람이 소리를 지르며 나를 향해 달려오고 있었다. 아니다. 하나가 아니었다. 뒤이어 차에서 내린 누군가가 그를 뒤쫓고 있었다. 도망자가 비명을 내지르며 나를 지나, 평원 안쪽으로 달려들어갔다. 그가 살려달라고 외치고 있었다. 추적자가 그를 쫓아 달려오는 소리가 들렸다. 나는 너무 무서워서 흙에 얼굴을 박은 채로 흐느꼈다. 나는 겁쟁이였다. 고개를 들 생각조차 하지 못하고 있었다.

그때 쿵 하고, 내 옆에 무언가가 쓰러지는 소리가 났다. 쿵, 하고 분명 무언가가 쓰러졌다. 발소리는 멈췄다. 나는 얼굴을 흙으로부터 떼냈다. 무언가가 내 옆에 있었다. 나는 왼쪽으로 고개를 틀었다. 그리고 그때 그자와 눈이 마주쳤다. 사람의 얼굴이 아니었다. 일그러진 눈과 비틀어진 코, 어둠에 잠겨 있는 반쪽의 얼굴, 넘어져 있는 그것이 나와 눈을 맞춘 채로 웃고 있었다. 나는 거칠게 숨을 들이켰다. 찰나였지만 우리는 서로를 응시했다. 그것은 얼굴에 띤 미소를 거두지 않은 채 나를 바라보다 몸을 일으켰다. 그리고 왔던 길을 되돌아가기 시작했다.

곧 트레일러의 시동이 걸렸다. 반쪽의 얼굴이 달아난 자를 향해 차를 몰았다. 얼마 후 멀지 않은 평원 저편에서, 살아 있는 것이 찢어발겨질 때 내는 비명이 울려퍼졌다. 그런 소리는 좀처럼 잊을 수 없다는 사실을 나는 시간이 한참 지나고 난 후에야 알았다. 몇 차례의 비명이 더 있었다. 누군가가 난자당하고 있었다. 혹은 절멸하고 있었다. 그리고 갑자기 그곳에서 불이 들어왔다. 이전과는 차원이 다른 울음소리가 평원에 울려퍼졌다. 불이 사람의 형상으로 훅 하고 번졌다가, 하나의 덩어리가 되어 타오르기 시작했다. 그 불덩이가 평원을 뛰어다니고 있었다. 휘청이고 있었다. 불이 비명이고, 비명이 불인 것 같았다. 그 소리가 한동안 이어지다, 뚝 하고 멈췄다. 그리고 불덩이가 무너져내리는 것을 보았다. 무너진 채로 타오르던 불이 잠시 후, 완전히 꺼져버렸다. 다시 어둠이 찾아왔다. 나는 짙은 밤이 내 머리 위로, 어깨와 등 위로, 엉덩이와 다리 위로, 내 뒤꿈치와 발가락 사이사이로 쏟아져내리는 것을 느꼈다.

다음날, 나는 마을과 3킬로미터가량 떨어진 평원에서 발견되었다. 밤새 평원을 기어다닌 탓에 팔과 팔꿈치가 너덜너덜해진 상태였다. 응급치료와 깊은 잠, 그리고 악몽들, 나를 둘러싸고 있는 가족들의 얼굴이 몇 차례 지나간 후, 경찰은 나와 대화를 하고 싶다는 뜻을 밝혔다. 그들이 가장 궁금해했던 건 '범인의 얼굴을 기억하고 있느냐'는 사실이었다. 나는 물론 고개를 끄덕였다. 그자의 얼굴을 봤어요. 똑똑하게 기억하고 있어요. 경찰들은 고무된 채 몽타주 작업을 시작했다. 나는 도저히 잊을 수 없던 얼굴을 이미지로 완성시켜나갔다. 그림이 완성되었을 때 이를 본 경찰은 겁에 질린 목소리로 말했다. '이게 사람이야, 괴물이야?'

몽타주가 뿌려졌고, 수색대가 조직됐다. 무수한 용의자들과 무수한 제보들이 이어졌다. 그러나 그림과 닮은 자는 나타나지 않았다. 그림이 말할 수 없게 기괴했기 때문이다. 범인이 잡히지 않자 의심의 목소리들이 새어나오기 시작했다. 아이가 범인을 제대로 본 게 맞느냐. 환영을 본 건 아니냐. 아이가 거짓말을 하는 것일 수도 있다. 다른 가능성들을 염두에 두어야 한다, 기타 등등. 몽타주가 너무 강렬해서 오히려 범인을 잡는 데 방해가 된다는 이야기도 있었다. 몽타주처럼 생긴 자가, 이 작고 외진 마을에서 그렇듯 흔적도 없이 증발해버리는 건 불가능하다고 말이다.

시간이 지나자 몽타주에 관심을 가진 건 다른 자들이었다. 살인마의 이야기를 좋아하는 호사가들. 살인마는 인간이 아닐 거라는 말부터 얼굴을 내놓지 못한 채 숨어 사는 괴한일 거라는, 몽타주를 둘러싼 다양한 추측들이 난무했다. 2년 후 영화 〈평원의 살인마〉

는 몽타주를 살짝 변주해 포스터에 박았다. 사람들은 열광했고, 그 이미지는 박물관 표지판에도 사용되었다. 그리고 곧 축제를 알리는 팸플릿에 들어갔고, 마을에 나타나는 살인마 팬클럽 회원들의 티셔츠에 박혔다. 그것은 가방에 다는 배지로 재현되었고, 열쇠고리로, 쿠키로, 가면으로, 가방과 머플러로, 신발로, 수건으로, 엽서로, 컵으로, 베개 커버로, 벽지로, 사탕으로, 독서대로, 음료수 병으로 재탄생했다.

결과적으로 내 증언은 범인을 잡는 데 활용되지 못했다. 이건 누구의 잘못도 아니다. 그러나 나는 오랜 시간 악몽에 시달렸고, 범인이 나를 찾아올지도 모른다는 두려움에 떨어야만 했다. 그리고 무엇보다도 억울함을 느꼈다. 대부분의 사람들이 내가 틀렸다고 말했으니까. 나는 한시도 그 얼굴을 잊은 적이 없는데 말이다. 나는 수차례, 사실은 무수히, 나를 거짓말쟁이라고 손가락질하는 자들에게 달려들었다. '내가 봤단 말이야!' 하고 내 얼굴을 쥐어뜯으면서 말이다. 그 행동은 나에 대한 세간의 평가를 더 떨어뜨리는 결과를 낳았다. 그럼 그렇지. 아이가 정신이 나가서 그런 증언을 한 게지.

세간의 평가 때문은 아니었지만, 어느 순간부터 나는 입을 다물지 않을 수 없었다. 이 일로 가장 고통받는 자는 내가 아니었던 것이다. 내 부모도 아니었다. 아마 살인마 당사자도 아니었을 거라고 생각한다. 가장 고통받은 자는 유가족들이었다. 그들은, 다른 증거가 없었기 때문에 몽타주에 매달렸다. 나를 믿었다. 오기와 나조씨는 몇 년 동안이나 몽타주를 가슴에 품고 다닌 걸로 안다. 아마

다른 유가족들도 그랬을 것이다. 범인을 잡기 위해서. 그럼에도 살인마는 잡히지 않았다. 대신 그들은 차근차근 상품화되어가는 마을과 도처에서 기념품으로 등장하는 살인마를 지켜봐야만 했다. 거기에 대고 내가 대체 무슨 말을 할 수 있겠는가.

나는 풀리지 않는 문제가 싫다. 답이 정확한 문제만 풀고 싶다. 이를테면 퀴즈쇼 문제 같은, 그랬다. 언젠가부터 나는 집 안에 틀어박히길 즐겼고, 내 문제에 대해 생각하는 대신 퀴즈쇼 질문에 대해 생각했다. 그것에만 골몰했다. 시작은 나조 씨와 함께였지만, 그랬다. 언젠가부터는 퀴즈쇼도 혼자 보기를 즐겼다. 왠지 그녀와 함께 쇼를 보는 게 편치 않았던 것이다. 그런 내 모습을 보면서 나조 씨는 아무 말도 하지 않았다. 만날 때마다 퀴즈를 내줬고, 상금을 받게 되면 마을을 나가라고, 도시로 가서 하고 싶은 일을 하라고 나를 응원해주었다. 나는 그녀의 지지에 기대어 그녀의 고통을 외면했다. 내 기억이 틀렸을 수도 있지 않느냐고, 나는 고작 여덟 살이었을 뿐 아니냐고, 이제 더 이상 뭘 어떻게 할 수가 없지 않느냐고 말이다. 의도한 일은 아니지만 나는 지독하게도 무책임했다. 불타 죽어야 하는 건 나인지도 모른다.

"살인마는 어째서 저를 죽이지 않았던 걸까요."

관리인이 흘러내리는 땀을 닦으며 말했다.

"그런 말은 함부로 하는 게 아니오."

"살인마는 함부로 사람을 죽이는데 말이죠."

노인이 나지막이 웃었다. 그는 나를 마주한 채로 내 이야기를 들었다. 나는 이렇게 오랫동안 나에 대해 말해본 일이 없었다. 나조 씨가 그토록 기다려주었음에도. 그녀와의 시간을 모두 흘려보냈다. 빌어먹을 퀴즈에만 매달렸다. 그녀가 정말 궁금해했던 질문에 대해서는 어떤 대답도 내놓지 못한 채로. 그렇게 내가 모든 걸 망쳤다. 이런 깨달음들은 나를 조금 미치게 한다. 노인이 더듬거리며 입을 열었다.

"살인마가 얼른 잡혀야 할 텐데 말이오."

망설이던 나는 입을 열었다.

"나조 씨를 죽인 건 살인마가 아닐 거예요."

"왜 그렇게 생각하지?"

나는 다시 고고 밴나에 대한 이야기를 했다. 하도 비웃음을 많이 샀던 탓에, '고고 밴나'를 입 밖에 낼 때는 나도 모르게 우물거리며 발음을 뭉갰다. 노인은 내게 상체를 기울인 채 그 부분을 다시 정확하게 이야기해달라고 부탁했다. 그래서 나는 다시 '고고 밴나'와 그 의미에 대해 말했다. 관리인이 고개를 끄덕였다.

"그렇군. 확실히 이상하군."

"……"

"정말 이상하오."

"그런가요?"

"그렇소. 나조는 그때 뭘 봤던 걸까. 왜 고고 밴나라고 한 걸까."

"그렇죠? 나조 씨를 죽인 게 살인마가 아닐 수도 있는 거죠?"

"왜 범인이 살인마가 아니라는 데 그렇게 집착하는 거요?"

"나조 씨가 틀렸다고 했으니까요."

노인이 고개를 끄덕였다. 나는 그의 암갈색 눈동자를 바라보았다. 뱃속 깊은 곳에 어떤 고통이 휘몰아치는 것을 느꼈다. 그랬다. 내 이야기는 비약이 있을지언정 허무맹랑한 것이 아니었다. 이것을 확인받고 싶었다. 뱃속 깊은 곳에서 시작된 묵직한 고통이 몸을 타고 올라오는 것을 느꼈다. 그것이 가슴을 쳤다. 왜인지 모르겠지만 가슴이 너무 아팠다. 너무 아파서 숨이 막혔다. 나는 그곳을 두드리며, 거세게 두드리며, 내가 정말로 하고 싶었던 일을 떠올렸고, 토해내듯 말했다.

"범인을 잡을 거예요."

"범인?"

"나조 씨를 죽인 진짜 범인이요."

관리인이 땀을 닦으며 나를 물끄러미 바라보았다.

한 달 전 위도, 은퇴

산 사람이 내 것이 될 수 없다는 사실은 처음부터 알고 있었다. 누군가를 사랑하거나 그로부터 사랑받는 것은 불가능에 가깝다. 사람들이 사랑이라고 이야기하는 것은 굴절된 자아의 투영이나, 집요한 소유욕인 경우가 대부분이다. 없다고 하지는 않겠지만 진짜 사랑을 할 수 있는 사람은 드물다. 만일 이 사실을 모르는 자가 있다면 그 우둔함에 축하를 보내고 싶다. 그렇듯 우둔하게 살다가 우둔하게 뒈지는 건 어떤 면에 있어서는 축복이라 할 수 있을 테니까. 인간은 인간의 쓰레기통이다. 인간은 인간에게(인간에게뿐만은 아니지) 감정의 배설을 쏟거나, 진짜 배설물을 쏟는다. 그들은 그렇듯 서로에게 똥칠을 해대다 죽는다.

나에게는 말이 있었다. 누구도 내게 똥칠을 할 수 없게 만드는, 멋지고 강한 말이었다. 사불이 가만히만 서 있어도 사람들은 알았다. 녀석에게 범접할 수 없는 재능이 있다는 사실을 말이다. 윤기 나는 갈기, 검고 두터운 눈동자와 단단한 아구, 뛰어난 폐활량을 입증하는 큰 콧구멍, 앞으로 길게 뻗은 목, 윤기 흐르는 갈색 털과 단련된 근육으로 시도 때도 없이 씰룩이는 몸뚱이, 그의 뒷심을 드러내는 푸짐하게 벌어진 궁뎅이, 씨종마로 써도 될 만큼 훌륭한 성기, 날렵하게 뻗은 다리를 보고 그의 재능을 눈치채지 못한다면 그야말로 머저리일 터였다. 녀석은 아름다운 말이었다. 보는 순간 모두가 사랑에 빠지고 마는. 게다가 녀석의 콧등에는 별모양의 흰 털이 나 있었는데, 사람들은 그걸 보면 사불의 콧등을 만지지 못해서 안달이었다. 말의 얼굴에 별이 떠 있군요. 사람들은 별을 만지기 위해 돈을 내밀거나, 제멋대로 껑충거리다 사불에게 들이받히곤 했다. 그런 자가 한둘이 아니었다. 좋은 시절이었다. 그때 생각이 났다.

"또 전시실에서 잔 겁니까?"

눈을 떴다. 옆 광대가 큰 중년 남자가 나를 내려다보고 있었다. 깨 있다고 생각했는데 선잠이 든 모양이었다. 그가 들어오는 소리조차 듣지 못했다. 왜 이렇게 잠이 많아진 걸까. 나를 바라보던 남자는 고개를 휘저으며 침대에서 물러났다. 축제운영위원장이었다. 그가 화를 누르는 목소리로 말했다.

"전시품 위에서 자지 말라고 누누이 말했는데, 왜 자꾸 여기서 잡니까."

"자지 않았소."

"그 침대가 이번 경매에서 얼마에 매매될지 알고 있는 겁니까?"

"청소를 마치고 잠깐 쉬고 있던 거요."

위원장은 미덥지 않다는 얼굴로 벌거벗은 내 상체를 훑어보았다. 나는 몸을 움츠렸다. 요즘 자꾸만 가슴이 나왔다. 그게 신경이 쓰였다. 위원장은 시선을 돌리지 않았다. 그것은 예의가 아니었다. 그는 이른 아침, 박물관을 급습하기 전에 내게 전화를 해서 약속을 잡았어야 했다. 그런 후 이곳에 와서 내가 박물관에 얼마나 공을 들였는지, 어떻게 이곳을 관리해왔는지 세심하게 살폈어야 했다. 그런데 위원장은 그 모든 과정을 생략한 채 내 침실에 대가리를 들이밀고 다짜고짜 나를 추궁하고 있었다. 마치 하인에게 하듯이. 그가 말했다.

"관리실에 가 있겠소. 옷 좀 입고, 그리로 오시오."

위원장은 내 대답도 듣지 않은 채 전시실을 나가버렸다. 관리실은 내 공간이었다. 제가 먼저 가 있거나, 내게 오라 마라 할 장소가 아니라는 말이다. 저건 말이 내 곁에 있었다면, 결코 할 수 있는 짓이 아니었다. 헤어진 지 3324일. 사불, 내가 이런 모욕을 겪고 있다. 너 때문에. 자면서 흘린 눈물이 관자놀이에 말라붙어 있었다. 그것을 긁으며 베개 밑에 숨겨두었던 잭나이프를 꺼냈다. 나이프로 침대 등 받침을 그었다. 그것을 바라보다 다시 한번 더 그은 후, 전시실을 나섰다.

위원장은 내 책상에 앉아 박물관 대장을 내려다보고 있었다. 내가 들어온 걸 알면서도 고개를 들지 않았다. 건방진 새끼. 녀석이 축제를 총괄하며 벌어들인 돈으로, 박물관과 마을 부지를 사들였다는 이야기를 들은 바 있었다. 사람들로부터 퍽이나 많은 월세를 받아먹고 있다지. 축제가 망한다 하더라도 녀석은 망하지 않을 것이다. 분산 투자, 먹고살 만한 시스템을 구축한다는 것, 잉여 재산의 축적과 부의 증식, 이런 시발. 문서를 내려다보던 녀석이 고개를 들었다. 녀석은 못마땅하다는 듯 관리실에 걸려 있는 빨랫줄과 거기에 걸린 속옷을 한 차례 바라보았다. 그가 말했다.

"전기 배선을 교체하고 싶다고요?"

"배선이 노후해서 재활용이 불가능한 상황이오."

"건물 전체를요?"

"그렇소."

"올해 나이가 어떻게 되시죠?"

"……."

"기분 나쁘게 듣지는 마십시오. 아드님하고는 연락이 되십니까."

"그런 걸 왜 묻소?"

"실적이 너무 미미해요."

"박물관 말이오?"

"달리 어디가 있겠습니까."

"그건……. 배선을 교체해달라고 해서 그러는 거요?"

"위도 씨가 이곳을 문제없이 잘 관리해주었다는 건 알고 있습니다. 하지만 돈도 안 되는 걸 끌어안고 있는 게 제 성미에 맞지 않아요."

"당장 급한 배선을 바꾸고, 나머지는 재활용을 생각해보는 건 어떻소?"

79

"위도 씨, 저는 어렸을 때 여길 뛰쳐나가서 배우가 되고 싶었어요."

"……."

"이런 외모로 배우라니, 놀랄 일이지요? 하지만 잘생긴 사람만 배우를 하는 건 아니니까요."

머뭇거리다 대꾸했다.

"나는 퍽 남자다운 얼굴이라고 생각하오."

위원장은 못 들은 척 말을 이었다.

"기회가 되지 않아서 배우가 되지는 못했지만 말입니다. 그때 꿈이 아무래도 남아 있는 모양이에요. 저는 이곳에 도시 사람들이 많이 왔으면 좋겠어요. 녀석들이 돈을 펑펑 쓰고, 침도 질질 흘리고, 이런 마을이 있구나, 하고 기가 빠져서 돌아갔으면 좋겠소. 한 편의 멋진 쇼를 보는 것처럼요. 그런데 지금 그게 가능하다고 봅니까."

"차츰 바꿔나가면……."

"박물관에는 뭔가가 부족해요. 사람들을 끌어당기는 매력이랄까, 어떤 강렬함이랄까……."

"그야 오래된 박물관이니까……."

"박물관뿐만이 아니에요. 살인마는 더 이상 우리에게 돈이 되지 않아요."

"……."

"늙어버린 거죠."

"난 정정하오!"

"오해하지는 마세요. 위도 씨에게 한 말은 아닙니다. 위도 씨, 죄송하지만 이번 축제까지만 일해주시는 게 어떻겠습니까."

"……."

"새 바람이 필요해요."

"이미 결정이 난 거요?"

위원장은 조용히 나를 훑어보았다. 녀석의 작은 눈동자가 빈틈없이 움직이고 있었다. 그가 천천히 대답했다.

"예."

"……."

"이런 말이 어떻게 들릴지 모르겠습니다만, 전 위도 씨가 자랑스러워요. 존경받을 만한 은퇴라고 생각하셨으면 좋겠습니다."

내가 뻣뻣하게 굳은 채로 서 있자 위원장이 자리에서 일어났다. 그것은 통보였다. 그가 할 말을 찾는 내게 손을 내밀었다. 나는 그의 두툼한 손을 바라보았다. 늙은 것은 사실이었다, 일흔이 넘었으니까. 하지만 박물관은, 이런 촌놈 나부랭이가 성의 없는 한마디로 빼앗을 수 있는 것이 아니었다. 내가 아니었다면 박물관은, 이 마을은, 존재할 수 없었다. 내가 그의 손을 잡지 않자 위원장은 이해한다는 듯 고개를 끄덕였다. 왜? 무엇을?

늘 최선을 다했다. 사람을 죽이는 건 체력을 요하는 일이었다. 나는, 지겨운 삶에서 그나마 나를 견딜 수 있게 하는 그 즐거움을 지키려 애썼다. 오랫동안 함께해온 술담배를 끊었고, 운동도 하고 있었다. 몸에 좋다는 음식도 챙겨 먹었다. 그러나 몸뚱이는 마음을 배반한다. 대체적으로 그렇다지만, 나이가 들면 원수라도 되는 양 더 심하게 배반을 한다. 노화를 비웃기 위해서만 마음이 존재하는 것처럼 말이다. 십 년 전 찾아온 혈관 질환을 시작으로, 내 앞에는 다양한 노인성 질병들이 줄을 선 채 벨을 울리고 있었다. 그러다, 그렇게 애썼는데! 이놈저놈 죽이느라 몸을 혹사해왔다. 혹사하고, 또 혹사당했다. 손바닥으로 이마를 감싼 채 물었다.

"새 사람을 쓰려는 거요?"

"한동안 휴관을 하면서, 박물관이 나아가야 할 방향을 생각해볼 계획입니다."

"그러니까 다시 박물관을 열어도 나를 부르지 않고, 새 사람을 쓰겠다는 거요?"

"아직 계획된 건 없어요."

"만일 다시 연다면요?"

위원장은 말이 없었다. 그의 눈에서 대답을 읽었다. 나는 해고통보를 해놓고 지루한 얼굴을 하고 있는, 위원장의 넙대대한 얼굴을 응시하며 말했다.

"여기서 만나기로 한 친구가 있소. 그 친구가 오면 나도 이곳을 떠날 거요."

"어떤 친구입니까?"

"무섭고 대단한 친구요."

"이상한 말이로군요. 언제 오기로 했습니까."

"곧. 곧 올 거요."

D-1 수레바퀴

"안 돼."

모텔 주인인 이비 씨가 접수대 컴퓨터에 시선을 박은 채 말했다. 나는 오기와 닮은 그 얼굴을 바라보며 항의했다.

"잠깐만 들어갔다 나오면 된다니까요."

"안 된다니까."

"모텔의 효시가 언제인지 아세요?"

이비 씨는 모니터를 바라보며 건성 대답했다.

"알 게 뭐니."

"1925년이에요. 이전에도 수천 개의 업소가 있었지만 모텔이라는 말을 처음 사용한 건 그 때에요. motor hotel이라는 뜻이었죠."

"……."

"1935년도에 한 대학의 사회학과 학생들은 모텔 출입자들을 은밀히 조사했었어요. 그래서 드러난 사실이 뭔지 아세요? 당시 수많은 이용객이 가짜 이름을 사용했고 그 중 3/4이 불륜 관계였다는 사실이에요. 솔직히 말해보세요, 몰랐던 사실이잖아요."

모니터에서 시선을 뗀 이비 씨가 눈썹을 치켜뜨며 말했다.

"무슨 말을 하려는 거야."

"제 입으로 말하기는 그렇지만 저는 지식이 아주 풍부해요. 아이큐도 138이고요."

이비 씨가 한숨을 쉬었다. 그러거나 말거나 재빨리 말했다.

"누가 알아요? 이렇게 명석한 제가 사람들이 알아채지 못한 단서를 찾아낼지."

"똑똑하면 뭘 하냐, 내가 본 누구보다도 얼간이 같은데. 장사 좀 하자. 제발 가라."

"제가 그 말이에요! 원하는 장사를 하시라고요. 대신 저한테 잠깐 나조 씨 방을 보여주면 된다니까요."

"그럴 수 없어."

"왜요?"

"이미 손님을 받았어."

긴 실랑이를 벌여야 했던 이유는 따로 있었다. 내가 이비 씨를 바라보자, 그녀는 다시 컴퓨터로 시선을 돌렸다. 손바닥을 뻗어 그녀가 바라보고 있는 모니터를 덮었다. 이비 씨가 화난 얼굴로 고개를 들었다. 그러나 나 역시 화가 난 상태였다. 내가 말했다.

"아직 축제는 시작되지 않았잖아요."

"시작된 거나 다름없어."

"다른 빈 방도 있잖아요."

"너한테 허락을 받고 방을 내줘야 하냐."

"그러니까 왜 하필 그 방이냐는 거예요."

"그 방이 왜."

"무슨 말을 하는 건지 아시잖아요. 나조 씨가 쓰던 방이라고 해서 방 값을 두 배 받은 건 아니냐고요."

"그걸 네가 왜 신경쓰는 거니."

"그건……."

"방을 놀리기라도 하라는 거냐."

"어제 오기를 만났어요. 아주머니는, 오기가 왜 그렇게 벗고 다니는 건지 모르는 거예요?"

"……."

"모르는 거냐구요."

"무슨 말을 하는 건지 모르겠구나. 그만 가라."

치밀어오르는 분노에 얼굴을 비볐다. 나는 나조 씨와 친밀한 사이였다. 그녀의 습성에 대해서도 비교적 잘 알고 있었다. 어쩌면 나는 범인을 잡을 수 있는 적임자였다. 어쨌거나 그래서, 정보를 모으기 위해 모텔을 찾은 것이다. 그런데 시작부터 가로막히고 말았다. 나조 씨가 쓰던 방은 역겨운 컬트 팬에게 넘어간 상태였다.

내가 모텔 주인을 노려보자 그녀는 무심한 얼굴로 고개를 돌렸다. 출입문이 열렸다. 하루 일찍 모텔을 찾은 관광객들이었다. 그들이 접수대를 향해 다가왔다. 이비 씨가 나를 무시한 채 그들을 응대하기 시작했다. 나는 그곳에서 서서 그녀를 노려보다 모텔을 나섰다. 모텔 옆 주유소 세차장에는 먼 길을 달려온 듯한 관광객들이 지친 얼굴로 음료를 마시고 있었다. 그 중 하나와 눈이 마주쳤다. 그자가 손가락을 들어올렸다.

내 얼굴을 아는 관광객은 많지 않을 터였다. 축제가 시작되면 나는 보통 집에 처박혀, 이미 본 퀴즈쇼를 보고 또 보길 반복했다. 그렇게 칩거한 채로, 어린아이는 성장을 하고 그 과정에서 얼굴이 바뀌기도 한다는 사실을 축복으로 받아들였다. 실제로 나는 많이 변하기도 했고 말이다. 그러나 퀴즈쇼 때문에 모든 게 망해버렸다. 내게 악의를 품은 마을 얼간이 하나가, '9년 전 평원의 목격자'라는 제목으로 퀴즈쇼 영상을 살인마 팬 사이트에 올렸던 것이다. 나는 그 영상 속에서도 구토를 하고 있었다. 내게 손가락질을 하는 관광객은 아마도 그것을 보았을 터였다. 카메라를 들어올리는 관광객을 피해 황급히 등을 돌렸다. 욕을 하고 싶었는데 마땅한 욕이 떠오르지 않아서, 도망치기 시작했다.

모텔 근처의 시가지에서 빈둥거리며 시간을 보냈다. 그러다 시에스타가 되었을 때 모텔로 돌아갔다. 딱히 인적이 보이지는 않았다. 눈치를 살피던 나는 잰걸음으로 모텔 뒤편으로 갔다. 나조 씨가 일광욕을 하던 뒷마당이었다. 마당에는 손님의 것으로 보이는 트레일러가 세 대 주차돼 있었다. 살인마가 트레일러를 운전했던 탓인지, 관광객들 중에는 유독 트레일러를 끌고 이곳을 찾는 사람들이 많았다. 트레일러 기사들의 팬클럽이 따로 존재한다는 소문이 있을 정도였다.

호두를 한 움큼 꺼내 씹으며 모텔을 둘러보았다. 모텔은 총 2층으로, 테라스가 없는 내부 복도식 건물이었다. 나는 2층 끝, 나조 씨의 방을 올려다보았다. 그녀 방에 설치된 창문은 일정 부분 이상 열리지 않게끔 설계되어 있었다. 배관이나 사다리를 통해 2층으로 올라간다 하더라도 창문을 열고 방 안에 들어가기란 불가능할 터였다. 다른 방법이 없었다. 나는 뒷마당에 세워진 모텔 깃대로 다가갔다. 깃대 아래, 그것을 지지하고 있는 돌들이 보였다. 나는 그중 적당한 크기의 돌멩이 하나를 주워들었다.

돌을 쥔 채 모텔 입구에서 가장 먼 101호 창문 앞으로 갔다. 창문에 얼굴을 붙인 채 방 안을 살폈다. 아무도 없었다. 나는 뒷걸음질을 쳐 창문으로부터 멀어졌다. 그리고 적당한 거리가 되었을 때, 돌멩이를 냅다 창문에 던졌다. 객실 유리가 요란한 소리를 내며 떨어져내렸다. 큰 유리니까 분명 비쌀 거야, 빌어먹게 비싸겠지, 하고 달리기 시작했다.

가까스로 모텔 입구에 도달한 나는, 여닫이 출입문 옆 벽면에 붙어 섰다. 이상한 것은 달릴 때보다 멈췄을 때 더 숨이 가빠온다는 사실이다. 낯선 손이 폐를 쥐어짜고 있는 것 같았다. 양 손으로 입을 막은 채 숨을 참았다. 잠시 후 문이 열렸다. 열린 문이 손 등을 스쳤다. 이비 씨가 모텔 밖으로 나오는 게 보였다. 거친 숨이 버둥거리며 입 밖으로 튀어나오고 있었다. 모텔 주인은 문 뒤에 숨은 나를 보지 못한 채 두리번거리다 소리가 난 쪽을 향해 걸었다. 인기척이 멀어지고 있었다. 나는 발소리를 죽인 채 모텔 안으로 달려 들었다. 접수대 벽면에는 좀 전에 보아둔 열쇠 꾸러미가 걸려 있었다. 그것을 낚아챈 후 2층으로 뛰어올랐다. 그리고 208호, 나조 씨의 방으로 가 노크를 했다. 인기척은 들리지 않았다. 다시 노크를 했다. 돌아오는 대답이 없었다. 떨리는 손으로 열쇠를 찾아 그것을 문고리에 넣었다. 문이 열렸다.

감상에 젖을 틈이 없었다. 흔적을 남기지 말고, 하나 둘 셋 하면 몸을 돌리자. 셋, 하면 수색을 시작하자. 하나, 둘, 셋, 넷, 다섯, 여섯, 일곱, 여덟, 아홉, 열, 열하나, 열둘, 열셋, 열넷, 이러다 조까지 세겠네. 흐르는 콧물을 훔치며 몸을 돌렸다. 스산하고 어두운 방이었다. 형광등을 켰다. 주인이 없는 방에 발을 들이는 게 이상하게 느껴졌다. 책상과 침대, 간이 옷장, 소형 냉장고, 작은 서랍장과 탁자가 눈에 들어왔다. 나조 씨와 함께 있을 때에는 따뜻하고 정겹던 풍경이, 초라하고 황폐하게 느껴졌다.

충격적인 것은, 방 안에 나조 씨의 짐이 남아 있다는 사실이었다. 옷장에 걸린 몇 벌의 옷과 책장에 꽂힌 나조 씨의 책들, 벽에 붙은 그녀의 메모들을 훑어보았다. 나조 씨 동생이 나조 씨의 짐을 수거해간 줄 알았는데, 남은 물건들이 있었다. 그것이 객실에 진열되었다. 그리고 이 방을 원하는 관광객을 위한 소품으로 활용되고 있었다. 나는 궁금했다. 잔인함의 크기를 따지자면 누가 더 우위일까. 방을 이렇게 꾸며둔 사람일까, 이곳에 와서 머무는 사람일까. 나는 어째서 그들의 우위를 가리고자 하는 걸까. 그게 무슨 의미가 있다고. 치미는 화를 누르며 방을 훑어보았다. 단서가 될 만한 물건은 보이지 않았다. 욕실에 들어가 보았지만 그곳에도 특별한 건 없었다. 항우울제로 짐작되는 빈 약병들이 그곳에 있었다. 중요한 건 모두 경찰이 가져갔을 터였다.

그러나 믿는 구석이 아주 없는 건 아니었다. 욕실을 나온 나는 책상으로 다가섰다. 그 위에 객실 손님의 것인 듯 펼쳐 있는 노트북이 보였다. 나는 켜진 화면을 잠시 바라보다 책상으로 눈을 돌렸다. 책상 서랍장에는 서랍이 세 개 있었다. 나는 나조 씨가 그곳에 중요한 물건을 넣어둔다는 사실을 알고 있었다. 첫 번째 서랍을 열었다. 서랍 안은 비어 있었다. 두 번째 서랍을 열었다. Best Oil이라는 문구가 적힌 회색 와치캡이 보였다. 그것을 무심코 들췄다 뜻밖의 물건을 보았다. 모자 아래, 권총이 있었다. 나조 씨의 물건은 아닐 테고 객실 손님의 것인 듯했다. 권총을 꺼냈다. 그것은 진짜 반자동 권총이었다. 퀴즈쇼를 준비하다 보면 총의 원리라든가 작동법에 대해서 공부해야 하는 순간이 있다. 죄를 짓지는 않았지만 국내 교도소들의 특이점들을 외워야 하는 순간도 있었다. 그런데 권총 작동법이 뭐 그리 대수겠는가. 잠시 총신을 만지작거리다, 그것을 제자리에 넣어두었다. 이런 작은 축제에 총을 들고 올 이유가 뭘까. 본 적 없는 방주인이 더 싫어졌다. 세 번째 서랍을 열었다. 서랍 안은 비어 있었다.

나는 세 번째 서랍장을 책상으로부터 분리한 후, 빈 책상 뒤편으로 손을 뻗었다. 그곳에 나조 씨가 붙여둔 걸쇠가 만져졌다. 거기에 손바닥보다 작은 천주머니가 매달려 있었다. 평소 무언가를 숨겨본 적이 없는 자가 할 법한 어설픈 은닉이라는 생각이 들었다. 그런 생각을 하자 식도가 조이듯 아파왔다. 천주머니를 꺼내 그것을 열었다. 그 안에는 돌돌 말린 돈과, 약병이 들어 있었다. 돈은 꽤 두툼했고, 약병은 밀봉된 항우울제였다. 만일의 경우를 대비해 준비해둔 것인 듯했다. 나는 실망했다. 그곳에서 단서가 되는 중요한 물건을 찾을 수 있을 거라고 생각했던 것이다. 돈은 주머니에 넣고, 밀봉된 약은 개봉했다. 약병에서 흰 알약을 대여섯 개 꺼내 입에 넣었다. 별 뜻은 없었다. 그냥 먹었다. 시간이 좀 지나자 심장 박동이 급격하게 느려지는 것을 느꼈다. 이런 걸 먹고 있었구나. 기분이 걷잡을 수 없게 울적해졌다.

몸을 일으켜 책장으로 다가섰다. 책장에는 나조 씨가 만든 살인마 스크랩북과 마을 도서관에서 빌린 책들이 두 권 남아 있었다. 스크랩북은 이미 숱하게 보아온 것이므로 놓아두고, 반납되지 못한 책들을 꺼냈다. 법의학 서적과 배관공학 책이었다. 두 권 다 나조 씨와 이렇다 할 연관이 있는 분야는 아니었다. 하지만 그녀가 워낙 잡다한 독서를 즐긴 까닭에, 그것이 이상해 보이지는 않았다. 법의학 책을 열어 훑어보았다. 책은 꽤 두툼했고, 그곳에는 죽은 자들의 사진이 적나라하게 실려 있었다. 그것을 덮은 후 배관공학을 열었다. 열린 책 사이에서 무언가가 떨어졌다. 엽서였다. 그것을 집어들었을 때였다.

바닥을 끄는 발소리가 들렸다. 나는 고개를 들어 문고리를 바라보았다. 머리를 감싸쥐었다. 문고리가 걸리지 않은 상태였다. 침대 위에는 훔쳐온 열쇠 꾸러미가 놓여 있었다. 문 앞에서 발소리가 멈췄다. 나는 들고 있던 책들을 내팽개친 채 침대로 달려갔다. 열쇠를 낚아챘다. 열쇠가 깨진 유리병처럼 쩔그럭거렸다. 그것을 움켜쥔 채 황급히 침대 밑으로 몸을 던졌다. 문이 열리고 있었다. 열린 문 사이로, 고무 샌들을 신은 구릿빛 발이 들어오는 게 보였다. 약효 때문인지 그 상황에서도 심장은 태평하게 뛰고 있었다. 구릿빛 발은 잠시 책상 앞에 멈춰 섰다. 그자가 욕실문을 한 차례 열어본 후 침대를 향해 다가오기 시작했다. 심장이 쿵, 쿵, 쿵, 쿵, 느리게 뛰었다. 이런 망할. 발의 주인이 몸을 숙였다. 이제 할 수 있는 건 기습뿐이었다. 기습을 한 후 달아나는 거다. 침대 다리를 잡고 낯선 정강이를 향해 머리를 날렸다. 머리가 가 닿기도 전에 정강이의 주인이 팔로 내 머리를 받았다. 낯선 자의 품에서는 마른 땀과 함께 볕냄새가 났다. 게다가 상대는 맨 살이었다. 심장이 쿵, 쿵, 쿵, 쿵 느리게 뛰고 있었다. 내 머리를 안고 있던 상대가 나를 바라보며 말했다.

"나와."

"오기구나."

"여기서 뭘 하고 있는 거야."

"수사 중이었어."

"엄마가 깨진 창문 값을 청구하겠대."

할 말이 없어서 고개를 끄덕였다. 오기에게 물었다.

"값을 치르면 여기 더 있어도 되는 거지?"

"안 될 거야."

오기는 자신이 한 대답과는 달리 방을 나가지 않은 채 침대에 걸터앉았다. 나는 방을 서성이다 몸을 돌려 물었다.

"나한테 할 말 있어?"

"훔쳐가는 게 없는지 감시해야 해."
"언제부터 모텔 살림에 그렇게 신경썼었냐."
나는 고개를 저었다. 그가 무슨 속셈인지 알 수 없었다.

8년 전 그러니까 오기 형의 사체가 발견됐던 그때, 나는 다시 집을 뛰쳐나갔었다. 마을을 공포로 몰아넣은 몽타주 속 범인을 찾기 위해서였다. 노박과 오기도 함께였다. 우리는 손을 잡은 채로 평원에 나갔으며, 마을 사람들을 탐색했고, 인적 없는 장소들을 쑤시고 다녔다. 내가 목격자가 아니고 오기가 유가족이 아니었다면, 그 모든 것은 재미 있어서 기절할 만한 놀이가 됐을지도 모른다. 그러나 그건 놀이가 아니었다. 그 시간들은 다시 생각해도 아찔하고 괴롭다. 만남이 거듭될수록 나는 말수가 줄었고 오기는 화가 늘었다. 노박은 그 사이에서 어찌할 바를 몰랐다.

그러는 사이 우리의 수사도 엉망이 되어갔다. 몽타주는 자의적으로 해석됐다. 범인이 수염 난 중년의 남자일 때도 있었고, 내게 바가지를 씌우던 잡화점 할머니일 때도 있었으며, 늦은 밤길을 물었던 잘생긴 관광객일 때도 있었고, 오기가 좋아하던 수학 선생님일 때도 있었으며, 그녀의 애인일 때도 있었고, 오기의 엄마일 때도 있었으며, 마을의 미친 개일 때도 있었고, 내 아버지였던 때도 있었으며, 하늘을 날던 독수리일 때도 있었다. 저 독수리가 범인인 것 같아, 범인! 우리는 울며 독수리를 쫓아 달렸다. 진짜로 그랬었다.

어린 오기는 그때 우리들의 아지트인 폐주유소에 상주하며, 살인마 스크랩북을 들여다보곤 했었다. 나는 그를 만나기 위해 그곳에 갔다. 스크랩북을 넘기는 오기의 손에는 손톱이 반절밖에 남아 있지 않았다. 오기 앞에 선 나는 무릎을 떨며, 그에게 밤새 했던 생각을 고백했다.

"있잖아. 살인마가 누군지 알 것 같아."

"누구야?"

"잘 들어."

"……."

"네 형을 죽인 게 아무래도 나인 것 같아."

오기는 무표정한 얼굴로 잠시 나를 바라보았다. 그는 다시 스크랩북으로 눈을 돌렸다. 나는 며칠 후 또 무릎을 떨며 아지트에 갔었다. 그 전날 밤도 잠을 자지 못해 머리가 멍한 상태였고 병원에 다녀온 참이었다. 그날 오기는 폐주유소 안에서 살인마 스크랩북을 들여다보고 있었다. 스크랩북을 넘기는 손의 손톱은 거의 남아 있지 않았다. 나는 그에게 밤새 했던 생각을 고백했다.

"살인마가 누군지 알 것 같아."

오기는 슬픈 눈을 들어올렸다. 나는 내 생각에 사로잡혀 그의 얼굴을 제대로 보지 못했다. 나는 다급히 말했다.

"있잖아. 내가 본 게 아무래도 너인 것 같아. 네가 사실을 고백하면 나는 비밀을 지킬 거야."

오기는 스크랩북을 덮었다. 그가 울적한 눈으로 말했다.

"넌 미치광이 거짓말쟁이야."

무릎의 떨림이 멈췄다. 나는 멍하니 서서 그를 바라보았다. 그때 나는 '너만은 나한테 그런 말을 하면 안 되잖아' 하고 생각했다. 그러나 그 역시 그랬을 것이다. 어떤 생각을 했을 것이다. 그게 무엇인지는 모른다. 도저히 뚫고 들어갈 수 없을 것 같은 정적이 있었다. 그리고 오기는 스크랩북을 옆구리에 낀 채 폐주유소를 나갔다. 이후 그는 아지트에 나타나지 않았다. 나로 말할 것 같으면 매일 그곳에 갔다. 노박의 걸음이 뜸해질 때까지도 갔다. 그리고 마침내 마을의 방범대원들이 그곳을 간이 숙소로 쓰겠다며 우리를 몰아냈을 때 나는 내심 안도했다. 나도 할 만큼 했어, 하고 말이다. 지독한 짓이었다.

이후의 시간이 어떻게 지나갔는지는 모르겠다. 나는 퀴즈쇼에 골몰했고, 오기는 벌거벗은 채로 마을을 활보하기 시작했다. 처음 오기의 소식을 들었을 때 나는 화장실로 달려가 먹은 것을 게웠다. 그가 나를 향해, 그리고 사람들을 향해 방아쇠를 당기고 있다고 생각했다. 그래서 내가 어땠느냐. 나는 나를 궁지로 몰아버린 그에 대해 분노했다. 그리고 그를 두려워했다. 생각해보면 벌거벗고 마을을 활보한다는 건, 그리고 형이 죽은 장소에서 살인마가 나타나길 기다린다는 건 처참한 일이었는데, 나는 단 한번도 그를 동정한 일이 없었다. 그저 그의 분노와 슬픔을 두려워했을 뿐이다. 대체 왜.

생각은 흐르고 흘러 다시 나조 씨에게로 간다. 나는 정말 나조 씨가 우울증에 시달리고 있다는 사실을 몰랐다. 나는 힘없이 웃던 그녀의 얼굴을 기억하고 있었다. 마을을 나가고 싶다는 내 말에 무너지던 그녀의 선량한 턱을 기억하고 있었다. 그 턱은 내게, '잘 생각했어. 그게 맞다'고 말했다. 마치 자신을 납득시키듯이. 그때를 생각하면 나는 좀 미칠 것 같다. 나조 씨는, 내가 달아나고 싶어 하는 대상에 자신이 포함되어 있다는 사실을 알았던 것 같다. 그리고 나는 그녀가 죽은 후에야, 그녀에게는 도망갈 곳이 없었다는 사실을 떠올린다.

벌거벗은 오기를 바라보았다. 나는 여전히 그가 무섭다. 그러나 진짜 무서운 일은 내가 혼자 남았을 때 벌어진다. 그럴 때에는 너무 무서운 일들이 일어난다. 오기가 침대보를 내려다보며 물었다.

"여긴 왜 왔어?"

"수사하러 왔다고 했잖아."

"그리고?"

"범인을 잡을 거야."

오기가 고개를 들어 말했다.

"너는 예전에도 범인을 잡겠다고 하고 달아났었어."

"달아나지 않았어. 먼저 등을 돌린 건 너야."

"아냐, 너야."

오기가 침대보를 내려다보며 고집스럽게 말했다. 저 얼굴을 후려치면 어떨까. 그렇게 시작하는 거다. 그럼 오기는 좋다고 달려들어서 내 목을 조르지 않을까. 그는 시시때때로 나를 없애고 싶다는 눈으로 바라보니까. 그런 식으로 우리는, 우리 안에 있는 분노를 터뜨릴 수 있지 않을까. 누구 하나가 죽어 사라질 수도 있지 않을까. 다시 볼 수 없는 사이가 될 수 있게. 주먹을 뻗을 만한 거리를 가늠하며 찬찬히 그의 옆얼굴을 바라보았다. 그러나 그의 옆머리가 너무 들쭉날쭉하게 잘려 있었다. 제가 자른 듯 엉망이었다. 그것을 보고 있자니 어쩐지 맥이 풀렸다. 나는 고개를 저으며 말했다.

"이제 와서 그게 무슨 상관이야. 너한테 인정받으려고 이 일을 하는 건 아니야."

"……."

"그러니까 이제 그만 나가봐. 나조 씨 죽음이 아무렇지도 않은 놈이랑은 한시도 같이 있고 싶지 않으니까. 이 미치광이 나체주의자야, 자연으로 돌아가라. 퉤."

"궁금한 게 있어서 왔어."

"빨리 묻고 꺼져."

"나조 씨가 퀴즈를 남겼다는 게 무슨 말이야?"

뜻밖의 질문이었다. 나는 잠시 오기를 바라보았다. 그러다 말을 못할 건 뭔가 싶어 '고고 밴나'에 대해 이야기했다. 오기는 조용히 내 말을 들었다. 그가 침대보에서 시선을 떼지 않은 채 말했다.

"퀴즈를 풀면 어떻게 할 거야?"

"뭘 어떻게 해? 경찰서로 가는 거지."

"사람들이 여전히 네 말을 믿어주지 않으면?"

"꼭 그러길 바라는 것 같다."

"네 말을 믿어주지 않으면?"

"생각해보지 않았어."

"생각해봐야 할 거야. 나부터도 널 믿지 않으니까."

나는 고개를 저었다. 오기에게, 나조 씨의 책 속에서 찾은 엽서를 내밀었다. 그것은 얼크러진 나체의 남녀가 프린팅 된 싸구려 엽서였다.

매일 밤, 울고 있을 당신에 대해 생각합니다. 그리고 매일 밤, 저는 당신의 눈물을 핥는 상상을 합니다. 당신을 울게 하는 그 어둠에 대해 우리는 할 이야기가 많을 거예요. 지난번 일을 사죄하는 의미로, 당신이 관심 있어할 만한 이야기를 하려고 합니다. 이번 금요일에 만났으면 해요. 당신이 거절하지 않을 걸 압니다. 7월 25일 사랑을 담아, 올드맨.

오기가 물었다.

"이게 뭐야?"

"나조 씨가 빌린 책 안에서 찾았어."

엽서를 훑어보던 오기가 말했다.

"나조 씨가 살해되기 전에 받은 엽서네."

"이 자가 만나자고 한 금요일은 나조 씨가 살해된 날이고."

"올드맨이 누군지 알아?"

나는 고개를 저었다. 오기가 물었다.

"나조 씨가 이 자를 만나러 갔다고 생각해?"

"분명해. 나조 씨는 중요한 메모를 독서 중인 책에 넣어두는 버릇이 있거든. 그래야 책을 펼칠 때마다 그걸 기억할 수 있다고."

엽서를 들여다보던 오기가 물었다.

"이걸 경찰한테 가져갈 생각이야?"

나는 시선을 떨군 채 말했다.

"모르겠어, 좀 더 알아본 후에 가지고 가도 되지 않을까."

한동안 대답이 없던 오기가 고개를 들었다. 그가 내 눈을 응시하고 있었다. 애원하는 것 같기도 하고 강권하는 것 같기도 한 눈이었다. 그가 말했다.

"나도 그렇게 생각해."

"뭘?"

"나중에 가져가는 편이 나을 것 같다고."

나는 그것이 위험한 말이라는 걸 알았다. 그러나 고개를 끄덕이지 않을 수 없었다. 어렸을 때도 그랬지만 오기와 내 조합은 그다지 좋지 않았다. 누구 하나 상황을 진정시키거나 멈춰 세우는 법이 없었다. 우리는 달릴 줄만 아는 수레바퀴였고, 그 질주는 꼭 바퀴가 망가지거나 수레가 똥더미에 처박혀야 끝이 났다. 서로가 서로에게 보태져 똥더미를 향해가는 그런 사이. 하지만 마음만은 기가 막히게 잘 맞았던 걸로 기억한다. 오기도 그렇겠지만 나 역시, 범인을 내 손으로 잡고 싶었다. 아무것도 하지 못한 채 상황을 바라만 봐야 하는 건 엿 같았다.

위도, 말을 말로써

10년 전만 해도 사불과 나는 구시가지의 허름한 아파트, 대도시에 살았다. 우리는 도시를 벗어나 생활해본 일이 없었다. 말을 데리고 도시에서 산다는 건 결코 쉬운 일이 아니었다. 사람들의 시선을 감수한 채 말을 아파트 주차장에 매두어야 하고, 사람들이 사불에게 똥기저귀나 처먹다 남은 음식물 쓰레기, 다 쓴 콘돔과 술병 따위를 던져대는 걸 참아내야 하며, 누군가가 말을 훔쳐가지 않을까 전전긍긍, 그걸 견디다 못해 말을 집에 들일라 치면 말이 앞발을 들고 지랄을 하는 통에 골절은 예사, 공해와 소음 때문에 말의 윤기 나던 털이 숭덩숭덩 빠지고 녀석의 몸에 곰팡이균이 피는 것을 관망해야 한다. 사불은 그 모든 일에 괴로워했지만 특히 소음을 견디지 못했다.

생각건대 도시는 나쁜 것을 더 나쁘게 만들고, 괴로운 것을 더 괴롭게 만드는 지옥의 각축장이었다. 아니, 붙어 산다는 게 그런 일이다. 모두가 악랄해지거나 병이 든다. 그 안에 내가 사불을 놓아두었다. 나는 녀석이 받았을 고통을 익히 짐작했어야 했다. 그게 어떤 방식으로 터질지도 말이다.

그날 이른 새벽, 주차장에 선 사불은 요란스레 울고 있었다. 잠에서 깬 이웃들이 항의를 해올까봐 나는 신경이 곤두선 상태였다. 시끄럽다는 이유로, 사불에게 해코지를 하는 녀석이 나올 수도 있었다. 물론 사불을 달래기 위해 주차장에 가지 않았던 것은 아니다. 그러나 그런 때는 속수무책이었다. 사불은 내 얼굴만 봐도 눈을 희번뜩거리며 주둥이를 열어젖혔다. 그러고는 40개가 넘는 이로 시멘트를 쩍쩍 부수는데, 내가 거기서 무엇을 할 수 있단 말인가. 잔잔한 바다를 보기 위해 할 수 있는 건 파도가 지나가길 기다리는 일 뿐이었다. 나는 테라스에 서서 이러지도 저러지도 못한 채 어슴푸레한 사불의 몸뚱이가 뒤로 넘어가는 것을 바라보았다. 녀석의 울음이 꺽꺽거림으로 바뀌고 있었다.

바라는 게 있다면 그건 새집을 갖는 일이었다. 사불이 조금 여유를 가지고 쉴 수 있는 정원이 딸린 새집 말이다. 나는 그것을 위해 트레일러를 운전하며 밤낮으로 일했다. 그러나 당시는 그 기대가 모두 틀어져버린 때로, 내게는 사불의 울음이 그에 대한 비난으로 들렸다. 네가 강도만 당하지 않았다면 이럴 일도 없지 않느냐고. 그랬다. 사불은 모두 지켜보았다. 내가 고속도로에서 강도를 만나고, 그들에게 배달 중이던 화물을 빼앗기는 모습을 말이다. 그때도 사불은 몸을 비틀며 울었다. 그러나 어찌할 도리가 없었다. 강도들은 내가 배달하는 게 고가의 파이프라는 사실을 알고 온 놈들이었고, 그 지역의 경찰들은 강도들과 이미 손을 잡은 상태였다. 그 때문에 빈털터리가 되어 회사로 돌아간 나는, 가지고 있던 트레일러를 회사에 넘겨야만 했다. 직원에게 일부 배상의 책임을 지우는 회사 방침 때문이었다. 강도와 회사는 다를 게 없었다. 일이 생겼을 때 피해를 보는 것은 말단 직원뿐이다. 그의 예쁜 말과 함께.

테라스에서 얼마나 몸을 웅크리고 있었을까. 새벽 세 시, 사불의 울음이 뚝 하고 끊겼다. 아파트 앞 깨진 가로등들은 여전히 교체되지 않고 있었다. 테라스에 붙어 서 있던 나는 어둠 속으로 몸을 내밀었다. 사불의 대가리가 주차장 입구를 향해 기울어진 게 보였다. 녀석이 다가오는 차를 향해 쌕쌕거리고 있었다. 나 역시 그쪽으로 고개를 돌렸다.

검은 승합차가 주차장 안으로 들어오는 게 보였다. 아파트 주변에서는 보지 못했던 차였다. 주차 공간을 기웃거리던 차가 비어 있는 사불의 옆자리로 들어왔다. 사불이 상대를 도발하듯 앞발을 굴렀다. 안 돼, 사불. 예감이 좋지 않아. 사불이 차를 향해 몸을 가져다댔다. 사이드미러에 대가리를 비볐다. 나는 신경을 곤두세운 채 승합차를 바라보았다. 이상했다. 차 안에서는 누구도 내리지 않고 있었다.

십여 분쯤 흘렀을까. 운전석 문이 열렸다. 그곳에서 턱이 주걱처럼 휘어진 놈이 걸어나왔다. 그는 사불을 한 차례 바라보았다. 그가 담배를 물며 주차장 주변과 아파트를 훑었다. 사불은 녀석의 관심을 끌기 위해 히힝, 울었다. 나는 몸을 낮춘 채 주걱턱을 응시했다. 항의가 들어올 걸 대비해 집 안 불은 모두 꺼둔 상태였다. 어둠 때문에 분명치 않았지만 나는 주걱턱이 낯설지 않았다. 아래층에 사는 녀석 같았다. 간혹 사불의 간식이 될 만한 음식을 건네와, 인사를 나눈 적이 있는 놈이었다. 그런데 녀석은 어째서 이 새벽에 제 것도 아닌 차를 끌고 나타난 걸까.

주걱턱은 승합차에 비벼 끈 꽁초를 주머니에 넣은 후 차 안을 향해 손짓을 했다. 그러자 승합차 뒷문이 열렸다. 뒷좌석에서 내린 녀석은 아주 키가 컸다. 등이 구부정하고 마른 걸로 봐서는, 주걱턱의 룸메이트가 틀림없었다. 심한 거북목이라 마주칠 때마다 굽은 목을 뽑아주고 싶다고 생각했던 놈이었다. 그의 팔에 모포로 감싼 큰 덩어리가 들려 있는 게 보였다. 뭘까. 유물이라도 캐온 걸까. 그때였다. 돌연 모포가 요동치기 시작했다. 제대로 여며지지 않은 모포 밖으로 불쑥 무언가가 튀어나왔다. 두 개의 통통한 다리였다. 작은 다리가 절박하게 파닥이고 있었다. 어린아이였다. 거북목이 쉿, 소리를 내며 모포를 향해 주먹을 휘둘렀다. 그러자 팔딱이던 다리가 힘없이 축 늘어졌다.

잠들 수 없는 밤이었다. 원래 오른쪽 청력이 별로기는 했으나, 아랫집에서는 어떤 소리도 들려오지 않았다. 바닥에 왼 귀를 붙인 채 내내 엎어져 있었다. 그러다 선잠이 들고 말았다. 깨었을 때는 이미 해가 밝은 후였다. 주차장의 승합차는 사라지고 없었다. 저녁이 되자 아래층 녀석들이 집으로 돌아오는 게 보였다. 다시 바닥에 귀를 붙였다. 역시나 아무 소리도 들리지 않았다. 다음날 이른 아침, 녀석들이 집을 나서는 걸 보았다. 아이는 어떻게 되었을까. 신문 기사를 샅샅이 뒤졌지만 실종사건은 기사화되지 않은 상태였다.

　인내심이 극에 달했다. 정오가 지난 후, 나는 집을 나섰다. 아이가 걱정되어 견딜 수 없었다. 어리고 작은 것이 죽어간다고 생각하면 온몸이 부들부들 떨렸다. 그 여리고 작은 몸뚱이를 누군가 망칠 수 있다는 사실을 믿을 수 없었다. 나는 계단을 통해 아래층으로 갔다. 가정집 문을 여는 것은 어렵지 않았다. 가져간 픽건을 열쇠 구멍에 넣어 핀의 자리를 익혔다. 그런 후 핀셋과 닮은 이중 스패너를 구멍에 넣고 고정했다. 픽건이 열쇠 구멍 안의 핀을 누를 수 있도록 지그시 스패너를 돌렸다. 문고리를 돌리자 그것이 부드럽게 돌아가는 것을 느꼈다. 기분 좋은 감각이었다.

　문을 열자, 훅 하고 썩은 내가 풍겼다. 음식과 사람, 정체된 공기가 뒤섞인 쾌쾌한 냄새였다. 좁은 입구 앞에는, 높은 책장과 서랍장이 1/3가량 겹쳐진 채 세워져 있었다. 그 때문에 신발장 너머의 집 안이 보이지 않았다. 아무래도 그것은, 입구에 들어선 자의 시야를 가리기 위한 술책인 듯했다. 게다가 집 안에 있는 사람이 그것을 밀어버리면 가구들이 연쇄적으로 쓰러져 집 안으로 들어서려는 자의 움직임을 방해할 수 있을 터였다. 공포에 떨며 탈주로를 확보하려는 전형적인 초보 범죄자의 집이었다.

　숨을 참으며 집 안으로 들어섰다. 잡지들이 잔뜩 꽂힌 책장과 서랍장을 지나자, 침침하고 횅한 내부가 드러났다. 그곳에는 전화기와 두 개의 싱글 침대뿐이었다. 잠만 자고 생활은 이루어지지 않는 느낌의 집이었다. 나는 그곳을 훑어보다 창가 반대편에 놓인 침대

앞에 멈춰 섰다.

침대 바닥에 볼살이 통통한 어린 소년이 늘어져 있었다. 아이의 양 팔은 뒤로 묶인 상태였고, 다리 역시 결박되어 있었다. 아이의 몸에 감긴 노끈은 침대 다리에 연결되어 있었다. 나는 멍하니 소년을 바라보았다. 심장이 뛰었다. 나는 늘 아이들이 좋았다. 인간은 대체적으로 견딜 수 없지만 아이들은 싫지 않았다. 아무리 지독한 성정을 가지고 있더라도, 아이라면 용서할 수 있었다. 왜 그런지는 알 수 없었다. 덜 추하기 때문이겠지. 그런데 이런 작은 아이를. 두툼한 청테이프에 의해 얼굴의 절반이 가려진 아이가, 눈꺼풀을 들어올렸다. 치켜 올라간 짧은 속눈썹이 깜빡이는 것을 보았다. 나는 무릎을 굽혀 아이의 볼을 쓸었다. 아이는 그것을 피하지 않았다. 아이가 잘못을 해서 그렇듯 붙들려 있는 거라고는 생각할 수 없었다. 내가 본 분노들은 대부분 작고 연약한 것들을 향해 흘렀다. 그것이 분노가 가진 치졸함이었다. 나는 떨리는 목소리로 물었다.

"나쁜 어른들이 너를 납치했구나."

아이가 고개를 끄덕였다.

"경찰에 신고해줄까."

아이가 다시 고개를 끄덕였다. 나는 입술을 문 채 눈물을 참았다. 경찰에 신고를 하면 끔찍한 일이 일어나기 전에, 모든 상황을 종결지을 수 있을 터였다. 테이블로 다가가 전화기를 들었다. 그러나 곧 끊어진 전화선이 눈에 들어왔다. 망할 녀석들이 전화기까지 망가뜨려놓았다. 손이 떨렸다. 나는 아이를 데리고 집으로 돌아갈 것이다. 그리고 경찰에 신고할 생각이다. 아무도 그 아이를 해할 수 없도록. 그때였다.

쿵쿵, 무언가가 문을 들이받는 소리가 났다. 수화기를 내려놓으며 귀를 기울였다. 다시, 쿵쿵, 문을 들이받는 소리가 났다. 발소리를 죽인 채 문으로 다가갔다. 문구멍으로 밖을 내다보기도 전에 말의 울음이 복도에 울리는 것을 들었다. 황급히 문을 열었다. 그곳에는 혼자 3층까지 올라온 사불이 코를 벌름거리며 서 있었다. 낭패였다. 어떻게 재갈을 끊고 온 걸까. 나는 아이와 사불을 번갈아 보았다. 선택의 여지가 없었다. 사불이 온 이상, 녀석을 데리고 그곳을 빠져나가야만 했다. 가뜩이나 거취 문제로 예민한 상황인데, 사불과 함께 범죄 현장을 쑤시고 다닌 게 드러나면 좋지 않을 터였다. 녀석을 내보낸 후, 아이에게 다시 오자. 그 외에는 다른 방법이 없었다.

나는 복도로 달려나가 다급히 승강기 버튼을 눌렀다. 엘리베이터가 우리가 있는 3층에 멈춰 있었다. 그러나 사불과 엘리베이터를 함께 탄 사람이 있는지, 사불이 승강기에 오르는 것을 본 사람이 있는지 확신할 수 없는 상황이었다. 모든 게 좋지 않았다. 나는 사불을 승강기에 태우기 위해 몸을 돌렸다. 그런데 사불이 그곳에 없었다. 빌어먹을, 열린 문 안으로 들어가는 사불의 꼬리가 보였다. 곧이어 책장과 서랍장이 무너지는 소리가 났다. 급히 주걱턱의 집으로 돌아갔다. 혹여 누가 볼까 집으로 들어가 재빨리 문을 닫았다. 책장과 서랍장은 안에서 민 듯 밖을 향해 무너져 있었다. 그 때문에 입구가 가로막힌 상태였다. 이상했다. 사불이 문 앞에 세워진 책장과 서랍장을 피해 안으로 들어갔고, 그 후에 그것들을 밀었다고?

나는 집 안으로 들어서기 위해, 등으로 쓰러진 책장을 밀었다. 그것은 좀처럼 움직이지 않았다. 책장에 빽빽하게 끼워져 쏟아지지도 않는 잡지의 무게가 그것을 더 무겁게 만들고 있었다. 어깨에 힘을 실어 책장을 찢기 시작했지만 그것은 꿈쩍도 하지 않았다. 속이 타 집 안을 향해 속삭였다. 사불, 사불! 거기서 나와야 해, 사불! 녀석은 반응이 없었다. 포기하지 못하고 계속 책장에 몸을 부딪치다가, 공격 대상을 바꿨다. 무너진 채로 책장에 얹혀 있는 서랍장을 밀기 시작했다. 싸구려 합판으로 만든 그것은 비교적 무게가 가벼웠다. 쾌재를 부르며 서랍장에 힘을 주자, 비집고 들어갈 수 있는 틈이 생겼다. 서랍장이 안으로 쓰러지지 않도록 조심하며 몸을 틈 안으로 밀어넣었다. 그렇게 간신히 집 안으로 입성했다. 그리고 나는, 아연했다.

흰자위까지 빨개진 사불이 피투성이가 되어 그곳에 있었다. 사불의 발 아래에는 아무 저항도 하지 못한 듯한 아이가 뭉그러진 채 죽어 있었다.

사불의 흔적으로 엉망이 된 집을 되돌리는 데 꼬박 세 시간이 걸렸다. 그러나 문제는 청소가 아니었다. 죽은 아이의 몸에 사불의 흔적이 남아 있었다. 찢기고 골절된 상처는 그렇다 쳐도, 아이의 살갗에 새겨진 잇자국과 발자국을 보면 누구라도 알아챌 것이다. 아이를 죽인 범인이 누구인지 말이다. 결국 나는 아이를 데리고 욕실로 갔다. 욕조 가득 물을 받았다. 아이를 욕조에 기대어 둔 후 그의 몸에 난 교흔과 발자국을, 불로 지졌다. 집 안에서 찾은 독주가 큰 도움이 되었다. 흔적이 남지 않을 때까지 그렇게 했다. 흐느낌이 새어나왔다. 욕실 가득 끔찍한 냄새가 났다.

 녹초가 된 나는 피범벅이 된 사불을 데리고 집으로 돌아왔다. 고작 한 층이었지만 집까지 오는 데 삼십 분이 걸렸다. 다행히도 사불이 평소에 부리던 난동을 피우지 않은 탓에, 단축된 시간이 그것이었다. 집으로 돌아온 나는, 사불의 큰 몸뚱이를 각도를 맞춰가며 간신히 욕실에 넣었다. 욕실 문을 잠갔다. 잠시 후 아랫집 녀석들이 돌아왔다.

 엎드린 채 왼쪽 귀를 바닥에 붙였다. 처음에는 어떤 소리도 없었다. 하지만 곧이어 웅얼거리는 목소리가 들리기 시작했고, 그것이 높아지다 무언가 부서지는 소리가 났다. 그리고 '이게 나 때문이야?' 하는 외침과 함께 단말마의 비명이 이어졌다. 나는 바닥에서 몸을 뗐다. 그런 비명은 그냥 나오는 소리가 아니었다. 누군가가 크게 다치거나 목숨을 잃을 때 내는 소리였다. 숨을 헐떡이며 귀를 다시 바닥에 가져다댔다.

 그때 쿵쿵, 쿵쿵, 사불이 욕실 문을 찧기 시작했다. 나는 '조용히 해!' 하고 속삭였다. 미칠 것 같았다. 사불이 사람을 죽인 게 처음은 아니었지만 아이를 죽인 건 처음이었다. 아이를 밟고 서 있던 사불의 눈빛이 내내 마음에 걸렸다. 그것은 묻기도 두려웠다. 사불이 다시 문을 찧었다. 나는 욕실 문을 걷어찼다. 그리고 이를 악문 채 '조용히 하라고!' 문을 향해 속삭였다. 하지만 사불은 지랄을 멈추지 않았다. 이럴 때는 아무 말도 통하지 않는다. 누가 널 말리겠냐. 바라는 게 있다면 그건 새집을 갖는 일이었다. 사불이 조금 여유를 가지고 쉴 수 있는 정원이 딸린 새집 말이다. 치밀어오르는 무력감에 눈을 감았다. 삼십 분쯤 흘렀을까. 사불이 잠잠해진 것을 느꼈다. 문에 입을 댄 채 속삭였다.

"사불, 달아나야 해. 네가 얌전히 있으면, 우리는 달아날 수 있어. 내 말을 들을 테냐?"

쿵, 대답의 의미로 욕실 문이 울렸다.

"그래, 문을 열면 얌전히 있는 거다."

쿵, 다시 욕실 문이 울렸다. 사불은 지랄맞기는 했지만 멍청한 놈은 아니었다. 녀석은 내 말을 알아들었다. 욕실 문을 열기 위해 문고리에 손을 가져다댔다. 그때 돌연 벨이 울렸다. 이런 빌어먹을. 현관문으로 다가가 문구멍을 통해 밖을 내다보았다. 문구멍에 먹빛 눈동자가 가득 차 있는 게 보였다. 흠칫 놀라 뒤로 물러섰다. 다시 문구멍에 눈을 가져다대자 뒤로 물러선 상대가 보였다. 주걱턱이었다. 대답을 하지 않자 녀석이 말했다.

"집에 계신 거 알고 있어요. 소리를 들었어요."

"무슨 일이요?"

"문 좀 열어주세요."

"나중에 다시 오면 안 되겠소?"

"남은 음식이 있어서 들고 왔어요."

"……"

"예전에는 잘 받으셨잖아요. 열어주세요."

문을 열 필요는 없었다. 하지만 사불이 나를 지켜보고 있었다. 문 너머에서 숨을 그르렁 거리며 나를 지켜보고 있었다. 지금 문을 열어주지 않으면 녀석은 나를 미워할 것이다. 내가 위험을 감수할 때에만 사불은 나를 좋아하니까. 난 늘 그런 사불의 장단에 놀아났다. 나는 미친 건지도 모른다. 문을 열었다. 문 앞에는 그 사이 몇 년은 늙은 듯한 주걱턱이 서 있었다. 그는 계절에 맞지 않게 점퍼를 티셔츠 위에 겹쳐 입고 있었다. 허리 밑으로 비져나온 흰 티셔츠 밑단에 피가 묻어 있었다. 주걱턱은 넋이 나간 얼굴로 내게 쿠키통을 내밀었다. 그것을 받으며 물었다.
"무슨 일이요?"
"전화 좀 쓸 수 있을까요."
망설이던 나는, 몸을 틀어 주걱턱을 집 안으로 들였다. 나를 지나치는 그에게서 피냄새가 났다. 집 안으로 들어선 그는 변명하듯 중얼거렸다.
"혼자 있고 싶지 않아요."
"전화기는 부엌에 있소."
주걱턱은 부엌으로 가 부모에게 전화를 걸었다. 안부 전화였다. 잘 있다, 무슨 일이 있어도 잘 지내라, 하는 어색하고 모호한 내용의 통화는 금세 끝이 났다. 그리고 그는 잠시 망설이다, 경찰서로 전화를 걸었다. 이번 통화는 이전 보다 조금 나았다. 늘 두 번째가 처음보다는 나은 법이니까. 주걱턱은 경찰에게 자신이 사람을 죽였다고 말했다. 어서 자신을 잡아가라고 흐느꼈다. 물기 어린 그의 눈이 번들거리고 있었다. 나는 등을 돌린 채 라디오를 틀었다. 주걱턱의 시선이 내 등에 머무는 것을 느꼈다. 나는 녀석이 어서 통화를 마치고 나가주기를 바랐다. 그러나 녀석은 수화기를 내려놓은 후에도 움직이지 않았다. 몇 차례 코를 훌쩍이는 소리가 났다. 그리고 마침내 녀석이 입을 열었다.

"부탁이 있어요."

"또?"

"샤워를 하고 싶어요."

"안 되오."

녀석의 눈에 순간 분노와 함께 조소가 어렸다. 그가 말했다.

"몸을 씻고 싶어요."

"당신 집에도 욕실이 있지 않소!"

주걱턱이 흐느끼듯 말했다.

"거기 끔찍한 게 있어요."

"미안하지만 안 되겠소. 내 욕실도 상황이 좋지 않소."

풀이 죽어 있던 녀석의 눈에 살기가 돌았다.

"내가 그냥 들어가겠다면?"

"이러라고 문을 열어준 줄 아시오?"

주걱턱이 중얼거리듯 말했다.

"제발요."

"그러지 마시오, 부탁이오. 욕실만은 안 돼요."

사람을 죽였는데 어째서 몸을 씻는 게 중요한가. 주걱턱이 내 말을 무시한 채 욕실로 다가섰다. 나는 그에게 달려들었다. 그때 욕실 문이 다시 쿵쿵 거리기 시작했다. 나는 주걱턱을 바라보았다. 그는 초점 없는 눈으로 욕실 문을 응시했다. 걸쇠가 망가지는 소리가 났다. 피투성이인 사불을 보면, 주걱턱은 모든 사실을 눈치챌 것이다.

　나는 눈을 질끈 감은 채 주걱턱의 목을 양 손으로 움켜쥐었다. 녀석이 몸부림을 치며 나를 안고 뒹굴었다. 나는 손을 풀지 않았다. 주걱턱이 내 배 위에 올라탔다. 얼굴이 검붉게 달아오른 주걱턱이 내 배를 쳤다. 충격에 의해 손이 풀렸다. 주걱턱이 푸학, 하고 숨을 들이켰다. 문이 쿵쿵거리고 있었다. 체급 차이 때문에 좀처럼 전세를 역전시키기가 어려웠다. 나는 눈을 감고 몸을 늘어뜨렸다. 힘이 센 상대를 만났을 때 종종 써먹는 수법이었다. 문이 쿵쿵거리고 있었다. 잠시 후 주걱턱이 몸을 일으켰다. 그가 욕실로 다가갔다. 그의 손이 문고리를 잡아 돌렸다. 그 순간 나 역시 몸을 발딱 일으켜 세웠다. 주걱턱에게 날아들어 그의 목에 내 팔을 감았다. 주걱턱이 뒤로 휘청였다.

　욕실 문이 열렸다. 피투성이의 사불이 욕실에서 튀어나왔다. 아니 나오고자 했다. 사불의 몸이 문에 걸렸다. 온몸의 혈관들이 불뚝불뚝 솟아올라 있었다. 욕실에 들어갈 때보다 녀석의 몸이 배로 커진 것만 같았다. 사불이, 몸뚱이의 반을 욕실 밖으로 내민 채 몸부림을 치기 시작했다. 문틀이 들썩였다. 내가 매달린 주걱턱의 몸도 들썩이고 있었다. 그가 비명을 질렀다. 나는 주저앉은 주걱턱의 목에 매달려 양 다리로 그의 허리를 조였다. 그리고 허공을 향해 절구질을 하고 있는 사불과 눈을 맞췄다. 내가 너를 지킬 거야. 너를 구할 거야. 나를 무감각하게 응시하는 검은 눈동자가 그곳에 있었다. 그리고 나는 그때 내내 마음에 걸렸던 사실이 무엇인지 깨달았다.

사불은 애초부터 아이를 죽일 생각이었다. 거기에는 어떤 번민도 죄책감도 없었다. 녀석은 아이를 죽이기 위해서 그 새벽, 그렇게 울었다. 그는 아이가 구조되는 걸, 이 진창을 망각하는 걸 원한 적이 없었다. 아이가 안전한 미래를 되찾는 걸 바라지 않았다. 하지만 사불, 너는 완벽한 존재잖아? 누군가를 질투하는 존재가 아니잖아? 사불이 침을 흘리며 몸을 비틀었다. 나는 신음을 내뱉었다. 내가 본 분노들은 대부분 작고 연약한 것들을 향해 흘렀다. 그것이 분노가 가진 치졸함이었다. 나는 사불의 두터운 검은 눈동자가 뒤로 넘어가는 것을 바라보았다.

경찰이 들이닥쳤다. 현관문이 열렸고 어떤 외침과 함께 그들이 우리에게 총구를 겨누었다. 모든 게 끝이 났다는 사실을 알았다. 나는 외쳤다.
"말이 다치지 않게 조심해! 말이 다친다고!"
나에게 깔려 있던 주걱턱이 흐느끼며 말했다.
"대체 왜 이러는 거야……. 누가 보면 살인범이라도 숨겨둔 줄 알겠네."

주걱턱이 납치한 아이는, 인근 레미콘 공장에 다니는 노동자의 아들이었다. 그것은 아이의 아버지가 '복권에 당첨됐다'는 거짓 소문이 돌면서 시작된 어처구니 없는 납치극이었다. 주걱턱과 거북목이 협박 전화를 했을 때에도 아이의 아버지는 술집에 있었다. 동료들이 거짓 소문을 냈듯 또 누군가가 자신과 아이를 놀리고 있는 거라고 생각했다. 그런 이유로 수사는 진척되지 않았고, 주걱턱과 거북목은 혼란에 빠졌다.

검거된 주걱턱은 아이와 거북목을 모두 자신이 죽였다고 고백했다. 겁에 질려 판단력을 상실했던 것이다. 남의 집에서 샤워를 고집했던 때처럼. 시간이 지나 냉정을 되찾은 주걱턱은 자신이 한 사람을 죽였을 뿐이라고 항소에 나섰지만, 초기 그의 자백을 뒤집는 데에는 실패했다.

나로 말할 것 같으면, 주걱턱을 검거하는 데 도움을 줬다는 이유로 훈장을 받았다. 그리고 경찰과 주변 사람들의 권고로 정신과 치료를 받아야만 했다. 실존하지 않는 말을 본다는 게 그 이유였다. 사불이 세상에 존재하지 않는다나. 내가 아무리 사람들을 설득하려 해도, 그들은 내 말을 믿지 않았다. 그들의 눈에는 말이 보이지 않는다고 했다. 나는 충격에 휩싸였고, 병원에서 긴 시간을 허비해야만 했다. 하지만 병원에서 나오자 모든 것이 명료하게 정리되었다. 사불이 나를 우직하게 기다리고 있었던 것이다. 우리는 다시 살림을 합쳤다. 이전에도 떠벌리고 다닌 것은 아니었지만, 나는 사람들에게 사불을 감추는 법을 배웠다. 그리고 새 일자리를 구했다. 의료폐기물을 배달하는 일이었다. 도시에는 병자와 병원이 많았고, 필연적으로 쓰레기가 넘쳐흘렀다. 나는 그것들을 싣고 도시 밖 폐기장들을 헤매고 다녔다. 트레일러는 없었지만 크게 문제가 되지는 않았다. 배달 회사의 외주의 외주를 받는 회사 소속으로 들어가 그들의 차를 운전했다. 대신 임금이 줄었다. 더 이상 사불과 함께할 집을 꿈꾸지는 않았다.

비말은 국도를 지나던 중에 알게 되었다. 의료폐기물이 도난당할 걱정은 없었지만, 나는 할 수 있는 한 고속도로를 피했다. 강도에게 얻은 트라우마를 극복하지 못한 셈이다. 그런 의미에서 17번 국도는 내 주요 활동지였고, 사람들은 내가 그곳을 지나다닌다는 사실을 잘 몰랐다. 내 배달 노선을 놓고 볼 때 그것은 결코 합리적인 경로가 아니었던 탓이다. 그렇게 나는 17번 국도의 말미에서, 히치하이킹을 하는 얼간이들을 몇 만났다. 나는 그들을 평원으로 데리고 갔다. 그들은 모두 사불의 밥이 되었다. 사불은 꿈꾸는 녀석들을 때려잡았다. 미래가 있다고 생각하는 사람들을 물어뜯었다. 우리는 더 이상 아이를 죽이지 않았지만, 인간은 모두 아이 같은 데가 있었다. 그것이 새로 얻은 깨달음이었다.

평원에서는 누군가의 눈으로부터 사불을 보호해야 한다거나, 사불의 흔적을 지워야 한다는 압박감에 시달리지 않아서 좋았다. 도시는 말을 태어나게 하고, 기르고, 단련시켰지만, 말을 말로서 존재하게 두는 곳은 아니었다. 우리는 날뛰었고, 평원은 그것을 허용해 주었다. 그러나 9년 전 살인을 기점으로, 사불은 돌아오지 않고 있었다.

우리의 이야기가 매스컴을 타고, 우리의 영화가 나오고, 우릴 위한 축제가 만들어지고, 사람들이 우리를 추앙하기 위해 마을을 오가는 동안에도 사불은 나타나지 않았다. 나는 늘 이곳에 있었다. 박물관 관리인으로 일하며 사불을 기다렸다. 그리고 그러는 동안 아무것도 아닌 존재가 되어버렸다. 나는 무언가, 여태껏 내가 빼앗겨온 것들보다 더 근본적인 무언가를 도둑맞았다는 느낌을 받는다. 내가 도저히 나와 닮지 않은 어떤 것을 흉내내고 있을 뿐이라는 느낌도 받는다. 그게 뭔지는 자세히 모르겠다.

D-day 올드맨

하늘이 붉은 빛을 띠었다. 조만간 해가 질 터였다. 평원 입구로부터 10킬로미터, 홀로 선 바위에는 사람들이 북적이고 있었다. 그들은 모두, 바위를 중심으로 만든 원형 캠핑장을 찾은 관광객들이었다. 몇 백은 족히 되는 숫자로, 예상보다 많은 사람들이 마을을 찾았다. 그들 주변을 흰색 덤프트럭이 느긋하게 돌고 있었다. 그것은 〈평원의 살인마〉에서 살인마가 타고 다니던 것과 같은 모델로, 살인마는 흰 덤프트럭에 희생자들을 실어날랐다. 마지막 희생자는 그 안에 갇힌 채 불탔던 걸로 기억한다. 트럭을 본 영화 팬이라면 누구나 그 장면을 떠올릴 터였다. 선팅을 해서 내부가 보이지 않는 흰 트레일러는 축제기간 4박 5일 동안, 관광객들이 가는 곳이라면 어디든 나타날 예정이었다. 마을을 찾은 사람들이 살인마가 살아 숨쉬는 현장 한가운데 떨어진 듯한 느낌을 받을 수 있도록 말이다.

캠핑장 입구에는 개조된 밴과 승용차, 캠핑 트럭 들이 줄지어 들어가고 있었다. 캠핑장이 이 정도인 걸 보면, 오기네 모텔과 마을의 숙박 시설들은 이미 '빈방 없음' 행렬을 거듭하고 있을 터였다. 더 안쪽으로 다가가자 사람들이 줄을 서 있는 흰 천막이 보였다. 천막 아래에서는 형광 조끼를 입은 봉사 요원들이 참가 등록을 마친 사람들에게 주황색 티셔츠와 봉투를 배부하고 있었다. 나는 쓰고 있던 플라스틱 가면을 바로 한 후 줄 끝에 가 섰다. 삼십여 분을 기다려 티셔츠와 봉투를 받았다. 봉투 안에는 캠핑장 출입 팔찌와 잡다한 기념품들이 들어 있었다. 그것을 옆구리에 낀 채 오렌지색 티셔츠를 펼쳤다. 셔츠 전면에 프린팅 된 살인마 로고가 드러났다. 이럴 줄 알았으면 저작권 등록을 해둘걸 그랬다. 그럼 떼부자가 되었을 것이다.

개막식은 이미 시작된 상태였다. 캠핑장 간이무대에 서서 연설을 하고 있는 경찰 서장과 그의 양 옆에 제복을 입고 도열한 경찰들이 보였다. 그 사이에는 화가 난 듯한 얼굴의 퇴직 경찰도 서 있었다. 개막식은 언뜻 보면 딱딱해 보이지만 관광객들에게는 상당히 인기가 있는 행사였다. 그것이 경찰의 사건 브리핑을 겸하고 있었기 때문이다. 빽빽하게 앉은 관중들이 무대를 바라보고 있었다. 한 차례 물을 마신 경찰 서장이 입을 열었다.

"앞서 말씀드린 이유로, 저희 경찰은 이번 살인사건을 8년 전 연쇄 살인과 동일 범행으로 보고 있습니다. 피해자에게 상흔을 입히는 방식, 살아 있는 자를 불태우는 잔인하고 변태적인 수법, 이 모든 것이 평원의 살인마를 연상시킵니다."

평원의 살인마가 다시 나타났다는 말에 관중들은 환호성을 내뱉었다. 경찰들은 날카로운 눈으로 환호하는 자들을 점검하고 있었다. 경찰 서장은 부루퉁한 얼굴로 고개를 저었다. 그의 반응에 신이 난 듯 사람들은 더 크게 환호했다. 이 역시 개막식의 재미 요소 중 하나인 듯했다. 서장은 신경질적인 손짓으로 관중들을 한 차례 제지한 후 말을 이었다.

"연쇄 살인이 멈춘다는 것은, 살인마가 죽었거나 그자가 살인을 할 수 없는 처지에 있다는 것을 의미합니다. 그런 이유로 많은 전문가들이 '평원의 살인마가 이전 범죄를 은닉한 채 다른 죄목으로 감옥에 들어가 있을 것'이라고 점쳤습니다. 저희는 이 9년간의 공백이 해결된다면 범인 검거에 큰 진척이 있을 것이라 짐작합니다. 까닭에 저희 경찰은 중앙 기관과의 공조를 통해, 작년과 올해 유사 범죄로 석방된 죄수들을 수사 중에 있습니다."

사람들이 야유를 내뱉었다. 경찰들은 굳은 얼굴로 그들을 바라보았다. 누군가가 '못 잡아! 이 얼간이들아!' 하고 외쳤다. 경찰 서장이 고개를 저으며 말했다.

"말씀드리고 싶은 것은, 범인이 축제를 아주 좋아한다는 사실입니다. 과시적인 성품의 그자가 여러분들의 환호에 흡족해할 거라는 생각은 안 하십니까? 이 안에서 여러분을 지켜보고 있을 거라는 생각은요? 군침을 흘리면서 다음 먹잇감을 고르고 있지는 않을까요?"

사람들이 침묵하는 틈을 타 서장이 단호한 목소리로 말했다.

"조심하십시오. 여러분이 홀로 평원으로 나가거나, 히치하이킹을 시도할때, 무리에서 떨어져 고속도로를 배회한다면, 그자는 쾌재를 부르며 여러분에게 접근할 겁니다. 여러분들에게 화마를 끼얹고, 여러분이 고통에 몸부림치는 모습을 감상하기 위해서요. 그것을 원하십니까?"

각양각색의 대답이 튀어나왔다. 그것이 뒤섞여 어떤 깔깔거림처럼 들렸다. 청중들을 바라보고 있던 경찰 서장은 미간을 찌푸린 채 다시 입을 열었다.

"다시 말하지만 살인사건은 진행 중에 있습니다, 여러분이 아직 범죄가 종결되지 않은 현장 한가운데 와 있다는 사실을 명심해주셨으면 좋겠습니다. 경찰은 여러분의 안전을 보장하지 못합니다. 여러분은 스스로의 안전과 목숨을 지키셔야 합니다."

서장은 잠시 느린 시선으로 관중들을 훑어보았다. 그러다 화가 난 듯 불쑥 말했다.

"웃고 있습니까? 지금 여러분 옆에 누가 앉아 있는지 확인도 하고 웃고 있는 겁니까?"

사람들이 비명을 지르거나 웃음을 터뜨렸다. 그러면서도 고개를 좌우로 휘저어 옆에 앉은 얼굴들을 확인했다. 서장이 말했다.

"잠정적 범죄자 취급에 화를 내지는 마시고, 주의해서 서로의 얼굴을 기억하기 바랍니다. 다들 확인하셨습니까? 그래요, 좋습니다. 그럼 이제, 각자의 머리로 손을 뻗어 머리카락을 하나씩 뽑아주십시오. 좋습니다, 그것을 출입구에서 나눠드린 봉투 안 비닐에 담아주십시오. 여러분 모두가, 서로에 대한 증인이 될 겁니다. 지금 이 시간, 머리털을 뽑지 않는 사람이 있다면, 그리고 이 자리를 피하는 사람이 있다면, 눈을 부릅뜨고 그자를 유의해서 지켜봐주십시오. 살인마는 지금 이 시각, 우리와 함께 있으니까요. 모두 자리에 앉아계십시오! 뽑은 머리카락은 접수처에 있는 우리 직원들이 수거해갈 겁니다."

사람들은 낄낄거리며 머리카락을 뽑기 시작했다. 경찰 서장이 말했다.

"다시 말씀드리지만, 여러분들이 이번 축제에서 해야 할 일은 첫째, 여러분의 안위를 지키는 일! 그리고 둘째, 범인 검거에 협력해주시는 일입니다. 이곳에 경찰 못지않은 정보를 습득하고, 범인 검거에 관심을 가지고 계신 분들이 많은 걸로 알고 있습니다. 여러분의 주의력을 총 동원해서, 수상한 자를 찾고 제보하는 데 그 힘을 발휘해주시기 바랍니다. 저희는, 이만 물러가겠습니다."

서장이 말을 마치자 양 옆에 도열해 있던 경찰들이 관중들을 향해 경례를 보냈다. 사람들이 박수를 치기 시작했다. 경찰들은 무표정한 얼굴로 무대를 내려갔다.

범인이 이 안에 있다거나, 머리카락을 뽑으라거나, 서로의 얼굴을 보고 수상한 자를 제보하라는 건, 범인을 잡기 위함이 아니었다. 나조 씨의 말에 의하면 그랬다. 나조 씨는 그것이, 축제를 위한 쇼맨십이라고 했다. 사람들이 살인마가 잡히지 않은 사건 현장 한가운데에 들어와 있다는 현장감을 극대화하기 위해, 축제가 경찰의 권위를 이용하고 있다고 말이다. 나조 씨는 그것이 마을과 경찰의 더러운 공생관계라고 말했었다. 나는 받은 비닐을 구겨 주머니에 넣었다. 그러다 나를 유심히 보고 있는 관광객 하나와 눈이 마주쳤다. 가면을 쓰고 있는 턱 밑으로 땀이 우두둑 떨어졌다.

범인을 잡겠다고 날뛰던 시절, 오기와 나는 함께 축제에 참가한 적이 있었다. 범인을 찾을 수 있을 거라는 믿음이 있던 때였다. 우리는 우리가 만든 조악한 살인마 파일을 손에 쥔 채, 범인을 찾아 헤맸다. 물론 일은 계획대로 풀리지 않았다. 관광객들은 우리를 흥밋거리로 여겼고, 희생자의 죽음에 감탄했으며, 뻔한 말이니 긴 말은 말자. 우리는 용의자를 추리는 데 실패했다. 거의 대부분의 사람들이 살인마처럼 보였기 때문이다. 그 때문에 우리는 낙담했고 화가 났다.

그날 우리가 맞닥뜨린 최악의 사건은 오기 형 도노를 만난 일이었다. 진짜 도노는 아니고, 자기가 도노라고 주장하는 코스튬 플레이어 말이다. 그는 팬티만 걸친 알몸에 검은 칠을 한 채 '오기, 형이 불타고 있다! 아파, 아파!' 하고 비명을 지르며 우리를 쫓아다녔었다. 결국 참다 못한 오기는 캠핑장에 있던 칼을 들어 그에게 달려들었다. 나는 달아나는 가짜 도노를 향해 '죽어라!' 하고 타고 있던 숯을 던졌다. 캠핑장은 순식간에 난장판이 되었다. 내가 던진 숯이 텐트 안에 들어가면서 거기에 불이 붙었던 것이다. 방염 처리가 되지 않은 텐트는 순식간에 타올랐고, 그 불이 옆 텐트에 옮겨 붙었고, 또 옮겨 붙고, 그런 식으로 텐트 네 채가 불탔다. 우리는 멍한 얼굴로 그것을 바라보았다. 그리고 그날 이후 오기와 나는 축제 출입을 금지당했다. 이를테면 축제의 주요 장소들, 그러니까 캠핑장이나 박물관, 행사가 진행되는 용의자의 집과 희생자의 집 같은 곳들이 우리에게 허락되지 않은 장소였다.

　오늘은 그때와는 달라야 했다. 오늘 하려는 건 그때와 같은 헛발질이 아니었다. 나는 몸을 웅크린 채 캠핑장 내부를 향해 걸었다. 지정된 장소에 밴을 주차하거나 텐트를 설치하는 사람들이 보였다. 코스프레를 하고 있는 자들, 카메라를 들고 사방을 기웃거리는 사람들, 기념품을 만들어 판매하고 있는 자들, 급수대에 모여 살인마에 대해 논쟁하는 자들, 살인마가 사용했을 법한 무기들을 늘어놓고 그것을 자랑하는 자들, 이미 술판을 벌인 자들까지 각양각색의 사람들이 눈에 띄었다. 인상적인 것은 대다수 참가자들이 중장년층으로 어린 연령대의 사람을 찾기 힘들다는 사실이었다. 그럴 만도 한 게 살인마의 마지막 활동은 8년 전이었다. 영화 역시 이렇다 할 후속작이 없었다. 축제가 특출나서 사람들의 관심을 끄는 것도 아니었다. 그러다 보니 새로운 팬들의 유입이 없는 상태로, 기존 팬들이 살인마와 함께 나이 먹고 있는 상황이었다.

　수년 전 축제를 처음 찾는 외부인들은 놀라움을 표했다. 그들이 기대했던 막장을 찾기 힘들었던 것이다. 마을 사람들은 대체로 친절했으며, 풍경은 정적이고 느른했다. 물론 시체를 세상에 드러나게 했던 태풍도 없었다. 8년 전 바람은 기상 이변에 의한 것으로, 마을 사람들에게도 태풍은 익숙한 것이 아니었다. 폭풍의 회오리, 태풍의 눈을 기대하고 마을에 온 사람이라면 크게 실망했다. 마을 사람들은 조용하게 뜨고 지는 태양과 내면의 회오리를 지켜보는 데 익숙한 자들이었다.

캠핑장을 나갔던 퍼레이드 행렬이 다시 이곳으로 돌아오는 게 보였다. 큰 천막 아래에서는 영사기를 통해 〈평원의 살인마〉가 상영되고 있었다. 개막식 날 평원에서 영화를 보는 건 축제의 연례행사였다. 사람들이 느슨하게 눕거나, 앉아서, 술병을 손에 든 채로 영화를 관람하고 있었다. 이것은 내가 상상했던 축제의 모습이 아니었다. 나는 축제를, 시도 때도 없이 혓바닥을 내밀고 살인을 하고 싶어 미쳐 날뛰는 미친 놈년들의 잔치라고 생각했었다. 하지만 관광객들은 대체적으로 멀쩡해 보였다. 그리고 재미를 위해서라면 기꺼이 축제에 협력하고 순종하겠다는 식의 온순함마저 느껴졌다. 내가 기억하던 축제와는 조금 차이가 있었다. 기분이 이상했다.

캠핑장 내부로 더 들어가자 줄지어 선 푸드 트럭들이 보였다. 초록색 빅버거 트럭도 그 안에 있었다. 트럭 한편에 기대 선 덩치는 지루한 얼굴로 캐러멜을 까먹고 있었다. 딱히 축제에 흥미가 있어 보이지는 않았다. 트럭 조리대 위에 채소와 패티 반죽을 진열 중인 노박도 보였다. 그에게로 다가가 헛기침을 하자 노박이 흠칫 놀라며 나를 돌아보았다. 쓰고 있던 플라스틱 가면을 슬쩍 들어올렸다. 그제야 나를 알아 본 노박이 반색을 하며 말했다.

"이게 누구야. 넌 여기 있으면 안 되는 거 아니냐?"
"위험을 무릅쓰고 널 만나러 왔어. 내가 여기 온 건 비밀이야."
"또 시작이다. 여기서 뭐하냐?"
"노박, 범인을 잡을 수 있을 것 같아. 이번에는 진짜야."
"뭐?"

"나조 씨를 죽인 범인 말이야."

"또 그 이야기야?"

"조용히 해. 목소리를 낮추라고."

물끄러미 나를 바라보던 노박이 물었다.

"범인이 누군데?"

"올드맨이라는 자야."

"올드맨? 이름이 너무 구리잖아."

"노박, 이제라도 날 도울 생각은 없어?"

"하……."

"마지막으로 묻는 거야."

"대체 몇 번을 마지막으로 묻는 거야. 너 인간적으로 너무 질척거린다고 생각하지 않냐. 뱐나, 그러지 말고 햄버거나 만들다 가. 생각보다 사람이 많이 와서 일손이 부족해."

"몇 명이나 왔대?"

"지금 추산하기로는 600명 정도 되나봐. 운영위 쪽은 아주 난리야. 진행요원이 턱없이 부족하다던데."

"또라이 새끼들. 전부 나조 씨가 죽은 걸 구경하려고 여기 온 거야. 노박, 이딴 햄버거는 집어던지고 나랑 가자. 범인이 누군지 알고 있는 자가 있다고. 오늘 그자를 만나려고 여기에 온 거야."

노박이 한숨을 쉬며 말했다.

"너 또 인터넷 했어? 또 이상한 것들이랑 말 섞었냐."

"하, 오기는 네가 변했다고 했어. 너한테 말하지 말라는 걸 내가 알려주려 온 거라고."

순간 노박의 얼굴이 굳었다. 괜한 말을 했다는 생각이 들었다. 나와 오기의 사이가 좋을 게 없듯 오기와 노박 역시 마찬가지였다. 그런데다 굳이 찬물을 끼얹을 필요는 없을 텐데. 노박이 화가 난 얼굴로 뭔가를 말하려 해서, 나는 황급히 고개를 저으며 말했다.

"일은 언제 끝나? 저 덩치한테 맡기고 가면 안 돼?"

노박이 한숨을 쉬며 말했다.

"이 일은 오늘 구한 아르바이트라고. 이걸 얼마나 어렵게 구했는지 아냐? 외근 나갈 직원이 부족하다는 소리에 예전에 입던 유니폼까지 입고 매장에 가서 얻은 일자리라고. 너 내가 거기 서서 빅버거 로고송을 불렀다고 하면 믿을래?"

"예전 유니폼을 대체 왜 가지고 있는 거야……."

"몰라. 여기 급하게 오느라 그랬어. 어쨌거나 난 안 돼."

노박이 입을 막으려는 듯 패티를 두 장 넣은 햄버거를 내게 건넸다. 떨어져 서 있는 덩치에게도 건넸다. 덩치는 그것을 힐끗 본 후 주머니에서 캐러멜을 꺼내 씹었다. 어디가 아픈가, 싶을 만큼 반응이 없는 인간이었다. 아니 그 모든 걸 떠나서, 그 덩치로 캐러멜만 먹고 산다는 게 잘 이해가 되지 않았다. 노박에게 '네 친구는 다이어트 중이야?' 하고 묻자 노박이 난감한 미소를 띠며 고개를 저었다. 그리고 트럭에 붙은 오디오 전원을 켰다. 스피커에서는 빅버거 로고송이 흘러나왔다. 그럼에도 내가 포기를 못하고 미적대고 있을 때였다.

스무 명 남짓 되는 사람들이 햄버거 트럭으로 다가오는 게 보였다. 모두 얼굴과 몸에 피를 칠한 사람들이었다. 그 모습이 충혈

된 벌떼처럼 보였다. 트럭에 다가온 사람들은 메뉴판을 바라보며 수근거렸다. '달릴 때 달리더라도 배가 터지도록 먹어두겠다'거나 '비건 메뉴는 없냐'는 내용이었다. 외형에 비해서는 퍽이나 순박한 내용의 대화였다. 그들은 아마도 몇 시간 후에 있을 야간 마라톤을 준비 중인 자들인 듯했다. 그들을 바라보는 노박의 눈꺼풀이 부르르 떨렸다. 떨리는 눈꺼풀이 침울해 보였다.

그일이 없었더라면, 노박 역시 피칠갑을 한 사람들 사이에서 햄버거를 주문하고 있었을 것이다. 마을을 떠나지도 않았을 터였다. 노박이 마을을 떠나기 전, 그에게는 매년 했던 아르바이트가 있었다. 그것은 호러 마라톤의 선두에서 달리며 속도를 조절하고 밤길을 안내하는 페이스메이커 일이었다. 그일은 다리가 빠르고 마을 지리에 능통한 노박에게 꼭 맞았다. 그런데 2년 전, 노박은 밤길을 달리다 실수를 하고 말았다. 그것은 평소의 그라면 있을 수 없는 일이었다. 달리던 그가, 길을 잘못 들었던 것이다. 결과적으로 사람들은 통제되지 않은 검은 고속도로에 내팽개쳐져야만 했다.

간간이 질주해오는 차들과 도로로 뛰쳐나온 짐승들이 그들을 놀래켰다. 사람들은 휴대전화도 에너지 젤리나 물도 없이, 예정보다 두 배에 달하는 거리를 달렸다. 하프 마라톤에 준하는 거리였다. 헐떡이다 못해 탈진하는 자들이 나오기 시작했다. 뒤늦게 상황을 알아챈 사람들의 항의와 분노가 있었지만 별수 없었다. 그들은 너무 먼 길을 가버린 후였다. 살기 위해서는 돌아가는 수밖에. 그 과정에서 장년 팬 하나가 쓰러지고 말았다. 평소 심장병을 앓고 있던 사람이었다. 몇 번의 헐떡임이 있었고, 몇 번의 심폐소생이 있었다. 그리고 모든 게 끝이 났다. 마라톤에 참여했던 사람들은 망연자실한 얼굴로 그 죽음을 바라봐야만 했다. 그들은 다음날 정오가 되어서야 마을로 돌아왔다.

뜨거운 여름이었다. 돌아온 노박은 몸을 떨고 있었다. 그는 책임을 추궁하는 사람들에게 아무 말도 하지 못했다. 그러다 더듬거리며 '고속도로로 나가는 길을 왜 평원으로 가는 길이라고 생각했던 건지 모르겠어요. 여태 거기를 무수히 지나다녔는데, 그게…….' 하고 말을 끝내지 못했다. 노박답지 않은 모습이었다. 그가 거짓말을 한다고 주장하는 사람들도 있었다. 그러나 노박은 별다른 해명을 하지 않았다. 그는 그해 말, 마을을 떠났다.

묵묵히 햄버거를 만드는 노박을 바라보다 말했다.
"나는 네가 영영 돌아오지 않을 줄 알았어."
"곧 다시 떠날 거야. 난 여기가 싫어."
대답할 말이 없었다. 또 오겠다고 하며 인사를 하자 노박은 진저리를 치며 손짓을 해 보였다. 기분이 조금 울적했다. 그것을 털어내기 위해 빠른 걸음으로 캠핑장 안을 향해 걸었다.

캠핑장 중앙부는 어둡고 조용했다. 거대한 바위 앞으로 진행요원들이 머무는 흰 텐트가 보였다. 9, 10인용쯤 될까. 집에서 통근하는 사람들을 감안한다 하더라도, 600명을 상대하는 진행요원 텐트로는 턱없이 작아 보였다. 요원이 부족하다던 말이 틀린 게 아닌 듯했다. 텐트를 지나치자 홀로 서 있는 흰 밴이 보였다. 들었던 대로였다. 그리로 다가가려는데 눈앞에 검은 사람이 불쑥 튀어나왔다.

"뭐야. 놀랐잖아."

오기가 무표정한 얼굴로 대답했다.

"늦었어."

"아직 약속 시간 전이라고. 언제부터 와 있었던 거야?"

"모르겠어. 캠핑장을 열자마자 들어와서."

캠핑장을 열자마자 온 거면 적어도 두 시간 전에는 이곳에 온 듯했다. 도저히 가만히 있을 수 없었던 거겠지. 나는 벌거벗은 그를 바라보다 다른 말을 했다.

"적어도 핸드폰 정도는 들고 다녀라. 그나저나 가면은? 가면은 왜 안 쓴 거야?"

"쓰고 싶지 않아."

나는 그를 바라보았다. 오기가 시선을 피하며 물었다.

"몇 시야?"

약속보다 시간이 조금 남아 있었다. 휴대전화를 들어 보이자 그것을 보기 위해 오기가 다가왔다. 다가온 그에게서 미미한 기름 냄새가 났다. 고개를 든 나는 오기의 머리카락이 젖어 있는 것을 보았다. 순간 몸이 굳는 것을 느꼈다. 소문이 거짓이 아닐지도 모른다. 출입 금지를 당한 내가 축제에서 사라지는 편을 택했다면, 오기는 금지 명령을 무시하는 편을 택했다. 시즌이 되면 그가 온몸에 기름을 뿌린 채 축제 현장을 활보하고 돌아다닌다는 말을 들은 적이 있었다. 꼭 시즌이 아니더라도 기름을 뿌린 채 범인으로 의심되는 자의 집에 숨어들었더라는 소문을 들은 일도 있었다. 기름 냄새를 맡자 서늘한 두려움과 함께 구역질이 치밀어오르는 것을 느꼈다. 그것을 누르며 물었다.

"너 옷도 가면도 없이 여기 어떻게 들어온 거야?"

"……."

"이런 망할. 오기, 앞으로는 휴대폰을 들고 다녀. 함께 수사를 하기로 한 이상 개인행동은 금물이야."

"휴대전화는 들고 다닐 생각이야."

"개인행동도 금물이야."

"왜?"

"네가 벌거벗은 채로 문제를 일으키는 게 우리 수사에 도움이 된다고 생각해?"

"수사를 방해하진 않을 거야."

"네가 그러는 것 자체가 우리 동선을 전부 노출하는 꼴이라고."

"너나 잘해."

"난 잘하고 있어, 네가 문제지!"

오기가 무표정한 얼굴로 말했다.

"정말 수사에 방해가 돼서 그러는 거야? 단지 네가 불편해서 그런 것 아니야?"

"그래, 내가 불편해서 그런다. 알면서 일부러 그러는 거야?"

"그래. 너만 불편하라고 그러는 건 아니지만."

"그런 걸 변태라고 하는 거야."

"상관없어."

우리는 서로를 노려보았다. 내 발로 그를 찾아가 만나기는 했지만 순간 그게 후회가 됐다. 사람들을 불편하게 하려고 벗고 다닌다는 이야기에서는 아주 정나미가 떨어졌다. 내가 그동안 행복하게 놀며 산 것은 아닌데 말이다. 오기가 고개를 돌렸다. 나는 그의 목덜미를 바라보았다. 그의 목에 손을 얹으면 그 목은 분명 뜨거울 것이다. 내 정신을 이상하게 할 만큼 뜨거울 터였다. 거기에 마음을 맡긴다면 그를 죽일 수 있을지도 몰랐다. 다시 볼 수 없게, 그건 너무 쉬운 일인지도 모른다. 나는 휴대전화를 한 차례 내려다본 후 말했다.

"가자. 시간이 다 됐어."

오기가 당연하다는 얼굴로 걸음을 옮겼다. 나는 다시 한번 그를 죽이는 상상을 했다.

먼저 만나자는 제안을 해온 것은 살인마 팬클럽 쪽이었다. '당신네 회원인 올드맨에 대해 알고 싶다'고 문의한 내게, 팬클럽 운영진은 선선히 '그가 누구인지 알려주겠다, 만나자'는 이야기를 한 후 밴의 위치를 알려준 것이다. 뜻하지 않게 순조로운 출발이었다. 두드린 밴 안에서는 작고 안경을 쓴 중년 여성이 나왔다. 그녀는 자신의 캠핑카라고 하며 우리를 차 안으로 안내했다. 들어선 차 안은 전부 원목으로 덧대어져, 통일감 있고 산뜻해 보였다. 취사와 취침, 작업 공간 역시 합리적으로 구분되어 있었다. 운영자가 벽면과 같은 나무로 만들어진 침대와 서랍장 사이에 나무판을 가져다 얹자 그것이 훌륭한 책상이 되었다.

오기는 문가에 팔짱을 낀 채로 섰다. 운영자가 내게 접이식 의자를 건넸다. 그녀가 차를 마시겠냐고 물어서 고개를 젓자 운영자는 우리를 마주 볼 수 있도록 책상 건너편에 가 앉았다. 그녀는 차분한 눈으로 잠시 우리를 훑어보았다. 오기를 보고도 놀라는 기색이 아니었다. 그녀가 말했다.

"올드맨에 대해 알고 싶다고요."

"예."

"왜죠?"

내가 대답을 망설이자 운영자가 미소 지으며 말했다.

"올드맨은 원년 멤버라고 할 수 있는 아주 오래된 회원이었어요. 살인마의 엄청난 추종자고, 매해 축제에 참가한 걸로 알아요. 그의 얼굴을 본 사람은 없지만요. 올드맨은 살인마에 대한 정보를 많이 알고 있었고, 그 때문에 그를 신뢰하는 회원이 많았어요. 하지만 이제 올드맨은 클럽 회원이 아니에요. 얼마 전에 제명됐거든요. 그 때문에 팬 사이트에서 그의 흔적을 찾기 힘들었을 거예요."

"제명이요?"

"그자가 최근 이해할 수 없는 짓을 했거든요. 올드맨이 팬클럽을 불법 유해사이트로 신고했어요. 하지만 저희는 그런 사이트가 아니에요. 클럽을 유지하기 위해서는 어느 정도의 청정성을 필요로 하고, 저는 우리 클럽에 그런 자정능력이 없다고 생각지 않아요. 실제로도 그 신고가 올드맨의 음해였다는 사실이 밝혀졌고요. 그런데 올드맨은 이에 대해서 어떤 해명도 하지 않더군요. 부당 신고를 당하는 바람에 우리는 며칠간 사이트를 폐쇄해야 했는데 말이에요. 그래서 우리는 그를 제명할 수밖에 없었어요."

"그가 사이트를 신고한 이유는요?"

"그걸 모르겠어요. 우리로서는 정말 갑작스러운 일이었죠. 딱히 불미스러운 일이 있던 것도 아니었고요."

"올드맨이 사이트를 신고한 게 정확히 언제죠?"

운영자가 노트북을 꺼내들었다. 잠시 모니터를 들여다보던 그녀가 말했다.

"7월 30일이네요."

고개를 돌리자 오기와 눈이 마주쳤다. 우리는 같은 생각을 하고 있었다. 내가 운영자를 향해 말했다.

"나조 씨의 사체가 발견된 날이군요."

"맞아요. 사이트가 드물게 활발해졌던 날이었죠."

"그날 올라온 글들을 확인해봐야겠네요. 거기에 올드맨을 불쾌하게 하는 글이 있었던 건지도 몰라요. 아니면 그가 범인이라는 단서를 알려주는 글이 있었던 건지도 모르고요. 올드맨은 그걸 감추려고 사이트를 폐쇄시킨 거예요!"

운영진이 미소 지으며 말했다.

"밴나 씨는 올드맨이 이번 살인의 범인이라고 생각하나보죠?"

"운영자님은 그렇게 생각하지 않나요? 이 자는 누가 봐도 수상하잖아요."

"전 범인에는 관심이 없어요. 범인에 대한 논의가 활발해지는 데 관심이 있죠."

"……."

"밴나 씨는 올드맨에 대해 알고 싶다고 했죠? 미안하지만 회원의 인적사항에 대해서는 저도 접근을 할 수가 없어요. 그것도 탈퇴를 한 회원은 더욱이나 그렇고요. 하지만 그를 만날 수 있는 방법이 뭔지는 알고 있어요."

"뭐든 좋아요. 알려주세요."

운영자가 고개를 저으며 말했다.

"제가 만나자고 한 건, 저도 밴나 씨에게 부탁할 게 있어서예요."

"부탁이요?"

"아시다시피 저는 팬클럽 사이트의 운영자예요. 이 사이트를 물려받은 지 얼마 되지 않았죠. 살인마의 골수팬은 아니지만 이걸 다른 사이트와 통합해서 크게 키워볼까, 생각 중이에요. 밴나 씨, 이 팬클럽이 잘 굴러가게 하기 위해 운영자가 해야 할 일이 뭐라고 생각해요?"

던져진 질문에 대해서는 늘 답을 외쳐야 할 것만 같은 강박을 느낀다. 퀴즈쇼를 연마하며 얻은 버릇이었다. 그러나 이번 문제는 짐작이 되지 않았다. 내가 고개를 젓자 운영자가 미소를 띤 채 말했다.

"회원들이 활발하게 활동할 수 있을 만한 소재를 제공하는 거예요. 이를테면 살인마에 대한 새로운 관점을 제시하거나, 회원들이 몰랐던 단서를 가져오거나, 유언비어도 좋아요. 그것들을 이용해서 다 같이 신나게 놀 수 있을 만한 판을 만들어야 하는 거죠."

"그래서요?"

"밴나 씨의 퀴즈쇼 영상을 봤어요. 사이트에 링크가 올라왔더군요."

"……."

"비웃으려고 하는 말이 아니에요. 그건 정말 영감을 자극하는 영상이었어요. 영상 조회 수가 얼마나 높았는지 몰라요. 호응도 컸고요. 그래서 밴나 씨가, 우리가 찍는 이번 축제 영상에 참여해주면 어떨까, 하는 생각을 하고 있는 거죠."

"……."

"밴나 씨가 등장하는 영상은, 전체 영상에서 아주 일부일 거예요. 부담 가질 필요는 없어요. 어쨌거나 저는 밴나 씨가 영상에 나오면 큰 홍보가 될 거라고 생각했어요."

"큰 홍보요?"

"밴나 씨가 가진 이야기가 있으니까요. 아주 재미 있는 이야기가요. 불쾌하게 생각하지는 말아요. 나조 씨가 살아 있었다면 저는 나조 씨에게 이 제안을 했을 거예요."

나는 구석에 세워져 있는 카메라와 삼각대를 바라보았다. 운영자는 정중하고 친절했다. 그녀는 산뜻하게 내게 교환을 요청하고 있었다. 여기에서 내가 '그건 제게 너무 힘든 일입니다' 하고 말하면 그녀는 고개를 끄덕일 것이다. 돌아서면 그만이었다. 그녀는 내 거절에 아쉬움을 느끼긴 하겠지만 그저 그뿐일 것이다. 하지만 나에게는 그녀의 질문이 남을 것이다. 어째서 내가 퀴즈쇼에서 토하는 게 재미 있는지, 이런 내가 사람들 앞에 서는 게 어째서 재밌는 일이 되는지 곱씹게 되는 것이다. 잘 모르겠다. 이런 대화를 하고 있으면 살이 닳는 것 같다. 온몸이 부식되는 느낌이었다. 대단한 취급을 해달라는 것은 아니다. 그러나 사람의 죽음이, 내 인격이 이렇듯 가볍게 취급될 수 있는 것이라는 사실을 확인할 때 나는 무력감을 느낀다. 이런 말에는 무엇으로 대항해야 하는 걸까. 분노를 누르고 거절을 할까. 인간의 존엄에 대해 설명할까. 이 인간의 눈을 찌를까. 이럴 바에는 그녀의 눈을 찔러서 날 두려워 하도록 만드는 편이 낫지 않을까. 비스듬히 서 있던 오기가 말했다.

"올드맨에 대해 알 수 있다면 난 뭐라도 할 수 있어."

"시끄러워, 넌 조용히 해!"

"난 할 수 있어."

"……"

"하지만 네가 할 수 없다면 안 해도 돼. 자기가 원치도 않는 걸 팔아서는 안 된다고 생각해."

오기가 나를 도발하려는 건지, 위로하려는 건지 알 수 없었다. 나는, 팔 게 없는 사람들은 늘 자기가 원치도 않는 걸 팔아야 해, 뭔지도 모르는 걸 팔아야 해, 하고 생각했지만 그것을 입 밖에 내어 말하지는 않았다. 우리 주변에는 이미 그런 사람들이 차고 넘칠 정도로 많았으니까. 자식의 죽음을 파는 그의 어머니가 있었고, 살인마의 범죄를 파는 마을 사람들이 있었으며, 그것으로 먹고 자라 온 우리들이 있었다. 그것을 놓고 생각해볼 때 운영자가 내게 한 요구는 그다지 무리한 게 아니었다. 망설이던 나는 고개를 들었다. 그리고 놀란 얼굴로 우리를 바라보고 있는 운영자를 향해 말했다.

"화젯거리를 원한다고 하셨죠?"

운영자가 미심쩍은 얼굴로 고개를 끄덕였다. 나는 말했다.

"제가 엄청난 퀴즈를 가지고 있어요."

오기가 설마, 하는 표정으로 나를 바라보았다. 그래, 값어치가 있다면 팔겠다. 나는 퀴즈를 공유하는 데 있어서는 관대한 편이었다. 아니, 사실은 모두가 이 문제에 개입해주길 바랐다. 모두가 여기에 매달려, 경쟁하듯 문제를 풀었으면 좋겠다고 생각했다. 나는 운영자에게 '고고 밴나'에 대해 이야기했다. 운영자는 미간을 찌푸린 채 그 이야기를 들었다. 나는 그녀를 바라보며 물었다.

"왜 나조 씨는 '고고 밴나'를 말하고 죽었을까요? 이거야말로 풀고 싶은 퀴즈 아닌가요?"

"이 이야기를 몇 명이 알고 있죠?"

"네다섯 명 정도 될 거예요."

말이 없던 운영자가 천천히 고개를 끄덕이며 말했다.

"나쁘지 않네요. 허무맹랑하기는 하지만 사이트 회원들은 그런 이야기를 좋아하니까……. 괜찮은 이벤트가 될 수 있겠어요. 그 문제를 밴나 씨가 내줄 수 있을까요?"

나는 망설이다 대꾸했다.

"저는 아이큐가 138이에요. 이 내용을 덧붙이면 퀴즈의 신빙성이 올라갈 거예요."

오기가 중얼거리듯 말했다.

"정말 신빙성 때문이냐."

그 후로는 일사천리였다. 나는 카메라 앞에 서서 녹화를 했고, 운영자는 그것을 팬 사이트에 올렸다. 그리고 그녀는 마침내 올드맨에 대한 결정적인 정보를 우리에게 건넸다.

"회원들의 단체 채팅 내용은 매번 저장이 돼요. 그 편이 살인마에 관한 가설을 정리하는 데 도움이 되거든요. 그걸 살펴봤는데 재미있는 내용이 있었어요."

운영자는 자신이 저장한 채팅 내용을 우리에게 보여주었다. 오기와 나는 나란히 앉아서 노트북에 담긴 대화를 읽었다. 저장된 채팅창에는 퇴출되기 전의 올드맨이 있었다. 있는 것뿐만이 아니었다. 그는 대화창 안에서 퍽이나 위험한 이야기를 하고 있었다. 대화를 다 읽은 오기와 나는 입을 벌린 채 서로를 바라보았다. 오기가 어리둥절한 얼굴로 말했다.

"어쩌면 생각보다 빨리 올드맨을 찾을 수도 있겠는걸."

"그러게."

흥분한 나는 몸을 일으켰다. 오기는 이미 달리고 있었다.

우리는 캠핑장 밖, 축제 운영 본부로 향했다. 흰 천막 아래에는 축제운영위원장인 고모부와 마을 남자들이 앉아 있었다. 내 아버지도 있었다. 나는 그를 외면한 채 고모부를 향해 외쳤다.

"고모부, 저 축제 진행요원으로 일하고 싶어요!"

"넌 여기 있으면 안 되는 거 아니냐."

"그러니까, 진행요원으로 일하고 싶다고요!"

화난 얼굴의 아버지가 몸을 일으켜 내게 다가왔다. 그가 나를 향해 두툼한 손을 뻗고 있었다. 나는 눈을 질끈 감았다.

한 달 전, 퀴즈쇼

잠이 들면 퀴즈쇼 당일로 돌아간다. 물론 그게 꿈이라는 사실은 알고 있다. 그럼에도 나는 생각한다. 네가 모든 걸 말아먹을 거야. 다 망할 거야. 너는 일 단계에서 떨어질 거야. 너한테 기대하는 바가 없어. 들뜨기만 해봐, 코뼈를 부러뜨려버릴 테니까. 조용히 있다가 네가 아는 정답을 말하고 그냥 미소 짓는 거야. 겸손하게 미소만 짓는 거야. 사람들은 너를 다시 보게 되겠지. 네가 이렇게 똑똑했다니, 하고 감탄할지도 몰라. 정말 운이 좋으면, 어쩌면 가능할 수도 있어. 그거면 돼. 그럼 사람들은 네가 미치지 않았다는 사실을 알게 될 거야. 네 이야기에 다시 귀를 기울일지도 몰라. 그래서 네가 아무것도 부수지 않았다고, 그 어떤것도 망치지 않았다고 말해줄지 몰라, 하고 말이다. 그러나 이것은 얼마나 뻔뻔하고 몰염치한 바람인가.

쇼는 시작된다. 또 그 장면이다. 탈출구(ESCAPEWAY)의 사회자

아비가 쇼의 고정 멘트를 던지고 있었다.

"한 소녀가 탈출구 계단 위에 섰습니다. 6개월 만의 일이죠. 이 소녀가 두 개의 문을 더 지나면, 출구가 열립니다! 쓸 수 있는 전화 찬스가 한 번 남아 있고요. 밴나, 다음 단계에 도전하겠습니까?"

TV를 통해 이미 숱하게 들어온 말이다. 나는 다시 고개를 든다. 나를 비추는 조명을 바라본다. 그것은 지나치게 밝고 뜨겁다. 이마를 타고 흘러내린 땀이 속눈썹에 어린다. 모니터를 가득 채운 내 얼굴이 뿌옇게 보인다. 빌어먹게 바보 같은 얼굴. 그것을 잠시 쳐다본 후 고개를 돌린다. 속이 울렁거려서 위에 든 걸 모두 토해버렸으면 좋겠다고 생각한다. 만일 거기서 구토를 한다면 평생 나를 따라다닐 영상 하나를 남기는 거라고도 생각한다. 그 생각을 하니 더 구역질이 치밀어오른다.

나는 숨을 들이키며 방청석에 앉은 나조 씨를 바라본다. 광대가 도드라지는 큰 얼굴 위에 선명한 그녀의 눈이 나를 응시하고 있다. 방송국에 오는 이틀의 여정 동안, 자리에 앉기만 하면 입을 벌린 채로 잠이 들던 노인은 온데간데없었다. 그녀가 얼굴 근육을 팽팽하게 조이며 고개를 끄덕인다. 나는 그 얼굴에 매달리듯 황급히 말한다.

"도전하겠습니다."

사회자는 다음 문제로 넘어가기로 한 내 결심에 놀랐다는 듯, 어깨를 들썩여 보인다. 그 역시 고정 제스처라는 사실을 나는 안다. 방청석에서는 박수가 터져나온다. 일어나서 환호하거나 손 휘파람을 부는 자도 있다. 나는 그들을 둘러본다. 어째서 저들은 나한테 환호하는 거지. 심장이 터져버릴 것만 같다. 다시 중얼거렸다. 등신아, 들뜨지 마. 넌 늘 그러다 일을 망쳐. 망신스럽게 굴지 좀 마. 그래도 좀처럼 마음은 가라앉지 않는다.

사회자는 방청석이 잠잠해지길 기다린 후 큐 카드로 눈을 돌린다. 내가 알기로 탈출구(ESCAPEWAY)의 마지막 전 단계 문제는, 출연자에게 공으로 주는 경우가 많다. 거기까지 도달하는 출연자가 많지 않기 때문이다. 게다가 시청자들은 어려운 고비를 넘어온 출연자가 마지막 퀴즈에 가기도 전에 고꾸라지는 장면을 보고 싶어 하지 않는다. 그런 까닭에 제작진은 마지막 전 단계 문제만큼은 쉽게 출제한다. 그렇게 출연자를 최종 질문으로 안내한 후, 최후의 관문에서 긴장감을 극대화하겠다는 전략이다. 나는 알고 있다. 그런 의미에서 이번 질문만큼은 수월히 맞추고 지나갈 수 있다는 사실을 말이다. 사회자가 말한다.

"밴나는 비말에서 왔죠?"

"네."

"쭉 그곳에 살았나요?"

"10년 정도요."

"그렇군요. 우리에게는 비말이 아무래도 낯선 지명인데 마을을 소개해줄 수 있을까요?"

이것은 사전 인터뷰를 통해 준비된 질문으로, 정해진 답이 있다. 제작진은, 내가 평원의 살인마에 대해 이야기해주길 바란다. 나는 거절하지만, 제작진은 그것을 바란다. 나는 제대로 된 항변을 하지 못한 채 내 앞에 놓인 유리 탁자를 바라본다. 온순하게 굴어야 한다. 이 정도 고통은 감내해야 한다. 그래야만 원하는 걸 얻을 수 있는지도 모른다. 나조 씨를 쳐다보고 싶지만 그럴 수는 없다. 꿈속에서도 나는 고개를 숙이고 있다. 사회자가 눈썹을 치켜올리며 묻는다.

"소개해줄 수 없나요?"

"……."

사회자가 당황한 듯 나를 바라본다. 나는 입을 막으며 말한다.

"토할 것 같아요."

사회자가 연출진의 수신호를 바라보며 묻는다.

"생방송입니다. 괜찮겠어요?"

"으, 참아볼게요."

방청석에서 웃음과 함께 야유가 터져나온다. 나는 신발을 내려다본다. 속이 더 울렁거린다. 사회자가 손을 들어 방청석의 조롱을 가라앉힌다. 그리고 말한다.

"한시가 급한 상황이군요. 출구는 멀지 않았습니다. 그나저나 여러분, 56회 출연자 코비가 생방송 중에 소변을 봤던 일 기억하십니까? 미안 코비, 이제 손주도 봤을 텐데. 어쨌거나 코비는 젖은 바지를 입고 마지막 단계를 통과했었죠. 그리고 탈출자가 된 후 방청석 전원에게 기저귀를 돌렸었어요. 너희들은 늙으면 TV 앞에서 기저귀나 차고 있겠지만, 자신은 지금 싼 소변으로 캐딜락을 사서 떠난다고요. 사실 저는 조금 후회가 되네요. 그때 받은 기저귀를 오늘 차고 올걸 그랬습니다. 그만큼 흥분이 돼서 견딜 수가 없군요. 지금은 답을 외치자마자 변기로 달려갈 것 같은 이 학생이 탈출자가 되면 우리에게 변기를 선물해줄 수도 있다고요! 인생은 모르는 일이죠. 준비됐나요, 밴나?"

노련한 사회자다. 퀴즈쇼가 낡은 형태를 고수한 채 장수할 수 있었던 건 상당 부분 그의 진행 솜씨 덕이었다. 내가 고개를 끄덕이자, 사회자가 엄숙한 얼굴로 외친다.

"문제입니다. 8년 전 기상이변으로 비밀에 붙었던 태풍의 이름을 기억하고 있나요?"

나는 사회자를 바라본다. 나를 주시하고 있던 그가 미소 짓는다. 방송국 출연이 결정된 후 방송작가가 전화를 걸어, 마을에 대해 꼬치꼬치 묻던 기억이 난다. 내가 전화 찬스를 친구에게 쓰겠다고 하자, 전화를 마을회관에 연결시키는 것은 어떠냐고 했던 작가의 제안 역시 떠오른다. 방송국 측은 작은 시골 마을 출신의 소녀가, 마을 사람들의 도움을 받아 우승자가 되는 그림을 그렸던 것 같다.

우연찮게도 그들의 의도는 맞아떨어진다. 나는 문제의 답을 모르고 있다. 태풍이 불던 해, 나는 집 안에만 있었기 때문이다. 신문을 보거나 TV를 틀지도 않는다. 너무 많은 사람들이 나를 찾는다. 나는 그 사실이 늘 너무 버겁다. 괴로운 건 나뿐만이 아니다. 아버지와 어머니도 마찬가지다. 나가지 못한 채 집 안에 강제로 붙어 있어야만 했던 그들은 다시 싸움을 시작한다. 케케묵었으나 힘이 센 거친 감정들이 수면 위로 올라온다. 그것들이 집 안을 돌고 돈다. 우리를 파괴하고 만다. 아버지와 어머니는 이혼을 이야기한다. 부모님은 내게 함께 살고 싶은 사람을 택하라고 말한다. 하지만 나는 그들이 밤마다 나를 데려가지 않기 위해 싸운다는 사실을 안다. 그들은 선택을 미룬 채 나를, 재수 없으면 마셔야 하는 독약처럼 바라본다. 그러나 내게 누구와 함께 사느냐는 그다지 중요한 문제가 아니다. 이곳에서 친구들과 함께 있을 수 있느냐, 없느냐가 더 중요한 문제처럼 느껴진다. 선택은 간단히 이루어진다. 이곳에 남는 자는 아버지다. 나는 아버지의 손을 잡는다. 어머니는 복잡한 얼굴을 하고 떠나간다. 아버지 역시 복잡한 얼굴을 하고 있다. 우리는 단둘이 집에 남는다. 그리고 친해지지 않는다. 아버지는 집 밖으로 돌며 여자친구들을 사귄다. 사람들은, 아버지가 사귀는 여자들이 돈이 많이 드는 여자들이라고 말한다. 하지만 나는 안다. 여자들보다 아버지가 훨씬 더 돈이 많이 들어가는 사람이라는 사실을. 아버지는 자신의 여자친구와 집, 그리고 차가 자신을 말해준다고 말한다. 그는 도시에서 대단한 일을 했던 것처럼 말한다. 아버지는 마을에 잘 적응하지 못한다. 못마땅한 얼굴로 철물점을 하는 고모부 밑에서 일을 시작한다. 내 문제에 대해서도 전적으로 그의 말을 듣는다. 고모부가 날 병원에 보내라고 하면 병원에 데리고 가고, 입원을 시키라고 하면 입원을 시키며, 퇴원을 시키라고 하면 나를 데리고 병원을 나선다. 그러면 그럴수록 사람들은 나를 더 미쳤다고 말한다. 어쨌거나 그런 의미에서 나는 태풍의 이름을 모르고 있다.

나는 고개를 들어 나조 씨를 본다. 그녀가 미간을 찌푸린 채 나를 주시하고 있다. 그녀는 이 문제에 대해 이미 화가 난 상태다. 그 얼굴이, 굳이 태풍의 이름을 묻는 이유가 뭐냐고 항의하고 있다. 그러나 나는 괜찮다. 그것은 잔인한 질문이지만 내가 감당할 수 있다고 생각한다. 아니 상금을 타기 위해서는, 인정받기 위해서는 감당해야 한다고 생각한다. 나는 아주 많이 비굴한 상태다. 사회자가 다시 묻는다.

"8년 전 기상이변으로 비말에 불었던 태풍의 이름은 뭘까요? 전화 찬스가 하나 남아 있습니다, 밴나."

마을 사람들이라면 그 답을 알고 있을 터였다. 모르는 게 더 이상하다. 왜냐하면 그냥 분 태풍도 아니고, 8년 전의 태풍이니까. 아쉽지만 마지막 문제를 위해 아껴뒀던 찬스를 써야 할 순간이다. 그때 꿈이 한 차례 균열을 맞는다. 꿈속의 나는 내게 일어나라고 말한다. 이제 잠에서 깨야 할 때라고 외친다. 일어나, 안 돼. 하지만 무대 위의 나는 그 말에 귀기울이지 않은 채 고개를 끄덕인다.

"전화 찬스 쓰겠습니다."

"누구한테 전화를 걸고 싶죠?"

"마을 사람들한테요."

"일반적이지는 않은데요. 마을 사람들 모두에게 전화를 걸 셈인가요?"

"사람들이 마을회관에 모여 있을 거라고 했어요."

"누가요?"

"피디님이요."

내가 멍청한 얼굴로 연출자를 가리키자, 사회자와 사람들이 웃음을 터뜨린다. 바보 같은 장면이다. 쇼장에 도착하기 전에는 아비와 자연스럽게 토론을 하고, 그에게 83화에 나왔던 퀴즈에 대해 문제를 제기하는 상상까지 했었지만 무대 위의 나는 형편이 없다. 간절하면 할수록 더 형편없어진다. 사회자가 말한다.

"그렇군요. 우리 연출자가 밴나의 마을 사람들을 한 자리에 모았군요. 기대가 됩니다. 전화 연결 하겠습니다."

신호음이 울린다. 벨소리가 여덟 번째로 넘어갈 때 사회자가 어깨를 들썩이며 금요일은 취하기 좋은 밤이라고 농담을 한다. 그의 말이 맞을 터였다. 마을 사람들은 퀴즈쇼가 있는 금요일 저녁이면 마을회관에 모인다. 그곳에서 술을 마시고, TV를 보거나, 게임을 한다. 굳이 나 때문이 아니더라도 이미 상당수의 사람들이 그곳에 있을 터였다. 그리고 어느 정도는 취한 상태일 것이다. 전화벨이 열한 번 울렸을 때 수화기가 들린다. 사회자가 반색을 하며 묻는다.

"드디어 연결이 됐군요. 전화를 받으신 분은 누구죠?"

"밴나의 아빠입니다."

"이름은요?"

"……말하고 싶지 않군요."

사회자는 당황한 기색을 감추며 말한다.

"아주 긴 이름이군요. 말하고싶지않군요씨, 그곳에 몇 명의 사람들이 있나요?"

무뚝뚝한 대답이 돌아온다.

"서른 명 즈음이요."

"꽤 많은 사람들이 모였는데요. 이 분들이 모두 밴나를 위해 모인 거라고 생각해도 될까요. 동의하신다면 함성을 질러주십시오!"

아무 소리도 들려오지 않는다. 사회자의 옆얼굴에서 땀이 흘러

내리는 것을 본다. 그가 아무렇지 않은 척 미소를 지으며 말한다.
"모두가 취한 모양이죠? 이봐요, 당신네 마을이 천재를 냈다고요!"
"……."
"제 이야기를 듣고 계신가요?"
아버지가 대답한다.
"네."
"마을 분들이 어쩐지 밴나와 좀 닮아 있다는 느낌이 드는데요. 혹여나 지금 모두 변기를 붙들고 있는 건 아니겠죠?"
방청석에서 웃음이 터져나온다. 사회자가 말한다.
"자 그럼, 지체하지 않고 삼십 초 전화 찬스를 쓰겠습니다. 밴나가 문제를 읽으면, 마을 분들이 거기에 맞는 답을 주시면 됩니다. 삼십 초, 시작하겠습니다!"
왜 마을 사람들은 대답을 하지 않는 걸까. 심장이 불안정하게 쿵쿵거린다. 그러나 이번 문제의 답을 알면 마지막 질문을 향해 갈 수 있을 터였다. 나는 눈가에 고인 땀을 닦으며 질문을 던진다.
"저, 8년 전에 마을에 불었던 태풍의 이름이 뭐죠? 아는 분 계신가요?"
아무 소리도 들리지 않는다. 내가 다시 묻는다.
"8년 전에 불었던 태풍이 뭐였죠?"

침묵이 이어진다. 아마도 마을 사람들은 나를 응원하고 있을 것이다, 내가 특별해서 그런 게 아니라 보통 퀴즈쇼를 볼 때, 시청자들은 출연자를 응원하기 마련이니까. 게다가 우리는 같은 마을 사람이고, 아는 사람이 TV에 나오는 건 어쩌면 반가운 일이니까. 자신이 알고 있는 문제의 답을 알려주는 건 크게 어려운 일이 아니니까. 그리고 사람들이 나를 위해 억지로 모인 게 아니니까. 사회자가 말한다.

"20초 남았습니다. 물론 오래전 일이라 이름을 떠올리는 데 시간이 필요하겠지만, 마을 분들 모두 힘을 모아주십시오. 8년 전, 비말에 불었던 태풍 이름을 묻는 게 문제인데요. 답을 아는 분이 있으면 외쳐주세요!"

시간이 가는 데는 이유가 있을 것이다. 누군가는 퀴즈의 답을 알아보고 있을지도 모른다. 누군가는 머릿속을 맴도는 단어가 선뜻 떠오르지 않아서 혀를 깨물며 답을 쥐어짜고 있는지도 모른다. 어쩌면 확실한 답을 위해 사람들이 의견을 취합하고 있는 건지도 몰랐다. 그 때문에 시간을 쓰고 있을 터였다. 사회자가 말한다. 그의 목소리가 조금 당황한 듯 들린다.

"통신 상태는 양호한데 답을 말해주시는 분이 없군요. 자 8년 전, 비말에 불었던 태풍 이름은 뭘까요? 10초 남았습니다!"

이 침묵이 의도된 것은 아닐 것이다. 우승자 상금이 크기는 하다. 그러나 우승을 하지 못하면 나는 차비 정도만 손에 쥔 채 빈손으로 돌아가야 한다. 사람들이 그걸 원할 이유가 무엇이 있겠는가. 서른 명의 사람들이 단체로 말이다. 아닐 것이다. 물론 조금 우울할 수는 있다. 타인의 행복은 때로 내 불행을 상기시키기도 하니까. 느슨한 마음으로 TV 앞에 앉았다가, 승승장구하는 내 모습에 어떤 박탈감을 느꼈을 수도 있다. 그러다 TV 화면으로 눈을 돌려 '네 까짓 게?' 하는 얼굴로 나를 응시했을 수도 있다. 그러나 상식적으로 마을회관에 모인 서른 명의 사람들이 다 같이 침묵시위를 한다는 게 잘 이해가 되지 않는다. 그럴 리 없다. 사회자가 외친다.

"5초 남았습니다! 8년 전, 비말에 붙었던 태풍 이름을 기억하시는 분 안 계신가요? 정말로 안 계신가요?"

안 된다. 서른 명의 사람들이 모두 입을 다물고 있는 건 안 된다. 이유는 없다. 그냥 안 된다. 누구 하나라도 내게 답을 알려줬으면 좋겠다. 아니 틀린 답이라도 좋으니 무슨 말이든 해줬으면 좋겠다. 이 침묵이 싫다. 사회자가 외친다.

"5! 4! 3!"

초침 소리가 내 정수리를 때리고 있었다. 2초가 남았을 때 아버지가 건조한 목소리로 입을 연다.

"모르겠어요."

타이머가 멈춘다. 모니터 화면으로 내 얼굴이 클로즈업되는 게 보인다. 그것을 보자마자 구토가 치밀어오른다. 무엇을 어찌할 틈도 없이 오전에 먹은 음식이 입 밖으로 튀어나오기 시작한다. 방청석에서 탄식이 터져나오는 소리를 듣는다. 하지만 그 소리를 듣는 것도 잠시다. 뱃속에서부터 끓어오르는 소리가 다른 소리들을 집어삼킨다. 구역질이 멈추지 않는다. 나는 하얀 스튜디오 바닥에 그날 오전 급히 씹어삼켰던 샌드위치를 모두 쏟아낸다. 머리를 쓰려면 억지로라도 먹어야 한다며 나조 씨가 건넸던 샌드위치다. 사회자가 다가와 내게 무어라고 질문을 던진다. 들리지 않는다. 나는 고개를 들어 방청석을 바라본다. 그 안에서 나조 씨를 찾으려 하지만 눈에 맺힌 눈물 때문에 사람들의 얼굴이 희뿌옇게 보인다. 나조 씨를 찾기가 힘들다. 그녀가 그곳에 없는 것만 같다. 나조 씨, 나조 씨, 하고 외치지만 도저히 그녀를 찾을 수가 없다. 그러지 말고, 나조 씨가 그만 자리에서 일어나 내게 걸어와주었으면 좋겠다. 내 이름을 부르며 손을 흔들어주었으면 좋겠다. 그때 화면이 하얗게 변한다. 꿈이라는 걸 알지만 나는 말한다. 너는 영원히 나조 씨를 찾을 수 없을 거라고 말이다.

D-1 위도, 사이드미러

　이발사는 내가 내민 사진을 물끄러미 바라보았다. 그러다 거울 속의 내 얼굴을 응시했다. 나는 그의 눈길을 피해 거울 모서리로 시선을 돌렸다. 그의 눈이 내 얼굴에 머무는 시간이 길어질수록 신경이 날카로워졌다. 괜한 짓을 한 건지도 몰랐다. 이발사가 거울을 바라보며 말했다.
　"이 모양을 하기에는 숱이 너무 없는데……."
　"아, 그렇소?"
　"그래도 스타일 자체는 나쁘지 않을 것 같군요. 옆머리만 이런 식으로 깔끔하게 치겠습니다."
　내가 황급히 고개를 끄덕이자 이발사가 물었다.
　"간만에 영화를 보신 모양이죠?"
　"아니, 우연찮게 잡지를 보다가 이 사진을 봤는데……."
　말을 하다 너무 구차하게 느껴졌다. 손을 휘저으며 말했다.

"이발을 할 때가 됐지 않았소."

이발사는 무심한 얼굴로 사진 속의 배우를 한번 들여다본 후 다시 내 얼굴을 응시했다. 그는 트롤리에서 번쩍이는 가위를 꺼내들며 그것이 특별한 가위라고 너스레를 떨었다. 녀석 나름의 유치한 고객 응대였다. 이발사가 다시 사진을 훑어보며 말했다.

"이 배우도 많이 늙었네요."

"아무래도 세월이 흘렀으니까……."

"〈평원의 살인마〉 이후로는 별다른 흥행작이 없죠?"

"그렇소?"

"그때 살인마 역할을 너무 잘해서 쭉 뻗어나갈 줄 알았는데 말이죠."

"연기가 과장되고 한계가 있었지."

"그랬나요?"

"깊이가 없었소."

나는 부러 하품을 하고, 눈을 감았다. 그제야 이발사 자식이 입을 다물고 머리카락을 자르기 시작했다. 마을에 이발소가 하나뿐이라 어쩔 수 없이 찾아오기는 했지만, 이발사는 징글맞게도 말이 많은 자식이었다. 미용학교 시절 제 별명이 세모였다느니, 가슴털을 늘 정삼각형 모양으로 다듬고 다녀서 그런 별명을 얻었다느니 하는 끔찍한 이야기를 하루 종일 떠들어댈 수 있는 녀석이었다. 배우가 연기를 잘했다니. 배우의 살인마 연기는 최악이었다. 누구도 그런 식으로 살인을 하지는 않는다. 자기에게 도취되어서 걸음을 옮길 때마다 '난 살인마다, 살인마야. 내가 살인마인 거 알고 있나?' 하고 말하는 그런 놈들이야말로 사실상 별 볼 일이 없다. 신짜는 말이 없는 법이다, 나처럼. 잘려나간 머리카락이 귓등과 콧등을 간질이고 떨어져내렸다. 가위는 왼쪽 귀에 와서 사각대다가, 오른쪽 귀에 가서는 어떤 소리도 내지 않았다. 나는 그 반 정적에 한숨을 몰아쉬었다.

오른쪽 청력을 완전히 잃은 것은 9년 전 살인에서였다. 의료 폐기물을 배달한 후 비말을 지나가고 있던 때였다. 당시 이곳은 볼품없는 축제를 앞두고 있었고 그 축제는 뭐랄까, 내륙지방의 얼간이가 팬티를 수영복으로 착각한 채 물에 뛰어든 듯한 느낌의 행사였다. 처참했다는 이야기다. 하지만 그 축제가 완전히 무용한 것은 아니었다. 거기에서 득을 보는 자가 있었으니, 그게 바로 나였다. 축제 전후가 되면 묘하게 도로에서 손을 흔드는 자들이 늘었던 것이다. 히치하이커의 대부분은 마을 사람들이었다. 이유는 잘 모르겠다. 축제 시즌에 마을을 뛰쳐나가는 사람들 이야기는 어디서도 들은 일이 없었다. 그저 보잘 것 없는 축제에 마음이 달떴거나, 물에 젖은 팬티 같은 축제 말고 진짜 축제를 보고 싶은가보다 하고 생각했을 뿐이다.

어쨌거나 나는 축제가 임박해 있던 그날, 늦은 밤 국도변에서 손을 흔드는 돼지 한 마리를 만났다. 진짜 돼지는 아니고, 예쁜 돼지 같은 느낌을 풍기는 어린 녀석이었다. 성년이나 되었을까. 살이 찐 건 아닌데 행동이 굼뜨고, 살결이 고우며, 대화를 할 때 곁눈질로 사람을 보는 놈이었다. 녀석은 뭐랄까. 내가 평소 차에 태우던 부류와는 조금 차이가 있었다.

평소 내가 차에 태우는 사람들은, 좀 더 경계심이 없고 막돼먹은 얼간이들이었다. 이를테면 마을을 떠나고 싶어 하는 분별없는 어린 애들이나, 잘못을 저지르고 달아나는 도망자들, 편도체와 전전두엽이 망가져서 겁을 상실한 미친 놈들, 즉흥적으로 길을 나선 술꾼들 말이다. 마을 밖으로 나갈 생각이면서 버스 한 대 없는 밤에 손을 들어 지나가는 차를 세우는 자들이야 뻔한 법이니까. 조금 웃긴 것은 정작 내가 차를 세우면 그들이 겁에 질린 얼굴로 나를 훑어본다는 사실이었다. 차를 세우래서 세웠더니 '이놈이 대체 왜 이러지? 뭘 잘못 처먹은 놈인가' 하고 도리어 나를 의심하는 식이었다. 그런 자들의 허들을 넘는 것은 어렵지 않았다. 차를 세우고,

'목적지가 어디요? 거기까지 가는 건 곤란한데.'

'밤이 너무 늦었는데 마을로 돌아가는 편이 낫지 않겠소?'

'장모님 댁에 아이들을 데리러 가는 중이라서 그건 좀……'

하고 몸을 사리면 그들은 도리어 안심하며 내가 지녔을지도 모르는 위험을 무시한 채 덥석 내 손을 잡았다. 그러면 나는 그들을 차에 태웠고, 그들에게 약이든 음료를 권했다. 음료를 먹이는 일은 그들을 차에 태우는 것보다 쉬웠다. 대다수의 사람들이 갈증에 지친 상태였으니까. 음료를 먹지 않는 사람들에게는 병원에서 얻은 흡입 마취제를 썼다. 밤은 길었고, 지루한 도로는 계속됐으며, 몸을 늘어뜨린 자들에게 약을 쓰는 건 어려운 일이 아니었다. 그렇게 사냥감이 잠들고 나면 나는 그들을 평원 한가운데로 데려갔다. 마을을 뛰쳐나간 자들을 다시 제자리에 돌려놓는다는 사실이 좋았

다. 그러면 그들은 놀라고, 낙심했다. 물론 그걸로 끝이 아니었다. 한 인간이 죽음에 이르기까지 해야 하는 모든 기대와 좌절들이 그들을 기다리고 있었다. 나는 그들의 좌절을 사랑했다. 인간을 회복 불가능하게 만드는 건 반복된 좌절이라고 믿었다. 그것을 가능하게 하는 건 나였고 말이다. 사람들에게 어디로도 갈 수 없다는 사실을, 그게 불가능하다는 사실을 선고하는 게 좋았다. 그들이 헛된 꿈을 꾸느라 빈틈이 많아진, 찢어진 거품망 같은 존재라는 사실을 그들에게 알려주는 게 좋았다. 그럴 때면 정신이 혼미해질 정도로 흥분했다.

어쨌거나 내가 태운 어린 돼지는, 평소 내가 만나온 부류가 아니었다. 녀석은 한밤중에 히치하이킹을 하기보다는, 불 켜진 집에서 가족들과 함께 생일파티를 해야 할 것 같은 놈이었다. 내가 차를 세우자 녀석이 나를 경계하듯 곁눈질을 했다. 돼지의 품에는 옆으로 메는 천가방이 안겨 있었다. 그것을 안은 품이 퍽이나 조심스러웠다. 돼지가 연기의 달인이 아니라면 거기에 돈이 들어 있을 터였다. 차문을 열자 돼지는 결정을 내리지 못한 듯 움직이지 않았다. 곁눈질을 하는 모양새가 퍽이나 야비해 보였다. 나는 알고 있었다. 그런 녀석한테는 다정함이 독이 된다. 엉덩이가 굼뜨고 음흉한 놈들에게는, 그저 윽박지르고 마빡을 갈겨주는 게 최고다. 그렇지 않으면 녀석들은 언제까지고 응석을 부리려 든다. 무심한 목소리로 물었다.

"말 거요?"

돼지는 여전히 대꾸가 없었다. 나는 차문을 닫았다. 그리고 트레일러를 출발시켰다. 그러자 녀석이 뒤에서 손을 휘젓기 시작했다. 개의치 않은 채 조금 더 갔다. 그러다 차를 세웠다. 녀석이 나를 놓칠까, 차를 향해 달려오고 있었다. 헉헉거리는 폼이 많이 뛰어 본 놈은 아니었다. 죽이기 쉽겠군, 이런 돼지 새끼. 제가 선택한 게 살인자인 줄도 모르고 차에 타고 싶어서 안달복달하는 꼴이라니. 돼지가 서두르는 통에 녀석의 옆구리에서 무언가가 줄줄 빠져나오고 있었다. 애초에 가방이 터져 있어 안고 있던 모양이었다. 돼지가 허리를 굽히자, 가방이 기울어지며 가방 입구가 덩달아 입을 벌렸다. 구겨지고 뭉쳐 있는 종이뭉치가 우수수 쏟아졌다. 돈이었다. 돼지가 허겁지겁 그것을 줍기 시작했다. 그제야 녀석의 정체가 감이 잡혔다. 좀도둑이었군. 트레일러에 도달한 돼지는 선뜻 차에 오르지 않았다. 내게 돈을 들켰다는 사실이 거슬리는 듯했다. 그러나 그럴 때는 방법이 하나 있었다. 나는 다시 물었다.

"말 거요?"

녀석이 차에 올랐다.

사이드미러를 바라보았다. 사불의 모습이 보이지 않았다. 차체가 커서 녀석이 꽁무니에 바짝 붙어 달리면, 보이지 않을 각도였다. 그러나 이전 같았다면 사불은, 돼지가 차에 오르는 순간 신이 나서 차 앞으로 달려나왔을 터였다. 큰 몸통을 울렁울렁 흔들면서 말이다. 그런데 사불이 그러지 않고 있었다. 나는 애타는 마음에 속도를 늦췄다. 그래도 사불은 모습을 보이지 않았다. 녀석의 침묵이 나를 불안하게 만들있다.

 이전 살인에서 사불은 벗겨놓은 사냥감을 쫓으러 하지 않았다. 내가 그의 엉덩이를 후려치며 '달려, 사불! 녀석을 잡아야 해!' 하고 말했을 때에도, 녀석은 반대로 달렸다. 그런 일은 처음이었다. 나는 애가 타서 '사불! 돌아와, 사불!' 하고 외쳤다. 하지만 녀석은 그 자리에 멈춰서, 제 꼬리를 먹으려는 듯 뱅글뱅글 돌다가 주저앉았다. 그의 다리가 한 차례 부르르 떨렸고, 사불의 검고 두터운 눈동자가 하늘을 응시하다 뒤로 넘어가는 것을 보았다. 그때 생각을 하자 심장이 내려앉는 것 같았다.

 불안한 마음을 감추며 돼지에게 음료를 건넸다. 녀석이 고개를 저었다. 짜증이 치밀어올랐다. 목구멍이 퍽이나 촉촉한 모양이었다. 돼지에게 어디로 가느냐고 묻자, 그가 도리어 내 행선지를 물어왔다. 그리고 거기까지만 태워달라고 말했다. 경계심이 많은 녀석이었다. 사이드미러를 바라보았지만 사불은 여전히 보이지 않고 있었다. 그때 전화벨이 울렸다. 단단하게 여며쥔 돼지의 가방에서 벨소리가 새어나왔다. 돼지는 전화를 받지 않았다. 한동안 울리다 끊어진 벨이 다시 울리기 시작했다. 받기 전까지는 포기하지 않을 기세였다. 돼지가 한숨을 쉬며 여며쥔 가방을 살짝 벌렸다. 그 안으로 팔을 넣었다. 녀석은 가방 속을 보이지 않기 위해 안간힘을 쓰고 있었지만, 돼지가 팔을 휘저을 때마다 언뜻언뜻 그 안이 보였다. 가방 안은 구겨진 지폐 뭉치가 가득했다. 그것들은 푼돈들로, 그렇게까지 해서 보호해야 할 만한 돈은 아니었다. 내가 그것을 힐끗 대자, 휴대전화를 찾은 돼지가 가방을 안으며 전화를 받았다.

"진동으로 해놔서 전화가 온 줄 몰랐어."

전화기 너머에서 얼핏 들리는 목소리는 젊은 남자 아이로, 돼지의 또래 같았다. 그가 무어라 말하자 돼지가 물었다.

"찾았어?"

돼지가 이어 말했다.

"안 돼. 그게 나한테 중요한 물건이란 걸 알고 있잖아."

돼지가 목소리를 낮추며 말했다.

"아끼던 물건이야. 그게 없으면 떠날 수 없어. 맞아, 양털로 된 곰이 그려진 담요. 작은 곰 말고 큰 곰. 기억 못해?"

그때 전화기 너머로 환호성이 들려왔다. 전화 상대의 목소리가 커지면서 통화 내용이 들렸다.

"찾았어!"

돼지는 당황한 듯 손으로 입을 쓸며 말했다.

"확실해? 응, 응. 아, 찾았구나. 그럼 마을 입구로 와. 응, 나도 입구야. 널 기다리고 있어."

목소리를 낮춘 채 말하던 돼지는 몸을 웅크린 채 전화 상대에게 물었다.

"아무한테도 말 안 했지? 그래, 잘했어."

떠나는 녀석이 어째서 담요 따위를 찾으라고 하는 걸까. 그러나 중요한 건 그게 아니었다. 통화로 확실해졌다. 돼지는 마을 밖으로 나갈 계획에 대해 누구에게도 이야기하지 않았다. 같이 나가기로 한 친구마저 속인 참이었다. 웃음이 새어나왔다. 나는 트레일러의 속력을 높였다. 엔진 소리가 커졌다. 돼지가 나를 힐끗 쳐다보았다. 그때 낌새를 챈 전화 상대가 목소리를 높이는 게 느껴졌다. 돼지가 말을 받았다.

"아냐, 마을 입구에 있어. 거짓말 아냐."

흥분한 전화 상대의 목소리가 어렴풋이 들려왔다.

"차 소리가 나는 건 뭐야?"

"아냐, 도노. 네가 착각한 거야."

"혼자 간 거야? 함께하기로 했잖아! 나랑 함께하자고 했잖아!"

"……."

"혼자서 가버린 거야? 날 배신한 거야? 그런 거야?"

"진정해, 도노. 무서워서 그래. 난 무서워."

"같이 가기로 했잖아. 날 사랑한다고 했잖아!"

돼지가 힐끗 나를 쳐다보았다. 전화 속 상대가 외쳤다.

"어디야? 차를 세워! 차에서 내리란 말이야!"

"제발."

"지금 어디 있어?"

"도착하면 연락할게."

"너, 돈은? 우리 돈은……."

돼지가 전화를 끊었다. 그러고는 전원 버튼을 꺼버렸다. 겁에 질린 듯 돼지의 어깨가 가늘게 떨리고 있었다. 나는 헐떡이고 있는 돼지를 찬찬히 바라보았다. 아무리 봐도 녀석은 남자들에게 인기가 있을 만한 생김이 아니었다. 그럼에도 녀석은 어쩌면 처음이자 마지막일지도 모를 동성 애인을 속여 돈을 빼앗고, 그의 기회를 빼앗은 후 홀로 도시로 가고 있었다. 무엇을 찾아서? 더 많은 남자들? 더 많은 기회? 우리는 한동안 말없이 달렸다. 녀석에게 다시 음료를 건네자 돼지는 그것을 받아 손에 꼭 쥐었다. 그러나 녀석은 좀처럼 음료를 마시지 않았다. 게다가 돼지는 이제 우리의 침묵을 두려워하고 있었다. 내가 물었다.

"혼자 뭘 하려고 나가는 거요?"

"돈을 벌 거예요."

녀석이 음료를 한 모금 마셨다.

"뭘로 벌 생각이오?"

"아는 형이 자동차 딜러로 일해요. 일을 가르쳐주겠다고 했어요."

"그렇고 그런 사이인가보지? 혼자 가려는 걸 보면."

내가 콧방귀를 뀌며 묻자 녀석이 음료를 한 모금 더 마셨다. 내가 말했다.

"나도 아는 딜러들이 몇 있소. 어디 있는 딜러요?"

녀석이 대꾸를 하지 않은 채 음료를 한 모금 더 마셨다. 돼지는 낯선 상대와 대화를 할 때면 긴장을 해서 싫어하는 음료도 끊임없이 홀짝이는 타입이었다. 이런 녀석이 딜러를 하겠다니. 기술을 배우겠다는 녀석들은 그래도 가망이 있다. 하지만 밑천도 없이 장사를 하겠다는 놈들은 영 가망이 없다. 그런 놈들은 내가 죽이지 않아도 도시에 가서 곤죽이 되어버린다. 나는 돼지의 고운 얼굴을 바라보았다. 녀석을 죽이는 일이 망설여졌다. 어차피 뒈질 놈을 죽이는 걸, 사불이 좋아할까. 숫기 없고, 허영은 많고. 자신의 교활함이, 어수룩한 그의 주변 사람들에게나 통용되는 것이라는 사실을 돼지가 알아야 하지 않을까.

옆에서 꾸벅거리고 있는 돼지를 바라보았다. 사불과 내가 불쌍하다는 생각이 들었다. 사람들은 우리의 비인간성과 잔인함에 대해서만 떠들지, 우리가 얼마나 참고 금욕하는지에 대해서는 알려하지 않는다. 참고 참다가 크게 고생을 해가며 이렇게 맛없는 음식 한 덩이를 넘기는 건데, 그런데 대체, 한숨을 쉬며 달리는 차를 유턴했다. 사이드미러에는 사불이 잡히지 않았다. 돼지의 몸이 흔들렸지만 그는 당분간 깨지 않을 터였다.

"이번 축제에는 사람들이 많이 오겠죠?"
이발사가 말했다.
"잘 모르겠소."
눈을 감은 채로 대답했다. 이발사가 가위질을 멈춘 채 말했다.
"어떤 사람들은 살인마가 이곳에 있다고 하더군요. 위도 씨는 어때요? 살인마가 여기 있는 것 같습니까."
"글쎄요."

그것은 처참한 형태의 살인이었다. 돼지는 예정된 시간보다 빨리 잠에서 깼다. 예정대로라면 나는 계획한 장소에 가서, 녀석의 옷을 벗기고, 돼지의 몸에 기름을 부은 후, 녀석을 깨웠어야 했다. 하지만 돼지는 평원에 들어선 지 얼마 되지 않았을 때 다짜고짜 내게 달려들었다. 간혹 그런 놈들이 있었다. 장기가 비정상적으로 튼튼한 건지, 지독한 술꾼인 건지, 약이 잘 듣지 않는 인간들 말이다.

내가 머리를 맞고 묵직한 통증에 시달리는 사이, 돼지는 차 밖으로 뛰쳐나갔다. 그러나 그때까지는 괜찮았다. 사불을 믿었던 것이다. 돼지가 빈 평원으로 달려나가는 것을 바라보았다. 바라보았다. 바라보았다……. 이런 빌어먹을, 사불은 뭘 하고 있는 건가. 차에서 내렸다. 오랫동안 운전을 한 탓에, 땅이 이마에 와서 부딪칠 것처럼 흔들리는 것을 느꼈다. 땅 멀미였다. 휘청이며 사불을 불렀다. 녀석이 보이지 않았다. 나는 당황했고, 돼지를 쫓아 달리기 시작했다. 온몸이 내 거친 숨으로 가득 찼다. 그리고 그때, 정수리에 얼음 바가지를 쏟아붓는 듯한 오싹한 예감이 있었다. 나는 오른손을 들어 내 귀에 가져다댔다. 엄지와 중지를 딸깍이며 부딪쳤지만, 아무 소리도 들리지 않았다. 오른 귀가 맛이 가버린 걸 알았다. 서서히 멀어온 귀가 그 순간, 움직이는 걸 완전히 멈춰버렸다.

내가 이 말을 했던가. 사불이 내 귀에서 나왔다는 사실을. 녀석이 처음에는 오른 귓구멍 깊은 곳에 자리한 젖은 털이었다는 사실을. 간헐적으로 꾸물럭거리던 그 젖은 털이 자라, 귀 밖으로 나오기 시작했고, 자신이 단순한 젖은 털이 아님을 주장했다는 사실을. 그게 어떻게 가능했는지 모르겠지만 그것은 내가 겪은 일이었다. 처음은 귀였고, 다음은 대가리와 목이었으며, 몸통과 다리, 마지막은 궁둥이와 꼬리였다. 그일은 열병을 앓은 열 살 여름 이후, 수년에 거쳐 천천히 이루어졌다.

당시 나는 매일 밤 흐느껴 울었다. 아팠기 때문이다. 귓구멍이 찢어져 진물이 마를 날이 없었다. 모두가 나의 고통을 모른 척했다. 무심하고 잔인한 얼굴로 내 머리 위의 말을 당연하다는 듯 바라보았다. 그래서 이런 고통이 당연한 것이겠거니 생각했다. 마음이 무거워 누군가에게 괴로움을 털어놓으려 하면 들어주는 사람은 없고, 그래도 녀석에 대해 말을 하려 하면 사불이 끼끽 소리를 질러대거나, 내 정수리를 이빨로 물어뜯는데, 어느 순간부터는 체념할 수밖에. 말의 무게는 또 어떤가. 녀석이 내 귀 밖으로 제 대가리를 내민 채 그것을 휘저어댈 때에는, 도저히 버틸 수가 없었다. 나는 시도 때도 없이 쓰러졌고, 다쳤고, 기절했다. 지긋지긋한 목 디스크. 척추 측만증. 너는 걸음을 왜 그렇게 걷니. 당신도 말 대가리를 이고 걸어보슈.

그 때문에 말의 몸통이 나오는 것은 내 최대 관심사였다. 나는 대가리가 거진 다 나왔다 싶을 때쯤 아예 침대에 드러누워버렸다. 300킬로그램은 족히 넘을 녀석의 몸뚱이를 감당할 자신이 없었던 것이다. 나는 여덟 달 동안 침대에 누워 꼼짝도 하지 않았다. 집 옆 철로가 덜컹거리는 소리가 너무 시끄럽고, 밤이 너무 시끄럽고, 인간들이 너무 시끄러워 견딜 수 없는 순간에도 우리는 침대에 누워 몸을 웅크린 채 끙끙거리고 있었다. 녀석의 궁둥이가 내 귀에서 떨어지는 데만도 꼬박 두 달이 걸렸다.

그 시간 동안, 내 몸은 너덜너덜해졌다. 빈껍데기만 남았다. 내가 가진 좋은 것들을 모두 말이 가지고 갔다고 보아야 했다. 그러나 나는 말이 싫지 않았다. 말이 내게 입 다물라고 하면 입을 다물었고, 웃으라고 하면 웃었고, 가만히 있으라고 하면 그렇게 했고, 녀석이 사람을 죽이면 죽였나보다 했다. 사불이 내 전부였기 때문이다. 그 튼실한 살가죽과 근육, 펄떡이는 혈관과 뛰어난 내장 기관들, 민감한 후각과 청각, 시야각이 300도나 되는 그 미치게 뛰어난 눈동자를 누가 거부할 수 있겠는가.

 귀 때문일까. 귀가 망가져서 사불이 가버린 걸까. 녀석이 어딘가에서 길을 헤매고 있는 건 아닐까. 나는 어째서 사불이 사라진 걸 눈치채지 못했던 걸까. 대체 녀석은 어디로 가버린 걸까. 이런 등신, 등신! 나는 주머니에 있던 잭나이프를 꺼내 귓구멍을 찔렀다. 소리는 들리지 않았다. 고통도 느낄 수 없었다. 나는 그 찢어진 구멍 안으로 손가락을 집어넣으며 비명을 질렀다. 사불, 사불! 그리고 오른쪽 귀가 완전히 망해버렸다는 사실을 알았다.
 나는 왔던 길을 되돌아, 차에 올랐다. 돼지를 뒤쫓기 시작했다. 조금 더 달리자 녀석이 보였다. 녀석을 찢어발기고 싶었다. 그래서 그렇게 했다. 힘이 들었지만 나는 그것을 했다. 이전 같았으면 돼지가 더더, 비명을 질러주길 바랐을 것이다. 그의 비명이 내 닫혀가는 문을 열어줄 수 있을 거라고 기대했을 것이다. 그의 소리가 몸 안에 가득 찼을 것이다. 그러면 자지가 서고, 돼지의 비명이 껄떡거리며 절정에 달할 때가 되면, 나는 돼지의 귀를 떼어 귀두에 문질렀을 터였다. 그리고 만족감에 휩싸여, 불을 질렀겠지. 사불의 흔적을 지우려고 말이다. 불이 붙은 돼지는 최고의 비명을 내지를 터였다. 나는 그 비명을, 죽음에 이르지 않고는 결코 나올 수 없는 소리라고 받아들였을 것이다. 그렇게 살아 있는 것이 죽어가는 것을, 온몸의 소리가 잦아드는 것을 느꼈을 것이다. 돼지와 우리 사이에 무언가가 흐른다고 생각했을 터였다. 저릿저릿하고 강렬한 무언가가 흐르고 있다고, 우리가 그 순간 어떤 삶의 핵심에 들어가 있다고 말이다. 돼지의 비명을 내가 주의 깊게 들었던 것처럼, 내 행동 하나하나에 돼지의 모든 감각이 집중되는 것을 느꼈을 것이다. 살아가는 동안 누구도 그런 식으로 서로를 응시하지는 않는다고, 이렇게까지 깊이 연루되었던 관계는 없을 거라고 자부했을 것이다.

물론 돼지가 비명을 지르기는 했다. 엉망이긴 했지만 절차를 빠뜨린 것도 아니었다. 그러나 자지는 서지 않았다. 비명을 들어도 서지 않았다. 사불이 그곳에 없었다. 그게 다였다.

나는 뼈만 남은 돼지를 등에 동여맨 채 평원 바위에 올랐다. 사불을 찾기 위해서였다. 사불, 네가 좋아하는 것을 들고 왔어. 사불, 내가 여기 있어! 여길 봐 사불, 여기 네가 좋아하는 게 있다고. 나를 버리지 마. 제발 나타나 줘. 너를 사랑해. 너는 알고 있잖니. 너는 알잖니. 한참을 그곳에 있었다. 아무리 기다려도 해는 뜨지 않았다. 해가 뜨려면 멀었다는 사실을 알았다. 그리고, 엎드려 있던 여자아이를 떠올린 것은 그때였다.

아이는 나와 돼지를 보았다. 내 얼굴을 뚫어져라 응시했다. 나는 어째서 그 아이를 내버려뒀을까. 아이가 그 새벽 혼자 평원에 엎드려 있다는 사실을 믿을 수 없어서? 그녀가 소품처럼 엎드려 있어서? 나는 꿈틀거리며 움직이던 아이의 노란 힙색을 떠올렸다. 어디까지 갔을까. 몸속의 피가 한순간 멈춰버리는 것을 느꼈다. 찢어발겨야 할 얼굴이 하나 더 있었다. 나는 급히 바위에서 내려왔다. 그리고 아이가 있던 장소를 향해 달렸다.

이발사가 말했다.
"거의 다 됐습니다."
이발사는 마무리 가위질에 열중하고 있었다. 나는 거울을 응시했다. 그 안에는 머리에 쥐를 풀어놓은 듯한 몰골의 늙은이가 앉아 있었다. 이발사가 나를 힐끔 쳐다본 후 말했다.
"머리숱이 워낙 없어서 사진처럼은 안 되겠지만 이만하면 훌륭하지요? 위도 씨가 원조라고 해도 믿겠어요."
녀석이 혼자 말하고 혼자 클클 웃었다. 훌륭? 훌류웅? 거울을 노려보았다. 너무 서글픈 꼬락서니라 따지고 싶은 마음조차 들지 않았다. 어쩌겠는가. 본판이 볼품없고 추레한 것을. 조금이라도 젊고 괜찮았을 때 얼굴을 노출했어야 했다. 어이없게도 내 자리를 영화배우에게 빼앗기고 말았다. 그뿐인가. 축제 운영위에게도 빼앗겼다. 마을 사람들에게는 착취당했다. 골수까지 쪽쪽 빨렸다. 그럼에도 사람들은 존경을 모른다. 저희가 받은 것들에 대해서는 쉬이 잊는다. 그러나, 잊었다면 상기시켜주면 되는 일이겠지. 나는 박물관으로 돌아가 해야 할 일을 떠올렸다.

D+1 용의자의 집

 마을 외곽에 있는 2층 가정집을 바라보았다. 1층과 2층의 외벽 재질이 달랐다. 2층을 나중에 얹은 듯 크기도 1층보다 커서, 조화롭지 못하고 불안정해 보이는 집이었다. 대문 앞에는 입장료를 적은 플래카드가 서 있었다. 그 옆에는 열 살쯤 되어 보이는, 통통하고 눈썹 숱이 많은 소녀가 서 있었다. 그녀는 어깨가 작아 봉제선이 틀어진 누런 레이스 원피스를 입은 채 입장료를 받고 있었다. 그 집의 둘째인 듯했다. 그녀는 '빨리 들여보내달라'는 팬들의 성화에 고개를 숙인 채 받은 돈을 한 장 한 장 세고 있었다. 줄 뒤에 서 있던 성질 급한 관광객 하나가 외쳤다.
 "미리 입장료를 꺼내둬요! 빌어먹을, 언제 들어갈지 모르겠네!"
 다른 누군가가 외쳤다.
 "앞으로 문 앞에는 돈을 셀 줄 아는 애를 세워!"
 순간 입장료를 받던 둘째의 얼굴이 빨갛게 달아올랐다. 그녀는 고개를 들지 않은 채 계속 돈을 셌다. 이에 사람들은 고개를 저으며 욕설을 중얼거렸다.

긴 기다림 끝에 내 차례가 왔다. 문가에 다다른 내가 입고 있는 진행요원 조끼를 가리켜 보이자, 둘째 딸은 잠시 나를 바라보았다. 무표정하게 있으면 화가 난 것처럼 보이는 얼굴이었다. 아이가 뚱한 얼굴로 물었다.

"언니가 진행요원이야?"

"응."

"혹시 조끼를 훔쳐 입은 건 아니지?"

"아냐. 그런데 너 날 알아?"

"언니 때문에 행사를 망치거나 집 안 물건이 망가지면 돈을 물어내라고 할 거야."

"알겠어. 그런데, 보통 진행요원은 여기서 뭘 해?"

"우리가 다 알아서 할 거니까 방해나 하지 마."

그녀는 새침하게 어깨를 추어 올린 후 뒷사람이 건네는 돈을 받았다.

1층 내부는 응접실과 욕실, 주방으로 구성된 매우 협소한 공간이었다. 이를 의식한 듯 응접실의 몇 안 되는 낡은 가구는 모두 벽에 밀린 상태였다. 되도록 많은 사람들을 집 안으로 들이기 위한 선택인 듯했다. 휑한 응접실 너머에는 주방이 있었다. 주방 역시 초라해 보이기는 마찬가지였다. 낡은 플라스틱 식탁 위에 가격표를 붙여둔 레모네이드와 쿠키가 올라가 있었다. 일고여덟 살 된,

이발소에 가야 할 때를 놓친 것 같은 남자아이가 그 앞을 지키고 있었다. 그 집의 막내인 듯했다. 아이는 들뜬 얼굴로 사람들을 두리번거리고 있었다.

응접실과 주방 사이에는 2층으로 이어지는 계단이 있었는데, 계단은 해체된 마분지 상자에 의해 가로막혀 있었다. 마분지에는 굵은 매직으로 겹쳐 쓴 듯 '2층을 보기 위해서는 추가 입장료를 내야 해요!'라는 어린아이의 글씨가 적혀 있었다. 그것을 본 나는 오기에게 간략한 문자 메시지를 보냈다.

눈에 띄지는 않았지만 응접실 구석에는 키가 크고 학처럼 목이 긴 남자가 서 있었다. 그는 가을용으로 보이는 체크무늬 정장을 입은 채 응접실 바닥을 내려다보고 있었다. 몹시 긴장한 모양새였다. 그럴 법도 한 게 그는 이 행사의 주인공인 니만으로, 8년 전 살인사건의 용의자 중 하나였다. 살인마의 얼굴을 하고 태어난 사람은 없다지만 선이 가는 그의 얼굴에서 살인의 흔적을 찾기란 힘들었다. 니만은 겁에 질린 얼굴로 사람들을 바라보고 있었다. 관광객들은 그런 그의 얼굴에 카메라를 들이밀었다.

'용의자 투어'는 살인마 축제와 궤를 같이해온 행사 중 하나였다. 관광객들은 돈을 내고 니만의 집에 들어가 그의 이야기를 들은 후, 그의 집을 관광했다. 그 과정에서 질의를 하기도 하고, 니만과 가족들의 사인을 받거나 사진을 찍기도 하며, 니만의 집을 수색하기도 했다. 이 모두 니만이 동의한 일이었다. 다만 니만이 가지고 있는 정보에는 한계가 있어서, 작년까지만 해도 용의자 투어는 영

양가가 다 빠진 사골 취급을 받았다. 그러나 올해는 달랐다. 집 안에 들어오지 못한 무수한 사람들이 있음에도 불구하고 더 이상의 인원을 수용할 수 없다는 이유로, 2차 투어 약속과 함께 대문이 닫힌 상태였다.

서 있는 아버지를 바라본 둘째가 낑낑거리며 그에게 주방 의자를 가져다주었다. 니만이 고개를 젓자 둘째는 다시 의자를 들고 주방으로 돌아갔다. 그러자 막내가 응접실로 와 '사인을 받고 싶은 분은 사진이나 종이를 저한테 주세요!' 하고 신이 나서 외쳤다. 사인을 받겠다고 나서는 사람은 없었다. 나는 경찰에 신고를 한다면 지금 하는 편이 나을 거라고 생각하며 닫힌 문을 바라보았다. 그때 시작을 알리는 니만의 헛기침이 울렸다.

지난밤, 진행요원이 되고 싶다는 내 말에 고모부와 마을 남자들은 헛웃음부터 터뜨렸다. 고모부가 아버지를 향해 물었다.

"저렇게 집 밖으로 돌아다녀도 되는 거야?"

아버지는 어색한 웃음을 지은 후 나를 향해 말했다.

"집에 가라. 밴나."

나는 아버지를 외면한 채 고모부를 향해 말했다.

"진행요원이 부족하잖아요. 우리가 진행요원이 되겠다니까요. 돈을 주는 것도 아니면서 왜 그렇게 비싸게 구는 거예요?"

남자들이 웃음을 터뜨리며 나와 오기를 바라보았다. 아버지의 등 뒤에서 고모부가 말했다.

"우리?"

나는 몸을 비틀어 내 어깨를 잡으려는 아버지의 손을 피한 후 잽싸게 대답했다.

"예, 우리요! 진행요원이 두 명이나 생기는 건데 나쁜 제안이 아니잖아요."

아버지가 화가 난 얼굴로 내 어깨를 움켜잡았다. 그것은 신음이 새어나올 정도로 아팠다. 몸부림을 쳤지만 아버지는 어깨를 놔주지 않았다. 어깨가 아파서 나도 아버지를 향해 발길질을 했다. 시간이 된다면 아버지를 패버리고 싶었다. 사정없이 패버리고 싶었다. 그때였다.

"잠깐만."

아버지가 몸을 돌려 고모부를 바라보았다. 고모부가 말했다.

"한 명 정도가 더 필요하기는 해."

오기가 물었다.

"한 명?"

고모부가 대답했다.

"오직 한 명."

오기와 나는 서로를 마주 보았다. 사람도 부족한 주제에 왜 그런 강짜를 놓는 건지 알 수 없었다. 오기가 한 걸음 나서며 말했다.

"내가 할게."

고모부가 오기를 무시한 채로 말했다.

"한 사람뿐이야, 밴나."

오기가 말했다.

"내가 한다고."

고모부는 말없이 나를 응시했다. 그는 오기에게 진행요원 일을 맡길 생각이 없었다. 그에게 오기는 늘 위험인물이었다. 나는 야릇한 얼굴로 우리를 바라보고 있는 고모부를 향해 말했다.

"내가 할 거야!"

오기가 화가 난 얼굴로 나를 바라보았다. 고모부와 남자들은 웃음을 터뜨렸다.

니만이 다시 한번 헛기침을 했다. 응접실 안에 가득 찬 사람들이 그를 바라보았다. 두툼한 가을용 양복도 효력을 발휘하지 못한 건지, 니만의 낯빛은 파리하게 질려 있었다. 그는 둘째가 건네는 레모네이드로 목을 한번 축인 후 입을 열었다.

"이곳에 와주신 많은 분들께 우선 감사인사를 드립니다. 저는 8년 전, 평원에 묻혀 있던 도노를 살해한 혐의로 조사를 받은 니만이라고 합니다."

박수 소리와 함께 누군가가 농담조로 외쳤다.

"당신이 살인마가 아니라고?"

사람들이 웃음을 터뜨렸다. 니만은 크고 마른 두 손을 펴서 손사례를 치며 말했다.

"저 따위가 어떻게 살인마 선생에 비견될 수 있겠습니까."

"분발해라!"

그때 그의 막내아들이 뛰쳐나오며 외쳤다.

"저는 살인마가 될 거예요! 그래서 누나들을 다 죽일 거야!"

사람들이 웃음을 터뜨리며 환호성을 내뱉었다. 아이는 환호가 끝날 때까지 배를 내밀고 서 있다가, 자리로 돌아갔다. 니만은 아무 일도 없었다는 듯 좌중을 한 차례 훑어본 후, 이야기를 시작했다.

"도노는 스물세 살의 청년이었습니다. 그는 전도유망하고 잘생긴 친구였어요."

막내가 제 몸보다 크게 출력한 도노의 사진을 들고 뒤뚱뒤뚱 걸어나왔다. 사람들이 의아한 얼굴로 그 사진을 바라보았다. 사진 속의 도노, 그러니까 오기 형은 결코 미남이 아니었다. 그는 여드름이 많은 키다리 청년으로, 후하게 쳐서 귀여운 얼굴이지 미남은 아니었다. 앞길이 깜깜한 상황이었고 말이다. 어째서 사람들은 죽은 사람을 미남이라거나 전도유망했다라고 말하길 좋아할까. 내게는 그것이 조금 이상하게 들렸다. 인물이 잘났거나 앞날이 창창해야지만 그자의 죽음이 안타까운 건 아닐 텐데 말이다. 니만이 잠시 사진을 바라보다 말을 이었다.

"실종 당일 저녁, 저는 도노와 함께 있었습니다."

누군가가 취조를 하듯 물었다.

"왜요?"

무수히 거듭돼온 질의일 터였다. 니만은 쓴 웃음을 지으며 말했다.

"도노가 고민이 있다고 했습니다. 종종 그런 때가 있었어요. 제가 결혼하기 전 도노의 옆집에 살았던 까닭에 우리는 퍽 친한 사이였습니다. 도노가 저를 큰형처럼 의지했었거든요. 어쨌거나 그날 도노는, 많이 힘들어 보였습니다. 수척하고 초조해 보였어요."

"도노의 고민이 뭐였나요?"

니만이 한숨을 쉬며 대답했다.

"도노는, 마을을 떠나고 싶다고 했어요. 그런데 어머니와 어린 동생을 생각하면 마음이 괴롭다고요."

"그러고요?"

"일을 하고 싶다는 말도 했던 것 같습니다. 어머니 혼자 일을 하게 둘 수는 없다고, 재정적으로 힘들다는 이야기를 들었던 기억이 납니다."

"그게 다였어요?"

"저로서도 그 부분이 안타깝습니다. 그날 도노의 이야기를 더 들었어야 했어요. 하지만 저는 당시 약속이 있었고, 한 시간 후 그와 함께 펍에서 일어났습니다."

"빠뜨린 이야기도 해야죠. 펍에서 나온 다른 증언들이 있잖아요!"

"진정제요? 예, 제가 도노에게 약을 한 알 줬습니다. 도노가 너무 초조해 보여서, 마음을 가라앉히는 데 도움이 될까 싶어서 건넨 겁니다."

"무슨 약이죠?"

"제가 먹던 아주 미약한 진정제였어요."

"당신과 도노가 어깨를 맞대고 한참 속삭였다는 말이 있어요!"

용의자가 지친 얼굴로 말했다.

"고민을 크게 떠들어댈 수는 없는 거니까요."

"도노가 게이라는 소문은요?"

"모르겠어요, 거기까지는 모르겠습니다. 도노가 밝히지 않은 사생활에 대해서는 알고 싶지도 않고요."

"도노는 게이였어요! 당신과 사귀는 사이였다는 말이 있어!"
"그렇지 않아요! 저는 도노와 사귀는 사이가 아니었어요. 저는 게이가 아니에요! 양털 알레르기가 있어요. 저는 알레르기가 심해요!"
급박하게 변해서 아무 말이나 내뱉는 니만의 태도에 사람들이 웃음을 터뜨렸다. 니만의 얼굴이 굳어졌다. 나는 이곳에 오기가 없어서 다행이라고 생각했다. 때마침 막내 아이가 들고 있던 도노의 사진을 넘겼다. 그러자 니만과 도노가 함께 찍은 사진이 나왔다. 십대 소년으로 보이는 도노가 니만과 어깨동무를 하고 있는 사진이었다. 화질이 좋지 않았다. 막내는 이 사진을 사고 싶은 분은 자신에게 오면 된다고 외쳤다. 번개처럼 나타난 둘째가 '이걸 어디서 구했어!' 하고 말하며 손바닥으로 막내의 머리를 후려쳤다. 막내가 누나를 죽이겠다고 소리를 질렀다. 니만이 허공을 바라보며 말했다.
"저는 제 아내를 사랑합니다."
관광객 중 하나가 용의자에게 물었다.
"그게 다요?"
그것은 해명을 위한 행사라기보다는 의심을 증폭시키기 위한 전시로 보였다. 니만은 얼토당토 않은 방어를 하고, 사람들의 호기심은 메워지지 않은 채, 같은 질의가 돌고 도는 알맹이 없는 전시 말이다. 뽈테를 쓰고 있던 관광객이 물었다.
"펍을 나온 후 혼자 어디 갔었소?"
"저는 도노와의 추억에 대해 이야기하려고 이 자리에 선거지, 제 사생활을 이야기하려고 여기 있는 게 아닙니다."
"펍을 나온 후 혼자 어디 갔었소?"

그랬다. 8년 전 그날 니만은 도노와 함께 펍을 나갔다. 당시 그는, 이후 행적에 대해 진술하기를 거부했다. 그러나 그것도 다 옛날 말이었다. 이제 그가 행적을 감추려 했던 이유를 모르는 사람은 없었다. 그날 니만이 찾아간 곳은 마을에서 중고 옷가게를 하는 미망인의 집이었다. 니만이 다 된 전등을 갈기 위해 그곳에 갔던 사실은, 마을 사람이라면 모두가 알고 있었다. 니만은 그곳에서 다섯 시간을 보낸 후 다음날 이른 새벽 집으로 돌아왔다. 사람들의 희롱에 짜증이 난 누군가가 물었다.

"쓸 데 없는 소리 집어치우고 제대로 된 것 좀 물어봅시다. 그날 밤, 당신 아내는 어디 있었죠?"

용의자는 안심한듯 헛기침을 하며 말했다.

"아내는 집에 있었습니다."

"아내와 도노 사이에는 통화 기록이 있다는 사실을 알고 왔소!"

"아내가 제 행방을 알기 위해 도노에게 전화한 거죠."

"왜 당신한테 안 하고?"

"제가 아내의 연락을 받지 못한 상태였으니까요."

"당신 아내는 그날 집에 있지 않았어! 당시 큰 아이의 진술은 달라!"

"아이가 잘못 말한 겁니다."

"아이는 분명 어머니가 집에 없었다고 말했어요."

용의자의 동공이 떨렸다. 그가 겁에 질린 얼굴로 고개를 저으며 말했다.

"절 의심하는 건 괜찮지만 아내를 의심하는 건 말이 되지 않아요. 상식적으로 생각해보십시오. 그때 아이들의 나이가 큰 애는 다섯 살, 둘째는 두 살이었습니다. 그런데 아내가 아이들을 내버려두고, 집을 나갔다고요? 잘못된 기억입니다. 큰 아이도 이후에 그것을 인정했어요."

누군가가 외쳤다.

"당사자를 만나야 되겠소!"

누군가가 그 말을 받았다.

"옳소! 큰 딸과 아내 분은 어디 있습니까?"

그때 둘째 아이는 2층 통로를 막고 있던 종이상자를 치우며 외쳤다.

"10분 후부터 2층 입장을 시작 할 거예요. 2층을 보시려면 추가 입장료를 내야 해요! 엄마랑 언니가 위에 있어요!"

살인마 팬 사이트에는, 살인마에 대한 여러 가지 추정들이 존재했다. 그 어림짐작들은 범인이 잡히지 않은 8년 동안 확대되거나 갈라졌으며, 또 어느 한 시기에 반짝 유행하다 사라지는 운명을 맞아왔다. 그 과정에서 최근 호응을 얻고 있는 음모론이 하나 있었다. 그것이 바로 '수니 범인설'이었다. 수니는 용의자 니만의 아내였다. 사람들은 새로운 용의자의 등장에 열광했고, 그들은 수니를 만나고 싶어서 혈안이 되어 있었다.

살인마 팬 사이트 운영자가 우리에게 보여준 채팅에서도, 사람들은 '수니 범인설'에 대해 이야기하고 있었다. 올드맨이 그 대화창에 있었다. 그곳에서 올드맨은 수니가 범인이 아니라고 주장하고 있었다. 결과적으로 그의 의견은 잘 받아들여지지 않았다. '수니 범인설'이 현재 뜨거운 화두였던 것이다. 그러자 올드맨은 뜻밖의 제안을 내놓았다. 그가 돌연 '용의자의 집 행사가 있는 날, 내가 그곳에 가서 수니가 범인이 아니라는 사실을 증명하겠다'고 선포했던 것이다. 그리고 며칠 후 올드맨은 팬 사이트에서 제명당했다.

오기와 나는, 올드맨이 용의자의 집에 나타날 거라는 데 기대를 걸었다. 그러나 그가 어떤 식으로 나타날 계획인지, 와서 무엇을 하려는 지에 대해서는 전혀 모르고 있었다. 문제가 될 소지가 보이면 경찰에 신고를 하자고 오기와 합의를 한 상태였지만, 모르겠다. 제때 신고를 하지 않은 우리 때문에 수니의 가족들이 위험에 처할 수도 있었다. 어쨌거나 오기는 내 연락을 받고 지붕을 통해 수니가 있는 2층으로 접근하고 있을 터였다.

사람들이 1층을 둘러보는 사이, 누구도 예기치 못한 사건이 하나 있었다. 욕실 쪽에서 웅성거리는 소리가 커지는 것을 느꼈다. 누군가가 외쳤다. '폐주유소에 가면 공짜 기름을 얻을 수 있대요!' 하고 말이다.

'휘발유라는데요. 폐주유소 주유기에 들어 있대요.'

'얼마만큼이나? 지금 가면 기름을 얻을 수 있나?'

'몰라요. 캠핑장에 있던 제 친구가 알려줬어요. 다들 폐주유소로 가고 있다고 가능할 때 얼른 오랍니다.'

'진짜인가본데요. 팬 사이트에도 글이 올라왔어요.'

'그게 무슨 기름인 줄 알고?'

'어쨌거나 저는 가볼래요.'

절반 이상의 사람들이 용의자의 집을 이탈하기 시작했다. 밖에서 기다리던 사람들 역시 상당수 발길을 돌리고 있는 듯했다. 니만은 망연자실한 얼굴로 그들을 바라보았다. 둘째는 발을 구르며 '2층에는 더 재미 있는 이야기가 있어요! 지금 가면 그걸 못 듣는다고요! 언니랑 엄마가 다 2층에 있단 말이에요' 하고 외쳤다. 그러나 아이는 떠나는 자들의 마음을 돌리지 못한 채 겁에 질린 얼굴로 그들을 바라보았다.

나로 말할 것 같으면, 별생각이 없었다. 아니 오히려 잘되었다고 생각했다. 사람이 없는 편이 올드맨을 잡기 더 수월할 테니까. 나는 소동이 난 틈을 타, 용의자의 집 주방으로 갔다. 개수대 수납장들을 열어젖혔다. 기가 떨어져나간 컵과 그릇, 접시들 너머로 변색된 베이킹용 나무 밀대가 보였다. 급한 대로 밀대를 품에 넣었다. 주방을 나오자 층계참에 앉아 양팔에 얼굴을 묻고 있는 둘째가 보였다. 그녀의 옆으로 가 앉았다. 둘째에게 물었다.

"2층은 개방 안 해?"

"······할 거야."

"시간 다 됐어."

둘째가 화가 난 얼굴로 고개를 들었다. 나는 품에서 밀대를 슬쩍 꺼내 보이며 물었다.

"이걸 빌리고 싶은데 얼마면 돼?"

위도, 유예

 9년 전, 돌아간 평원에는 아이가 없었다. 그러나 아이가 몸통을 질질 끌며 만들어낸 흔적은 선명히 남아 있었다. 나는 웃었다. 그것을 따라가다 보면 금세 아이와 만날 수 있을 터였다. 나는 잠시 아이와의 만남을 상상했고, 그 노란 힙색을 불태우는 장면을 떠올렸으며, 거기에 쏟아야 할 시간을 가늠해보았다. 긴 시간이 필요치는 않을 터였다. 하지만 그날 나는, 추적을 포기했다. 사불이 없었기 때문이다. 사불이 없는데 아이를 찢어발기는 게 대체 무슨 소용인가. 물론 그 선택이 나를 위험에 빠뜨릴 거라는 사실은 알고 있었다. 하지만 그게 뭐. 세상 대부분의 사람들이 자신을 망치기 위해 살아가는데. 참으려 해도 눈물이 솟았다. 그러니까 그게 다 뭐! 사불이 없었다. 울음이 멈추지 않았다. 사불이 없었다. 집으로 돌아가고 싶은 마음뿐이었다. 집에 가면 사불이 돌아와 있을지도 모른다. 거기에 모든 희망을 걸고 있었다. 나는 국도를 포기하고 다급히 고속도로로 향했다.

　그날은 정말 이상한 날이었다. 나는 마을과 인접한 고속도로에서도 한 남자를 만났다. 비도 오지 않는데 검은 우비를 입은 남자였다. 그자는, 검은 6차선 도로 한가운데에 우두커니 서서 나를 바라보고 있었다. 나는 차를 세웠다. 남자가 비켜서길 기다렸다. 그러나 그자는 미동 없이 나를 응시하고 있었다. 그러니까 그자는 젊었고, 남자였던 건 기억이 나는데, 그 얼굴은 도저히 생각이 나지 않는다. 다시 말하지만 그때의 나는 머리가 너무 아팠고 상태가 엉망이었다. 나를 본 아이도 버려두고 올 정도로 판단력이 엉망이었다는 말이다. 나는 경적을 한 차례 길게 눌렀다. 남자는 나를 바라보다가, 느릿느릿 몇 걸음을 물러서 반대편 차선으로 넘어갔다. 그가 입고 있는 우비가 거슬렸지만 그것이 크게 이상하다고 생각하지는 않았다. 내 마음에도 비가 내리고 있었다. 나는 차를 출발시켰다. 내가 멀어질 때까지 남자는 내게서 눈을 떼지 않았다.

　생각지 않았던 것은 아니다. 남자는 마을 사람일 것이고, 조만간 평원에 걸린 시체를 알게 될 거라고. 그럼 녀석은 달아난 꼬마와 함께 증언을 할 테고, 나는 꼼짝없이 감옥에서 인생을 마감하게 될 터였다. 죽일까. 지금이라도 돌아가서 죽여버릴까. 하지만 나는 포기했다. 사불이 없었기 때문이다. 사불이 없었다. 나는 집으로 돌아왔고, 그곳에도 사불이 없다는 사실을 알았다. 일은 그만두었다. 넋을 놓은 채로 들이닥칠 경찰들을 기다렸다. 낡은 중고차를 구해 사불과 헤어진 도로를 헤매고 다녔다. 이후의 삶이라고 하는 것은 유예된 어떤 것에 지나지 않았다. 지긋지긋한 기다림.

지나서 생각해보면 그때의 나는, 아이와 남자가 나를 신고해주기를 바랐던 것 같다. 나는 스스로에게 함정을 팠다. 그리고 기다렸다. 사불이 없는 시간을 견딜 자신이 없었던 것이다. 사불을 잃은 내가 아무것도 할 수 없는 괴물로 느껴졌고, 아니 괴물은 너무 진부한 표현이다. 사람들은 괴물을 본 적도 없으면서 괴물에 대해 이야기한다. 나는 뭐랄까. 끝장나버린 인간이었다. 죽음이 닥치기도 전에 죽어버린 인간이었다. 그 사실이 나를 공포로 몰아넣었다. 내 안의 아주 중요했던 어떤 것이 끝나버렸고, 더 이상의 가능성이 존재하지 않는다는 사실을 느꼈다.

물론 집으로 돌아간 아이는 신고를 했다. 그러나 아이가 신고한 건 내가 아니었다. 그 몽타주를 뭐라고 설명해야 하는 거지. 그것은 나와 전혀 다른 사람이라고 보아야 했다. 그렇다면 도로에서 만난 남자는? 그는 나에 대해 어떤 증언도 하지 않았던 것 같다. 수사의 방향을 전환시킬 수 있는 중요한 목격자였음에도 말이다. 나는 아직도 그자가 누구인지 모르겠다.

어쨌거나 나는 그렇게 9년을 더 살았다. 이 시간이 사불의 휴가고, 살인자의 휴지기일 뿐이라고 생각하려 했지만 그것은 정적이었다. 끝나지 않을 정적의 시작이었다. 몸은 늙었고, 마음은 그보다 더 늙었으며, 삶은 생각보다 훨씬 더 지루하고 비루하다. 나는 내가 보잘 것 없다고 느낀다. 보잘 것 없는 나를 감추려 몸부림치지만, 그 몸부림이 나를 더 보잘 것 없게 만든다고 느낀다. 무엇이 나를 나아지게 만드는지는 잘 모르겠다. 그게 문제다.

오늘은 간만의 손님들이 들이닥칠 터였다. 그것을 위해 박물관을 쓸고 닦았다. 사실을 말하자면 나는 박물관이 싫지 않다. 오히려 좋아하는 편이다. 박물관에 진짜 내 얼굴이 걸렸으면 어땠을까. 그럼 아무도 이곳을 찾아오지 않았겠지. 이곳을 찾아오는 사람들 역시 지루함에 지친 자들이었다. 그들이 보고 싶어 하는 것은 운으로 살아남은 그저 그런 살인마가 아니다. 나는 그들을 결코 충족시키지 못할 것이다. 모로 누운 채 박물관에 붙은 살인마의 얼굴을 바라보았다. 흉측하기도 하지. 그러나 궁금하지 않은 것은 아니다. 아이는 그날, 무엇을 보았던 걸까. 아이가 말한 자는 누구였을까.

손님들한테는 친절해야지

 십대 중반으로 보이는 큰딸은 침대에 엎어져 있었다. 그녀는 사람들이 오든 말든 휴대전화를 보고 있었다. 머리에는 헤드셋이 씌워져 있었다. 사람들이 그녀의 방을 서성여도 개의치 않는 눈치였다. 큰딸의 공간은, 한 방을 쓰는 여동생의 영역과는 달리 매우 너저분했다. 그녀의 책상과 침대는 아무렇게나 던져둔 옷과 쓰레기들로 뒤덮여 있었다. 분노와 무기력이 느껴졌다. 사람들은 그곳에서 어떤 단서를 찾겠다고 서성이고 있었다. 구겨버린 과자 포장 따위를 펼치며.
 누군가는 큰딸을 부르거나, 그녀의 어깨를 두드리기도 했다. 그들에게 그것은 정당한 행동이었다. 그들은 큰딸을 만나기 위해 돈을 냈으니까. 그들은 무엇가를 느끼고 싶어 하는 것 같았다. 자신들이 그 집 사람들과는 달리 훼손되지 않은 채로 살아남았다는, 그래서 실제했던 살인 역시 유희로 즐기고 있다는 느낌을 그 가족을 통해 얻고 싶어 하는 것 같았다. 살인 관광의 묘미는 그런 것이니까. 그러나 큰딸은 이름을 부르는 것만으로는 반응하지 않았다. 그리하여 누군가가 어깨를 치면 큰딸은 헤드셋을 낀 채 소리를 질렀다.

"몰라! 모른다고!"

그런 그녀를 문가에 선 둘째가 흘겨보고 있었다. 사람들이 방 밖으로 나가자, 둘째가 언니에게 다가갔다. 둘째는 언니의 헤드셋을 벗기려는 듯 거기에 손을 가져다댔다. 큰딸이 고개를 젖히며 말했다.

"좋은 말할 때 꺼져라."

"언니는 왜 아무것도 안 해?"

"꺼지라고."

"사람들 질문에 대답도 하고 그러란 말이야. 손님들한테 친절해야지!"

큰딸은 긴 말을 하고 싶지 않다는 듯, 발을 뻗어 동생의 허벅지를 걷어찼다. 큰딸의 흰 운동화 안쪽에 묻은 푸른 얼룩이 눈에 띄었다. 동생도 당하고 있지만은 않았다. 그녀는 손바닥을 뻗어 헤드셋을 쓰고 있는 언니의 정수리를 후려쳤다.

막내의 방은 침실과 책상, 간이옷장뿐인 단출한 구성으로 누나들의 방과 크게 다르지 않았다. 특이한 점이 있다면 벽이 〈평원의 살인마〉 포스터로 뒤덮여 있다는 점이었다. 막내는 그 포스터 앞에서 포즈를 취하고 있었고, 누군가가 그 사진을 찍었다. 함께 사진을 찍자며 아이의 침대에 앉는 사람도 있었다. 그러면 아이는 신이 난 듯 그들의 품에 안겼다.

그러는 동안에도 부부 침실은 굳게 닫혀 있었다. 사람들이 문을 두드렸지만 안에서는 어떤 반응도 없었다. 이에 상당수의 사람들이, '이야기가 다르지 않느냐'며 2층 입장료를 물어달라고 목소리를 높였다. 수니와 만날 것을 기대했던 자들이었다. 그랬다. 나 역시 그녀와 만날 것을 고대하고 이곳에 왔다. 그뿐이 아니었다. 나는, 수니가 방 밖으로 나와서 올드맨과 마주치길 바라는, 가장 악질적인 부류였다.

수니가 살인마로 의심을 받는 데에는, 큰딸의 진술이 결정적이었다고 할 수 있다. 당시 큰딸은 다섯 살이었다. 그녀는 도노가 사라진 그 밤, 어머니가 집에 없었다고 증언했다. 동생의 울음소리에 잠에서 깬 큰딸은 초침이 3을 가리키던 새벽, 동생과 함께 마당을 걸었다. 걸어도 걸어도 동생은 좀처럼 울음을 그치지 않았다. 하늘에는 그믐달이 떠 있었다. 아이는 자신이 본 달 모양을 정확하게 기억했다. 다섯 살 아이의 이야기 치고는 퍽 일관성 있는 진술이었다. 하지만 그 진술은 도노의 어머니, 이비의 증언으로 무산되었다. 이비가 아들의 행방을 찾아 니만의 집에 왔다가 수니를 보았다고 진술했던 것이다. 당시 이것은 크게 주목을 받지 못했던 이야기였다. 그러나 이 이야기는 뒤늦게 팬 사이트에 퍼졌고, 당시 수니의 행적은 다시 집중 조명을 받기 시작했다. 사람들은 어린 큰딸의 증언에 무게를 싣고, 수니가 도노를 죽인 거 아니냐는 가설을 주장하고 있었다.

제지하는 사람이 없자, 사람들의 행동은 더 엉망이 되어갔다. 아이들의 서랍장을 열어서 옷과 속옷을 함부로 훑어보는 사람이 있는가 하면, 아이들의 침대에 무턱대고 누워보는 자도 있었다. 그뿐이 아니었다. 사람들이 욕실에서 하는 짓을 보면 구역질이 치밀어올랐다. 좌변기를 흙발로 딛고 서는 것은 예사고, 변기 뚜껑을 해체해 물이 내려가는 것을 확인하는 사람이 있는가 하면, 욕조의 수채 구멍을 뒤지고 있는 사람도 있었다. 그 모습을 보고 싶지 않아서 복도로 시선을 돌리면 멀쩡하게 걸려 있는 가족 액자를 해체하거나, 냉장고에서 꺼내온 우유를 제멋대로 마시고 있는 사람, 복도 끝 협탁 위의 전화기 재다이얼을 누르거나 전화기 옆 메모장에 남은 글씨 자국을 확인하는 사람을 볼 수 있었다. 난장판이었다. 부부 침실을 바라보고 서 있던 나는, 옆에 서 있는 둘째에게 참다 못해 물었다.

"그냥 이렇게 내버려둬도 되는 거야?"

"아빠가 돈을 벌려면 이렇게 해야 한다고 했어."

"다들 이게 괜찮단 말이야?"

"난 괜찮아. 아빠가 떳떳하고 깨끗하면 문제될 게 없다고 했어."

"엄마는?"

"엄마는 이사를 가고 싶어 해. 근데 아빠가 안 가겠다고 해서 문을 닫고 있는 거야."

심장이 울렁거렸다. 내 생각을 이야기할까? 나는 이 상황이 크게 잘못되었다고 생각하면서도, 다른 한편으로는 수니를 방 밖으로 끌어내고 싶어서 미쳐버릴 지경이었다.

수니가 있는 침실은 굳게 닫혀 있었다. 물론 침실 문을 열고자 하는 사람들이 없었던 것은 아니다. 나는 눈에 불을 켜고 그들을 바라보았다. 올드맨인가. 올드맨이냐. 네가 올드맨이지? 그러나 거기까지였다. 더 이상의 시도를 하는 자가 없었고, 그 중 누구 하나를 지목하기에는 내가 가진 단서가 너무 없었다. 그리하여 생각하게 되는 것이다. 수니를 방 밖으로 불러내는 편이 가장 빠른 것 아닐까. 불이 났다고 외친다거나 어떤 사고를 가장해서 그녀를 끌어낼 수 있지 않을까. 올드맨이 그녀에게 손쉽게 달려들 수 있도록 말이다. 그럼 나는 그자를 붙들어 '네가 올드맨이지?' 하고 정답을 외칠 수 있지 않을까. 그 순간은 용의자 가족의 불행도, 관광객들의 잔인함도 먼 곳에 있었다. 그저 나는, 정답을 외치고 싶을 뿐이었다. 정답을 외치면 끝이 나니까. 그렇게 모든 것을 간단하게 마무리짓고, 용의자의 집을 벗어나고 싶었다.

그 순간 2층 창으로 집 안을 바라보고 있는 오기와 눈이 마주쳤다. 오기는 내가 신호를 보내면 당장이라도 창을 깨고 올 것처럼, 나를 응시하고 있었다. 억누르고 있는 그의 숨결이 나에게까지 느껴지는 듯했다. 나는 그런 눈을 알고 있었다. 분노하는 눈, 그러나 기다리고 있는 눈. 그것은 딸의 죽음과 상관없는 미완의 죽음을 볼 때마다 짙어지던 나조 씨의 눈과 닮았다. 옆에서 보기에 나조 씨의 그런 의식과 감정의 확장은, 끝없이 반복되는 지옥처럼 느껴졌다. 왜냐하면 그 과정에서 나조 씨가 소진되었고, 나조 씨의 딸은 죽음을 반복해야 했기 때문이다. 오기 역시, 다시 형의 죽음을 떠올리고 있을 터였다. 그럼에도 그는 창밖에서 묵묵히 기다리고 있지 않은가. 망할, 그런데 어째서 나는 기다리지 못하겠다고 지랄을 떠는 걸까. 어째서 올드맨에게 수니의 머리를 들이밀고 싶어서 몸부림치고 있는 걸까. 팔아도 되는 것은 내 살점뿐이라는 사실을 자주 잊는다. 호두를 꺼내 우둑우둑 씹었다. 그때였다. 계단 쪽에서 심장을 차갑게 만드는 길고, 긴 비명이 울려퍼졌다.

"엄마, 엄마! 아아파!"

어린아이의 목소리였다. 뭔가가 잘못됐다. 나는 달렸다. 소리를 따라가자 2층 끝, 닫힌 막내 방이 나왔다. 문고리를 잡아 흔들었지만 문이 열리지 않았다. 비명이 계속되고 있었다. 양손으로 밀대를 잡아 문고리를 쳤다. 몇 번 내리치자 고리가 빠졌다. 문을 밀어젖혔다. 열린 문 너머로 막내의 얼굴이 보였다. 막내는 혼자였다. 그는 웃음을 띤 채 비명을 지르고 있었다. 이상했다. 단순한 장난인가? 뭐지? 그때 막내의 손에 쥐어져 있는 지폐가 눈에 들어왔다. 그것을 보다 순간 신음이 새어 나왔다. 나는 막내에게 물었다.

"누구야?"

막내는 양 손으로 웃음기 어린 입을 막았다. 다시 물었다.

"소리를 지르라고 시킨 사람이 누구야!"

올드맨이 아이의 비명으로 아이 엄마를 방 밖으로 끌어내려 하고 있었다. 몸을 돌렸다. 그때 2층 창문이 깨지는 소리가 들렸다. 나는 부부 침실을 향해 달렸다. 침실 문이 열려 있었다. 장발의 남자가 문으로 다가섰다. 그의 뒷주머니에는 전기 충격기가 꽂혀 있었다. 문 밖으로 나온 수니는 맨발의 잠옷 차림이었다. 그녀는 놀란 얼굴로 남자를 응시했다. 남자가 그녀의 머리를 향해 손을 뻗었다. 맞은편 복도에서 오기가 이를 악문 채 달려오고 있었다. 남자의 손이 수니의 머리에 닿았다.

나는 들고 있던 밀대를 남자를 향해 던졌다. 밀대가 남자의 어깨를 때렸다. 남자가 억, 하고 앞으로 휘청였다. 오기가 기울어지는 그의 가슴팍에 머리를 박았다. 나는 바닥에 떨어진 밀대를 들어 남자의 등을 후려갈겼다. 엉덩이와 허벅지를 내리쳤다. 부글거리는 열기가 몸 안에서 발광하고 있었다. 그것은 내 힘으로 멈출 수 있는 열이 아니었다. 나는 남자가 비명을 지르는 게 좋았다. 그가 견딜 수 없게 아팠으면 좋겠다고 생각했다. 몸속의 열기가 남자의 비명과 함께 날뛰는 것을 느꼈다. 나는 밀대를 휘두르는 걸 멈추지 않으며 외쳤다.

"네가 올드맨이지? 네가 맞지? 내 말이 맞지!"

위도, 체리

아내는 사불을 찾아헤매던 국도에서 만났다. 그녀는 대낮의 도로 한가운데 서서 마른 팔을 휘젓고 있었다. 나는 내게 손을 흔드는 자를 거절해본 일이 없었다. 죽이든 죽이지 않든 그것은 오랜 습관이었다. 차에 탄 여자는 멀리서 보았을 때보다 훨씬 늙어 보였다. 일흔은 족히 넘어 보였고, 곱게 늙은 얼굴이 아니었다. 좋은 것들을 과거에 탕진하고 악취가 나는 것들만 남은 듯한 모양새를 하고 있었다. 보자마자 그녀가 싫어졌다. 나와 닮아 있었기 때문이다.

차에 탄 여자는 담배를 피워 물며 가발로 보이는 검은 생머리를 뒤로 넘겼다. 그녀는 화장을 시작했다. 진한 화장 위에 더 진한 화장을 얹는 식이었다. 피부에 분칠을 하고, 볼을 붉게 만든 후, 다시 분칠을 하고, 속눈썹을 검게 칠한 후, 다시 분칠을 하는 무한 반복의 여정이었다. 나는 그녀의 담뱃대에 매달려 있는 담뱃재가 신경 쓰였는데, 그녀는 화장을 하면서도 그것을 기가 막히게 다루었다.

오랜 시간이 지난 후 그녀는 마침내 화장을 마쳤다. 그런 뒤 나를 바라보았다. 그녀는 흡연자 특유의 깔깔한 목소리로 자신이 고향에 돌아가는 길이라고 말했다. 자신의 고향은 볼 게 평원뿐인 작고 황량한 마을이라고 말이다. 그리고 그녀는 내게 은근슬쩍 어깨를 기대며 말했다.

"남편 없이는 마을로 돌아가고 싶지 않아."

내가 대꾸를 하지 않자 그녀가 슬며시 눈을 감았다. 한동안 그러고 있었다. 내가 아무 반응을 보이지 않자 그녀는 신경질적으로 몸을 일으켰다. 그녀는 창밖으로 침을 뱉으며 말했다.

"잘난 척하지 마. 당신도 형편없이 늙었어."

몹시 예의가 없는 인간이었다. 부루퉁하게 앉아 있던 그녀는 곧 잘생겼던 두 번째 남편 자랑을 늘어놓았다. 이름 모를 배우 누구를 닮았었다며 말이다. 그녀는, 두 번째 남편은 밤일이 시원치 않았지만 얼굴 때문에 그럭저럭 참고 살 수 있었다고 덧붙였다. 그러고는 한숨을 쉬며 자신이 욕구보다는 체면을 중시하는 타입인 것 같다고 말했다. 그녀는 '당신은 어때?' 하고 말하며 나를 슬쩍 내려다보았다. 그리고 말했다. '남자들은 늙으면 불알이 너무 커져서 문제야. 집이 오래되면 거기에 쓸모없는 짐만 잔뜩 늘어나거든. 그래서 그 집에 보물이 들었는지 어쩐지 도무지 알 수가 없어' 하고 말이다. 최악이었다. 사불이 있었다 해도 죽이고 싶지 않은 인간이었다. 그때부터는 그녀에게 신경을 꺼버렸다.

그녀는 내가 듣든 말든 홀로 떠들었다. 그녀의 아버지가 이 근처 고속도로를 세운 노동자였다는 이야기에서부터, 그가 얼마나 가부장적이었는지, 딸인 자신에게는 결혼을 강요하면서 남동생에게는 빚을 내 공부를 시켰다는 이야기까지, 자신이 어쩌다 마을을 달아나게 됐는지, 왜 결혼을 네 번 했는지에 대해 온갖 인생사를 떠들어댔다. 요약하자면 모든 게 다 그녀의 아버지 때문이라는 이야기였다. 고향에 돌아가려니 거지 같던 예전 생각들이 난다고 말이다. 그러나 그녀의 아버지는 내 아버지보다 나았다.

내 아버지는 어린 나를 시도 때도 없이 경마장에 데리고 갔다. 그리고 그런 날이면 늘 내게 말을 선택하도록 했다. 그는 내가 선택한 말에만 돈을 걸었다. 그건 나를 사랑해서라기보다는 본인의 편집증 때문이었다. 그래서 내가 선택한 말이 우승을 하면 아버지는 나를 행운의 카드라고 부르며 목마를 태우다가도, 돈을 잃으면 나를 버린 채 전차를 타고 홀로 집에 가곤 했다. 그 때문에 나는 경마장이 싫었다. 그곳은 너무 시끄러웠고 속이 울렁거릴 정도로 냄새가 좋지 않았다. 어쨌거나 경기가 시작되면, 나는 내가 선택한 말이 달리는 걸 보는 게 괴로워서 귀를 막은 채 고개를 숙이곤 했다. 그러나 그 모습을 아버지한테 들키면 또 사달이 났다. 경기가 잘 풀리면 상관이 없었지만 잘 풀리지 않으면 내가 고개를 숙이고 있었기 때문에 진 거라고 말이다. 원하는 어린 시절을 보내는 사람이 거의 없다는 사실을 위안으로 삼아야 할 만큼 처참했던 시절이었다.

여자는 말을 멈추지 않았다. 그녀는 하다하다 마침내 마을에서 벌어진 살인사건에 대해 이야기하기에 이르렀다. 그녀의 말에 귀가 열렸다. 여자가 말했다.

"나는 마을이 그렇게 돼서 좋아. 살인마가 더 일찍 나타났어야 했어. 생각해보면 좀 늦은 감이 있거든. 나는 살인마를 만나면 정말 고맙다고 말할 거야."

"살인마에게 감사인사를 하는 사람은 없어요. 누구도 그런 자를 좋아하지 않아요."

여자는 코웃음을 치며 말했다.

"모르는 소리 마. 사람들은 살인마를 싫어하는 척하면서 좋아해. 모두가 그래."

"그런가요."

여자의 손이 슬그머니 내 허벅지로 올라왔다. 그녀가 말했다.

"남자들과 비슷해. 그들은 나를 싫어하는 척하면서 좋아하거든. 늘 그래. 위선자들이야."

나는 그때 처음으로 그녀가 마음에 들었다. 그녀에게 물었다.

"집이 있소?"

"있지."

"마당은? 좀 넓은 마당이 필요해요."

여자가 나를 바라보며 흥미가 떨어진 듯 웃었다. 그녀가 말했다.

"기둥서방 스타일이었구나. 마당이 크지."

"결혼을 해서 마을로 돌아가고 싶다던 말이 진심이오?"

여자는 끈질기게 구애를 하던 때와는 달리 정색을 하며 말했다.

"흥. 나랑 결혼하고 싶은가보지? 내가 뭘 믿고 당신과 함께 돌아가겠어? 아무래도 내가 손해인 것 같은 생각이 들어."

"원하는 게 뭐요?"

그때 아내는 이미 병이 든 상태였다. 나는 그녀의 다섯 번째 남편으로 비말에 입성했다. 중요한 사실은 아니지만 내게는 그것이 초혼이었다. 나는 약속한 대로 양팔에 그녀를 안아든 채 마을에 들어갔다. 우리는 그곳에서 내내 함께 산 것처럼 행동했다. 아내는 여러 남자와 결혼했던 사실을 감추고 싶어 했고, 나는 내가 국도를 떠돌던 사실을 밝히고 싶지 않았기 때문에 뜻이 맞았다. 내 신원은 아내가 보장해주었다. 결과적으로 아내가 옳았다. 비말은 폐쇄적이고, 가부장적이라 이주민이 들어오거나 여자가 혼자 살기에 편한 마을이 아니었다. 우리는 2년을 함께 살았다. 아내는 내게 바라는 게 없었다. 사람들 앞에서 신부 안기만 해주면 모든 게 괜찮은 사람이었다. 나 역시 별 불만은 없었다. 그런 의미에서 우리는 아주 잘 맞았다. 그리고 마을에 박물관이 들어섰을 때 아내와 그녀 주변 사람들의 입김으로 나는 관리직을 꿰찰 수 있었다. 얼마 후 아내는 죽었고, 나는 혼자가 되었다. 아내와 함께 살았던 집은 그녀의 것이 아니었다. 집은 그녀의 남동생에게로 돌아갔다. 그때는 조금 화가 났다. 약속이 달랐으니까.

이제 와 생각해보면 아내와 나는 다를 바가 없다. 아내가 신부가 되길 원했던 것처럼, 나도 그랬다. 신부까지는 아니더라도. 적절한 예시가 없을까. 마을이 케이크라면 내가 그 위에 놓인 체리라고 생각했었다. 하지만 이제 와 보니 케이크 고정 틀에 지나지 않다. 그렇게 오늘로서, 고정 틀의 박물관 일은 거진 마무리가 될 터였다. 메뚜기 떼 같은 사람들이 다녀가고, 때를 놓친 메뚜기들이 몇 차례 더 왔다 가면, 박물관을 지키는 이 지루한 일상도 끝이 날 것이다. 물론 끝을 받아들이기란 쉽지 않았다. 살인을 할 수 없게 된 내가 박물관 그 자체인데, 이 박물관에서 가장 훌륭한 전시품은 나인데 어째서 끝을 내야 하는 걸까. 하지만 역시나 나는 체리가 아니다. 사람들이 알아보지 못하는 체리가 어디 있단 말인가.

살인마의 시간

 두툼한 밀대가 살과 뼈에 부딪치는 감각을 느낀다. 상대가 비명을 지른다. 그럼 나는 물컹한 살과 단단한 뼈 사이 어딘가에서 그 비명이 멈췄으면 좋겠는지 계속되었으면 좋겠는지 알 수 없는 기분에 사로잡힌다.
 "네가 올드맨이냔 말이야!"
 대답은 들려오지 않는다. 나는 밀대 아래의 존재가 나약한 벌레 같다고, 그리고 퍽이나 성가시다고 느낀다. 그때 오기가 내 어깨를 잡는다. 나는 그것을 뿌리친다. 내가 하고 있는 일을 가로막는다면 그를 향해서도 밀대를 휘두를 수 있을 것 같다. 그를 죽일 수도 있을 것 같다. 오기가 나를 가로막는다. 나는 밀대를 들어올린다. 오기는 시선을 돌리지 않는다. 나는 그것을 휘두른다. 그의 목을 후려치려 한다. 오기의 눈이 슬프다. 그는 밀대를 피하지 않는다. 이상한 일이다. 밀대를 휘두르는 게 나임에도, 그것을 멈추기 위해서는 초인적인 힘이 필요하다. 내가 가진 것 이상의 힘이 필요한 것 같다. 그리고 나는 그 순간 내가 나약하다고 느낀다. 스스로도 멈추지 못할 만큼. 순간 힘이 빠진다. 몽둥이는 오기의 목 앞에서 멈춰 선다. 나는 고개를 숙인다. 그리고 내가 울고 있다는 사실을 깨닫는다. 얼굴이 눈물범벅이 되어 있다. 슬프지 않다. 그저 화가 날 뿐이다. 숨을 헐떡이며 주변을 둘러보자 놀란 얼굴로 나를 바라보고 있는 사람들과, 겁에 질린 둘째 딸의 얼굴이 보인다. 쓰러진 장발은 몸을 웅크린 채로 흐느끼고 있었다.

"난 올드맨이 아니야! 살려줘, 살려줘."

"네가 올드맨이 아니면 뭐야."

목소리가 쉬어서 나왔다. 장발에게 다가서자 그가 몸서리를 치며 대답했다.

"수니의 머리카락을 뽑아오면 돈을 주겠다고 했어."

"누가?"

"올드맨이."

"머리카락?"

"유전자 검사로 수니가 범인이 아닌 걸 확인할 생각이라고 했어."

"올드맨은 어디 있어?"

남자가 겁에 질린 얼굴로 고개를 저었다.

"말할 수 없어."

몸을 낮춰 장발의 곁에 앉았다. 그리고 속삭이듯 말했다.

"그럼 나는 말할 수밖에 없어. 네가 돈을 받고 수니의 머리카락을 뽑으려 했다는 사실을 말이야. 수녀한테도 말할 거고 사람들한테도 말할 거야. 그럼 너는 한 푼도 받을 수 없게 되겠지. 사실을 알게 된 이상 나는 죽어라 너를 방해할 거야."

장발이 당황한 듯 눈동자를 굴렸다. 나는 고개를 저은 후 말했다.

"나는 당신이 비밀 따위는 소중히 하지 않는 사람이었으면 좋겠어."

"비밀을 조건으로 돈을 받기로 했단 말이야."

"그렇다면 방법이 하나 있어."

"뭔데?"

"그일을 나한테 넘겨."

"그일?"

"올드맨을 만나는 일."

장발은 망설이고 있었다. 나는 덧붙였다.

"올드맨 대신 내가 돈을 주면 되잖아."

장발은 복도 바닥을 지그시 내려다보았다. 그러고는 떨리는 목소리로 말했다.

"나는 육체적 정신적 피해 보상도 받아야 해."

우리가 계속 속삭이고만 있자, 사람들은 흥미가 떨어진 듯 자리를 떠났다. 그러거나 말거나 한동안 흥정이 지속되었다. 그것은 나조 씨의 방에서 찾은 돈이 아니었다면, 불가능했을 거래였다. 몇 차례의 조율 끝에 매매가 성사되었다. 흥정을 마치고 돌아서려던 나는, 남자의 허리춤에 있는 전기 충격기를 바라보며 물었다.

"그건 장식용이야?"

"호신용이야."

"그것도 덤으로 빌렸으면 좋겠는데."

오기와 나는 박물관을 향해 달리기 시작했다. 그곳에서 올드맨을 만나기로 했다는 장발의 말 때문이었다. 달리는 사이 시에스타가 시작되었다. 이런 날씨에 달린다는 것 자체가 미친 짓이었다. 태양이 수천만 개의 바늘로 쪼개져 나를 찌르고 있는 것 같았다. 게다가 오기는 용의자의 집에서부터 내내 아무 말도 하지 않고 있었다. 나는 '퀴즈를 풀기 위해서였어. 그래서 어쩔 수 없이 남자를 때렸어' 하고 마음속으로 중얼거렸지만 그것을 입 밖에 내어 말하지는 않았다. 입 밖에 내는 순간 그게 변명처럼 들릴 거라는 사실이 두려웠다. 아니, 그러면 돈만 밝히는 장발의 남자와 처음부터 대화라도 했어야 한다는 건가. 그랬다면 남자의 속내를 듣기는 더 요원해졌을 거고 시간 내에 올드맨을 만나는 게 아예 불가능했을 텐데? 또다시 그런 기회가 온다면 나는 남자를 때릴 것이다. 사정없이 패버리겠다. 달리고 있는 오기의 옆얼굴을 노려보았다. 그때 오기가 입을 열었다.

"저길 봐."

마을회관 앞에 서서 담배를 피우고 있는 남자 무리가 보였다. 스무 명쯤 되는 그들은, 한눈에 보아도 마을 사람들이 아니었다. 축제를 찾은 코어 팬 같지도 않았다. 팬들이라고 하기에는 복장이 너무 평범해 보였다. 담배를 다 피우고 나자 한 사람이 빈 캔에 꽁초를 모았다. 사람들은 그것이 익숙한 듯 캔에 그것을 담았다. 그 무리들 사이로 회색 와치캡을 쓴 남자의 뒷모습이 보였다. 모자가 눈에 익었다. 내가 물었다.

"저 사람들이 누군지 알아?"

"모르겠어."

'살인마의 시간', 그러니까 살인마가 돌아다니는 시간이라고 멋대로 이름 붙인 후, 관광객들조차 돌아다니길 꺼리는 게 우리 마을의 시에스타였다. 처음에는 살인마의 시간을 누리겠다며 호기롭게 마을을 돌아다니던 관광객도 있었지만 그건 다 옛말이었다. 미친 땡볕을 경험한 자들이 '살인마를 만났다!'며 구급차에 실려가는 장면이 몇 번 연출된 후로 그런 시도를 하는 바보는 더 이상 나오지 않았다. 그런데 이 시간에 마을을 돌아다니는 사람들이라니. 그러나 남 말을 할 게 아니었다. 오기와 나는 시에스타에 날뛰고 있지 않은가. 오기와 나 역시 제정신으로 보이지는 않을 터였다. 시간이 없었다. 우리는 속력을 내기 시작했다.

박물관은 사람을 만나기에 적합한 장소가 아니었다. 만나려는 자가 살인 용의자일 때에는 더욱 그랬다. 주변에 엄폐물이 될 만한 것이 전무했기 때문이다. 오기와 나는 정원에 주차돼 있는 살인마 트레일러에 붙어섰다. 그리고 장발이, 올드맨과 만나기로 했다던 박물관 정문을 바라보았다. 약속 시간이 30분이 지나도록 올드맨은 나타나지 않고 있었다. 올드맨은 커녕 사람의 그림자조차 찾을 수가 없었다. 얼굴을 비비며 오기를 향해 물었다.

"상식적으로 생각 해보자. 올드맨이 나타나지 않는 이유가 뭐라고 생각해?"

오기가 정문을 응시하며 말했다.

"일이 틀어진 걸 눈치챈 건지도 몰라."

"여기 오는 길에 들어오거나 나가는 사람을 보지는 못했잖아? 우리한테만 엄폐물이 없는 건 아니라고."

"올드맨이 숨어 있는 거라면?"

"여기 몸을 숨길 데가 어디 있다고?"

"왜 없어?"

오기가 박물관을 바라보았다. 그리로 시선을 돌리자 박물관 출입구가 열려 있는 게 보였다.

위도, 진짜

　암막 블라인드에 의해 가려져 있는 첫 번째 방으로 들어섰다. 방 안에 들어서자마자 맞닥뜨리게 되는 것은 욕실이었다. 암녹색 조명 아래 버려진 도끼와 부서진 욕조, 벽면에서 떨어진 채 늘어져 있는 샤워기와 깨진 거울, 때가 낀 타일과 변기, 그리고 그 위에는 피가 흩뿌려져 있었다. 금이 간 거울에는 〈평원의 살인마〉에 나왔던 '내 얼굴을 만져'라는 대사가 붉은 페인트로 적혀 있었다. 스피커에서는 희생자가 살해당하던 때 사용됐던 음향이 흘러나오고 있었다. 허공을 가르는 도끼의 파공음과, 비명 소리, 몇 마디의 대사가 귓속을 어지럽혔다. 하지만 그 모든 것은 가짜였다. 나는 첫 번째 희생자를 욕실에서 죽이지 않았다. 첫 번째 희생자는 대도시에 가서 음악을 하겠다고 말하던 콧수염이었다. 콧수염은 신이 난 사불에 의해 엉덩이뼈가 동강났었다. 그 상태로 불타 죽었다. 나는 나아갈 수 없는 방향으로 꺾여버린 콧수염의 엉덩이를 기억하고 있었다.

첫 번째 방을 나와 다음 방문을 열었다. 두 번째 방은 모래였다. 전시실 바닥에 마른 모래가 두툼하게 깔려 있었다. 벽면과 천장에도 그것이 붙어 있었다. 관람객들이 모래 속에 갇혀 있는 듯한 느낌을 받을 수 있도록 연출한 방이었다. 〈평원의 살인마〉속 두 번째 살해 장면이었다. 영화의 두 번째 피해자는 땅속으로 빨려들어가 죽었다. 개미지옥도 아니고. 그러나 센서가 있는 곳에 가 서면, 천장이 열리면서 모래가 쏟아질 터였다. 그 때문에 놀라 비명을 지르는 관광객이 한둘이 아니었다. 나로서는 관리가 가장 까다로운 방이었다. 허구한 날 모래를 퍼서 천장에 넣어야 하기 때문이다. 그러나 그곳 역시 내 두 번째 희생자가 죽은 곳과는 차이가 있었다. 내 두 번째 희생자는 싸움을 벌이고 달아나던 술꾼으로 도로 위에서 죽었다. 심장이 약한 놈이라 홀로 울다 뒈졌다.

세 번째 전시실은, 내가 가장 좋아하는 방이었다. 그곳은 앞선 방들과 달리, 눈을 뜨기 힘들 정도의 빛이 쏟아지고 있었다. 벽 대신 자리한 통창 때문이었다. 창 너머로는 노란색 평원과 바위가 보였다. 그곳은, 그냥 방이었다. 이곳만 개조를 하지 않은 채 남겨두었나 싶을 만큼 평범한 모텔 방. 오래된 침대와 탁자, TV와 책상이 이곳에 있었다. 세 번째 희생자가 생활하던 공간을 그대로 남겨둔 것이었다. 나는 평소 관리실 대신 이곳에서 잠을 잤다. 그러나 그것도 올해로 마지막인 게, 운영위 놈이 침대를 경매에 붙여버렸다. 매트리스 가운데가 내려앉은 아무짝에도 쓸모없는 침대는 비싼 값에 팔려나갈 것이다. 그 사실이 조금 애석했다. 통유리로 다가가 정원을 내려다보았다. 그곳은 비어 있었다. 나는 침대에 걸터앉아, 쏟아지는 빛을 바라보았다. 영화 속 세 번째 피해자는 대낮의 도로에서 쥐포가 되었던 걸로 기억한다. 역시나 내 살인과는 차이가 있었다. 세 번째 희생자는 기운이 센 젊은 여자였다. 온갖 것에 의미를 부여하고 아름답다는 말을 남발하는 대책 없는 인간. 그때 나는 고장난 트레일러 때문에 누군가를 죽일 여력이 없었다. 하지만 '차가 고장났어요?' 하고 물으며 먼저 다가온 것은 그녀였고, 그녀는 나와 함께 차를 수리했다. 여자는 원래는 해가 지기 전에 마을을 떠날 생각이었다거나, 저녁놀을 한 번 더 보느라 때를 놓쳤다는 이야기를 주절거렸다. 이곳에 집을 얻느라 가지고 있던 차를 팔아버렸다는 이야기도 늘어놓았다. 나는 그녀를 고친 차에 태웠고 음료를 먹여 평원으로 데리고 갔다. 그녀를 죽인 후에 차 안에서 본 일출은 — 물론 저녁놀은 아니었지만 — 그녀의 말대로 예사롭지 않게 보였다.

나조는 자주 이 방에 왔었다. 나조가 오면, 나는 그녀의 뒤에 딱 붙어서 나조가 딸의 방을 둘러보는 걸 감시했다. 나조는 보통 삼십 분에서 한 시간, 딸의 방을 서성이다 박물관을 나서곤 했다. 그러는 동안 그녀와 나는 어떤 대화도 나누지 않았다. 말은 없었지만 그녀가 나를 경멸하고 있다는 사실을 알았다.

그때마다 나는 그녀와의 두 번째 결혼을 생각했다. 결혼을 하면 나조와 내내 함께 있을 수 있을 거고, 그러면 그녀의 고통을 곁에서 지켜볼 수 있을 터였다. 그녀의 아픔은 내 권태에 도움이 됐다. 사람들의 열광은 사그라들어도, 그녀의 슬픔과 분노는 좀처럼 사라지는 법이 없었다. 매해 무럭무럭 자라나는 것 같았다. 그 고통과 분노는 내가 만들었다. 나는 나조를 볼 때마다 생각했다. 그녀에게 나는 얼마나 가치 있는 인간인가. 나는 그녀가 정말 좋았다.

물론 도를 넘은 때도 있었다. 그날은 하필 해고를 당한 날이었고 나는 화가 난 나머지, 이 전시실에 몹쓸 짓을 했다. 이전에는 결코 그런 일을 해본 일이 없었다. 그러나 그날은 달랐다. 내가 만들고 가꾼 것을 왜 내가 망쳐선 안 되나. 나는 바지를 내린 후, 전시실에 선 채로 오줌을 싸 갈겼다. 그리고 눈을 가늘게 뜬 채 누런 물줄기가 나무 바닥 사이사이로 들어가는 것을, 오줌 방울이 튀어올라 가구들을 더럽히는 걸 바라보았다. 시시한 화풀이였을 뿐이다. 그때 인기척이 들렸다. 개관을 하지도 않은 이른 시간이었다. 하지만 운영위 녀석이 다녀가는 통에 박물관 문은 열려 있었다. 나는 황급히 바지를 올렸다. 그리고 전시실 문이 열리는 것을 바라보았다. 나조였다. 그녀는 침울한 얼굴로 이곳에 들어섰다. 그리고 '요즘 신경이 예민해서 밤에 잠을 못 잔다'는 말을 전시실 바닥을 내려다보며 중얼거렸다. 그녀의 말대로 상태가 안 좋아 보이기는 했다. 잠도 못 자고 씻지도 않은 몰골이었다. 나는 그녀가 마음에 들었다. 나는 그녀의 뒤에 가 섰다. 고추가 서지는 않았지만 설 듯 말 듯 간지러운 느낌이 들었다. 그러다 축 처져버렸다.

바닥을 내려다보고 있던 나조가 돌연 뒷걸음질을 쳤다. 그 때문에 그녀의 등과 내 가슴이 닿았다. 그녀가 화들짝 놀라 나를 바라보았다. 그녀의 얼굴은 혐오가 새겨진 석판 같았다. 나는 그 얼굴을 물끄러미 바라보았다. 나조는 내게 가늘게 떨리는 목소리로 바닥을 가리키며, '일부러 이런 거지?' 하고 말했다. 나는 어떤 감미로움에 사로잡혀 '모르겠소. 누가 들어왔던 모양이오' 하고 대꾸했다. 그러자 나조는 '이 비열한…….' 하고 이를 악물었다. 나는 그때 역시 결혼을 생각했다. 나는 그녀가 좋았다. 나조가 되도록 오래 살아주길 바랐다. 진심이었다. 나는 그녀의 죽음이 슬프다.

곁에 있는 상자를 들어올렸다. 사람들의 말린 귀를 모아둔 전리품 상자였다. 사불이 돌아오면 함께 보려고 그동안 그것을 열어보지도 않았다. 상자를 들고 복도로 나갔다. 박물관 정원을 내려다보았다. 사람은 보이지 않았다. 나는 정원에 서 있는 흰색 트레일러로 눈을 돌렸다. 마을 녀석들이 흉내내고는 있지만 저 역시 내가 몰던 트레일러와는 차이가 있었다. 저런 걸 고증이라고 해놓다니. 하나같이 한심한 놈들이었다. 이제 되었다. 이제는 이 모든 게 다 끝이었다. 나는 손에 쥐고 있던 잭나이프를 바라보았다.

그것으로 내 경동맥을 끊어버릴 생각이었다. 여섯 번째 방으로 가서 모가지를 긋고 체리가 될 예정이었다. 내가 이곳에서 죽인 여섯 번째 사람은 나일 테니까. 사람들은 진짜 시체를 보게 될 것이다. 이 가짜뿐인 마을에 진짜를 말이다. 눈앞에 놓인 내 전리품 상자를 본다면, 그들은 내가 누구인지 알게 될 것이다. 사불이 보고 싶었다. 이제 오랜 기다림을 끝낼 생각이었다. 미련도 후회도 없었다. 죽을 결심을 하는 순간까지도 지긋지긋함뿐이었다. 나는 잭나이프를 든 채 2층 전시실, 여섯 번째 방으로 향했다. 방문을 열었다.

너희들이 범인을 잡길 바라

"그러니까 화재경보를 울려야 해."
"올드맨을 박물관 밖으로 몰자는 거야?"
"응, 1층 출입구만 살려두고, 올드맨을 그리로 나오게 하는 거야."
오기가 고개를 끄덕였다. 내가 계속 말했다.
"참고해야 할 건 안에 있는 관리인 할아버지가 위험에 처한 상황일 수도 있다는 거야. 조심해야 해."
"화재경보 버튼이 어디 있는지 알아?"
"모르지."
박물관은 2층 복도식 건물이었다. 1층에는 모텔 방 여섯 개가 일렬로 늘어서 있었고, 여섯 개의 방문이 외벽에 그대로 드러나 있었다. 그러나 그것은 박물관으로 개조할 때 외관을 남겨둔 것일 뿐 사실상 기능하는 문이 아니었다. 그러니까 1층에서 제대로 열고 닫히는 출입문은 리셉션과 연결된 정문과 후문뿐이라고 할 수 있었다. 반면, 2층은 여섯 개의 모텔 방이 각각의 전시실로 사용되고 있었다. 방문도 모두 제 기능을 하는 문들이었다. 이런 상황에서 화재경보를 울려 올드맨을 밖으로 유인하자는 계획은 당장 세운 것 치고는 꽤 그럴싸해 보였다. 박물관을 바라보던 오기가 말했다.
"내가 경보기를 찾을게. 너는 망을 보도록 해."
"싫어. 내가 갈 거야."
우리는 서로를 노려보았다.

가위바위보에서 진 나는 별채인 관리실로 갔다. 오기가 화재경보기를 찾는 사이, 정문을 봉쇄할 열쇠를 찾을 생각이었다. 그러나 열쇠는 보이지 않았다. 대신 관리실에 느슨하게 걸려 있는 빨랫줄이 눈에 들어왔다. 퍽 단단해 보이는 밧줄이었다. 출입구를 봉쇄할 수 있을 것 같았다. 줄을 풀어 팔에 감고 있을 때였다. 책상 위에 얹혀 있는 박물관 관리대장이 보였다. 관리대장 따위를 볼 시간이 없었다. 그러나 표지에 적힌 글씨가 어쩐지 눈에 익었다. 이끌리듯 책상으로 다가갔다. 글씨를 기울여 쓰는 관리인의 필체가 눈에 들어왔다. 순간 심장이 조여왔다. 힙색에 넣어 다니던 올드맨의 엽서를 꺼냈다. 글자를 대조하기 시작했다. 내가 필체 전문가는 아니었다. 아니었으나, 그것은 누가 봐도 같은 사람이 쓴 글씨였다.
어째서. 목이 말라 견딜 수 없던 날 관리인은 내게 아이스티를 타주지 않았는가. 어렵게 꺼낸 이야기를 들어주지 않았던가. '고고밴나'는 확실히 이상하다고, 나조 씨가 죽어서 유감이라고 말하지 않았었나. 올드맨에게, 나조 씨를 죽인 범인에게 위로를 받고 말았다. 불이 붙은 것처럼 눈알이 뜨거워지는 것을 느꼈다. 오기가 위험했다.

관리실을 뛰쳐나갔다. 트레일러를 지나 박물관 출입구를 향해 나아가고 있을 때였다. 불쑥 2층 가운데 방문이 열렸다. 열린 방문으로 관리인이 걸어나오고 있었다. 놀란 나는 트레일러 밑으로 기어들어갔다. 복도에 선 올드맨은 탄력을 잃은 얼굴로 평원을 바라보았다. 그러다 트레일러를 향해 시선을 돌렸다. 나는 비명을 지를 뻔했다. 난간에 얹은 그의 오른손에는 잭나이프가 들려 있었다. 잠시 태양광에 잭나이프를 비추던 올드맨은 복도 안쪽을 향해 걷기 시작했다. 그때 1층 유리문 너머로 오기가 모습을 드러냈다.

오기는 화재경보기를 찾지 못한 듯 주변을 두리번거리고 있었다. 나는 그를 향해 손짓을 했다. 오기! 여길 봐! 올드맨이 2층에 있어, 그가 칼을 가지고 있다고! 2층으로 올라가면 안 돼! 올드맨은 휘청이는 걸음으로 복도 끝 방, 여섯 번째 방 앞에 섰다. 그가 방 안으로 들어가고 있었다. 오기는 손짓을 하는 나를 알아보지 못한 채 2층 계단으로 접근했다. 최악의 타이밍이었다. 전화를 할까 했지만, 벨소리가 날까봐 섣불리 통화를 시도할 수가 없었다. 솟아오른 땀이 등을 타고 흘렀다.

선택의 기로였다. 내가 빌어먹게 취약한 그 선택의 기로 말이다. 건물 안으로 들어가 오기와 함께 노인에 대항할 것인가, 소리쳐 오기를 부를 것인가. 전부 무모한 일이었다. 오기가 먼저 칼에 찔리고, 그를 쫓아간 내가 다시 칼에 찔리는 것 외에는 다른 미래가 그려지지 않았다. 어찌할 바를 몰라 고개를 휘젓고 있을 때였다.

숨어든 차체 밑면의 길쭉한 밸브가 눈에 들어왔다. 밸브 옆에 자석으로 붙여둔 트레일러 열쇠가 있었다. 오래간만에 보는 열쇠 보관 방식이었다. 어린 시절 노박, 오기와 함께 차 밑으로 기어들어가 밑면을 확인하면, 차 열 대에 한 대 정도는 이런 식으로 열쇠가 있던 기억이 났다. 근래에는 드문 방식이라고 하지만 트레일러가 마을 공동의 소유다 보니, 열쇠를 이렇게 간수하고 있는 모양이었다. 어쩌면 오기에게 이 상황을 알리고, 올드맨을 바깥으로 끌어내는 게 가능할지도 모른다.

나는 손을 뻗어 열쇠를 낚아챘다. 트레일러 밑에서 기어나오며 차체 옆에 붙은 배터리 차단기를 열었다. 내가 알고 있는 건 이론뿐이었다. 이론은 늘 완벽했다. 열쇠로 문을 열고 트레일러에 올라탔다. 시동을 걸었다. 엔진이 예열되려면 시간이 필요할 터였다. 그래서, 경적을 울렸다. 빠아아앙, 한낮의 정적을 가로지르는 긴 경적이 울렸다. 나는 썬팅된 유리를 통해 박물관 2층을 바라보았다. 오기의 모습은 보이지 않았다. 경적 소리에 그는 무언가가 잘못됐음을 알아챘을 것이다. 여섯 번째 방문이 열렸다.

나는 다시 빠아아앙, 경적을 울렸다. 방에서 나온 올드맨이 이편을 바라보았다. 그가 붉어진 얼굴로 무언가를 말하고 있었다. 창을 조금 열자 철을 땡강거리는 것 같은 목소리가 들렸다.

"여기가 어디라고 나타난 거냐!"

온몸이 부들부들 떨렸다. 마치 차 안에 있는 사람이 나라는 걸 알고 있다는 투였다. 하지만 그는 나를 보지 못한다. 검은 유리가 나를 보호하고 있었다. 나는 입술을 씹으며 다시 경적을 울렸다. 올드맨은 화가 난 듯 나이프를 휘둘러 난간을 찍었다. 조금만 더 도발하면 올드맨을 건물 밖으로 끌어낼 수도 있을 것 같았다. 그때 시동이 걸렸다. 나는 경적을 울리며 차를 움직이기 시작했다.

운전대를 잡은 손이 덜덜 떨렸다. 트레일러의 후면과 박물관은 수직으로 맞닿아 있었다. 나는 트레일러를 건물 안쪽으로 빼서, 차체를 일렬로 정렬한 후 후진을 통해 건물 뒤편으로 나아갈 생각이었다. 처음에는 모든 게 수월했다. 올드맨이 복도를 달리고 있었다. 문제는 후진이었다. 차를 뺄 때 거리를 너무 짧게 잡은 건지, 후진을 하는데 차가 건물에 걸렸다. 당황한 나는 차를 회전시켜 차의 꼬리를 건물과 멀어지게 하려 했다. 이때 사달이 났다. 후진을 할 때에는 핸들을 반대로 돌려야 한다는 사실을 잠시 잊었던 것이다. 차는 박물관과 멀어지기는커녕 건물을 향해 달려들고 있었다. 나는 허둥대며 브레이크를 밟았다. 아니 밟은 줄 알았다. 차는 멈추지 않은 채 속력을 내기 시작했다. 액셀이었다. 이때부터는 돌이킬 수가 없었다. 차가 후진으로 건물을 밀고 들어가기 시작했다. 정신을 차렸을 때에는 차의 반신이 정문을 부수며 건물 안으로 들어가고 난 후였다. 올드맨은 이미 2층 복도에서 사라지고 없었다. 오기가 그곳에서 나를 바라보고 있었다. 아연한 얼굴이었다. 나는 비틀거리며 차에서 내렸다.

후문을 향해 달렸다. 문을 나서는 올드맨이 보였다. 건물이 반파될 때 다친 건지 정수리에서부터 흘러내린 피가 그의 얼굴을 갈라진 지반처럼 만들고 있었다. 올드맨이 달려드는 나를 보고 멈춰 섰다. 그가 놀란 눈으로 나를 바라보았다. 나는 그의 얼굴을 향해 내 머리를 냅다 들이받았다. 그러나 올드맨은 어깨를 틀어 내 박치기를 피했다. 머리가 그의 쇄골뼈에 가 부딪쳤다. 나는 균형을 잃은 채로 뒤로 넘어졌다. 머리가 콘크리트 바닥에 부딪쳤다. 세상이 아뜩한 모양으로 팽팽 돌았다. 나는 고개를 돌려 올드맨의 손에 들린 칼을 바라보았다. 그가 그것을 옆구리에 붙인 채 다가오고 있었다. 달아나야 하는데 달아날 수가 없었다. 노인이 피범벅이 된 얼굴로 말했다.

"여길 어떻게 왔니?"

"널 죽일 거야."

순간 그의 얼굴에 환한 웃음이 번졌다. 그가 말했다.

"다 알고 왔구나. 그런 거지?"

"죽일 거야, 올드맨."

노인의 얼굴이 일그러지는 것을 보았다. 그가 돌연 내게 달려들어 무릎으로 내 배를 찍었다. 온 내장이 들썩였다. 몸을 뒤틀어 그로부터 벗어나려는데 올드맨이 내 아래턱에 칼끝을 겨눴다. 나는 딱딱하게 굳은 채로 그의 눈을 바라보았다. 분노가 뭉쳐 뒹굴면서 안으로 안으로 부서지길 거듭하다 아무것도 남지 않게 된 듯한 잔인하고 텅 빈 눈동자가 그곳에 있었다. 숨이 가빠오는 것을 느꼈다. 그가 웃었다. 역겨운 웃음이었다. 턱 끝에 칼이 밀려들어오는 것을 느꼈다. 죽을 것이다. 죽고 말 것이다. 아뜩해지는 시야로 노란 하늘이 떨어져내렸다.

하늘 위로 검은 그림자가 졌다. 오기였다. 나는 그를 바라보았다.

될 수 있다면 오기와 대화를 하고 싶었다. 내 이야기만으로 가득 찬 나는 너무도 지루하고 시시하다. 그런데 대화가 잘되지 않는다. 혼잣말만을 거듭해왔기 때문일까. 내 시선을 눈치챈 올드맨이 고개를 돌렸다. 오기가 그에게로 달려들었다.

오기가 노인의 허리춤에 전기 충격기를 박았다. 나는 몸을 굴려 노인으로부터 벗어났다. 칼을 쥔 관리인의 손이 허공으로 들려 올라갔다. 오기는 노인의 허리에 박은 손을 떼지 않았다. 노인의 몸이 모로 쓰러져 내렸다. 노인의 뒤꿈치가 타닥타닥타닥 바닥을 치고 있었다. 그러다, 그의 몸이 힘없이 늘어졌다. 그의 입에는 거품이 물려 있었다. 그제야 오기가 충격기를 노인의 몸에서 뗐다. 그는 몸을 돌려 나를 바라보았다. 오기의 동공이 확장되어 유독 선명하게 보였다. 우리는 서로를 응시하다 고개를 숙였다.

미색 양복을 입은 채 누워 있는 관리인의 얼굴을 바라보았다. 가슴팍에는 실크 재질의 푸른색 행커치프까지 곱게 끼워져 있었다. 나는 그것으로 관리인의 숨통을 조르는 상상을 했다. 행커치프를 목에 감아 양끝을 반대로 당기기만 하면 되는 일 아닐까. 구역질이 치밀어올랐다. 그가 박물관을 자랑스러워했던 때부터, 나는 알아챘어야 했다. 그의 정체를 말이다.

오기가 대걸레 통에 받아온 물을 위도의 얼굴에 끼얹었다. 관리실 책상에 묶여 있던 그가 몸을 한 차례 떨었다. 십 분 남짓 남은 시에스타가 끝나면 관광객들이 박물관으로 몰려들 것이다. 남은 시간이 얼마 없었다. 나는 관리인의 어깨를 흔들어 깨웠다. 그의 눈꺼풀이 부르르 떨렸다.

"일어나, 올드맨."

노인은 깨고 싶지 않은 잠을 방해당한 듯 나른하게 우리를 바라보았다. 그 모습에 잠시 마음이 흔들렸으나 그것만큼 바보 같은 짓이 없었다. 그는 나조 씨를 살해한 유력한 용의자였다. 나는 그를 응시한 채 나조 씨의 엽서를 내밀었다.

매일 밤, 울고 있을 당신에 대해 생각합니다. 그리고 매일 밤, 저는 당신의 눈물을 핥는 상상을 합니다. 당신을 울게 하는 그 어둠에 대해 우리는 할 이야기가 많을 거예요. 지난번 일을 사죄하는 의미로, 당신이 관심 있어할 만한 이야기를 하려고 합니다. 이번 금요일에 만났으면 해요. 당신이 거절하지 않을 걸 압니다. 7월 25일 사랑을 담아, 올드맨.

물에 젖은 자신의 양복을 내려다보고 있던 올드맨은 그것을 힐끗 본 후 못마땅한 듯 고개를 저었다. 그리고 의자에 몸을 기댄 채 눈꺼풀을 늘어뜨렸다. 거기에는 어떤 멸시가 어려 있었다. 별 시답지도 않은 것을 가지고 자신을 찾아왔다는 투였다. 나는 노인을 바라보며 말했다.

"앞으로 우리가 묻는 말에 제대로 대답하는 게 좋을 거야. 안 그러면, 당신을 바로 경찰에 넘길 거니까. 아니, 넘기기 전에 당신을 죽일지도 몰라. 이건 진심이야."

"나 역시 널 경찰에 넘길 생각이야."

"허튼 소리 말라고 했어. 올드맨, 당신이 나조 씨를 죽였지?"

"내가?"

노인이 헛웃음을 터뜨렸다. 나는 그것을 무시하며 말했다.

"당신은 나조 씨가 살해된 날 비밀리에 그녀를 만났어."

"그래, 그건 경찰도 이미 알고 있는 비밀이고 말이지."

"나조 씨와 만나서 뭘 했어?"

올드맨이 무표정한 얼굴로 말했다.

"박물관에 와서 전시실을 둘러보기에, 사랑한다고 말했지."

"사랑?"

"그래, 사랑했거든. 입을 벌리고 진지하게 전시실을 관람을 하는 태도가 귀엽고 사랑스러워서 견딜 수 없었어. 가슴이 아릿하더구나."

"개소리 하지 마."

"너는 나조가 귀엽지 않다는 거니?"

"시끄러워. 나조 씨는 끝장나게 귀여운 사람이야. 똑똑하고 다정한데다 열정적이기까지 해. 나조 씨에 대해서는 당신보다 내가 훨씬 잘 알아. 하지만 당신은 그런 말을 할 자격이 없어!"

"왜?"

"당신은 살인마 골수팬이었으니까."

"살인마도 좋아하고 나조도 좋아했어. 그럼 안 되나?"

올드맨은 정중했던 과거의 태도를 날려버린 채 히죽이며 웃고 있었다. 그의 둥글고 탄력 없는 얼굴이 혼탁하고 징그러운 무언가로 느껴졌다. 나는 끓어오르는 숨을 내쉬며 말했다.

"고백을 하려고 나조 씨를 불렀다고? 그녀는 당신을 만나기 전에 기차표도 취소했었어."

"그게 나 때문에 한 취소는 아닐 거야. 그녀는 날 좋아하지 않았거든."

"그녀의 죽음과 당신이 아무 상관도 없다고 말할 셈이야?"

"없어."

"그럼 어째서 살인마 팬 사이트를 신고한 거야? 그녀와 당신이 아무 상관도 없는데 사이트를 폐쇄하려고 했다고? 하필 나조 씨의 죽음이 공표된 날?"

"꽤 많은 걸 찾아봤구나. 그녀의 죽음과 상관이 없다고 했지, 그녀와 상관이 없다고 하지는 않았어. 사람들이 나조의 죽음에 대해 떠드는 게 싫었어. 마음에 두었던 사람이 어설픈 죽음을 당해서 그런 식으로 이야깃거리가 되는 걸 두고 볼 수만은 없지. 그뿐이야."

"개소리 하지 마!"

그때 돌연 노인이 눈을 부릅뜨며 호통을 쳤다.

"시간이 없어. 개소리를 할 시간이 없다고! 언제까지 이렇게 한심한 대화를 하고 있어야 하는 거냐!"

"뭐?"

"내가 범인이 아니란 건 박물관 입구의 CCTV만 확인해도 알 문제인데, 아무 증거도 없이 찾아와서는 퍽도 잘하는 짓이구나. 너는 나조가 뭘 위해서 움직이고 있었는지 아직도 모르는 거냐?"

내 입장에서는 어이가 없는 호통이었다. 그러나 올드맨은 관리실에 걸린 벽시계를 한 차례 바라보고는 이글거리는 눈으로 말했다.

"시에스타가 끝나면 사람들이 몰려올 거야. 잘 들어, 나조는 도노의 죽음을 쫓고 있었어."

"도노?"

"고백을 한 것도 사실이지만, 그날 나조와 만난 건 그 이야기를 하기 위해서였어."

"무슨 얘기?"

올드맨은 관리실 벽에 시선을 고정한 채 마른 입술을 핥았다. 그리고 말했다.

"도노의 골절 모양이 다른 자들과 조금 다르다는 사실을 알고 있니?"

"알아."

"그래. 다른 희생자들이 주로 경추와 대퇴부 위주로 손상됐었다면, 도노는 양쪽 늑골이 부러져 있었지. 이 차이가 뭔지 알아?"

"충격을 받은 방향이 다른 거 아니야?"

"그렇지. 경추와 대퇴부 같은 경우는 큰 힘이 몸을 들이받았을 때 많이 일어나는 골절이야. 이를테면 교통사고 같은 충돌 말이야. 그런데 양측 늑골 골절은 주로 어디에서 일어날까?"

"……."

"단정할 수는 없지만 추락 시에 자주 나타나. 아마 도노는 높은 곳에서 떨어져 즉사했을 거야. 그의 몸에 불이 붙었을 때는 이미 사망한 상태였을 거고."

"그게 뭐가 문제야?"

"이전 희생자들은 모두 산 상태에서 불이 붙었지. 도노의 죽음이 이전과 다르다고 생각지 않니?"

"변칙적인 걸로 따지자면 바위에 시체가 걸렸던 살인이 제일 이상해."

"그래. 살인마는 변칙적인 수를 쓰는 녀석이지. 그래서 대부분의 사람들은 살인마가 도노를 다루는 과정에서 실수를 했다고 생각했어. 그래서 시체에 불을 붙인 거라고 말이야."

돌연 노인이 물었다.

"밴나, 너는 퀴즈를 좋아한다고 했지?"

"……."

"만일 살인마가 실수를 한 게 아니라면 말이야. 이게 말하는 바가 뭐라고 생각하니?"

나는 노인의 눈을 바라보며 말했다.

"당신은 도노를 다른 사람이 죽였다고 생각해? 살인마가 아니라?"

"그래."

"왜?"

관리인은 잠시 입술을 움찔거리다 웃었다. 암갈색을 띠는 그의 눈동자가 빛나고 있었다. 그가 말했다.

"살인마는 산 사람을 불태우는 데서 즐거움을 느끼는 자야. 그런데 무엇 하러 죽은 자를 태우겠니."

"나조 씨한테도 이 이야기를 했어?"

"그래. 내 의견에 동의하더구나. 이미 도노의 죽음을 조사 중이라고 했어."

말문이 막혔다. 관리인이 시계를 힐끔 쳐다보았다. 그가 말했다.

"질문 하나 더 할까."

"……."

"나조가 죽었어. 이 사실을 파헤치려던 나조가 말이야. 그 범인이 누구라고 생각하니?"

"나조 씨를 죽인 사람이 도노 살해범과 동일인물이라는 말이야?"

"이제야 머리가 좀 굴러가는구나. 나는 네가 좀 더 분발해야 한다고 생각해."

나는 노인을 바라보다 물었다.

"우리한테 왜 이 이야기를 해주는 거야?"

노인은 웃었다. 그리고 관리실 내부를 한 차례 훑어본 후 말했다.

"너희들이 범인을 잡길 바라."

"이제 와서? 그저께 만났을 때는 아무 말도 안 해놓고?"

"확실치도 않은 내용을 떠들어야 좋을 게 없으니까."

벽시계를 바라보고 있던 오기가 말했다.

"가야 할 시간이야."

"잠깐만."

올드맨은 주의 깊게 우리를 응시하고 있었다. 그를 향해 말했다.

"오기와 나는 여기에 온 적이 없는 거야. 입을 함부로 놀리면, 당신이 올드맨이라는 사실을 온 마을에 소문낼 거야. 당신이 추저분하게 나조 씨를 쫓아다닌 이야기도 할 거야."

"난 추저분하지 않았어."

"입 다물겠다고 말해!"

"협박이 수준급이구나."

노인이 고개를 저으며 말했다.

"애초에 말할 생각도 없었어. 난 개관을 준비하다 강도를 당한 거야. 너희들의 얼굴은 보지도 못했어."

"그래, 다른 이야기가 들리면 당신을 죽이러 올 거야. 알겠어?"

노인은 피식 웃은 후 말했다.

"참, 나조는 그날 스파이를 보러 갈 거라고 말했어."

"스파이?"

"그래, 스파이. 시간이 없어. 어서 가봐라."

관리인은 성가시다는 듯 턱짓을 했다. 관리실을 나서던 나는 궁금함을 이기지 못하고 몸을 돌려 물었다.

"잭나이프로 뭘 하려던 거야?"

관리인의 얼굴에서 미소가 사라졌다. 그가 말했다.

"삶의 의미를 잃었었지."

박물관을 나선 오기와 나는 무턱대고 바위를 향해 걸었다. 빨갛게 타서 밤마다 쓰려왔던 피부는 이제 껍질이 벗겨지고 있었다. 손이 무의식적으로 계속 살갗을 잡아당겼다. 사고를 많이 치고 돌아다닌 반나절이었다. 그러나 후회가 되는 것도 아니고 대책이 있는 것도 아니었으며, 마음이 조금 허했다. 그러다 심장이 발작적으로 부르르 떨리는 것을 느꼈다. 올드맨이 이야기하는 바가 뭘까. 나조씨가 도노의 죽음을 쫓고 있었다는 게 사실일까. 힙색에서 호두를 한 움큼 꺼내 입에 넣었다. 오기가 나를 바라보고 있어서 그에게도 그것을 건네자 오기가 고개를 저었다. 호두를 우둑우둑 씹었다. 생각에 잠긴 채로 걷고 있던 오기가 불쑥 물었다.

"관리인의 말을 믿어?"

"모르겠어."

"그 사람이 한 말 중에 입증된 사실은 단 하나도 없어."

"그래. 하지만 확인해볼 수는 있는 거잖아."

오기가 걸음을 멈춰 세웠다. 조금 더 걷던 나는 몸을 돌려 그를 바라보았다. 오기가 거리를 두고 선 채 나를 응시하고 있었다. 오늘 하루종일 나를 불편하게 하던 그 눈빛이었다. 그에게 다가서려 하자 오기가 그것을 저지하듯 입을 열었다.

"아무래도 흩어지는 게 좋을 것 같아."

"뭐?"

"너는 수사를 계속해. 나는 관리인을 지켜볼 테니까."

나는 고개를 저었다.

"안 돼. 함께 퀴즈를 풀어야지."

"관리인이 준 정보가 진짜인지 아닌지도 모르면서 그걸 믿고 가겠다는 거야?"

"믿겠다는 건 아니야. 하지만 그럴싸하지 않아?"

"이런 중요한 정보를 다른 사람도 아니고 우리한테 넘기는 게 말이 된다고 생각해?"

"우리가 어때서?"

"……."

"네가 무슨 말을 하고 싶은지 모르겠지만, 난 미치지 않았어."

오기는 자신의 말을 정정하지 않았다. 내가 말했다.

"나는 미치지 않았다고. 아이큐가 138이야. 네 형 문제가 걸렸다고 말 함부로 하지 마."

흙바닥을 내려다보던 오기가 고개를 들었다. 그리고 나를 응시하며 말했다.

"그래, 내가 말실수를 했어. 너는 미치지 않았어. 그저 미치고 싶어 할 뿐이지."

"뭐?"

"너는 늘 열심히야. 목적이 있으면 그걸 위해서 물불을 가리지 않고 달려."

"이런 망할, 그게 잘못됐다는 거야?"

"예전에도 너는 그랬어. 살인마를 잡겠다고 날뛰다가 마을 사람 전부와, 아니 마을 사람뿐만이 아니었지. 너와 나까지 살인마로 만들어버리고는 달아났어. 미친 척을 하고 말이야."

"……"

"나는 그게 이상했어. 그렇게나 문제를 풀고 싶어 하면서, 너는 어째서 범인을 잡기도 전에 망가지려고 하는 걸까. 사람을 때리고 칼을 든 자에게 달려드는 것도 두려워하지 않아."

"……"

"너는 우리가 문제를 풀 수 있다고 생각하지 않아. 범인을 잡고 싶어 하지 않아. 그저 이 상황이 견딜 수 없고, 무섭고, 여기에서 벗어날 수 있는 길이 있으면 그게 맞든 틀리든 그저 달려나가겠다는 거야. 그렇게 늘 진실로부터 멀어지고 싶어 해."

"아냐."

"넌 사실을 알고 싶어 하지 않아."

"웃기지 마. 오기 너야말로 두려운 거 아니야? 혼자 벌거벗은 채로 나다닐 때가 편했겠지. 내가 나타나서 너 같은 짓을 하니까 두려워진 거 아니냐고."

오기의 눈동자가 흔들렸다. 그가 말했다.

"그래 두려워."

오기가 울적한 얼굴로 말했다.

"살인마를 본 게 나였어야 한다고 생각해."

"그럼 넌 죽었을걸. 넌 늘 죽고 싶어 하잖아."

오기가 나를 바라보았다. 나는 내처 말했다.

"몸에 기름을 붓고 관리인을 찾아가고 싶은 거지? 그렇게 나랑 갈라져서, 혼자 죽고 싶은 거 아니야?"

"적어도 관리인이 범인인 걸 확인한다면 그렇게 할 거야."

토할 것 같았다. 오기의 말은 진심이었다. 정답을 찾는다 하더라도 그것이 우리에게 행복을 가져다주지는 않을 것이다. 우리의 삶을 제자리로 돌려주지도 않을 것이다. 어쩌면 오기의 말대로 나는 연기를 하고 있는 건지도 모른다. 앞으로 닥칠 불행이 두려워서 답을 찾고 있는 척 방향 없이 달리고 있는 건지도 모른다. 하지만 오기 역시 잘하고 있는 것은 아니다. 그는 죽음만을 바라보고 있다. 자기 삶의 다른 부분들을 모두 태워버린 채로 범인만을 바라보고 있다. 자신은 어찌되든 중요치 않다고 생각한다. 그것이 내 두려움을 배가시킨다. 나를 어떤 진공상태에 빠뜨린다. 우리는 어째서 달아나거나 죽는 것 외에 다른 방법을 상상하지 못하는 걸까.

긴 절망이 우리를 이렇게 만들었다. 어쩌면 우리는 서로를 도울 수 없고, 서로를 위로할 수도 없으며, 서로를 구할 수 없는 건지도 모른다. 정말 똥더미를 향해 가고 있는 건지도 모른다. 나는 대체 뭘 꿈꾼 거지. 노란 땅이 흔들리고 있는 것을 느꼈다. 그것을 바라보며 말했다.

"1993년에 앤드루 데이비스가 감독하고 해리슨 포드가 주연한 영화 제목이 뭔지 알아?"

"도망자."

"금속 소성 가공에 사용하는 틀을 뭐라고 하는지 알아? 드로잉 가공이나 압출 가공, 프레스 가공에 사용되는 틀 말이야."

"다이."

"1754년에 프렌치인디언전쟁에서 조지 워싱턴이 이끄는 식민지군이 프랑스군에 패했을 때, 식민지 분열이 패배의 원인이라며 벤자민 프랭클린이 한 말이 뭔지 알아?"

"뭉치면 살고 흩어지면 죽는다."

"그래, 너는 늘 퀴즈를 잘 맞혔어. 놀랄 정도로 그랬어."

그것은 내게 낸 퀴즈였다. 나는 지금 너무 도망가고 싶으니까. 오기가 나를 바라보고 있었다. 찢어져서 수사를 하는 데 지나치게 반응하는 건지도 모르지만, 무언가 무서운 일이 일어나고 있었다. 정말로 무서운 일이 우리를 기다리고 있었다. 눈을 질끈 감았다. 결국은 가장 하고 싶지 않았던 말을 입 밖에 내었다.

"가고 싶으면 마음대로 해."

오기는 미동 없이 서 있었다. 나는 몸을 돌려 걸었다. 걷다가 달리기 시작했다. 밀도가 빽빽한 공기가 나를 감쌌고, 그것이 나를 조였다. 더 빨리 달렸다. 그러나 뒤늦은 깨달음은 나를 놓아주지 않는다. 정답을 찾는다 하더라도 미래가 없다.

인정하고 싶지 않지만 나조 씨가 죽었다. 빼도 박도 못하게 죽어버렸다. 퀴즈를 풀어도, 범인을 잡아도 나조 씨는 돌아오지 않을 것이다. 그녀는 더 이상 크고 주름진 얼굴로 나를 향해 웃어주지 않을 터였다. 내가 아무리 똑똑해진다 하더라도, 뒤늦게 부글거리는 이 마음을 표현하고 싶다 하더라도, 범인을 찾기 시작했다 말하고 싶다 하더라도, 사실은 그일을 나조 씨와 함께 하고 싶다고, 내 안에서 무슨 일인가 일어나고 있다고 말하고 싶다 하더라도, 그녀는 대답하지 않을 것이다. 나조 씨는 없었다. 그녀가 없었다.

발이 미끄러졌다. 흙바닥 위를 나뒹굴었다. 노력을 해도 평원을 빠져나갈 수가 없다. 아니, 어쩌면 그것을 원치 않는지도 모르지. 그저 엎어지고 또 엎어질 뿐이다. 문제가 있다는 사실에 안도하며 그것을 풀고 또 풀어댈 뿐이다. 내가 끔찍한 짐승이라는 사실을 잊은 채로. 그런 절망은 늘 내 안에 있다. 뭘 해도 안 될 거라는 절망 말이다. 한낮의 평원도 다르지가 않다. 그날의 어둠이 계속되고 있을 뿐이다. 숨을 헐떡이며 마른 흙을 움켜잡았다. 흙바닥에 머리를 쾅쾅 박았다. 이마가 터졌다. 피가 흘러내리는 것을 느꼈다. 다시 이마를 땅에 가져다 박았다. 그러나 이 정도로는 죽지 못한다.

위도, 납치

 무언가가 지나갔다. 그게 무엇인지는 모르겠다. 과거의 나는 늘 분노에 차 있었고, 그 분노는 당연하다는 듯 회오리치길 거듭했고, 그러다 어딘가에 분노가 꽂히면 돌고 돌고 또 돌다가, 밑바닥까지 내려가 무언가를 움켜쥐거나 파괴해야지만 끝이 났다. 그 분노는 별스러웠지만 무언가가 있었고, 사람들은 부정하고 싶겠지만 그에 끌렸다. 험악하고 추잡스럽지만 거기에 어떤 힘이 존재했기 때문이다. 사람들은 그런 것을 싫어하면서도 좋아한다. 싫어하는 척하지만 늘 좋아한다.

 관광객들은 반파된 박물관과 묶여 있는 나를 번갈아 바라보았다. 나는 옷이 신경쓰여 견딜 수 없었다. 그날 아침, 세탁소에서 찾아온 내 미색 양복은 걸레가 되어 있었다. 그것은 오래전에 맞춘 구식이었지만, 비싼 값을 치른 까닭에 고전적인 매력이 남아 있는 양복이었다. 게다가 나는 과하게 살이 찌거나 마르지 않았다. 젊을

적 몸무게를 유지하고 있었다. 양복을 입어도 예전 같은 태가 나온 다는 건 큰 자랑거리였다. 그런 사람은 흔치 않다. 나는 축제 때마다 이것을 입고 관광객을 맞아왔다. 과거 박물관을 찾았던 몇몇은 '어디 가면 그런 정장을 살 수 있소?' 하고 부러운 듯 나를 훑어보기도 했다. 그랬던 옷이 걸레가 되어버렸다.

중년의 털복숭이가 저벅저벅 다가와 묶여 있는 나를 향해 카메라 셔터를 눌렀다. 박물관 사진도 찍었다. 사람들은 내게 '범인이 누구냐'고 물었지만 나는 고개를 저었다. 모르오, 나는 모르오. 범인의 얼굴을 보기도 전에 정신을 잃었다오. 그러자 사람들은 별 의심 없이 고개를 끄덕였다. 늙은이 하나를 제압하는 건 그다지 어려운 일이 아니지, 하는 생각이 그들의 눈을 스치고 지나가는 것을 보았다. 모욕과 모욕들. 그러나 어린아이에게 당했다는 사실을 감추기 위해 무지를 자처한 것은 아니었다. 나는 묶여 있는 내내 어떤 생각 하나에 매달려 있었다.

박제해둔 귀들을, 누가 가져간 걸까.

죽을 생각이었다. 분노는 사불과 함께 사라져버렸다. 남은 것은 생기를 잃은 기억뿐이었다. 아무리 그것을 곱씹어도 내 것 같지 않은, 이제는 이해가 되지 않는 그런 기억들 말이다. 그리하여 나는 망설이듯 묻는 것이다. 내가 무엇 때문에 사람을 죽였던 거지? 왜 그런 일이 일어났던 거지? 참회에 대해 말하고 있는 게 아니다. 그때의 감정이 잘 기억나지 않는다고 말하고 있는 것이다. 살아오며 타인의 감정을 이해하고 공감한 일은 없었다. 하지만 이제는 나를 이해하는 일조차 불가능해지고 말았다. 평생을 그일에 집중해왔음에도 그랬다. 나는 아둔한 얼간이에 지나지 않는다. 스스로에게 어떤 대답도 내놓을 수가 없다. 그래서 지쳤다. 간간이 치미는 원한과 분노를 보물처럼 여기며 그것을 그러모아 몸을 달구는 노력을 그만두고 싶었다.

나는 여섯 번째 전시실 문을 바라보고 있었다. 사람들이, 죽어 있는 나와 함께 내가 남기고 간 전리품 상자를 보게 될 것이라고 생각했다. 그리고 자신들이 얼마나 무지했는지, 무지한 주제에 얼마나 간악했는지, 내가 그들에 대해 어떤 인내심을 발휘해왔는지 깨닫게 될 거라고 짐작했다. 나는 눈을 감았고 사불을 떠올렸다. 떠올리고자 했다. 그러나 사불은 이전처럼 선명하지 않았다. 그것을 애써 선명하게 만들고자 하는 그런 노력들이 지겨웠다. 이렇게 가는 거겠지. 그리고 그 순간, 경적이 울렸다. 흐릿한 머릿속을 빠아아앙 하고 뒤흔드는 소리였다. 지나서 생각해보면 그것은 어떤 계시와도 같았다. 나는 몸을 돌려 트레일러를 내려다보았다.

차가 웃고 있는 것처럼 보였다. 검게 칠한 유리 때문에 내부가 보이지 않았지만 나는 그 순간만큼은 확신했다. 트레일러에 타고 있는 게 그 녀석이라는 사실을 말이다. 내 자리를 빼앗아간 그 녀석, 살인마 행세를 하는 그 녀석이 나를 찾아온 거라고 생각했다. 그렇지 않고서야 누가 죽으려는 내게 그렇듯 조롱 어린 경적을 울릴 수 있겠는가. 온몸에 열이 오르는 것을 느꼈다. 나는 트레일러에 탄 녀석을 향해 외쳤다.

"여기가 어디라고 나타난 거냐!"

그러자 녀석이 다시 한번 경적을 울렸다. 죽을 때 죽더라도 녀석의 얼굴을 보고 가야겠다는 생각이 들었다. 달리기 위해 몸을 돌렸다. 마음이 급해 팔을 휘적이다, 들고 있던 전리품 상자를 난간에 부딪쳤다. 상자가 바닥에 떨어져내렸다. 빠각, 하고 나무 뚜껑이 떨어져나갔다. 그리고 나는 보았다. 상자가 비어 있었다. 그곳에 있어야 할 귀들이 없었다. 사불이 돌아오면 함께 보려고 밀봉해둔 예쁜 귀들이었다. 몸이 휘청이는 것을 느꼈다. 누군가가 내 귀를 가져가버렸다. 그때도 나는 생각했다. 범인은 트레일러에 타고 있는 그놈이라고, 그놈이 내가 가진 모든 것들을 빼앗기 위해 도둑질을 했다고 생각했다. 녀석이 빙글거리며 나를 기다리고 있었다.

나는 복도를 달렸다. 층계를 디뎠고, 그리고 박물관이 무너져내렸다. 나는 내 지난 9년이 땅으로 꺼져 내리는 것을 뜬 눈으로 지켜보았다. 나는 구겨지고 외피가 떨어져나간 헐벗은 건물을 바라보았다. 내가 이 일에 충격을 받았을까? 고통을 느꼈을까? 미련은 없었다. 그것은 지난 9년이 거짓되었다는 사실을 알고 난 후 찾아온 변화였다. 중요한 것은 박물관 따위가 아니었다.

이전까지 나는, 뛰어난 범죄자와 모방범은 자석과 철가루 같은 관계라고 생각했다. 도노와 나조의 죽음은 나를 추종하는 녀석이 벌인 덜떨어진 일에 지나지 않는다고 말이다. 하지만 그게 아니었다. 내가 농락당했다. 그자는 나를 알고 있었다. 그 녀석이 이 모든 일을 계획했다. 나를 박물관에 처박아 화석으로 만들고, 내 전리품을 훔쳐 내가 스스로를 입증할 수 없게 만들었으며, 제 멋대로 살인을 하는 이 모든 일을 계획했다. 그러고는 비웃음을 띤 채 제 죄를 내게 뒤집어씌웠다. 이것은 자석을 따르는 철가루가 하는 짓이 아니었다. 그리고 그 사실은 내게 어떤 깨달음을 불러왔다. 내 오장육부를 후려치는 그 생각. 간과해왔던 사실.

어쩌면 사불은 스스로 사라진 게 아닌지도 몰랐다. 죽은 게 아닌지도 모른다. 어쩌면 사불은 9년 전 그 밤, 납치를 당했다. 녀석은 검은 도로 위에서 대가리와 주둥이를 포박당한 채 피를 흘리며 나로부터 멀어져갔다.

이제는 알 것 같았다. 그 녀석이었다. 9년 전 도로에서 만난 검은 우비였다. 그 녀석이 사불을 납치하고 이 모든 일을 계획했다. 그랬다. 나는 그것도 모른 채 사불을 오해했다. 그가 울며 고통받는 사이 콧노래를 부르며 박물관 변기나 뚫고 있었다. '박물관도 나쁘지 않지' 하고 헤실거리며 손님을 받았다. 사람들이 없어도 눈치를 보며 박물관이 때 타고 더러워질까봐 전전긍긍, 그것이 건재하도록 최선을 다했다. 박물관을 이해하려 했다. 내 처지를 이해하려 했다. 이해는 아무것도 할 수 없는 약해빠진 얼간이들이 취하는 태도인 줄도 모르고!

사불과 나에게는 좀 더 나은 미래가 있었다. 그러나 멍청한 내가 그것을 망쳤다. 뱃속이 들끓는 것을 느꼈다. 배가 아플 정도로 들끓었다. 이것은 아마도 내 생에 주어진 마지막 분노일 것이다. 나는 이것을 아껴서 사용해야 한다. 경찰은 아직 오지 않았다. 사람들은 무너진 박물관을 어정거리며 사진을 찍고 있었다. 이 일을 누구도 슬퍼하거나 아쉬워하지 않았다. 나는 그들을 바라보며 눈을 감았다.

야생의 스파이

 어두워진 시내를 터벅터벅 걷고 있는데, 맞은편에서 오던 남녀가 외쳤다.
 "힘내, 고고 밴나!"
 어깨를 움츠린 채 잰걸음으로 그들을 지나쳤다. 살인마 팬 사이트에 동영상이 올라가고 난 후, 관광객들은 나를 보면 고고 밴나를 외치지 못해서 안달이었다. 호두를 씹으려다 그만두었다. 사실은 이것도 지긋지긋했다. 하루 적정량을 지키려고 해도 불안증 때문에 과다 섭취하기 일쑤고, 머리는 좋아지는 것 같지도 않고, 입천장은 깨진 견과류에 긁혀서 상처투성이고, 뭐하자고 이걸 계속 먹어대고 있는 건지 목이 말랐다.
 나조 씨가 스파이를 보러 가기로 했다는 말은 사실 그리 어려운 문제가 아니었다. 나조 씨는 매주 스파이를 보러 갔다. 그것은 〈야생의 스파이〉라는 TV 프로그램 이름으로, 카메라를 부착한 인형이 동물 군락에 들어가 동물의 생태를 관찰하는 방송이었다. 이를테면 아주 정교한 펭귄 인형이 펭귄 군락에 들어가 그들의 삶을 촬영한다든가, 원숭이 모형이 원숭이 집단에 들어가 그들의 생태를 관찰하는 식이었다. 괴상한 것은 군락의 짐승들도, 프로그램을 보고 있는 사람들도 그 인형을 진짜 생명체처럼 받아들인다는 점이었다. 인형과 짐승은 너무 닮아 있었다.

내가 알기로 나조 씨가 혼자 이 프로그램을 본 건 아니었다. 〈야생의 스파이〉에 열광하는 사람은 따로 있었다. 나조 씨는 그자와 함께 매주 방송 녹화본을 시청하곤 했다. 이것은 그들 사이에 오랫동안 지속돼온 약속이었다. 올드맨의 말이 사실이라면, 나조 씨는 '스파이를 보기 위해' 그 친구의 집을 찾았을 터였다. 그러나 내가 알기로 그들의 만남은, 나조 씨의 그날 행적에서 빠져 있었다.

시내 인근의 샛길을 한참 걸어들어가자, 외따로 있는 단층집이 나타났다. 집 앞에 있는 양철 우체통은 시커멓게 불탄 상태였다. 잠시 그것을 바라보다, 문으로 다가가 벨을 눌렀다. 대답이 없었다. 다른 집이었다면 '주인이 자리를 비웠나보다' 하고 생각할 법한 상황이었지만, 그것은 그 집에는 해당 사항이 없는 이야기였다. 나는 미친 듯이 벨을 누르기 시작했다. 몇 분을 그러고 있었을까, 한참 후 뻑뻑한 현관문이 열렸다. 문의 걸쇠 사이로 포동포동한 야기 씨의 얼굴이 나타났다. 80대 노인이라고 보기 힘들 만큼 혈색 좋던 얼굴은 푸석하게 부어 있었다. 그녀가 말했다.

"바빠! 나중에 와."

"문 여세요."

야기 씨가 나를 흘겨보았다. 그녀는 나조 씨와 친하게 지내는 사람이라면 전부 싫어했는데, 그 중 제일 싫어하는 건 나였다. 착한 나조를 괴롭히는 멍청한 어린애라고 말이다. 하지만 나 역시 그녀를 좋아하지 않았다. 집 안에서 한 발자국도 움직이지 않으면서, 연금을 타러 가는 일이며 장을 보는 일마저 나조 씨에게 떠넘기는 할망구를 어떻게 좋아할 수 있겠는가. 야기 씨가 투덜거리며 말했다.

"문 닫는다. 난 닫는다고 했어! 계속 벨을 누르면 신고할 거다."

"나조 씨에 대해 할 이야기가 있어요. 문 여세요."

야기는 초조한 듯 내 등뒤를 바라보며 말했다.

"나조에 관한 얘기는 경찰한테 다 했어! 그녀는 이곳에 온 적이 없어."

"그날, 야생의 스파이를 보러 왔었잖아요."

"아냐. 오지 않았어. 연락도 없고 안 왔다고. 그게 내 잘못은 아니잖냐. 빨리 돌아가라."

나는 열린 문틈으로 발을 집어넣으며 말했다.

"제가 돌아가지 않을 거라는 건 야기 씨가 더 잘 알잖아요! 들여보내주세요."

"나조가 없다고, 너…… 너……."

문을 후려치며 말했다.

"그래요. 나조 씨는 없어요. 문 열어요. 어서 열어요!"

야기 씨가 불안한 듯 조용히 하라는 손짓을 했다. 나는 문을 두드리기 시작했다. 야기 씨가 신경질적으로 주변을 살피며 걸쇠를 풀었다.

"망할 년. 얼른 들어와!"

그녀는 화가 풀리지 않은 듯 뒤뚱거리며 집 안으로 걸어들어갔다. 나는 나조 씨를 따라 몇 번 이곳을 방문한 일이 있었다. 집 안은 음습해 보이는 외부와 달리 매우 화사하고 아기자기했는데, 그것은 벽면에 붙은 스티커들 때문이었다. 야기 씨는 수집가였다. 잘은 모르지만 골동품이나 동전 같은 야기 씨가 열광하는 몇 가지 품목이 있는 걸로 알고 있었다.

그 중에서도 그녀가 가장 주력하는 상품은 빈티지 동물 스티커였다. 나조 씨의 말에 의하면 야기 씨가 모은 스티커는 수만 장이 넘는다고 했다. 모두 소액의 연금을 아껴서 모은 저렴한 물건들이었다. 수집품은 애초에 희소성 있고 값나가는 것을 사는 편이 좋다. 그러나 야기 씨가 모은 스티커들은 그런 투자 개념이나 시장 가치와는 거리가 있는 것들이었다.

내가 처음 방문한 날, 야기 씨는 내게 손을 씻으라고 채근한 후 파일에 곱게 정리해둔 자신의 수집품들을 구경시켜줬다. 내가 '이것들을 왜 모으는 거예요?' 하고 묻자, 그녀는 빛 바란 돌고래 스티커를 내려다보며 '예쁘잖니' 하고 대꾸했다. 그녀의 기대 어린 눈초리에 할 말을 찾던 나는 결국 '모르겠는데요' 하고 고개를 저었고, 야기 씨는 그때부터 나를 대놓고 싫어했던 걸로 기억한다.

집 안 풍경은 이전과 사뭇 달랐다. 내부 조명은 모두 꺼진 상태였고 창문에도 커튼이 쳐져 있었다. 야기 씨는 창가에 붙어 서서 커튼을 움켜쥔 채 바깥을 살피고 있었다. 그러는 동안 나는 재빨리 응접실을 훑었다. 벽면에 붙어 있는 스티커북 책장을 지나, 응접실 중앙에 있는 소파를 바라보았다. 야기 씨가 내내 TV 앞 소파에서 생활했다는 건 그 주변만 봐도 알 수 있었다. 소파 근처에는 빈 식기와, 쓰레기, 구겨진 신문 들이 너저분하게 늘어져 있었다. 아무렇게나 펼쳐져 나뒹굴고 있는 스티커북도 보였다. 그것은 그녀답지 않은 행동이었다. 과거의 야기 씨는 스티커북에 먼지라도 낄까 매일 환기를 시키고, 청소를 하며, 제습기를 돌리고, 스티커북을 열어 말린다는 이야기를 자랑처럼 한 일이 있었다. 그런데 어째서. 야기 씨는 커튼을 여미며 한숨을 쉬었다. 나는 벽면에 붙은 빛 바랜 형광 스티커들을 바라보다, 그녀에게 물었다.

"마실 것 있어요?"

그녀가 성가시다는 듯 대꾸했다.

"부엌으로 가서 물이나 마셔. 다른 걸 훔쳐 먹지는 말고."

고개를 끄덕인 후 주방으로 향했다. 슬쩍 열어본 냉장고에는 음식이 얼마 남아 있지 않았다. 나조 씨가 죽고 난 후 따로 장을 봐다 주는 사람은 없는 모양이었다. 끈끈해 보이는 식탁을 지나 개수대로 향했다. 그곳에 놓여 있는 마른 컵들이 눈에 들어왔다. 컵은 두 개였는데 모두 방수용 스티커가 붙어 있었다. 하나는 토끼였고, 다른 하나는 개였다.

나는 그 컵들을 기억하고 있었다. 내가 이곳에 왔던 날 야기 씨가 만든 컵들이었다. 그녀는 나조 씨와 함께 웃고 있는 나를 흘겨

보면서 '나조, 예전부터 자네와 우정 컵을 만들 생각이었어. 나는 토끼를 닮았으니까 내 컵에는 토끼를 붙이고, 자네는 개를 닮았으니까 자네 컵에는 개를 붙일 거야. 이제부터 이건 자네 컵이야. 누구도 이 컵은 쓸 수 없어' 하고 말했다. 나는 일전에 그 컵에 음료를 담아 마시다 야기 씨의 집에서 쫓겨난 전력이 있었다.

말라붙은 개 컵을 들어올렸다. 컵 바닥에는 코코아 찌꺼기가 달라붙어 있었다. 나조 씨가 즐겨 마시던 음료였다. 그녀가 살해된 지 약 2주, 나조 씨는 이곳에 왔던 게 틀림없었다. 야기 씨는 2주 동안 설거지조차 못 할 만큼 무력감에 시달리고 있었고 말이다. 그런데 그녀는 어째서 거짓말을 하는 걸까. 컵을 들고 응접실로 나갔다. 창가에 붙어 서성이던 야기 씨가 그것을 보고 움찔 놀랐다. 하지만 곧 태연한 얼굴로 TV를 켰다. 그녀가 볼륨을 최대치로 높였다. 야기 씨가 TV에 시선을 고정한 채로 말했다.

"뭘 알고 싶은 거냐."

"왜 나조 씨 장례식 때 안 오셨어요?"

"아팠어. 몸살이 와서 도통 움직일 수가 없었다. 3일을 꼼짝도 못 했어. 내 팔을 만져봐. 혈액순환이 안 돼서 팔 다리가 딱딱해. 이리 와서 여기 좀 만져봐라."

"나조 씨가 여기 왔었죠?"

"죽은 사람이 어떻게 여길 와."

"살해당한 날이요."

"나조는 여기 온 적이 없어. 만날 예정이기는 했지. 그런데 그녀는 오지 않았어. 우리가 일주일에 한 번씩 같이 〈야생의 스파이〉를 보는 건 알고 있지? 그런데 그날은 나조가 말도 없이 오지 않더구나. 그래서 나 혼자 준비해둔 간식을 먹으며 그 프로를 봤다. 그 컵도 그때 꺼내둔 거야. 나조 전용 컵을 없애버려야겠다고 생각하면서 그 컵을 썼어. 그녀가 우리의 약속을 우습게 여기고 있다는 사실에 화가 났거든. 나조가 그런 일을 당하고 있는 줄도 모르고. 네가 의심이 많다는 얘기는 들었다만, 여기까지 와서 그러면 어떡하냐. 그러니까 네가 친구가 없는 거야. 의심이 많으면 사회생활을 제대로 할 수가 없어. 아니, 애초에 멀쩡한 어른으로 클 수가 없어. 그렇게 멀대같이 서 있지 말고, 여기 와서 같이 TV나 봐라. 그럴 게 아니면 집에 가고."

"경찰한테도 그렇게 말하셨어요?"

야기 씨는 TV를 응시하며 말했다.

"내가 거짓말을 할 이유가 뭐냐. 나조는 유일한 내 친구고 우리는 〈야생의 스파이〉 애청자인데. 네가 그 프로를 한 번이라도 봤다면 나한테 이런 질문을 할 수는 없을 거다. 나조와 나는 군락에서 외따로 떨어진 짐승처럼 살아왔어. 우리는 둘 다 살인마한테 가족을 잃었어. 너 같은 천둥벌거숭이는 죽었다 깨도 모르겠지. 그런데 그렇게 계속 멀대같이 서 있을 거냐?"

"거짓말을 하면 재밌어요?"

"무슨 큰일 날 소리를. 계속 날 괴롭히려거든 가라, 가. 나도 나조가 죽어서 힘들어 죽겠다. 너만 힘든 게 아니란 말이야. 봐봐, 얼마나 고통스러우면 혈액순환이 안 돼서 팔다리가 이렇게 딱딱해지겠냐. 한번 만져봐라. 여기가, 이렇게 딱딱해. 이게 사람 팔이냐? 난 병원에 가야 해. 연금도 받아야 하고. 심지어 먹을 것도 없어! 그런데 꼼짝도 못하고 이러고 있다. 이런 나한테 무슨 소리를 하는 거냐."

그녀가 팔을 내밀었다. 나는 그것을 무시한 채 소파 주변에 널린 그릇을 바라보며 말했다.

"할머니는 거짓말을 하는 게 괴로워서 혼자 폭식을 하고 있는 거 잖아요. 나조 씨가 말했어요. 야기 씨는 힘들 때마다 집 안 불을 다 꺼놓고 먹기만 한다고요."

"나조가 뭘 잘못 안 거 아니냐? 배가 고팠어. 배가 고파서 먹었다! 치매인지도 모르지. 치매 초기면 어마어마하게들 먹는다더라. 나는 이제 오늘 일도 가물가물해. 우리 어머니가 돌아오신다고 해도 그 얼굴을 기억할지 의문인데, 내가 어떻게 그런 걸 일일이 다 기억하느냔 말이야."

"기억이 안 난다는 말이에요?"

"기억나! 나조는 여기 온 적이 없어. 그건 확실히 기억해."

"말을 못하는 이유가 뭐예요!"

"힘없는 늙은이를 괴롭히는 게 좋으냐!"

야기 씨는 고집스럽게 TV를 바라보고 있었다. 나는 그런 그녀를 노려보았다. 범인을 찾을 수 있는 실마리가 눈앞에 있는데 고집불통 늙은이가 입을 다물고 있었다. 답답함에 머리를 감싸쥐자 그녀가 나를 힐끔 쳐다본 후 이리저리 채널을 돌렸다. TV에서는 탈출구(ESCAPEWAY)가 방송되고 있었다. 노인은 퀴즈쇼를 바라보며 말했다.

"네 어줍잖은 추측으로 사람들을 괴롭히지 마라. 거기에 춤추는 건 나조 하나로 족하지 않으냐. 난 지쳤어. 죽을 날만 기다리고 있는 나한테 이러지 마."

"……."

"이제 그만 돌아가."

TV 속 사회자 아비가 외치고 있었다.

"2단계 문제입니다. 고대 이집트, 토지측량을 위해 도형을 연구한 데서 기원한 수학 분야는 무엇일까요?"

내가 대답했다.

"기하학."

다음 문제가 이어졌다.

"세계 최초의 인공위성 '스푸트니크호'에서 스푸트니크는 러시아어로 무엇을 의미할까요?"

"동반자."

야기 씨가 나를 바라보았다. 다음 문제가 이어졌다.

"집게손가락과 가운뎃손가락을 꼬고 그 사이에 작은 막대를 끼우면 그것이 두 개인 것처럼 느껴지는 현상을 '무엇'의 착각이라고 할까요?"

내가 대답했다.

"아리스토텔레스의 착각."

퀴즈쇼 참가자가 탈락했다. 그가 탈락하지 않았더라면 나는 다음 문제도 맞추고, 또 그다음 문제도 맞췄을 것이다. 나는 자신이 있었다. 그토록 나와 멀리 있고, 내 삶에서 쓸모없는 문제들에 내 반평생을 바쳐왔으니까. 그 외에 나는 알고 있는 것들이 없었다.

아무것도. 그 어떤 것도. 피로가 몰려왔다. 손바닥으로 얼굴을 감싸 쥔 채 말했다.

"나조 씨와 제가 퀴즈쇼에 나갔던 건 아시죠?"

"그래. 난 그때 마을회관에 없었어."

"할머니를 탓하는 게 아니에요. 나조 씨한테 그 후의 이야기를 들으셨나요?"

"아니."

"나조 씨와 저는요. 퀴즈쇼를 마치고 이틀 동안 버스를 타고 마을로 돌아와야 했어요. 힘든 길이었어요. 지치고, 번잡스럽고. 들떠서 갔던 길과는 전혀 달랐어요. 돌아오는 동안 나조 씨는 별말을 하지 않았어요. 사실 그랬겠죠. 무슨 할 말이 있었겠어요. 나조 씨는 괜찮다고, 다 괜찮다는 말만 했어요. 또 도전하면 된다고요. 그런데 저는 마을로 돌아와서도 미쳐버릴 것 같았어요. 왜 나는 답을 몰랐을까. 왜 주어진 기회를 어찌하지 못하고 부숴버린 걸까. 그 생각만 하면 견딜 수가 없었어요. 그래서 저는 한동안 나조 씨를 피했어요. 왜냐고요? 미안하고 창피해서요. 그런데 웃긴 게 뭔지 알아요?"

야기 씨는 말이 없었다. 나는 계속 말했다.

"나조 씨도 저를 피하더라고요. 저한테 만나자는 말을 하지도, 저를 만나주지도 않았어요. 처음에는 그러려니 했는데 시간이 지날수록 화가 나는 거예요. 아니, 자기가 왜? 상처받은 건 난데. 퀴즈쇼를 망쳐서 내가 싫어진 건가, 망신을 당했다고 생각한 건가, 토한 게 더러워서 피하는 건가? 온갖 생각이 다 들었어요. 그래서 어떻게 했냐고요? 무작정 그녀 방으로 찾아갔어요. 그렇게 나조 씨를 억지로 만나는 데 성공했어요. 그런데요, 저는 그때 나조 씨를 보고 깜짝 놀랐어요. 왜인지 아세요? 그녀 꼴이 너무 엉망이었어요. 나조 씨는 그때 세수도 제대로 하지 않았고, 세수가 다 뭐예요. 머리 떡져 있는 모양이, 그건 하루이틀 안 감은 머리가 아니었어요. 진짜 더러웠어요. 너무 더러웠어……."

나는 숨을 헐떡이며 계속 말했다.

"나조 씨가 왜 그랬는지 알아요? 충격을 받았던 거예요. 나조 씨는, 괜찮다 생각하려고 했는데 전혀 괜찮지 않았다고 말했어요. 사람들이 그럴 줄은 몰랐다고요. 정말 그럴 줄 몰랐다고요. 나조 씨는 울었어요. 미안하다고 말하면서 울더라고요. 저는 그때 나조 씨가 우는 걸 처음 봤어요. 제가 그녀의 기대를 무너뜨렸는데 그녀는 도리어 미안하다고 말했죠. 나조 씨가 울어주지 않았더라면, 저는 그때 크게 망가졌을 거예요. 제가 그 사실을 알아요."

야기 씨는 말이 없었다. 내가 말했다.

"제가 또 퀴즈쇼에 나가서 혹시라도 우승하면 상금을 전부 드릴게요. 여기에서 무슨 일이 있었는지 알려주세요."

한동안 말이 없던 야기 씨가 입술을 떨며 말했다.

"나조랑 나는 결코 친하지 않았어."

"그럴 리가요."

야기의 목소리는 TV 소리에 덮일 정도로 가늘었다. 그녀가 얼굴을 감싸쥐며 말했다.

"나를 노리는 사람은 없어. 집에만 있으면 나는 안전해."

"……."

야기가 너저분한 소파 주변을 바라보며 말했다.

"게다가 나는 잘 살고 있어. 지금처럼 잘 살았던 적도, 지금처럼 좋았던 적이 없어."

야기 씨의 얼굴은 하얗게 질려 있었다. 나는 그녀를 바라보다 고개를 끄덕였다. 이것은 문제 축에도 들지 못하는 문제였다. 야기 씨는 자신의 속내를 거꾸로 털어놓고 있었다. 내가 말했다.

"그렇다면 할 수 없죠. 이만 가볼게요."

"잘 가라."

그녀는 배웅을 하는 대신 소파 밑에 버려진 펜과 신문을 주워들었다. 내가 문으로 다가가 문을 한 차례 여닫자, 그녀가 내게 손짓을 했다. 발소리를 죽이고 야기 씨에게 다가갔다. 그녀가 신문의 빽빽한 문자들 위로 흩날리는 글씨를 적었다.

'도청을 당하고 있는지도 몰라.'

'누구한테요?'

'살인마. 살인마가 나를 노리고 있어.'

'살인마요?'

'그자가 내 우체통을 불태웠어. 그게 한밤중에 불타는 걸 봤어.'

야기 씨가 빠르게 이어 적었다.

'나조는 살인마한테 죽은 거야.'

'?'

'나조는 내 대신 평원에 나갔다. 그래서 죽은 거야.'

야기는 집세를 세 달 밀린 상태였다. 두 달 전 충동적으로, 한 축구팀의 우승 기념 한정판 동물 스티커를 산 게 문제였다. 이후 집세를 내라는 집주인의 채근은 계속되었고, 야기로서는 마땅한 수가 없는 상태였다. 산 스티커를 되파는 것도 생각해보았지만 당장 구매자가 나타날지는 의문이었다. 빈티지 스티커 시장은 그렇게 빠르게 돌아가는 판이 아니었다. 물건을 내놓는다 해도 최소 한 달은 구매자를 기다려야 할 터였다. 물론 다른 스티커들을 파는 방법도 있었다. 하지만 그것들은 뭉치로 묶어 떨이로 판다 해도 집세를 충당하기는 어려웠다. 야기는 값나가는 스티커를 가지고 있지 않았다. 물론 돈을 빌리는 것도 생각해보았다. 하지만 유일한 친구인 나조에게는 이미 수차례 돈을 빌린 적이 있었다. 나조의 재정 상황 또한 여유롭지 않다는 사실을 야기는 잘 알고 있었다. 그러던 차에 그녀는 구원 같은 전화를 한 통 받았다. 그것은, 야기가 모으고 있는 골동품에 관심이 있다는 내용의 전화였다.

말했다시피 야기는 수집가였다. 그녀에게는 스티커 외에, 느른하고 간헐적으로 모아둔 골동품들이 있었다. 오르골 역시 그런 물건 중 하나였다. 손바닥만 한 상자에 들어 있는, 노래가 한 곡뿐인 자동 오르골. 그것은 야기가 집에 틀어박히지 않았던 때 골동품 상점에서 헐값에 얻어온 것이었다. 오르골은 시장에서는 무용한 물건이었다. 그러나 그것이 가지고 있는 장점이 아주 없는 건 아니었다. 오르골은 영화 〈평원의 살인마〉에 나왔던 소품과 같은 모델로, 야기는 기회가 될 때면 이 점을 부풀려 말하곤 했다. '이 오르골이 영화에 나왔던 바로 그 물건이야. 사고 싶어 하는 사람이 줄을 섰다니까. 팔면 큰돈이 될 거야' 하고 말이다. 그녀의 허풍 많은 성격을 안다면 콧방귀도 뀌지 않을 이야기였다. 그런데 누군가가 '오르골을 사고 싶다'고 전화를 걸어온 것이다. 제 발로 나타난 봉이었다.

몇 차례의 흥정이 있었다. 간신히 집세를 맞출 수 있는 선에서, 오르골의 가격이 결정되었다. 구매자는 야기에게 직거래를 요구해왔다. 이해 못할 요구는 아니었다. 혹여 물건에 하자가 있으면 피해가 막심한 일이니까. 중고물품을 살 때는 더욱이나 신중해야 하는 법이다. 문제는 야기가 그 직거래에 응할 수 없다는 데 있었다.

야기는 4년 전 우체통 테러를 겪은 후 집 밖으로 나간 일이 없었다. 그것은 말 그대로 누군가가 야기의 우체통에 기름을 붓고 불을 지른 사건이었다. 당시 야기가 본 피해란 우편으로 주문했던 스티커가 전부였지만, 그녀는 크게 충격을 받았다. 사랑하는 것이 불타 사라지는 경험은 그때가 처음이 아니었던 것이다. 야기는 우체통 테러에서 살인마를 떠올렸고, 그것이 그자가 보내는 메시지라고 생각했다. 나대지 말고 조용히 살라는. 야기는 그일로 나조와 함께 하던 유가족 활동을 모두 접었다. 그날 이후 그녀는 집 밖으로 나온 일이 없었다.

오르골 심부름을 할 사람은 애초에 정해져 있었다. 야기는 나조에게 겸연쩍은 미소를 지으며 '내가 접선 장소를 힘들게 우리 마을로 잡았다'고 너스레를 떨었다. 나조는 조금 피로에 지친 얼굴로 고개를 끄덕인 후, 잘된 일이라고 말했다. 그렇게 물건들을 쟁여두더니, 이런 날이 올 줄 알았어. 그리고 나조는 평소처럼 야기에게 코코아를 한 잔 받아 마셨다. 약속 시간 때문에 〈야생의 스파이〉를 관람하지는 못했다. 그 후 나조는 자동 오르골을 차에 싣고 평원으로 떠났다. 그리고 돌아오지 않았다. 그날 밤, 야기의 우체통이 다시 불탔다. 야기는 겁에 질렸지만 그것이 의미하는 바를 알지는 못했다. 그러나 이틀 후, 평원에서 나조의 시체가 발견되면서 야기는 깨달았다. 살인마가 자신에게 또다시 메시지를 보내고 있다는 사실을 말이다. 입을 놀리지 말라는.

'오르골을 사겠다던 사람에 대해 기억하는 게 있어요?'
'살인마야.'
나는 고개를 저은 후 적었다.
'그자는 야기 씨를 잘 알고 있는 사람이에요. 누군지 모르겠어요?'
야기 씨는 눈물 고인 눈으로 느리게 적었다.
'남자였어.'
'다른 건요?'
'모르겠어.'
그녀가 이어 적었다.
'범인이 오르골을 들고 갔어. 범죄 현장에서 그걸 찾았다는 말이 없어.'
'영화 속에 나왔던 그 물건이죠?'
'그래. 내가 밑면에 메이쿤 고양이 스티커를 붙여뒀어.'
나는 고개를 끄덕인 후 물었다.

'그날 나조 씨한테 들은 다른 말은 없어요?'

'나조는 도노를 죽인 범인을 찾고 있다고 했어.'

'그러고요?'

'9년 전 사건을 물었어.'

'9년 전 사건이요?'

'도노와 난보가 폐주유소에 있었던 사건.'

'그게 뭐예요?'

'도노와 난보가 한밤중에 폐주유소에서 벌거벗고 있었던 모양이야. 그래서 그애들이 한동안 구설수에 올랐었어.'

'그런데요?'

'나조는, 그들을 처음 목격한 사람이 누구였는지 물었어.'

'왜요?'

'그자가 도노를 죽인 범인일지도 모른다고 말했어.'

나도 모르게 침을 삼켰다. 나는 적는 걸 포기하고 야기 씨에게 입모양으로 물었다.

'그자가 누구예요?'

벨소리가 울렸다. 야기 씨가 겁에 질린 얼굴로 나를 바라보았다. 나는 발소리를 죽인 채 응접실과 붙어 있는 작은 방으로 달려들어 갔다. 다시 벨이 울렸다. 바깥의 동태를 살피던 야기 씨가 문을 여는 소리가 들렸다. 나는 방에 있는 창문에 붙어 섰다. 방을 채운 골동품 때문에 공기가 혼탁했다. 심장이 두방망이질 치고 있었다.

그러니까 정리를 해보자. 오르골을 사겠다며 야기 씨에게 전화를 걸어온 자가 있었다. 그자가 나조 씨를 평원으로 유인해, 살해했다. 그자는 나조 씨와 야기 씨의 관계를 잘 알고 있던 사람으로, 처음부터 나조 씨를 노렸다. 왜? 나조 씨가 도노의 죽음을 쫓고 있었기 때문이다. 도노의 죽음이 감추고 있는 비밀이 뭐길래? 등줄기에 식은 땀이 흐르는 것을 느꼈다. 올드맨의 말대로, 도노와 나조 씨는 같은 사람에게 살해된 건지도 모른다.

그때였다. 익숙한 목소리가 들려왔다. 이곳에서 들을 거라고는 상상도 하지 못했던 목소리였다.

"방범을 돌다 들렀어요. 식사는 제대로 하고 계신 거예요?"

"아이고, 고맙소. 나를 챙겨주는 사람이 다 있네."

"먹을 걸 좀 가져왔어요. 연금도 못 타고 계신다길래."

"이런 걸 다…… 고마워요, 고마워. 요새 통 먹지를 못해서 혈액순환이 안 되는지 팔다리가 너무 딱딱했다오. 여길 만져봐요. 곧 죽을 사람처럼 딱딱해. 나도 이렇게 딱딱한 경우는 처음이네."

"긴장을 하신 모양인데요. 자주 주물러주시면 괜찮아질 거예요. 얼마나 슬픔이 크십니까."

"아이고, 고맙소. 어쩜 이렇게 친절해. 줄 건 없고, 스티커 좀 나눠 드릴까? 잘생긴 게 꼭 서부 로랜드 고릴라를 닮았어. 고릴라 스티커가 있는데 가지고 가실려우?"

"아닙니다. 다른 문제는 없지요?"

"아휴 무슨 문제가 있겠어. 댁은 평안하오?"

"예. 딸아이 얼굴을 도통 볼 수가 없어서 그렇지, 별문제는 없어요."

"딸이 바쁜 모양이구려."

"할 일도 없는데 그렇게 돌아다니는 거지요. 계속 정신 나간 소리를 해대면 병원에 보낸다고 하니까 속상해서 더 그러는 모양입니다."

"그렇구만. 나쁜 아이는 아닌 것 같은데 얘기를 잘해봐야지."

"그래야지요. 그러려고 찾으러 왔습니다."

"응?"

"딸을 찾으러 왔다고요. 밴나, 이제 그만 나와라."

땀에 젖 두피가 저릿 했다. 아버지가 다시 목소리를 높였다.

"이제 그만 나와. 야기 씨한테 폐 끼치지 말고."

문을 열자 아버지가 무표정한 얼굴로 나를 바라보고 있었다. 야기 씨는 하얗게 질린 상태였다. 아버지가 물었다.

"여기서 뭘 하고 있는 거냐."

"어떻게 알고 왔어?"

"사람들이 네가 축제를 훼방놓고 다닌다더구나."

"원래 거지 같은 축제인데 무슨 훼방이야."

"이런 식이면, 너를 집 밖에 내보낼 수 없어."

"웃기지 마! 내가 한 게 뭐가 있다고."

"축제에서 폭력을 행사하고도 그 말을 하는 거냐? 맞은 사람이 신고하지 않은 걸 다행으로 여겨!"

"어떻게 알고 여기 온 거냐고!"

"더 이상 고모부를 화나게 하지 마라. 집에 가자."

"혼자 가. 당신이랑은 안 가."

야기 씨가 몸을 떨며 말했다.

"지나가는 길에 스티커를 보고 싶어서 왔다는구만. 그래서 같이 스티커를 봤소. 얘야, 어서 집에 가라."

역광이라서 얼굴이 검게 보이는 아버지가 나를 향해 손을 뻗었다. 야기 씨가 어서 그것을 잡으라고 손짓을 했다. 손짓을 하는 그녀의 손이 떨리고 있었다. 나는 아버지를 등진 채 그녀를 바라보았다. '누구예요? 도노와 난보를 처음으로 목격한 사람이 누구예요?' 하고 묻고 싶었다. 그러나 야기 씨는 겁에 질려 있었다. '살인마가 지켜보고 있다'는 그녀의 말을 믿지는 않았지만, 내가 그녀를 위험에 빠뜨린 건지도 모른다. 그냥 그런 생각이 들었다. 야기 씨는 내게 더 이상 어떤 말도 해주지 않을 것이다. 고개를 숙였다. 아버지가 내 어깨를 잡았다. 어깨를 비틀었지만 그것은 빠지지 않았다.

위도, 최고의 수사관

 해가 뜨지 않은 새벽이었다. 관리실에 앉아 무너진 박물관을 바라보았다. 이전에는 그랬다. 보기 싫은 것도 끝까지 보는 편이 낫다고, 의미 없는 풍경으로 시선을 돌리기보다는 말이다. 그러면 적어도 자신이 무엇을 두려워하고 무엇을 싫어하는지 알게 되기 때문이다. 그러나 알게 된다 한들. 눈을 감았다. 지금은 싫어하는 것들을 피해 시선을 돌리고 돌리다 눈둘 곳 없는 세상을 살고 있었다.

 오늘 마을에서는 범인 찾기 게임이 시작될 것이다. 그것은 가짜 살해 현장에서부터 차근차근 단서를 얻어, 범인을 찾아야 하는 요란한 행사였다. 게임이 시작되면 관광객들은 단서를 쫓아 시내로 가야만 했다. 단서는 늘 시내로 이어져 있었다. 시내에서 무엇을 하느냐. 많은 돈과 약간의 머리를 쓰면 됐다. 상인들은 단서를 쫓아온 관광객들을 상대로 호객을 시작할 것이다. 관광객들이 이에

응해야만 그들에게 다음 단서가 주어질 터였다. 그 모든 단서를 모은 사람만이, 마을 사람 중 하나를 범인으로 지목할 수 있었다. 지목으로 끝나는 게 아니었다. 범인은 가끔 도망을 치기도 하므로 그자를 캠프로 이송해야만 모든 임무가 끝이 났다. 주최 측은 범인을 잡아온 자에게 '최고의 수사관 배지'를 줄 것이다. 최고의 수사관이 되면 축제 때마다 마을 상가를 무료로 이용할 수 있다든가, 명예의 전당에 사진이 걸린다든가 하는 몇 가지 혜택이 있는 걸로 알고 있었다. 이 게임은 오늘 하루에 걸쳐 진행될 예정이었다. 마을의 모든 사람들이 정신없이 움직이는 하루가 될 것이다. 그것은 내게도 마찬가지였다.

자리에서 일어났다. 관리실 나무 바닥을 들어 픽건과 스패너, 잭나이프를 꺼냈다. 손전등과 함께 그것들을 가방에 넣었다. 그 외에는 딱히 챙길 만한 물건이 없었다. 가방을 멘 채 박물관을 나섰다.

D+2 소문의 출처

 도서관 외벽에 기대앉은 채로 잠에서 깼다. 노숙을 했기 때문인지, 그동안 쌓인 피로 때문인지 정신을 차릴 수가 없었다. 지난밤 아버지는 나를 어머니에게 보낼 생각이라고 말했다. 자신이 감당하기에는 내가 너무 버겁다고 말이다. 그러나 아버지는 나를 감당한 일이 없다. 그런 말은 나를 조금이라도 지탱하려고 애써본 사람이나 할 수 있는 말이다. 내 인생에서 나를 지탱하고자 했던 사람은, 내가 알기로는 단 한 사람뿐이었다. 그리고 그녀는 이제 내 곁에 없다. 예전에는 나를 받아주고 이해해주는 사람을 만나면, 그 사람에게만은 내 마음을 온전히 열어 보이고 내가 가진 좋은 것들을 다 주겠다고 다짐했었다. 나조 씨가 살아 있을 때에도 둔한 얼굴로 그런 생각을 했었다. 하지만 이제 나는 안다. 소중한 게 옆에 있어도 나는 그걸 잘 깨닫거나 아끼지 못하는 등신 발싸개라는 사실을 말이다. 아버지는 또다시 나를 내팽개친다. 그 역시 나와 같은 거겠지. 그래서 그런 거겠지. 나는 지난밤 아버지에게 '재혼을 하려고 날 쫓아내려는 걸 알고 있어. 이 등신 밸싸개야!' 하고 외쳤다. 그러다 귀갓길을 이탈해 달렸다. 그러나 막상 혼자가 되었을 때 갈 곳이 없었다. 가고 싶은 곳도 없었다. 그래서 마을을 헤매다 도서관 뒷벽에 숨어 간신히 잠을 청한 참이었다. 노숙은 생각보다 외롭고 두려웠다.

배터리를 아끼려고 꺼두었던 휴대전화를 켜자마자 전화벨이 울렸다. 노박이었다. 전화를 받자 그가 흥분한 어조로 말했다.

"왜 이렇게 전화를 안 받아?"

"지금 일어났어."

"제정신이야? 어느 때인 줄 알고 잠을 자는 거야."

"무슨 일이야?"

"너 어디야? 아무 소식도 못 들었어?"

"무슨 소식?"

"하나만 물어보자. 어제 폐주유소에 기름이 있다고 소문을 낸 게 너야?"

"무슨 소리야."

"네가 아니야?"

"아냐. 갑자기 그게 무슨 말이야."

"아니란 말이야? 머리가 아프다."

"무슨 일인데 그래?"

노박은 빠른 속도로 말을 쏟아냈다. 그 내용인즉, 어제 폐주유소 기름 사건의 원흉으로 내가 거론되고 있다는 이야기였다. 그러니까 축제를 맞아 주유소 사장이 상당히 많은 여분의 기름을 사서 폐주유소에 담아두었는데, 내가 그 사실을 관광객들에게 밀고하는 바람에 손실이 어마어마하다고 말이다. 문제는 주유소 사장이 산 기름이 온전히 그만의 것이 아니라, 마을 사람 다수가 돈을 모아 산 것이라는 데 있다고 했다. 그 때문에 사람들의 분노가 크다고 했다. 노박의 말에 의하면 목격자도 있었다. 폐주유소 사건이 터지기 하루 전 그 주변에서 서성이는 십대 여자 아이를 본 관광객이 있고, 그가 설명한 인상착의와 나는 상당 부분 닮았다. 그 때문에 사람들은 내가 문제의 원흉이라고 생각했다. 내가 죽은 나조 씨와 친했다는 사실, 축제에 반감을 가지고 있다는 점, 이번 축제에서 보인 행적까지, 이 모든 것들이 그 주장을 신빙성 있게 만드는 증거로 제시됐다.

처음에 사람들은 나를 잡아다 추궁을 할 생각이었다고 했다. 하지만 집에 내가 없었고 나와는 연락도 되지 않는 상황이었다. 그들은 내가 작정을 하고 자신들을 피한다고 생각했다. 그래서 나를 잡아 손실을 묻겠다는 목적으로, 나를 오늘 있을 범인 찾기 게임의 범인으로 지정한 것이다. 머리가 멍해지는 것을 느꼈다. 수화기 너머에서 노박이 한숨을 쉬었다. 내가 물었다.

"누가 날 봤다고 한 거야? 폐주유소에서 날 봤다고?"

"거기까지는 모르겠어."

"사실 확인도 하지 않고 나를 범인으로 정했다는 소리야? 내 의사는 묻지도 않고? 이건 그냥 토끼몰이잖아. 한번 당해보라는 거야?"

"흥분하지 말고 자진출두하는 건 어때. 사람들한테 차분하게 해명을 하는 게 낫지 않겠냐."

"망할, 미친 짓은 저쪽이 하는데 왜 맨날 나한테만 차분하래."

"걱정인 건 사람들이 흥분을 하면 범인을 해하기도 한다는 거야. 밴나, 너 어디야? 스스로 나올 게 아니라면 어디 아무도 모르는 데 숨어 있기라도 해."

"안 돼. 오늘 해야 할 일이 많아."

"오늘만큼은 문제될 짓을 하면 안 된다니까. 너 범인 찾기 게임이 얼마나 무서운 건지 알고 있어? 도망치다가 골절이 된 사람도 있고, 죽을 뻔한 사람도 있다고."

"내가 알 게 뭐야. 나도 시간이 없어. 나조 씨를 죽인 범인을 찾아야 한다고!"

"이 꼴통아!"

"시끄러워!"

전화를 끊었다. 한숨을 몰아쉬며 휴대전화를 확인했다. 어디냐는 아버지와 고모부의 문자, 나타나지 않으면 죽이겠다고 하는 협박 문자들이 아주 많았다. 운영위 측에서 보낸 '범인 안내 문자'도 있었다. 노박이 했던 충고와 별반 다르지 않은 내용이었다. 새로운 것이 있다면 '게임 종료 한 시간 전에 필히 지정된 공간에 들어와 있어야 한다'는 통보가 포함돼 있다는 점이었다. 관광객들이 단서를 다 모았는데 막상 범인이 나타나지 않으면 운영진 측이 곤란해질 테니까. 그것을 보자 울화가 치밀어올랐다. 전화를 해서 항의를 할까 했으나, 포기했다. 축제는 알 바가 아니다. 게임 따위도 알 바가 아니다. 아버지와 고모부, 주유소 사장, 사람들의 사정도 알 바 아니었다. 다 엿이나 먹으라지.

　수신함을 더 뒤졌지만 정작 기다리던 연락이 없었다. 지난밤, 나는 오기에게 새로 알아낸 사실이 있다고 문자를 보냈다. 그러나 그에 대한 답은 없었다. 전화를 들여다보며 오기에게 전화를 걸까 망설였으나 그만두었다. 대답을 하지 않는 것도 그의 의사표시일 터였다. 어쩌면 우리의 동맹은 끝나버린 건지도 모른다.

위도, 전부인

두툼한 가지에 자리를 잡고 앉았다. 나이 든 나무의 풍성한 줄기와 잎들이 내 몸을 감춰줄 것이다. 나는 줄기를 움켜잡은 채 맞은편 집을 바라보았다. 그것은 내 것이 될 수도 있었던 집이었다. 나는 그곳에서 사불과 함께 사는 꿈을 꿨다. 옛집의 비어 있는 정원을 바라보며 나는 이제는 죽고 없는 아내의 얼굴을 떠올렸다.

아내는 고통에 시달릴 때면 늘 자신을 죽여달라고 외쳤다. 그렇게 몸부림치다 마약성 진통제에 절여지고 난 후에야 쪽잠을 자곤 했다. 아내가 누워 있던 자리에는 항상 부스러기가 떨어져 있었다. 각질이라거나 머리카락, 독한 채취, 인간보다 먼저 죽어서 떨어지는 인간의 부스러기. 나는 아내에게 찾아오는 놀랍도록 점층적이고 지루한 죽음을 바라봤다. 그 모습을 보고 있으면 죽을병에 걸린 사람들이 어째서 자살을 하지 않는지 어째서 자신을 죽여줄 사람을 찾아나서지 않는지 의아할 지경이었다. 나는 아내가 역겹고 한심했다.

 그랬던 아내가 죽여달라던 말을 멈춘 것은 전화 한 통을 받은 후였다. 그것은 남동생의 전화였고, 아내는 그 통화에서 '집세를 낼 게 아니라면 그 집에서 그만 나가달라'는 통보를 들었다. 이에 아내는 '이 집은 내가 아버지로부터 물려받은 것'이라고 항변을 했고, 남동생은 '집 명의가 내 이름으로 되어 있지 않느냐'고 대응했다. 아내는 그 말에 당황했다. '너는 나보다 가진 게 많지 않으냐. 나는 죽어가고 있다'고 절규했다. 소송을 하겠다고 외치기도 했다. 하지만 그녀에게는 소송 비용도, 소송 기간을 버틸 만한 시간도 남아 있지 않았다.

 그녀의 이상행동이 시작된 것도 그 무렵이었다. 아내는 아버지가 남긴 유언장을 찾겠다며 집을 수색하기 시작했다. 그뿐만이 아니었다. 그녀는 내가 자리를 비울 때면 내 물건에도 손을 댔다. 내가 그 사실을 추궁하면, 도리어 화를 내는 식이었다. 애초에 물건을 잘 놓아두어야 할 게 아니냐며 말이다. 아내는 집 안에 있는 물건이 자기 것인지 내 것인지 분간도 못할 정도로 돌아버린 것 같았다. 나는 그녀의 그런 행동이, 그녀 안의 죽음이 일으키는 덜떨어진 짓이라고 생각했다.

 아내가 그 제안을 해온 것은 우리가 나란히 마당에 앉아 있던 어느 날이었다. 아내는 인공뼈로 된 가슴에 손을 얹은 채 노란 오후가 시작되는 것을 바라보고 있었다. 그녀는 평소 말수가 많은 편이 아니었다. 결혼이라는 목적을 이뤘는데 대체 무슨 말이 필요하냐는 식이었다. 그녀가 나를 처음 만난 날 내게 많은 말을 했던 건 의도되고 연출된 모습이었던 셈이다. 그러나 그것은 내게도 잘된 일이었다. 굳이 대화를 함으로써 서로의 이상함을 알아갈 필요는 없지 않은가. 그때 나는 더위에 지쳐 있었고 눈을 반쯤 감은 채로, 이 노란 빛을 뚫고 사불이 내게 달려온다면 얼마나 좋을까, 하고 생각했다. 녀석이 내 감긴 눈을 열어준다면. 한숨을 내쉬며 고개를 들던 때였다. 나를 바라보고 있던 아내와 눈이 마주쳤다. 그녀는 기묘한 표정으로 나를 바라보고 있었다. 그녀가 말했다.

"남동생은 어렸을 때부터 나보다 좋은 걸 먹고 좋은 걸 입었어. 하지만 그걸 당연하게 생각해. 녀석은 부와 명성을 이뤘거나, 예쁜 아내가 있는 남자들에 대해서만 이야기해. 그러면서 세상이 공평치 않다고 말하지. 하지만 이편이 겪은 불공평함에 대해서는 보지도, 알려지지도 않아. 나로서는 어이가 없는 일이지."

"……"

"생각해봤는데 말이야."

"응."

"남동생을 죽여야겠어."

"왜?"

"이대로 쫓겨날 수는 없잖아."

"……"

"난 죽기 전에 당신과 혼인신고를 할 생각이었어. 내가 가진 것들을 모두 당신한테 주고 싶었어."

"왜 그런 소리를 하는 거야?"

"당신이 하기에 따라서는 이 집이 당신 게 될 수도 있다는 말이야."

"당신 동생이 죽어도, 이 집은 그의 부인에게 갈 거야."

"그애 부인은 이런 집 따위에는 관심도 없어. 잘 사는 집 딸이거든. 그애는 동생이 죽으면 왔던 곳으로 돌아갈 거야. 지금도 그러고 싶어서 미쳐가는 걸 내가 알아. 그건 문제될 게 없어."

"그래서 지금 함께 살인을 하자는 거야?"

"층계에서 동생을 밀 생각이야. 그게 사고사로 위장하기 쉬울 테니까. 하지만 내 몸이 이런 상태다 보니 조금 불안하기는 해. 당신이 같이 해줬으면 좋겠어."

나는 고개를 저었다. 고개를 젓는 것이 일반적인 반응이기 때문이었다. 그리고 물었다.

"다른 데로 이사를 갈 생각은 안 해본 거야?"

"왜? 여긴 내 집인데."

그녀는 움푹 꺼져 형형한 눈으로 나를 바라보았다. 나는 고개를 저었다. 그것은 그녀의 문제지 내 문제가 아니었다. 아내의 죽음이 지루하고 악취나는 어떤 것이듯, 그녀의 살인동기 역시 내게는 매력적이지 않았다. 당시에는 그랬다. 나는 그녀를 멸시하고 있었다. 아내가 내 흥미를 일으키는 때는 그녀가 죽음을 맞는 그 단 한순간일 거라고 생각했었다. 아내는 내 반응에 실망한 듯 고개를 숙였다. 그리고 콧방귀를 뀌며 말했다.

"당신은 후회하게 될 거야."

풋사랑

신문사 건물이 있는 골목에 숨어 오가는 사람들을 노려보았다. 머리가 너무 간지러웠다. 머리 위에 벌레가 기어다니는 것만 같았다. 할 수 있다면 샤워를 하고 싶었다. 인간다운 꼴을 갖추고 싶었다. 머리를 긁적이며 30분을 기다리니, 자미 씨가 출근을 하는 게 보였다. 그녀는 직원이 한 명뿐인 신문사의 경리로, 30년 동안 그곳에 일한 마을 토박이였다. 마을의 소식통으로도 유명했다. 내가 골목에서 튀어나가자 자미 씨는 화들짝 놀라 들고 있던 빵 봉투를 집어던졌다. 내가 그것을 받았다. 봉투 안에는 갓 만든 듯한 도넛이 들어 있었다. 자미 씨는 황당한 얼굴로 나와 봉투를 바라보았다. 그녀가 물었다.

"너는 여기 있으면 안 되지 않니?"

"그러게요."

이 마을에서는 내가 가서는 안 되는 곳이 왜 이렇게 많은지 모르겠다. 자미 씨는 봉투를 돌려받기 위해 손을 뻗었다. 나는 도넛을 끌어안은 채 그녀를 바라보았다. 눈썹을 들어 나를 응시하던 자미 씨가 열쇠를 꺼내 사무실 문을 열었다. 나는 그녀를 따라 신문사 안으로 들어갔다.

스무 평 남짓 되는 사무실 안에는 책상이 두 개뿐이었지만, 캐비닛과 신문이 담긴 책장들 때문에 여유 공간이 거의 없다고 보아야 했다. 자미 씨가 창문을 열어 환기를 시키고 커피 물을 올리며 물었다.
"제보를 하러 온 거니? 지난 번 통화 때는 정말이지 정신이 없었어. 영감탱이가 기껏 구한 직원이랑 싸움을 벌였지 뭐야. 매번 그런 식이라니까. 직원도 화가 날 만해. 무슨 기사만 쓰려고 하면 영감이 이건 안 된다, 저것도 안 된다, 하면서 자기가 시키는 기사만 쓰라고 고집을 부리는데 그게 말이 되는 이야기야? 영감의 독재에 젊은 애가 버틸 재간이 없지. 어쨌거나 그 영감도 당해봐야 해. 살인이 일어나든 박물관이 무너지든 혼자 허덕이며 다녀봐야 이제 더는 그런 짓을 안 하지. 그런데 무슨 일로 온 거니?"
"여쭤보고 싶은 게 있어요."
자미 씨가 도넛을 베어 물며 물었다.
"뭘 물어보려고 그렇게 무게를 잡니?"
"9년 전 도노와 난보의 소문을 알고 계세요?"
자미 씨는 말이 없었다. 그녀가 침울한 얼굴로 물고 있던 도넛을 내려놓으며 말했다.

"내가 소문을 좋아하니까, 물어보면 넙죽 말해주겠거니, 하고 찾아온 거니? 맞아, 나도 웬만한 것들에 대해서는 떠들기를 좋아해. 하지만 도노와 난보 이야기는 하고 싶지가 않아. 그건 가슴 아픈 이야기야. 쉽게 떠들 만한 게 아니라는 거야."

"쉽게 떠들려고 하는 게 아니에요. 나조 씨가 그일의 최초 목격자를 찾고 있었던 걸 알고 계세요?"

"나조 씨가? 왜?"

"나조 씨는, 그자가 도노를 죽인 범인이라고 했어요."

"그건 불가능해."

"왜요?"

"최초 목격자가 도노를 죽인 범인일 리 없다고."

"목격자가 누구길래요?"

"도노의 어린 동생이었어."

"네?"

"그 사건을 처음 목격한 사람이 도노의 어린 동생 오기였다고. 동생 이름이 오기 맞니?"

내가 눈을 깜빡이고 있자 자미 씨가 도넛을 한 입에 넣고, 그것을 커피로 넘기며 말했다.

"그래, 말이 되지 않는 이야기야. 나는 이비의 가족이 더 이상 구설수에 오르지 않았으면 좋겠어. 그녀는 이미 너무 큰 고통을 겪었어. 도노와 난보는 이 말꼬랑지 같은 작고 답답한 마을에서 사랑을 했을 뿐이야. 생각을 해봐라. 여기서 몰래 뽀뽀라도 할 수 있을 만한 장소가 어디가 있겠니? 귀신이 나올 것 같은 빈집? 사방이 트인 평원? 나라도 폐주유소를 가겠다. 사랑할 사람만 있었다면 하루 종일 거기서 뒹굴었을 거야. 어쨌거나 그 사실이 알려지고 그애들이 너무 고생을 했어. 사람들이 어찌나 입들을 놀리는지, 입만 놀리면 다행이게? 난보랑 도노를 끌고 가서 때리거나 강간하려던 놈들도 있었다니까. 그애들 입장이라면 누구라도 도망치고 싶었을 거야. 나는 그애들을 죽인 건 살인마가 아니라 마을 사람들이었다고 생각해. 이 좁아터진 시골에서 누구 하나 걸려봐라, 입에 거품을 물고 있던 놈들이 도노와 난보를 물어버린 거지. 게이라는 이유로 말이야. 난보가 혼자 달아난 것도 이해해. 그애는 도노보다 겁이 많았거든. 거리에 버려진 고무장갑만 봐도 소리를 지르던 애였는데. 난보가 그렇게 평원에 걸린 후에도 사람들은 변하지 않았어. 난보를 죽인 게 도노라고 몰아붙였으니까. 그게 말이 되는 소리니? 그 애송이들은 풋사랑을 했을 뿐이야. 누구 하나가 다른 하나를 찢어 죽이는 건 좀 더 더럽고 걸쭉한 감정이야. 그애들과는 어울리지 않는다고. 내가 아무리 이 사실을 이야기해도, 사람들은 알아듣지를 못하더구나. 도노만 지나가면 손가락질에, 그애가 일하는 술집에 가서도 난리를 치는데, 그애가 버틸 재간이 있니? 하던 일도 그만두고 집에서만 빈둥거리면서 우울하게 지냈지. 마을을 나가려고 모아뒀던 돈도 모두 난보가 가지고 갔다더구나. 그건 난보가 잘못을 했지. 거기에는 도노 동생이 모은 푼돈도 들어가 있었다는데, 도노 입장에서는 미칠 노릇이었겠지. 그러다 죽은 거야. 착한 애였는데 인생을 즐기지도 못하고 고생만 하다 죽었어. 그뿐이니? 그 뒤에 일어난 사달은, 그건 어떻게 책임질 거야?"

자미 씨의 말은 홍수가 나서 터져버린 개울처럼 쏟아지고 있었다. 그 안에 내가 건지고 싶은 말이 있었는데 그것은 내가 잡기도 전에 나로부터 멀어지고 있었다. 정신을 가눌 수가 없었다. 나는 머리를 감싸쥐며 물었다.

"오기가 목격자였다고요?"

"얘가 언제 적 이야기를 하고 있는 거야. 그래, 그 어린애가 그걸 봤어. 몰래 제 형을 따라 폐주유소에 갔다가 형이 그러는 걸 본 모양이더구나. 나도 어렸을 때 부모님이 잠자리 하는 걸 보기는 했지만, 그건 역겨운 일이야. 머릿속에서 그 장면이 사라지지 않거든."

"잠깐만요, 오기가 목격자라고요?"

"대체 같은 말을 몇 번을 하게 하는 거니?"

목격자를 찾으면 반은 해결될 문제라고 생각했다. 하지만 오기가 목격자라고? 여덟 살에 불과했던 오기가 형을 죽였다고? 게다가 그가 9년 후에 나조 씨를 죽인 범인이라고? 말이 되지 않는 이야기였다. 나는 고개를 저으며 말했다.

"오기 말고는요? 그때 폐주유소를 찾은 다른 사람은 없었나요?"

"들은 적이 없어."

"그럼 도노와 난보가 폐주유소에 함께 있었다고 소문을 낸 사람도 오기예요?"

"거기까지는 모르겠는데."

"기사는요? 그때 기사가 남아 있나요?"

"글쎄……."

자미 씨는 책장을 둘러보며 말했다.

"어쨌거나 그 후로 일이 이상하게 돌아갔어. 도노가 죽고 이비가 살 만해졌으니까. 도노가 살아 있었다면, 그녀도 모텔을 지킬 수는 없었을 거야. 보자, 여기 있을 것 같은데."

자미 씨가 책장에서 파일 하나를 꺼냈다. 내가 다가서려 하자 그녀는 파일을 자신의 몸 쪽으로 당겼다. 그리고 불쑥 물었다.

"폐주유소에 기름이 들었다고 소문을 낸 게 너니?"

"아니에요."

"맞든 아니든 그렇게 대답할 거라고 생각했어."

"제가 아니라니까요!"

자미 씨는 지그시 나를 응시했다. 그러다 돌연 한숨을 쉬며 말했다.

"됐다. 애초에 기름을 폐주유소에 넣어둔 게 잘못이지. 아무리 여분의 공간이 없었다고 해도 말이야. 폐주유소에 기름을 왜 넣어둬? 거긴 기름 탱크를 점검한 지도 한참이 됐을 텐데, 행여 사고라도 나면 어쩌려고? 이번 문제를 다음 기획 기사로 삼으라고 영감을 들쑤시고 있는데 영감이 도통 말을 듣지를 않아. 네가 한 짓이든 아니든, 어쨌거나 폭로를 한 건 잘한 일이야."

신문사를 나서자, 그 사이 데워진 볕이 얼굴을 때렸다. 나는 손을 이마에 얹은 채 자미 씨가 준 신문 기사를 내려다보았다. 그러다 오기에게 전화를 걸었다. 그는 전화를 받지 않았다. 화가 치밀어 발신버튼을 한번 더 누르려 할 때였다. 두툼한 손이 내 눈과 입을 덮쳤다. 비명을 지를 새도 없었다. 나는 거센 악력에 이끌려 차에 올랐다.

위도, 후회할 짓

아내가 자신의 살인 계획을 시도했는지는 잘 모르겠다. 그녀는 동생을 죽이지 못했다. 그리고 며칠 후 아내는 내게 새로운 요구를 해왔다. 내가 취직을 해야 한다고 말이다. 아내는 동생이 일자리를 소개해줬다고 말했다. 내가 뜨뜻미지근한 반응을 보이자 그녀는 나를 몰아붙였다. 동생을 죽이는 일에 합류하지 않았으니 내가 돈을 벌어서 집세를 부담해야 한다는 논리였다. 미지근하게 반응하긴 했지만 그것은 나쁜 제안이 아니었다. 아픈 사람과 온종일 집에 있느니, 밖에서 일을 하는 편이 나을 거라 생각했다. 사불이 돌아오기 전까지 마을을 떠날 마음도 없었고 말이다. 나는 아내의 제안을 받아들였다. 그리고 박물관으로 출근을 시작했다. 처음 출근을 하던 날, 유심히 나를 바라보던 아내는 말했다.

"당신은 후회할 짓만 하네."

나는 그 말 역시 그녀 안의 죽음이 일으키는 변덕에 지나지 않는다고 생각했다. 아내는 죽던 날, 내게 작은 캐리어를 하나 남겼다. 그녀는 캐리어의 비밀번호가 우리 결혼기념일이라고 말하며 재떨이에 가래를 뱉었다. 그녀가 죽고, 나는 가방을 열어보지 않은 채 그것을 그 집 지하실에 버렸다.

 네 시간 동안 가로수 위에 있었다. 집 안에 아무도 없다는 확신이 선 것은 우체부가 벨을 수차례 누르다 몸을 돌렸을 때였다. 그가 떠나는 것을 확인한 나는 나무에서 내려왔다. 낮은 담장을 넘어 정원 안으로 들어섰다. 사불을 위해 가꿔두었던 정원은 황폐하게 변해 있었다. 잔디 관리는커녕, 정원에 물 한번 뿌린 일이 없는 것 같았다. 꽃 필 것을 기대해 심어두었던 푸른 수국 역시 흔적도 남아 있지 않았다. 사불이 돌아오면 그것을 녀석에게 한아름 주고 싶었다. 아내는 자신을 위한 꽃인 줄 알고 좋아했더랬지만.
 정원을 가로지르자 집옆, 지상에서 지하로 난 외부 계단이 보였다. 계단은 지하실 문으로 이어지고 있었다. 가져간 픽건과 스패너를 이용해 지하실 문을 열었다. 온몸이 어둠에 잠겼다. 그곳에 서서 어둠 속을 둘러보았다. 익숙한 냄새가 났다. 아내와 함께 있는 게 지겨워지면 종종 숨어들던 공간이었다. 사불이 돌아와 함께 살인을 하면, 그곳에 시체를 숨겨야겠다고 생각했었다. 사불이 시체를 온종일 가지고 놀 수 있도록 냉동고도 들일 계획이었다. 사불은 신선함을 추구하지만, 경험을 통해 취향이 달라질 수 있다고 생각하면서. 하지만 몹쓸 생각이었다. 어째서 그가 달라져야 한단 말인가. 어떻게 그렇게 나 편한 생각만 했을까. 있는 그대로의 그가 그리웠다. 그때였다. 어둠 저편에서 억누른 숨소리가 들려왔다. 정신이 번쩍 들었다. 지나친 회상은 어서 뒈져야 하는 늙은이들의 특징이었다.

"누구요?"

먼저 목소리를 내는 바보 같은 짓을 하고 말았다. 상대는 대답을 하지 않았다. 나는 손전등을 아래로 향하게 한 후 천천히 그것을 켰다. 지하실 안쪽을 비췄다. 한 팔에 수갑을 찬 여자가 바닥에 앉아 있었다. 수갑의 다른 짝은 라디에이터에 채워져 있었다. 그녀는 테이프에 봉인된 입으로 비명을 지르기 시작했다.

앞으로 간다는 건 어떤 거야?

민머리가 방심한 틈을 타 차문을 열고 뛰어내렸다.
"도와주세요!"
필사적으로 외쳤지만 인적 드문 캠핑장 안쪽이었다. 나는 소리치기를 포기하고 솟아 있는 바위를 향해 달렸다. 털보가 야구방망이를 든 채 뛰어오고 있었다. 나는 팔을 뻗어 바위에 난 홈에 매달렸다. 미끄러졌다. 다시 매달렸다. 두어 걸음을 기어올랐다. 미끄러졌다. 또다시 매달렸다. 그 사이 다가온 털보가 방망이로 내 뒷목을 후려쳤다. 정신이 아뜩했다. 그대로는 쓰러질 것만 같아서 바위를 끌어안았다. 바위의 뜨거운 열기가 몸으로 전해졌다. 방망이가 어깨를 후려쳤다. 더 세게 바위를 안았다. 세상에 남은 게 바위와 나뿐인 것 같았다. 나는 그 위에 얼굴을 묻었다. 얼굴을 떼고 싶지가 않았다. 크고 두터운 손이 내 목덜미를 움켜잡았다. 그것이 바위로부터 내 몸을 떨어뜨렸다. 나는 손바닥으로 바위를 치며 그로부터 멀어지지 않기 위해 몸부림을 쳤다. 두터운 손이 양 겨드랑이 밑으로 들어왔다. 그것이 내 양 어깨를 감은 채로 조였다. 다가온 민머리가 발버둥치고 있는 내 다리를 잡았다. 놔! 놓으라고! 소리를 질렀지만 부질없는 요구였다. 민머리가 화난 얼굴로 말했다.

"넌 끝났어, 또라이야. 순순히 따라와."

"거짓말하지 마! 아빠가 뭣하러 너희한테 이런 일을 시킨단 말이야!"

"너희 아버지도 널 어쩌지 못하는 거지. 네가 폐주유소에 들어 있던 기름을 다 거덜냈다며?"

"아니야! 내가 아니야!"

"미친 년."

"난 미치지 않았어!"

털보와 민머리가 낄낄대고 웃은 후 나를 들어 옮기기 시작했다. 속이 울렁거렸다. 각막에 유리막을 끼운 것처럼 시야가 붕 떠서 보였다. 몸을 위아래로 튕겼다. 비틀었다. 그러나 역부족이었다. 그래서 나는 눈을 질끈 감은 채로 그짓을 했다. 오줌을 싸대는 일 말이다. 나를 만진다면, 만질 수 없게 더러운 인간이 되겠다. 손 대기 두렵게, 더러운 인간이 되겠다. 소변이 내 다리를 타고 흘러 민머리에게 흐르기 시작했다. 축축한 물기에 그것을 바라보던 민머리가 코를 킁킁댔다. 나는 발버둥치던 몸을 늘어뜨렸다. 힘을 빼면 인간은 상상외로 무거워진다. 갑자기 늘어난 무게에 민머리가 '이게 뭐야!' 하고 비명을 내지르며 내 다리를 놓쳤다. 상체를 들고 있던 털보도 휘청였다. 발이 자유로워진 나는 발뒤꿈치로 털보의 발등을 내리찍었다. 몸을 돌려 상체를 움츠리는 털보의 턱에 박치기를 했다. 털보는 고개를 꺾은 채 뒤로 나뒹굴었다. 나 역시 나뒹굴었다. 머리가 아팠지만 먼저 일어난 것은 나였다. 좋은 머리를 가지고 있어서. 나는 털보와 민머리를 마주 본 채 거리를 두고 섰다. 민머리가 신경질적으로 외쳤다.

"저 또라이가!"

"난 또라이가 아니야!"

주변을 둘러보며 무기가 될 만한 것을 찾았다. 내팽개쳐져 있는 야구방망이가 보였다. 내 시선을 눈치챈 민머리가 그것을 잽싸게 들어올렸다. 이상했다. 얼간이들은 왜 이렇게까지 하며 나를 아버지에게 데려가려는 걸까. 아버지도 방범대원, 얼간이들도 방범대원이었지만 방범대라고 하는 것은 마을 청년회 정도의 친목 모임이 아니었나. 서로에게 지시를 내리고 그것을 이행하는 관계였나. 여러모로 이해가 되지 않았다. 민머리가 다가오고 있었다. 그가 야구방망이를 들어올렸다. 모든 게 끝인 것 같았다. 그때였다. 민머리와 털보의 뒤편에서 경적을 울리며 다가오는 초록 트럭이 보였다. 빅버거였다. 나는 그것을 향해 소리를 지르며 팔을 휘둘렀다. 민머리와 털보도 트럭을 바라보았다. 트럭이 우리를 향해 질주했다. 팔을 더 거세게 흔들었다. 트럭은 우리가 대치하고 있는 공간을 비집고 들어와 멈춰 섰다. 트럭 문이 열렸고 노박이 차에서 내렸다. 그가 나를 바라보며 물었다.

"괜찮아?"

"전혀 안 괜찮아."

민머리가 손바닥으로 머리를 쓸며 노박을 향해 말했다.

"어제, 폐주유소에 든 기름이 동나버린 사건 알고 있지? 그게 다 저 또라이 짓이라고. 오죽하면 쟤네 아버지가 저 미친 년을 잡아오라고 시켰겠어."

노박이 물었다.

"그게 밴나 짓이라는 증거 있어?"

"그저께 저 또라이가 폐주유소를 얼쩡거리는 걸 본 사람이 있어."

"그 사람을 직접 데려와. 데려와서 이야기해."

"네가 저 또라이 보호자라도 되냐?"

"그러는 너희는? 너희가 뭔데 증거도 없는 일에 끼어드는 거야?"

민머리와 털보가 눈빛을 교환했다. 노박이 그들을 바라보며 말했다.

"축제 전날 밴나와 우리는 내내 함께 있었어. 그치?"

노박은 몸을 돌려 차 안에 있는 덩치를 바라보았다. 그러자 캐러멜을 꺼내 물던 덩치가 고개를 끄덕였다. 그의 행동에 노박이 피식 웃었다. 그리고 민머리와 털보를 향해 말했다.

"이제 문제될 게 없지?"

조용히 있던 털보가 노박을 노려보며 말했다.

"너 너무 잘난 척을 한다."

노박은 팔짱을 낀 채 털보를 노려보았다. 그가 말했다.

"물불 안 가리고 나대는 건 너희 아니냐."

노박을 응시하던 털보가 바닥에 침을 뱉었다. 그리고 민머리를 향해 말했다.

"가자."

빠른 상황 종결이었다. 노박은 팔짱을 낀 채 왜건으로 돌아가는 털보와 민머리를 바라보았다. 나로 말할 것 같으면 안도는 했으나, 비참함을 느꼈다. 계속되는 비참함 속에 있었다. 소변이 신발을 타고 흘렀다. 왜건이 떠난 후 나를 돌아보던 노박이 손으로 코를 잡으며 물었다.

"그런데 이게 무슨 냄새냐."

"노박, 혹시 여분의 바지 있어?"

나를 훑어보던 노박은 무언가를 눈치챈 듯 고개를 끄덕였다. 고맙다는 말을 해야 했으나 나는 그를 바라보다, 고개를 떨궜다.

차 안은 조용했다. 옆에 앉은 덩치는 캐러멜을 까먹고 있었다. 노박은 간혹 나를 쳐다보기는 했지만 별 말을 하지는 않았다. 나는 부끄럽지도 않았고, 슬프지도 않았고, 화가 나지도 않았다. 생각해보면 나에게는 부끄러워하거나 슬퍼하거나 화를 낼 만한 권리가 주어지지 않은 것 같았다. 나는 그저 이 마을의 미친 년일 뿐이고, 내 감정이라고 하는 것은 내 내면에서만 일어났다 사그라지는 어떤 것으로 값어치 없고 무시할 만하며, 나에게나 타인에게나 골치가 아플 뿐인 어떤 것에 불과했다. 그냥 그런 생각이 들었다. 멍하니 창밖을 바라보다 노박을 향해 물었다.

"어떻게 알고 온 거야?"

"입구에서 너희를 본 사람들 이야기를 들었어. 분위기가 심상치 않은 것 같아서 와봤어."

"그렇구나."

나는 고개를 끄덕였다. 노박이 물었다.

"밴나, 대체 뭐하고 돌아다니는 거야?"

"도노를 죽인 범인을 찾아야 해."

노박이 한숨을 쉬며 말했다.

"나조 씨를 죽인 범인을 찾는다더니 이제는 도노를 죽인 범인을 찾고 있는 거야? 나는 잘 모르겠다. 네가 이러고 다니는 게 맞는 건지."

"왜 또 잔소리야."

"잔소리가 아니야. 이제 그만 네 인생을 살라는 거야."

"내 인생? 내 인생이 뭔데? 너는 지금, 나조 씨를 죽인 범인을 찾지 말라는 말이야?"

"흥분하지 마, 밴나. 지금 네 상황을 생각해봐. 넌 너무 무모해. 지금만 해도 내가 널 찾지 않았으면 어떤 일이 벌어졌을 거라고 생각해? 내가 널 찾은 건 순전히 우연이었다고. 우연찮게 사람들이 하는 이야기를 듣지 않았으면, 그들이 말하는 사람이 너라는 걸 몰랐으면 어떤 일이 벌어졌을 것 같아?"

"……."

"너처럼 하다가는 곧 죽어, 밴나."

"죽어도 돼."

"뭐?"

"죽어도 된다고."

노박이 나를 노려보았다. 나도 그를 노려보다 고개를 돌렸다. 노박이 한숨을 쉬었다. 차 안에는 한동안 침묵이 지속되었다. 말없이 운전을 하던 노박이 가라앉은 목소리로 물었다.

"내가 여길 나가서 왜 빅버거로 갔는지 알아?"

"……."

"막상 마을을 떠나긴 했는데, 무서웠어. 도시는 낯설고, 비말을 완전히 떠나온 것 같지는 않고, 혼자인 게 겁이 나고, 그런 상태로 두리번거리다 눈에 들어온 게 빅버거였어. 촌뜨기인 나한테는 거기가 유일하게 익숙한 장소였거든. 그래서 무작정 빅버거로 들어갔어. 마침 거기서 알바를 구하고 있더라고. 점장은 내 얼굴을 보지도 않고 일을 하라고 말했어. 그 사람은 2년 내내 내 이름을 틀리게 불렀는데 나는 그걸 정정하지도 않았어. 다른 이름으로 불리는 게 좋았거든. 2년 동안 딱히 어디를 가지도 않았어. 밤마다 거기서 일하고, 일이 끝나면 돌아와서 잠을 자고, 그게 답답하면 술을 마시거나 게임으로 기껏 힘들게 번 돈을 날리고."

"……."

"나는 멈춰 있었어. 마을을 떠난 것도 아니었고, 그렇다고 내 삶을 산 것도 아니었어."

"……."

"그렇게 살다가 어느 날 술집에 갔는데 누가 버리고 간 잡지가 있더라고. 그런데 거기 나조 씨 인터뷰 기사가 실려 있었어."

나조 씨는 어디에서나 튀어나온다. 모든 곳에 존재하는 사람 같았다. 얼굴을 비비며 물었다.

"뭐라고 쓰여 있었어?"

"나조 씨다운 말이었어. 자기는 남은 평생 이 죽음들로부터 벗어날 수 없을 거라고 했어. 하지만 살인마도 그 죽음에서 벗어날 수 없기는 마찬가지라고, 자기가 살아 있는 한 살인마는 계속해서 과거에 쫓겨야 할 거라고 말했어."

"……."

"그 기사를 보고 내가 어땠는지 알아? 화가 치밀었어. 벗어날 수 없다고? 그런 거였어? 영영 벗어날 수 없는 거란 말이야? 그럼 나는 어떡하지? 평생 고속도로 위에서 죽은 남자를 떠올리며 살아야 하는 건가? 너무 화가 나는 거야. 그래서 나조 씨한테 어쩌면 좋으냐고 따지고 싶었어. 그래서 돌아왔어. 바보 같은 일이지. 그걸 왜 나조 씨한테 따져? 하지만 그때는 그랬어. 난 정말 숨이 막혀 죽을 것 같았거든. 내가 돌아와서 '평생 이 죽음으로부터 벗어날 수 없으면 저는 어떡해요, 나조 씨?' 하고 말하니까 나조 씨가 뭐라고 말했는지 알아?"

"뭐라고?"

"'2년 전 마라톤에서 길을 잃었던 게 일부러였니, 아니었니?' 하고 물었어. 정말 지독하지."

"그래서 뭐라고 대답했어?"

노박이 창밖으로 보이는 평원을 바라보았다. 그의 눈에 눈물이 고였다. 그가 말했다.

"사실을 말했어. 그러니까 나조 씨가 나를 안아줬어. 그러면서 이제는 앞으로 가라고 말했어. 밴나, 나는 앞으로 갈 거야."

사이드 통풍구를 바라보다 물었다.

"앞으로 간다는 건 어떤 거야?"

"이 빌어먹을 마을에서 나를 지킬 거고, 어른들처럼 살지도 않을 거고, 여길 나갈 거야. 나가서 살 거야, 잘. 나는 너도 그래야 한다고 생각해."

"노박, 비밀 하나 알려줄까."

"뭔데?"

"내가 나조 씨를 죽였어. 사람이 살면서 한 번만 죽는 건 아니잖아. 그런데 내가 나조 씨를 크게 죽였어."

노박은 말이 없었다. 나는 눈을 감았다. 너무 피곤했다. 조용히 앉아서 캐러멜을 까먹고 있던 덩치가 휘파람을 불기 시작했다. 처음 듣는 노래였다. 게다가 덩치는 휘파람을 아주 잘 불었다. 그것에 귀를 기울이다 물었다.

"무슨 노래야?"

덩치가 대꾸했다.

"몰라."

여러모로 이상한 인간이었다. 눈을 뜨자 트럭은 거의 목적지에 도착해 있었다. 노박이 무너진 박물관을 바라보며 물었다.

"대체 여기서 뭘 할 생각인 거야?"

"오기를 만나야 해. 오기가 여기 있을 거야."

"오기?"

노박의 얼굴이 굳었다. 그가 눈에 경련을 일으키며 말했다.

"그러지 말고 집에 가라, 밴나."

"무슨 소리야. 오기를 만나서 해야 할 이야기가 있어."

"내 말 들어, 밴나. 나는 이 마을에 별 애정이 남아 있지 않아. 하지만 네가 스스로를 망치는 꼴을 보고 싶지는 않아. 마지막으로 하는 충고야. 집까지 태워다줄게. 아니, 내가 아저씨를 설득해볼게."

"안 돼. 오기를 만나야 해. 오기가 내 전화를 받지 않아."

"맙소사."

노박이 흔들리고 있는 눈꺼풀에 손을 얹었다. 나는 차문을 열며 말했다.

"노박."

"응."

"우리는 나조 씨를 죽인 범인을 찾을 거야. 이제 거의 다 왔어, 진짜야. 관심 있으면 연락해. 나도 마지막으로 하는 말이야."

노박은 피식 웃으며 고개를 숙였다. 차문을 닫을 때까지 그는 고개를 들지 않았다. 노박은 아마도 내게 연락하지 않을 것이다. 나는 그를 응시하다 몸을 돌렸다. 그에게 잘 가라고 말할 수도 없고 가지 말라고 말할 수도 없음을 느낀다. 좋은 결정을 내렸다고 할 수 없고 그 결정을 돌이키라고 말할 수 없음을 느낀다. 우리는 친구였지만 이제는 전처럼 자주 보지 않을 것이다. 왠지 그런 생각이 들었다. 날은 뜨거운데 콧물이 치솟아서 그것을 훔치며 박물관을 향해 걸었다.

위도, 편지

사랑하는 다섯 번째 남편에게

 당신이 좀 더 일찍 이 편지를 봤으면 좋겠지만, 당신이 그렇게 똑똑하거나 잽싼 사람인 것 같지는 않아. 내 다섯째 남편은 온순한 편이지만 늘 마음이 다른 데 가 있고 자기를 과신하는 경향이 있으니까. 어떻게 당신 같은 사람이 살인을 하고도 잡히지 않았는지 모르겠어. 운이 좋았던 거겠지. 나는 세상을 놀라게 하는 살인마라거나, 완벽한 범죄자 같은 말을 더 이상 믿지 않아. 당신은 열등감에 사로잡힌 못난 늙은이야. 날 죽이고 싶어? 하지만 어쩌겠어. 난 이미 죽은 사람일 텐데.
 당신이 살인마인 건 2년 전부터 알고 있었어. 동생이 일전에 당신과 고속도로에서 만난 적이 있다고 알려주더라고. 동생은 당신이 자신을 기억하지 못하는 것 같다며 당신을 머저리 새끼라고 했어. 나는 내 남편이니 그런 말은 삼가해달라고 했지. 하지만 나는 깜짝 놀랐어.

수많은 남자를 만났지만 살인마와 살아보기는 처음이었거든. 처음에는 얼마나 화가 났는지 몰라. 그렇게 남자를 많이 만나봤고, 이제는 남자 보는 눈도 생겼다고 생각했는데 당신 같은 사람을 만나다니…… 게다가 나는 당신이 내 인생의 남자들 중 개중 괜찮은 축이라고 생각하고 있었거든. 내 눈이 형편없는 건지, 세상이 잘못된 건지 나는 잘 모르겠어.

솔직히 말할게. 나는 당신을 감시해왔어. 동생이 집세를 내는 대신 그 일을 하라고 했거든. 나는 시키는 대로 했어. 그 덕에 우리는 여기서 2년을 살았지. 그런 의미에서 우리는 좋은 짝이었다고 생각해. 당신이 하는 일 없이 넋을 놓고 있으면 내가 그걸로 집세를 벌었으니까. 그런데 알다시피 말이야. 내 동생은 개새끼야. 집세를 빌미 삼아서 또다른 요구를 해오더라고. 내게 당신이 살인마라는 걸 입증해줄 만한 당신 전리품을 찾아내라고 했어. 그게 뭔지는 모르겠지만 일단 찾아내라고 말이야. 시한부로 고통받는 나한테 말이야.

그래서 별수 있어? 아버지 유언장을 찾는 척하며 당신 짐을 뒤졌지. 죽어가는 마당에 집에서 쫓겨날 수는 없잖아. 열심히 찾았지. 열심히 하니까 그걸 찾게 되긴 하더라고. 그래, 내가 내 의자 밑에서 그 구역질이 나는 귀들을 찾았어. 그런데 말이야, 그걸 동생에게 바로 넘길 수는 없었어. 동생이 또 무슨 요구를 해올지 알게 뭐야? 그래서 나도 나를 지킬 수 있는 무기를 얻어야겠다, 생각하면서 시간을 끌었지.

시간을 끌면서 물었어. 왜 전리품을 찾는 거니? 그를 구속시키려고 하는 거니? 그는 내 남편인데, 아픈 나로부터 남편을 빼앗아가면 어쩌라는 거니, 하면서 말이야. 남동생은 그럴 걱정은 하지 말라고 하더라고. 당신을 구속시킬 마음은 없다고 말이야. 그저 당신이 살인마라는 증거를 없애고 싶을 뿐이라고 했어. 정말 이상한 말이지. 경찰이라는 녀석이 범죄자를 구속시키지는 못할망정, 범죄자의 증거품을 없애겠다니. 그래도 나는 믿을 수 없어서 계속 남동생에게 물었지. 정말이니? 네 말을 믿을 수 있겠니? 그러니까 남동생은 자기가 꿈꾸는 사업을 하려면 당신이 필요하다고 말했어. 그 때문에 당신이 살인마인 걸 들켜서는 안 된다더라고. 계속 물었지만 그 사업이 뭔지는 알아내지 못했어. 동생은 어렸을 때부터 맛있는 게 있으면 감춰두고 혼자 먹는 애였어. 늘 그랬어.

당신이 퇴근하고 오는 소리가 들리네. 어쨌거나 여보, 나는 귀들을 동생에게 넘기지 않았어. 우리는 부부잖아. 서로의 흠을 감싸줘야지. 나는 당신에게 귀를 돌려줄 생각이야. 내가 부탁하는 일을 한 가지만 해주면 말이야. 나는 당신이, 내 동생이 하고자 하는 그 사업을 망쳐줬으면 좋겠어. 그래서 동생이 불행해졌으면 해. 왜냐하면 너무 불공평하잖아?

나는 병이 들었고, 죽음을 앞두고 있어. 어린 시절 살았던 집에서 평온하게 살다 가고 싶은 것뿐이야. 그런데 동생은 그걸 모르더라고. 그래서 나는 우리 남매가 조금 공평해졌으면 좋겠어. 동생이 내가 느낀 것과 비슷한 절망감을 느꼈으면 좋겠어. 꿈꾸는 것을 빼앗겼을 때 느끼는 절망감 말이야. 동생과 나는 시작점이 달랐으니까 그 정도는 원해도 되지 않을까.

유치하다고 말하지 마. 서지 않는 자지를 세우려고 사람을 죽이는 당신이 더 유치해. 어렵다고 말하지도 마. 당신이 연루된 사업이라니, 당신이 망칠 수도 있을 거야. 어쨌거나 부탁한 일을 해내면 당신에게 귀들이 돌아갈 거야. 오래간만에 편지를 썼더니 너무 피곤하다. 귀들을 찾고 싶지 않으면 이 일을 하지 않아도 돼. 하지만 나는 당신이 이걸 할 걸 알아. 왜냐면 우리에는 소중한 것들이 거의 남아 있지 않거든. 여보, 동생은 내가 죽으면 당신을 이 집에서 쫓아낼 거야. 행운을 빌게, 사랑해.

아내는 옛날부터 제 손으로 하는 게 없었다. 늘 남의 손을 빌리려 든다. 자신이 살아온 세상에서는 그것이 가장 좋은 방법이라는 듯 말이다. 게다가 아내는 틀렸다. 나에게는 전리품보다 더 소중한 게 있었다. 옆에서 비명을 지르다 지친 여자는, 내가 편지를 접어 품에 넣는 모습을 지켜보고 있었다. 나는 그녀의 입을 막고 있는 테이프를 뜯었다.

삐뽀삐뽀

집 앞 연석에 앉은 둘째는 고개를 숙인 채 무언가에 집중한 상태였다. 풀어헤친 아이의 머리가 크고 복슬복슬해서 거대한 삼각 김밥처럼 보였다. 아이의 손에는 라이터가 들려 있었다. 아이가 불을 켜자 아이의 반대 손가락에 들려 있던 것이 칙, 소리를 내며 말려 올라갔다. 단백질 타는 냄새가 났다. 머리카락인 듯했다. 둘째는 제 입가에 침이 흐르는 것도 모른 채 또다시 머리털을 뽑았다. 그것을 바라보던 내가 말했다.

"그러다 대머리 된다."

둘째는 흠칫 놀라 나를 올려다보았다. 그녀는 타버린 머리카락을 슬며시 놓으며 말했다.

"뭐야. 왜 또 왔어?"

내가 입을 가리켜 보이자 아이가 손등으로 침을 문질러 닦았다. 나는 그녀 옆에 걸터앉았다. 둘째가 나를 힐끗 쳐다보고는 슬금슬금 다시 머리털을 태우기 시작했다. 나는 타고 있는 머리카락을 바라보며 물었다.

"혹시 여기 오기 안 왔어?"

"오기가 누구야?"

"내 또래에 벌거벗고 다니는 남자애 말이야. 어제 여기 왔었잖아."

"벗고 다닌다고? 변태네. 난 못 봤어."

오기를 보지 못했다니 이상한 일이었다. 그렇게나 튀는데. 이곳에 오기 전 오기를 만날 수 있을까 해서 박물관에 갔지만 그는 그곳에 없었다. 관리인도 없었다. 심지어 어제 내가 건물에 들이박았던 트레일러마저 사라진 상태였다. 그래서 오기에게 '용의자의 집으로 와' 하고 문자를 남겼는데, 헛된 기대였던 듯했다. 그때 아이가 돌연 신경질을 내며 말했다.

"까먹었잖아!"

"깜짝이야. 왜 갑자기 성질이야."

"언니가 자꾸 말 걸어서 94개째인지 95개째인지 잊어버렸단 말이야!"

"개수도 세면서 태우고 있었냐."

둘째는 씩씩거리며 손으로 얼굴을 감쌌다. 그러고는 손과 얼굴을 그대로 굽힌 무릎에 가져다 박았다. 급격한 감정변화였다. 무릎에 눌린 아이의 볼이 뻘겋게 달아올랐다.

"머리카락을 태우는 게 그렇게 중요한 일인지 몰랐어. 미안해."

아이는 무릎에 얼굴을 묻은 채 한동안 말이 없었다. 분이 풀리지 않은 듯 거친 숨소리만 들려왔다. 그러다 조금씩 숨소리가 잦아드는 것을 느꼈다.
"왜 머리카락을 태우는 거야?"
아이가 얼굴을 들지 않은 채 말했다.
"원래 112개 태워야 돼."
"왜?"
"우리 가족 나이를 다 더한 숫자야. 머리털을 태우면 마귀가 사라진댔어. 엄마도 튼튼해지고."
"누가 그래?"
"책에서 봤어."
"망할, 대체 무슨 책을 본 거야. 어머니가 아프셔?"
"오늘 또 발작을 일으켰어."
둘째는 피가 몰려 붉어진 얼굴을 들었다. 그녀는 바닥 위에 뒹굴고 있는 머리카락 부스러기를 바라보며 말했다.
"처음부터 다시 해야 해."
무릎에 눌려 치켜올라간 아이의 숱 많은 눈썹이 고집스러워 보였다. 나는 할 말이 없어서 호두를 씹기 시작했다. 목이 말랐다. 아이는 가족을 사랑한다. 그래서 대머리가 되겠다고 머리카락을 뽑고 있었다. 나는 그런 그녀를 바라보다 결국 참지 못하고 말했다.
"너희 엄마 병은 너희 아빠랑 헤어지면 다 나을 거야."
"엄마는 아빠 때문에 병이 난 게 아니야."
"무슨 소리야. 누가 봐도 너희 아빠 때문이잖아."
둘째가 나를 노려보았다. 내가 밉살맞은 소리를 하고 있다는 건 알고 있었다. 하지만 문제의 원흉을 외면한 채 머리카락만 태우고 있다가는 금세 대머리가 될 것이다. 대머리가 되어서는 엄마가 아픈 게 제 탓이라거나, 엄마가 낫는 것 역시 자신이 해결할 수 있는 일이라는 환상에 빠져서 스스로의 머리를 쑥대밭으로 만들고 말 것이다. 그러다 슬퍼하겠지. 난 아무것도 하지 못했어, 하고 말이다. 그런 둘째의 태도가 측은하고 짜증스러웠다.

"그건 네가 어떻게 할 수 있는 문제가 아니야."

"언니가 뭘 알아?"

"이렇게 더운 날 라이터로 머리카락을 지지고 있는 게 제정신이야?"

"미친 건 언니잖아!"

"난 미치지 않았어."

"미쳤어! 미쳤어! 미치광이가 나한테 이래라저래라 하지 마!"

"진짜 미친 게 누군지 알아?"

"몰라, 몰라!"

"아이들이 있는 집에 관광객을 끌어모아서 너희를 동물원 원숭이들처럼 세워놓는 게 제정신이야? 너희 아빠가 무슨 짓을 했는지 아냐고! 그게 진짜 미친 거지!"

싸움이 시작되면 상대가 열 살 아이든 열 살 노견이든 최선을 다하고 만다. 둘째는 숨을 거칠게 몰아쉬며 나를 바라보았다. 아이의 눈에 눈물이 차오르고 있었다. 나는 먹고 있던 호두를 던졌다. 둘째가 차오른 눈물을 떨구지 않기 위해 애쓰며 말했다.

"사람들은 우리 아빠를 몰라. 언니도 모르잖아."

"망할, 알고 싶지도 않아."

"지금 집에 누가 와 있는지 알아? 내가 왜 밖에 있는지 아느냐고."

"내가 어떻게 알겠어."

"기다려. 내가 보여줄 게 있으니까 여기서 꼼짝 말고 기다려."

아이는 몸을 일으켰다. 그러고는 눈물을 훔치며 대문으로 다가갔다. 그녀는 문을 열어 집 안으로 고개를 넣은 채 안을 휘둘러보았다. 그리고 내게 손짓을 했다. 나는 고개를 저었다. 니만을 만나야 했지만 아직 마음의 준비가 되지 않은 상태였다. 아이가 다시 손짓을 했다. 나는 억지로 몸을 일으켜 문으로 다가갔다. 이미 대문 안으로 몸을 집어넣은 둘째가 들어오라고 나를 잡아끌었다. 얼결에 집 안으로 들어섰다.

벽에 붙어 있던 가구들은 제자리로 돌아가 있었다. 그 때문에 응접실이 더 작고 답답해 보였다. 둘째가 내 팔을 치며 응접실 너머의 주방을 가리켰다. 주방에는 세 사람이 있었다. 마주 앉은 니만과 수니 사이로, 나를 등지고 앉아 있는 백발의 여자가 보였다. 나는 둘째를 바라보며 속삭였다.

"누구야?"

"잘 봐."

백발의 여자가 손을 뻗어 수니의 손을 잡았다. 수니는 잡힌 손을 물끄러미 응시했다. 니만은 그 자리가 불편한 듯 의자 밖으로 몸을 틀고 있었다. 둘째 딸이 물었다.

"저 사람이 누군지 알겠어?"

"모르겠어. 누군데?"

"어휴, 답답해. 나가서 말해줄게."

그때였다. 층계에 웅크리고 있어서 있는 줄도 몰랐던 무언가가 내게 달려들었다. 그것이 내게 기다란 무언가를 푹푹 박아넣으며 외쳤다.

"삐뽀! 삐뽀! 침입자다, 침입자!"

막내였다. 그가 소리를 지르며 내 배와 다리에 장난감 칼을 휘둘렀다. 내가 앞으로 넘어지며 칼을 붙들자 녀석은 칼을 내팽개친 채 손날을 휘두르기 시작했다. 둘째가 '그만 해!' 하고 외쳤지만 그는 무아지경이었다. 나는 막내를 막기 위해 그의 몸을 잡아 안았다. 녀석이 내 품 안에서 발버둥을 쳤다. 우리는 끌어안은 채 응접실 안으로 굴러 들어갔다. 막내가 계속해서 외쳤다.

"침입자다! 침입자!"

우리는 응접실 한가운데 놓인 탁자 앞까지 굴러갔다. 우리를 본 수니와 니만이 몸을 일으켰다. 앉아 있던 여자도 고개를 돌렸다. 그녀와 눈이 마주쳤다. 나는 입을 벌린 채 그녀를 바라보았다. 여자가 내 시선을 피했다. 한눈을 파는 사이 막내가 탁자 다리를 잡고 발버둥을 쳤다. 탁자가 흔들렸다. 그 위에 놓였던 꽃병이 균형을 잃었다. 막내가 입을 헤 벌린 채, 흔들리고 있는 꽃병을 바라보았다. 사람들이 비명을 질렀다. 나는 안고 있던 막내를 던지듯 밀었다. 꽃병이 내 머리 위로 떨어져내렸다.

"흉터가 남겠는걸."

팔짱을 낀 채로 서 있던 니만이 중얼거리듯 말했다. 백발 여성을 찾았지만 그녀는 사라지고 없었다. 수니는 무관심한 얼굴로 식탁에 앉아 허공을 바라보고 있었다. 내 이마에 연고를 바르던 둘째가 슬며시 장난감 칼을 주워드는 막내를 쏘아보며 말했다.

"칼을 내려놓고 네 자리로 가 있어."

막내는 입술을 한껏 내민 채 엉덩이를 뒤로 빼고는 어기적거리며 계단으로 갔다. 그리고 층간 손잡이들 사이로 얼굴을 내민 채 이편을 바라보았다. 나로서는 쉽게 이해할 수 없는 상황이었다. 나는 니만을 바라보며 물었다.

"그 사람은요? 옷가게 주인은 어디 있어요?"

니만은 아무 말도 하지 않았다. 둘째는 '내가 맞지?' 하고 표정으로 조용히 눈짓을 해왔다. 나는 고개를 저으며 말했다.

"이해가 되지 않아요. 그 사람은 니만 씨 애인이었잖아요. 마을 사람들 모두가 그렇게 알고 있다고요."

둘째가 말했다.

"아빠랑 아줌마는 애인이 아니야! 아줌마는 엄마가 아파서 여기 온 거야. 사람들은 사실을 잘못 알고 있어."

니만이 둘째를 한 차례 쏘아본 후 말했다.

"쓸데없는 말을 하는구나."

"8년 전 니만 씨가 말한 알리바이는 조작된 거였나요?"

니만이 마른기침을 하며 말했다.

"떳떳치 못할 짓을 한 적은 없다. 이제 돌아가렴."

"그럼 이 사실을 소문내도 되요? 그렇게 떳떳한 관계라면 보초를 세울 필요도 없잖아요."

"내가 왜 이런 해명을 하고 있는지 모르겠구나. 우리끼리 화해가 이루어졌지만 그걸 마을에 소문내고 싶지는 않아. 이 작은 마을에서 우리가 어울리는 걸 보면, 사람들이 또 얼마나 많은 말들을 해대겠니? 우리가 조용히 우정을 나눌 수 있도록 도와줬으면 좋겠구나."

'우정'을 말할 때 니만의 목소리가 갈라졌다. 내가 아무 말도 하지 않자, 니만이 내처 말했다.

"난 할 일이 있어서 가봐야겠다."

나는 고개를 숙인 채 말했다.

"저도 할 말이 있어서 왔어요."

니만은 불편한 기색이었고 한 손으로 가슴팍을 만지작거리고 있었다. 둘째와 셋째가 우리를 바라보고 있었다. 나는 아이들을 바라보다 말했다.

"아이들이 없는 데서 묻고 싶은 게 있어요."

둘째가 말했다.

"아빠는 떳떳하고 깨끗하면 문제될 게 없다고 했어. 우리 가족은 비밀이 없다고 했어!"

내가 외쳤다.

"조용히 해! 동생을 데리고 다른 데로 가 있으라고!"

"언니는 미쳤어! 미치광이야! 난 미치광이 말은 듣지 않아!"

나는 그때 잔인한 생각을 했다. 아니 사실은 내내 하고 있었다. 쑥대머리가 되는 것보다 문제의 원흉을 정확히 아는 편이 낫지 않느냐고 말이다. 그건 배려도, 친절도 아니었다. 아이들을 상대로 정말 미쳐버린 건지도 몰랐다. 하지만 아홉 살의 나에게, '살인마의 얼굴을 다시 볼래, 퀴즈를 풀래' 하고 묻는다면, 나는 살인마의 얼굴을 보는 편을 선택할 것이다. 나는 고개를 숙인 채 정말로 묻고 싶었던 질문을 던졌다.

"아저씨는 9년 전 그날 왜, 폐주유소에 갔던 거예요?"

"뭐?"

"도노와 난보를 목격한 게 아저씨였잖아요."

고개를 저으려 하는 니만을 향해 신문기사를 꺼내 보였다. '밀회를 즐기는 마을 젊은이들, 폐주유소에서 동성애 난교'라는 제목의 기사였다. 거기에는 마을 젊은이들이 폐주유소에서 만나 난교를 벌이고 있다, 이 때문에 폐주유소를 폐쇄할 계획이라는 내용이 담겨 있었다. 이를 마을 방범대원들의 숙소로 개조할 예정이라고 말이다. 기사 아래에는 폐주유소의 황량한 내부를 찍은 흐릿한 흑백 사진도 한 장 실려 있었다. 거기에는 섹스를 한 젊은이들이 버리고 간 듯한 느낌을 주는 담요가 있었다. 나는 그것을 가리키며 말했다.

"어제 양털 알레르기가 있다고 하셨죠? 이 담요가 양털 담요라는 걸 어떻게 알았어요? 사진으로는 재질이 보이지 않는데."

니만은 굳은 얼굴로 아이들과 아내를 한 차례 바라보았다. 이를 지켜보고 있던 막내가 불쑥 말했다.

"난교가 뭐야?"

니만이 더듬거리며 말했다.

"거기서 애인을 만날 계획이었어. 왜 갑자기 그 이야기를 하는지 모르겠구나."

둘째가 붉게 부풀어오른 얼굴로 외쳤다.
"아냐, 아빠는 바람을 피우지 않았어! 아빠는 엄마를 사랑해! 옷가게 아줌마는 아빠의 부탁을 들어준 것뿐이라고 했어. 알리바이를 위해서 사귀는 척한 거라고 했단 말야!"
니만이 당황한듯 눈을 깜빡였다. 층계참에 있던 막내가 외쳤다.
"삐뽀! 삐뽀! 범인이 밝혀졌다. 아빠는 항복해라, 항복해라!"

나조 씨는 9년 전 폐주유소의 목격자가 도노를 죽인 범인일 거라고 했다. 그에 따르면 범인은 니만이 된다. 하지만 나는 어째서 니만이 범인인지, 어째서 폐주유소의 목격자가 도노를 죽인 범인이 되는지, 이해하지 못하고 있었다. 그 때문에 그에게 묻고 싶은 게 아주 많았다. 나는 몸을 일으켰다. 현기증이 일었다. 그것이 흥분 때문인지 통증 때문인지 분간이 잘 되지 않았다. 니만에게로 걸음을 옮겼다. 니만이 고개를 돌려 나를 바라보았다. 순간 그의 눈동자가 커지는 것을 보았다. 그의 시선이 내 등 뒤를 향하고 있었다. 고개를 돌렸다. 둔탁한 무언가가 내 머리를 내리쳤다. 몸을 가누지 못하고 쓰러지며 날 공격한 상대를 바라보았다. 수니가 눈물범벅이 된 얼굴로 베이킹용 밀대를 움켜쥐고 있었다.

위도, 빈 깡통

여자는 조금 진정이 된 듯 퀭한 눈으로 이편을 쳐다보며 물었다.
"남편이 보내서 온 게 아니에요?"
나는 고개를 저었다. 나를 바라보던 여자는 고개를 숙인 채 몸을 웅크렸다.
"왜 여기 묶여 있소? 여긴 당신 집인데."
"이혼 요구를 하던 중이었어요. 그런데 남편이 나중에 이야기하자며 나를 묶어두고 사라졌어요."
내가 알기로 여자는 경찰 고위 간부의 딸이었다. 처남이 그녀와 결혼하기 위해 퍽이나 공을 많이 들였다고 했다. 하지만 처남이 좌천될 때, 그는 기대했던 장인의 도움을 받지 못한 모양이었다. 그 때문에 처남은 퍽이나 억울해하며, 제 아내를 '빈 깡통'이라고 부른다는 이야기를 들은 일이 있었다. 아버지에게 사랑받지 못하는 여자는 사랑할 가치가 없다고 말이다. 눈을 내리깐 채 모멸감에 사로잡혀 있던 여자가 말했다.

"날 풀어줘요."

"그보다는 경찰에 신고하는 편이 낫지 않겠소?"

여자의 얼굴에 경멸이 어렸다. 침입자가 경찰을 부르자고 한 것에 대한 반응인지, 남편의 직업을 불신하는 데서 온 반응인지 알 수 없었다. 여자는 지하실 바닥을 응시하며 빠르게 말했다.

"남편은 자신이 곧 경찰이라고 생각해요."

"당신 남편은 경찰이었으니까."

"아뇨, 그 말이 아니에요. 자신이 법을 위임받은 존재니까, 그 자신이 곧 법이라고 생각한다고요. 우스운 건 상당수의 사람들이 그에 동의한다는 점이에요. 경찰에 신고해도 소용없어요."

"아주 나약한 녀석이군."

"자아라고 할 만한 게 없는 거죠."

"한심해."

"비장한 척하고요."

"자신이 무언가를 수호하고 있다고 생각하겠지."

"자신만을 위해 살면서 말이죠."

우리는 서로를 지그시 마주 보았다. 여자가 물었다.

"남편이 보내서 온 게 아니라면 여기 왜 온 거죠?"

"찾고 있는 게 있어요. 혹시 말을 본 적 없소?"

"말?"

"갈색 말이요. 콧등에 흰 털이 별모양으로 나 있소."

여자가 입술을 물었다. 바닥을 초조하게 내려다보던 그녀가 말했다.

"말을 본 적은 없어요. 하지만 남편이 소중한 걸 어디에 숨기는지는 알아요."

"어디?"

"우선 날 풀어줘요."

나는 여자를 응시하다 물었다.

"처남댁, 처남이 죽으면 이 집을 내게 줄 수 있겠소?"

그런 식으로라도

눈을 떠도 어둠, 감아도 어둠, 아무것도 보이지 않았다. 찢어진 이마와 뒤통수가 걷잡을 수 없이 욱신거렸다. 손을 들어올리려 했지만 양손은 묶인 상태였다. 발도 마찬가지였다. 아아, 하고 소리를 내뱉자 목소리가 울리는 것을 느꼈다. 시멘트와 곰팡이 냄새가 나는 걸로 봐서는 어딘가 지하실에 들어와 있는 것만 같았다.

그나마 다행인 것은 힙색이 왼쪽 어깨와 반대편 겨드랑이 사이에 그대로 매달려 있다는 사실이었다. 거기에서 휴대전화를 꺼낼 수 있다면 도움을 청할 수 있을 것이다. 어둠 속에서 입술로 힙색을 더듬으며 지퍼를 찾고 있을 때였다.

"소용없어."

침울하고 화가 난 듯한 여자아이의 목소리였다. 그녀가 멀지 않은 곳에서 말하고 있었다.

"누구야?"

"니만이 핸드폰을 뺐났어."

그것은 익숙지 않았지만 완전히 낯선 목소리도 아니었다. 나는 그 목소리를 언젠가 들은 일이 있었다. 눈앞에 어렴풋한 사람의 실루엣이 보이는 듯도 했다. 그쪽을 바라보다 물었다.

"드라이아이스를 만지면 화상을 입을까, 동상을 입을까?"

"……."

"소금쟁이가 비눗물에서 가라앉는 이유는 무엇 때문이지? 쉬운 문제인데."

"꺼져."

'몰라'를 유도하고 던진 질문인데 '꺼져'가 돌아왔다. 다행인 것은 일전에 내가 어둠 속 상대로부터 '꺼져'를 들은 적이 있다는 사실이었다. 그것은 내가 들었던 '꺼져'와 꼭 같았다.

"너 첫째구나."

"아냐."

목소리의 주인은 거짓말이 능숙치 않았다. 그녀의 목소리가 떨리고 있었다.

"첫째 맞잖아."

"아니라고! 곧 사람들이 와서 널 죽일 거야."

"……."

"만약에, 아주 만약에, 내가 널 풀어주면 여기서 알게 된 사실을 어디에도 말하지 않을 수 있어?"

"……."

"대답해. 안 그러면 넌 죽어."

"부모님을 보호하려고 그러는 거야?"

"약속해, 어서."

"못하겠어. 약속한다고 해서 내 말을 믿을 것도 아니잖아. 설사 믿는다 해도 그럼 넌 바보야. 날 풀어주고 싶다고 이렇게 얼렁뚱땅 약속을 받아내려고 하면 어떡해."

"……."

"알고 싶은 게 있어. 그걸 찾아서 여기까지 왔어. 그걸 알기 전까지는 네가 가라고 해도 난 못 가. 안 갈 거야."

"너 미쳤구나."

"난 미치지 않았어. 다만 요즘은 생각해. 가진 게 없는 사람은 원하는 걸 얻기 위해서 필요 이상으로 많은 걸 걸어야 한다고 말이야. 내 목숨은 내 생각보다 훨씬 더 우스운 건지도 몰라."

"……."

"날 내보내고 싶으면 어정쩡하게 굴지 마. 네가 말해주지 않으면 난 여기서 죽어버릴 거니까. 말해, 9년 전 니만은 왜 폐주유소에 갔던 거야?"

첫째의 목소리가 떨렸다.

"몰라."

"전혀 몰라?"

"모른다고! 넌 기회를 네 발로 차버린 거야. 네가 죽든 말든 난 이제 신경쓰지 않을 거야."

첫째가 몸을 일으키는 소리가 들렸다. 나는 소리치듯 물었다.

"그럼 대체 왜 그랬어?"

첫째가 걸음을 옮기는 소리가 들렸다. 나는 물었다.
"왜 폐주유소에 기름이 들어 있다고 사람들한테 소문을 낸 거야?"
첫째가 걸음을 멈췄다. 그녀가 경직된 어조로 말했다.
"무슨 소리야?"
"너 정말 거짓말을 못하는구나. 처음부터 범인이 너라는 건 알고 있었어. 네 운동화에 묻어 있던 푸른 얼룩을 봤어. 그건 휘발유에 넣는 염료랑 꼭 같은 색이야. 그뿐인 줄 알아? 네가 폐주유소에 있는 걸 본 관광객들도 있어. 그들에게 널 데려가면, 그들이 네 정체를 확인시켜줄 거야."
"……."
"사람들은 내가 그 일을 했다고 생각해. 그래서 나를 잡겠다고 범인 찾기 게임의 범인으로 지정해버렸어. 그 때문에 나는 아침부터 쫓기고 있어. 범인이 되면 어떤 꼴을 겪는지는 알고 있지? 나는 정말 피해가 막심하다고. 물론 이게 온전히 네 탓은 아니야. 사실 확인도 안 하고 나한테 그런 짓을 하는 사람들이 미친 거지. 그런데 말이야. 그럼 적어도 내가 왜 이런 일을 겪는 건지, 어떤 일에 휘말려든 건지 알아야 한다고 생각하지 않아? 안 그래? 이건 네가 한 일이니까 대답할 수 있잖아. 넌 왜 폐주유소에 기름이 들어 있다고 소문을 냈어?"

어제 있었던 폐주유소 사건의 범인을 가늠하는 건 어렵지 않았다. 폐주유소 상황을 알고 있다는 점에서 범인은 마을 사람이었다.

게다가 목격자의 증언으로 범인이 내 또래 여자아이라는 사실이 밝혀졌다. 마을에 사는 내 또래 여자아이. 용의자 수는 그다지 많지 않았다. 마을 사람들은 그 중 나를 택했고 말이다. 내가 축제를 싫어하고 마을 사람들을 엿먹일 만한 강력한 동기를 가지고 있다고 믿었기 때문이다. 하지만 나를 제외하면 그런 사람은 또 있었다. 매해 '용의자의 집'으로 고통받는 아이, 자신의 방을 관광객들에게 내주는 데 불만을 가진 아이 말이다. 게다가 폐주유소 사건이 터진 것은 절묘하게도, 용의자의 집 2층이 개방되기 전 아니었던가.

첫째는 그 사실을 부정하지 않은 채 침울한 목소리로 말했다.
"미안해."
"불을 켜. 얼굴을 보면서 말하고 싶어."
돌아오는 대답이 없었다. 잠시 후 형광등이 켜졌다. 내가 있는 곳은 가정집의 창이 없는 지하실이었다. 낡은 가전, 쓰지 못하게 된 아이들 물건, 생활에 필요한 잡동사니, 한 가족의 역사 너머로 벽에 걸린 니만과 수니의 결혼사진이 보였다. 먼지 쌓인 액자 안에서 수니와 니만은 앳되고 불안해 보이는 얼굴로 웃고 있었다.

고개를 돌리자 계단 아래 빈 공간, 기름이 간당간당하게 차 있는 기름통이 보였다. 아무렇게 던져놓은 모양새였다. 내 시선이 기름통에 머무르자 첫째는 초조한 듯 입가를 만졌다. 그녀의 얼굴은 창백하게 질려 있었다. 그녀는 이곳에 오기까지 큰 용기를 냈을 것이다. 하지만 나는 그녀를 더 몰아칠 생각이었다. 알고 싶었다. 너무 알고 싶어서 미쳐버릴 지경이었다.

"왜 폐주유소에 기름이 들어 있다고 소문 낸 거야?"

"……."

"처음에는 네가 네 아버지를 증오해서라고 생각했어. 용의자의 집 따위는 망해버려라, 하는 마음으로 그런 짓을 한 거라고. 그런데 이상해. 그건 뭐랄까, 너무 번거롭고 효과가 떨어지는 방법이라는 생각이 들어. 만일 내가 너였다면, 용의자의 집을 폐쇄시킬 수 있을 만한 보다 확실한 소문을 냈을 거야. 올해는 용의자의 집 행사를 안 하기로 했다거나, 용의자의 집에 폭탄을 심어놨다는 식으로 말이야. 그랬다면 더 간단했겠지. 애초에 사람들이 너희 집을 찾을 이유도 없고, 너도 폐주유소를 기웃거릴 필요가 없고, 범인이 너라는 사실이 밝혀진다 하더라도 크게 문제되지 않았을 거야. 너희 아버지 혼자 화를 내는 선에서 일이 마무리됐을 테니까. 그런데 넌 그러지 않았어. 폐주유소에 기름이 들어 있다고 소문을 냈지. 이건 정말 이상해. 9년 전 너희 아버지도 그렇고, 지금 너도 그렇고 너희 가족은 왜 폐주유소 주변을 맴돌고 있는 거야? 대체 그 이유가 뭐야?"

"내가 알고 있는 사실을 말하면 넌 죽어. 내가 살려준다고 할 때 도망쳐. 내가 해줄 수 있는 말은 이것뿐이야."

"내가 밖에 나가서 이 모든 사실을 떠들어대도 괜찮아?"

"마지막이라고!"

무언가가 이상했다. 첫째는 가족이 위험에 처할 것을 감수하면서까지, 나를 내보내려 하고 있었다. 그러지 않으면 더 끔찍한 일이 일어난다는 듯이. 나는 물었다.

"왜 계속 죽는다는 말을 해? 너는 너희 아빠가 정말 나를 죽일 거라고 생각해?"

첫째는 겁에 질린 얼굴로 나를 바라보았다. 나는 말했다.

"정말 그렇게 생각해? 왜? 이전에 죽은 사람이 있어?"

첫째의 얼굴에서 돌연 표정이 사라졌다. 나는 그녀의 동공에 어려 있던 빛이 힘을 잃은 채 떨어지는 것을 보았다. 묵직한 것이 가슴을 쳤다. 내가 너무 둔했다는 사실을 인정하지 않을 수 없었다. 모든 것은 처음부터 하나로 꿰어 있었다. 나는 물었다.

"너도, 너희 아버지가 살인마라고 생각하는구나."

"······."

첫째가 손바닥으로 얼굴을 감싸쥐었다. 나는 물었다.

"폐주유소에 든 기름을 이용해 사람을 불태웠다고 생각하는 거야? 그래서 사람들을 꼬드겨 폐주유소에 든 기름을 전부 제거한 거야? 더는 사람을 태울 수 없게? 그런데 왜 하필 어제야? 왜? 너······ 뭔가를 봤구나?"

첫째가 얼굴을 감싸고 있던 손바닥을 내렸다. 그녀의 얼굴은 공포로 일그러져 있었다. 그녀가 내게 달려들었다. 나는 뒤로 넘어갔다. 첫째가 내 목을 졸랐다. 나를 살려줄 것처럼 굴더니 이제는 아예 죽일 심산인 듯했다. 회색빛 천장이 흔들리는 것을 바라보았다. 위 속에 있던 호두가 역류하며 구역질이 났다. 좋지 못한 징조였다. 순간 힘이 풀렸고, 나는 고개를 꺾은 채로 늘어졌다. 몸속에 피가 모두 사라져버린 것만 같은 느낌이었다. 내가 정신을 차리지 못하자 첫째는 당황한 듯 내 뺨을 때렸다. 그녀가 겁에 질린 목소리로 말했다.

"미안해, 미안해. 아프게 할 생각은 없었어."
"제발 말해줘."
"……."
"널 두렵게 하는 게 뭐야? 너는 무슨 일이 일어난 건지 알고 있잖아."

첫째는 울음을 터뜨렸다. 그녀는 울음을 그치고 말을 하려 했지만 흐느낌이 그녀의 말들을 집어삼키고 있었다. 나는 멍하니 그 울음 소리를 들었다. 몸을 웅크린 채로 등을 돌렸다. 시간이 흐르자 흐느낌이 잦아드는 것을 느꼈다. 그리고 첫째가 이야기를 시작했다.

"아빠는 9년 전 약 1년 동안, 매일 밤 밖에 나갔어. 엄마는 그일로 크게 화를 냈어. 밤에 하는 일을 그만두라고 말이야. 생각해봐. 하지 말아야 할 그 일이라는 게 뭐겠어? 도노가 실종되던 밤에도 아빠는 밖에 나갔어."
"그날 애인 집에 있었다는 말은 어떻게 된 거야?"
"웃긴 게 뭔지 알아? 동생들은 모르고 있지만 아빠는 바람을 피운 게 맞아. 그날 밤 아줌마네 집에 가지 않았을 뿐이지, 아빠는 옷가게 아줌마랑 사귀던 사이였어. 엄마도 그 사실을 알고 있었고. 그래서 아줌마한테 거짓말을 해달라고 한 거야. 그날 남편과 같이 있던 걸로 해달라고."

선뜻 말을 할 수가 없었다. 지하실 바닥을 내려다보다 물었다.
"그날 무슨 일이 있었던 거야?"
"전부 기억하지는 못해. 아빠가 밤에 나가는 일로 부모님이 크게 다퉜어. 하지만 아빠는 나갔어. 엄마가 울었어. 나는 억지로 잠자리에 들었지. 동생이 우는 소리에 잠에서 깼을 때는 새벽 세 시였어. 부모님은 둘 다 집에 없었어. 그런데 동생이 너무 심하게 우는 거야. 나는 무서웠어. 동생이 울다 죽어버릴 것 같았거든. 그래서 나는 엄마가 했던 것처럼 동생하고 앞마당을 걸었어. 동생이 좀 진정이 됐고, 우리는 다시 집으로 돌아와 누웠어. 그런데 그때 아빠가 돌아온 거야. 도노네 아주머니도 함께였어. 그리고 둘이 갑자기 싸우기 시작했어. 나는 방 밖으로 나갈 수가 없었어. 이비 아줌마는 화가 머리끝까지 난 상태였어. 나는 아직도 생생히 기억해. 그녀는 아빠한테, 네가 도노를 죽였다고 말했어. 널 감옥에 보낼 거라고 했어. 평생 용서하지 않겠다고. 내가 그 말을 들었어."

"잠깐만. 이비 씨는 그날, 너희 엄마의 행적을 옹호해준 게 아니었어?"

"몰라. 그런 건 모르겠어. 아빠도 이비 씨한테 화를 냈어. 아빠는 그 모든 게 도노가 자초한 일이라고 했어."

"엄마는?"

"엄마는 아침에 돌아왔어. 손에 짐가방이 들려 있었어. 우리를 버리고 떠나려고 했던 거야."

"······."

"사람들이 그날 밤 일에 대해 물었어. 하지만 나는 뭘 말해야 할지 몰랐어. 그래서 엉망진창으로 말했어. 그런데 아빠랑 이비 아줌마 대화만은 말할 수가 없었어. 해서는 안 될 것 같았거든. 그때부터 나는 계속 생각했어. 아빠는 밤에 나가서 무슨 일을 했던 걸까.

왜 이비 아줌마하고 싸운 걸까. 엄마는 어째서 옷가게 아줌마한테 거짓말을 해달라고 부탁한 걸까. 배우자의 불륜보다 감추고 싶은 그 일은 뭘까. 늘 결론은 하나였어. 아빠가 살인마이기 때문이야."

"폐주유소에 기름이 들어 있다고 소문을 낸 건? 그건 왜 그런 거야?"

"나는 밤마다 아빠를 지켜봤어. 도노가 죽고 아빠는 밤에 나간 일이 없어. 아빠가 나가지 않으니까 죽는 사람이 나오지 않았어. 그런데 최근에 아빠가 또 나갔어, 8년 만에. 어렸을 때는 어떻게 할 수가 없었지만 지금은 컸으니까, 아빠를 쫓아갔어."

"뭘 본 거야?"

"아빠가 폐주유소에서 기름을 꺼내는 걸 봤어. 그래서 아, 그 동안 저걸로 사람을 태운 거구나, 하고 생각했어. 아빠가 그걸로 야기 씨네 우체통을 불태웠어. 살인마가 아닌 이상, 무엇하러 야기 씨를 위협하려고 하겠어? 나조 씨의 친구인 야기 씨를? 나는 더럽게 비겁해. 아빠를 신고해야 한다고 생각했지만 신고할 수가 없었어. 그래서 폐주유소에 기름이 들었다고 소문을 낸 거야. 그런 식으로라도 아빠한테 말하고 싶었어. 누군가가 거기 기름이 들어 있다는 사실을 안다고, 그러니까 살인을 그만두라고 말이야."

내가 지하실 한편에 있는 기름통을 가리키며 물었다.

"저게 야기 씨 우체통을 태운 기름이야?"

첫째는 고개를 끄덕였다. 나는 다시 물었다.

"밤마다 망을 본 게 사실이야?"

"사실이야. 아빠가 살인마라는 생각을 한 후에는 매일 봤어. 3년

쯤 된 것 같아."

"혼자서? 하루도 빠짐없이?"

"혼자는 아니었지만 밤마다 아빠가 잠드는 걸 지켜봤어. 내가 잠든 후에 아빠가 집 밖으로 나갈 수도 있으니까, 대문에 트릭도 설치했어. 하루도 빠뜨리지 않았어."

"그렇다면 내 생각은 좀 달라."

"뭐?"

"니만 씨는 분명 수상해. 하지만 그가 도노와 나조 씨를 죽였다는 확신은 들지 않아."

"왜?"

"내가 만일 살인마라면, 용의자의 집 같은 걸 운영하지는 않을 거야. 매해 사람들이 찾아와 단서를 찾겠다고 쥐잡듯이 질문을 해대는데, 자발적으로 그일을 할 것 같지는 않거든. 하지만 너희 아버지가 어마어마한 변태거나, 어떤 피치 못할 사정으로 그일을 하고 있다고 쳐. 그럼 그가 도노를 죽이고 나조 씨를 죽였다는 증거가 있어야 하는데 결정적으로 그 증거가 없어. 생각해봐. 8년 전에도 너희 아버지는 증거가 없었어. 그래서 용의자였음에도 풀려난 것 아니겠어? 그리고 나조 씨를 죽인 증거도 없어. 우체통이 불탄 건, 나조 씨가 죽은 지 이틀 후였어. 너희 아버지가 이틀 전에도 집을 나갔었니?"

"아니."

"그리고 말이야. 나조 씨를 죽인 범인은, 그녀가 가지고 있던 오르골을 가져갔어. 너 혹시 초록색 자동 오르골을 본 적 있어?"

"아니."

"니만은 우체통을 불태운 기름도 이런 식으로 허술하게 관리해. 오르골이 있었다면, 네가 볼 수 있지 않았을까. 어쨌거나 알리바이도 있고, 오르골을 가지고 있는 것도 아니고, 살인마라고 하기에는 허술하고 석연찮은 구석이 한두 가지가 아니야."

"……."

"나는 범인을 잡을 거야. 너희 아버지가 무결하다는 생각이 들지는 않지만 어쨌거나 아버지를 계속 지켜보도록 해. 혹시 오르골이 발견되면 연락하고. 지금까지 한 일도 대단하지만 앞으로가 중요해. 나도 앞으로 알게 되는 모든 사실을 너한테 공유할 거야. 날 풀어줘."

"정말이야?"

"뭘?"

"공유한다는 게 정말이냐고."

"비밀스러운 건 지긋지긋해. 사람을 바보 취급하는 것도 정도가 있지."

"아빠가 살인마일 확률이 낮다는 게 사실이야?"

"내가 보기에는 그렇다니까."

"만약에 말이야. 아빠가 살인마인 게 밝혀지면?"

"그래도 이야기할 거야. 어서 이걸 풀어줘."

지하실 바닥을 내려다보고 있던 첫째는 결심이 선 듯 내게 다가왔다. 그녀는 내 팔에 감긴 노끈을 칼로 끊기 시작했다. 첫째의 손이 떨리고 있었다. 그녀가 고개를 들어 다시 한번 '아빠가 살인마가 아닐 수도 있다는 게 정말이야?' 하고 물었다. 나는 대답을 하지 않았다. 니만이 살인마가 아니라 하더라도 그가 범죄에 공모했다는 사실은 변함이 없었다. 그럼에도 첫째는 기뻐하고 있었다. 기뻐한다는 건 정말 이상한 일이지만 그녀는 기뻐했다. 그럴 수밖에 없었을 것이다. 나는 첫째가 오랫동안 믿어왔던 어떤 생각들이, '어쩌면'이라는 말과 함께 무너지고 있는 것을 바라보았다. 마침내 노끈이 끊어졌다. 첫째가 내 팔과 다리를 자유롭게 만들어주었다. 그녀는 지하실 한편에 있는 나무의자를 가져다 벽면에 걸린 결혼식 액자를 치웠다. 그러자 지하실에 감춰져 있던 창문이 드러났다. 한 사람이 겨우 드나들 수 있을 정도의 작은 창이었다. 첫째가 나를 돌아보며 말했다.

"빨리 가. 아빠는 언니를 죽이고 싶어 해. 자기한테 다시 한번 기회가 왔다고 말했어. 그걸 망칠 수는 없다고 했어."

나는 고개를 끄덕였다. 휴대전화가 니만에게 있었지만 그것을 되찾을 엄두를 내지는 못했다. 의자를 딛고 창문 아래에 올라섰을 때였다. 지하실 문이 열렸다. 첫째가 다급하게 외쳤다.

"어서 가!"

나는 창문을 열고 창틀에 매달렸다. 몸을 창틀에 집어넣은 채 버둥거리고 있을 때였다. 첫째가 얼빠진 음성으로 말했다.

"여기 왜 왔어?"

"……."

"어른들은? 어른들은 어떻게 하고 온 거야?"

나는 창틀에서 몸을 뺐다. 지하실 입구에는 둘째가 겁에 질린 얼굴로 서 있었다. 아이가 불타오르다 못해 검붉게 보이는 얼굴로 말했다.

"지금 다들 잠들었어. 내가 엄마 수면제를 레모네이드에 타서 줬거든."

첫째가 입을 벌린 채 동생을 바라보았다. 둘째가 물었다.

"잘했지?"

첫째는 고개를 저었다. 그리고 떨리는 음색으로 말했다.

"있잖아, 아빠가 살인마가 아닐지도 모른대."

"내가 아니라고 했잖아. 나는 이미 알고 있었어. 내가 자는 척을 하면서 아빠 앞에 언니가 빌려왔던 햄스터를 놔둬봤단 말이야. 아빠가 싸이코패스면 햄스터를 죽일 테니까. 그런데 아빠는 햄스터에 관심도 없었어. 그냥 쥐가 생각보다 똥을 많이 싸네, 하고 말하기만 했다고."

"내 햄스터를 왜 네가 만져!"

"어쩔 수 없잖아."

"뭘 어쩔 수가 없어. 이 싸이코패스야!"

모든 상황이 이해가 되었다. 첫째와 밤마다 번갈아가며 보초를 선 사람은 둘째였을 것이다. 그게 어떤 밤이었을지는 가늠이 잘 되지 않았다. 나는 자매를 바라보며 물었다.

"그럼 나는 현관으로 나가도 되는 거야?"

두 아이가 고개를 끄덕였다. 우리는 지하실을 올라 니만의 집으로 갔다. 그리고 함께 쓰러져 잠든 사람들을 침실로 옮겼다. 나는 휴대전화를 챙긴 후 잠든 자들을 내려다보았다. 잠시 그들을 포박

하는 상상을 했다. 그들이 깨어나면 더 많은 이야기를 들을 수 있지 않을까. 내가 턱을 괸 채 그들을 응시하자, 첫째가 불안한 눈으로 나를 바라보았다. 그때 휴대전화가 울렸다. 오기였다.

위도, 융기

시에스타였다. 나는 인적 없는 길목에 서서 수첩을 내려다보고 있었다. 온몸에 볕이 내려앉았다. 이상한 말이지만 볕 때문에 내가 이곳에 있다는 사실 자체가 비현실적으로 느껴질 때가 있다. 살갗에 와 닿는 뜨거움에 정신이 멍해지면서 아무것도 이해할 수 없다고, 그저 이해를 강요당하며 살고 있을 뿐이라고 느끼는 그런 순간들 말이다. 지금이 그랬다.

처남댁이 안내한 히든 책장에서 발견한 것은 수첩이었다. 수첩 속지 첫 장에 적힌 말은 '사불 관리 일정'이었다. 그 말이 이해가 되지 않아 몇 번을 거듭 읽었다. 수첩 안에는 이름을 감추기 위함인 듯 열 명의 사람들이 별명으로 호명되고 있었다. 그들이 날짜별로 사불을 관리하고 있었다. 방귀쟁이가 월요일과 화요일, 왕자가 수요일과 목요일, 불주먹……. 열 명의 녀석들이 내 말을 훔쳐서 무엇 하자고 그것을 관리한단 말인가. 이것이 있을 수 있는 일인

가. 의사는 사불이 내 눈에만 보이는 짐승이라고 했다. 나는 늘 사람들이 내 말을 볼 수 있기를 염원했다. 사불은 끝내주게 멋있으니까. 하지만 이곳에는 말을 보는 녀석들이 열 명이나 됐다. 이게 있을 수 있는 일인가.

그러던 중 나는 보결 멤버의 이름에서 눈에 익은 별명을 하나 찾았다. '세모'였다. 가슴털이 세모 모양이라서 세모라던 그 녀석인가. 나는 눈을 질끈 감았다. 나는 녀석에게 살인마 역을 맡았던 배우 사진을 내밀며, 머리카락을 똑같이 잘라달라고 부탁했었다. 녀석은, 위도 씨가 원조 같다며 나를 추어올리기까지 했다. 녀석을 죽일 것이다. 고통스럽게 찢어 죽일 것이다. 현기증이 이는 머리를 부여잡으며 고개를 들었을 때였다.

맞은 도로에서 물에 젖은 채 이편을 바라보고 있는 통통한 녀석이 보였다. 녀석의 손에는 도끼가 들려 있었다. 그것은 진짜 도끼로, 낯이 익었다. 내가 녀석을 응시하자, 녀석은 반가운 사람을 만났다는 듯 나를 보고 히쭉 웃었다. 드러난 그의 치열에는 앞니가 없었다. 녀석이 길을 건너며 말했다.

"평원에서 물풍선 싸움을 했어요."

"그렇소?"

녀석이 옆으로 와 도끼로 바닥을 짚으며 섰다. 그의 몸에서 독한 술냄새가 났다. 앞니는 마치 나와 알던 사이인 양 천연덕스럽게 말했다.

"거기서 다른 사람들보다 단서를 많이 얻었어요. 휴, 정말 힘들어."

"단서?"

"범인 찾기 게임 단서 말이에요."

"그렇군. 그래도 지금은 돌아다니기에 좋은 시간이 아닌데."

"단서를 먼저 찾았는데 다른 사람들하고 똑같이 출발해서야 되겠소? 먼저 출발해야 범인을 잡지."

"도끼는 어디서 난거요?"

"기분이 좋아서 박물관에 들어가서 훔쳤소. 거기 좋은 물건이 많습디다. 이걸로 범인을 잡을거요. 범인을 잡고 나면 팔아서 술도 사먹고."

"행운을 빌겠소."

앞니는 대화를 더 하고 싶은 듯 배를 긁으며 나를 힐끔댔다. 그러나 나는 앞니가 없는 녀석과는 대화하고 싶지 않았다. 인사를 하고 몸을 돌리려 할 때였다. 녀석이 또 말을 걸었다.

"마을 분이지요? 제 추리가 맞는지 확인하고 싶은데 잠깐만 들어주시겠소? 상가 사람들은 돈돈 거리기만 해서 믿을 수가 없어, 휴."

"내가 지금 가봐야 할 곳이 있소."

"잠깐이면 돼요. 내가 구한 단서가 두 가지거든."

"……."

"하나는 '해고'고, 다른 하나는 '병원'이야. '해고'와 '병원'에 들어맞는 사람을 찾아야 하는데 말이야, 휴."

"난 잘 모르겠는데."

"그렇소? 내가 생각할 때는 당신인 것 같아."

"내가? 나를 아시오?"

"영감은 박물관에서 해고를 당했고, 늙은이니까 병원과 친할 거 아니야?"

"잘못 알았소. 나는 아니오."

녀석이 번들거리는 눈으로 히쭉 웃었다.

"이럴 줄 알았어."

"……."

"네가 범인이지?"

앞니가 도끼를 들어올렸다. 나도 모르게 뒷걸음질을 쳤다. 앞니가 도끼를 휘둘렀다. 그것이 강한 파공음을 내며 나를 스치고 지나갔다. 앞니가 휘청이며 웃었다. 녀석이 다시 도끼를 들어올렸다. 나는 몸을 돌려 달리기 시작했다. 앞니가 나를 쫓으며 외쳤다.

"네가 범인이지? 네가 범인이지?"

내가 범인이 맞다, 이 자식아. 하지만 원했던 건 이런 방식이 아니었다. 나는 껄떡이는 낡고 큰 신발처럼 달렸다. 그때 마을 스피커를 통해 '고속도로가 지열을 받아 융기했습니다. 고속도로 입구를 통제하오니, 마을을 나가실 분들은 국도를 이용해주시기 바랍니다'라는 내용의 방송이 흘러나오는 것을 들었다.

창문

시내는 조용했다. 그러나 시에스타가 끝나면 사람들이 이곳으로 몰려들 것이다. '범인 찾기 게임'의 주요 단서는 늘 시내에 있기 때문이다. 나조 씨는 이날만 되면 상가 사람들이, 영화에 등장하는 닳고 닳은 상인처럼 군다고 말했다. 연기를 못하는 배우가 전형적인 하나의 역할만을 연기하는 것처럼 말이다. 하지만 그녀는 그 말을 한 후에 덧붙였다. 연기할 수 있는 어떤 역할이 존재한다는 사실에 사람들이 안도하는 듯 보였다고, 그 역할이 없었다면 그들은 큰 혼란에 빠졌을 거라고 말했다. 그 말을 하는 나조 씨의 얼굴이 슬퍼 보였다.

조심을 한다고 했지만 세네 명의 점주들에게 모습을 들켰다. 점주들의 신경이 온통 바깥을 향해 있었기 때문이다. 나를 본 누군가는 재수 없는 것을 봤다는 듯 얼굴을 찌푸렸다. 누군가는 수화기를 집어들었다. 누군가는 가게를 뛰쳐나오기도 했다. 나는 도망치듯 돌고 돌아서 오기네 모텔로 향했다. 어서 오기를 만나야 했다.

 오기를 만나면 하고 싶은 말이 정말로 많았다. 나조 씨와 도노를 죽인 사람이 동일범이라는 것, 그자가 니만을 시켜 자신의 범죄를 은폐하고 있다는 이야기를 할 생각이었다. 어쩌면 네 어머니도 그에 대해 아는 게 있을지도 모른다고 말할 것이다. 가슴이 아프겠지만 마음의 준비를 해야 한다고 말이다. 어쨌거나 우리는 이제 나조 씨와 도노의 죽음에 다가갈 수 있다고, 비밀의 상자를 열 수 있을 만한 작전을 짜야 한다고 말할 생각이었다. 그렇게 나는 진실로부터, 누구의 죽음으로부터도 도망치지 않을 생각이라고, 아니 이 말을 굳이 하지는 않을 것이다. 알아준다면 좋고 몰라도 상관이 없다. 어쨌거나 그렇게 이야기가 잘 풀린다면, 미안했다고 말할 수 있을지도 모른다. 혼자 둬서 미안했다고 떳떳하게 그 말을 할 수 있을지도 몰랐다.

 호두를 씹으며 모텔을 올려다보았다. 이 일이 끝나면 견과류는 쳐다도 보지 않을 생각이었다. 그것이 뇌 건강에 좋다지만 이제는 완전히 물려버렸다. 인터넷에서 야매로 한 아이큐 검사 결과를 떠들어대지도 않을 것이다. 사람들이 내게 가하는 의심, 그러니까 미쳤다는 의심을 스스로에게 들이밀지도 않을 생각이었다. 그저 조용히 없는 사람인 것처럼 살아가고 싶었다. 무언가를 죽이거나 망치지 않으려고 최선을 다하면서 살 수 있다면 얼마나 좋을까. 호두 봉지를 여며 가방에 넣었다. 그리고 모텔로 들어갔다. 약속 시간보다 한 시간 삼십 분이나 이른 시간이었다.

접수대는 비어 있었다. 1층을 모두 돌아보았다. 오기도 이비 씨도 보이지 않았다. 밖으로 나가 약속 시간이 되길 기다릴까 했지만 그러기를 그만두었다. 시내에는 보는 눈이 많았다. 내가 나서서 행적을 광고할 필요는 없을 터였다. 나는 접수대에 기대 선 채 오기에게 전화를 걸었다. 일찍 왔으니 빨리 보자고 이야기할 셈이었다. 그러나 오기는 전화를 받지 않았다. 계속해서 전화벨이 울렸다. 생각해보면 그가 보내온 문자에는 석연찮은 구석이 있었다. 오기는 '오늘 시에스타가 끝나는 시간에 맞춰 어머니의 모텔에서 보자'고 말했다. 그의 연락이 반가워서 이곳에 오기는 했으나 이상했다. 오기는 어째서 이비 씨 모텔에서 만나자고 한 걸까? 만나자는 말뿐, 왜 어떤 설명도 없는 걸까. 게다가 무시하고는 있었지만 내가 오기에게 전화를 건 순간부터, 모텔 어딘가에서 낮은 벨소리가 계속 울리고 있었다. 휴대전화를 귀에서 떼자 그 소리가 더 선명하게 들렸다. 벨소리는 계단을 타고 내려오고 있었다.

나는 전화 연결을 지속한 채 소리를 쫓아 2층으로 갔다. 계단을 오르자 복도가 나타났고, 복도 중앙에 홀로 열려 있는 객실이 보였다. 열린 객실 앞에는 청소함이 세워져 있었다. 나는 소리를 따라 열린 방문 앞으로 다가갔다. 전화벨은 방 안에서 울리고 있었다. 전화를 끊자, 벨소리가 멈췄다. 방은 비어 있는 듯 보였다. 망설이던 나는 그곳으로 들어갔다.

방 안은 욕실과 옷장, 1인용 침대와 냉장고, 책상과 작은 텔레비전뿐으로 가구도 가구 배치도 나조 씨의 방과 꼭 닮아 있었다. 그럼에도 불구하고 나는 어쩐지 그 방이 나조 씨의 방과는 조금 다르다는 느낌을 받았다. 이유는 알 수 없었다. 출처를 알 수 없는 위화감이 그곳에 있었다. 침대로 다가가 매트에 놓인 휴대전화를 집어 들었다. 부재 중 전화에 내 이름이 떠 있었다. 내 번호를 몰라서 연락을 안 한 것은 아닌 모양이었다. 욕실과 옷장을 열었다. 그 안에도 오기는 없었다.

나는 어찌해야 할 바를 모른 채 방 안으로 쏟아지는 햇살을 바라보았다. 오늘 하루, 최고조의 빛이었다. 묵은 피로가 몰려오는 것을 느꼈다. 정신을 차리기 위해 창가로 다가섰다. 그곳에 붙어 나른하고 적막한 시내를 내려다보았다. 눈을 감을 때마다 감은 눈꺼풀 위로 발갛고 노란 빛이 어른거렸다. 뭔가가 이상했다. 이곳이 왜 이렇게 낯설고 비현실적인 느낌이 드는 걸까. 고개를 뻗어 창 아래를 내려다보자 모텔의 뒤뜰이 보였다. 그곳에는 나조 씨가 앉아서 볕을 맞곤 하던 일광욕 의자가 있었다. 나조 씨가 가져다놓은 것이었는데 이제는 모텔의 소유가 된 듯했다. 그것을 바라보며 무심코, 이 정도로 빛이 들어오는 방이라면 굳이 나가서 일광욕을 하지 않아도 되겠다는 생각을 했다. 그리고 나는 그제야, 내가 느꼈던 위화감의 정체를 깨달았다.

나조 씨의 방에는 이처럼 빛이 든 일이 없었다. 우리는 늘 아늑하지만 조금은 어두운 방에 앉아서 TV를 보거나, 간식을 먹거나, 수다를 떨곤 했다. 그랬다. 그때마다 나는 나조 씨의 창문이 완전히 열려 있는 것을 본 일이 없었다. 불투명한 그녀의 창은 늘, 손바닥 반뼘 만큼만 열렸다. 나조 씨는 그에 대해 '예전에 이곳에서 사람이 떨어졌다고 하더구나. 그래서 창이 완전히 열리지 않게끔 손을 본 모양이야' 하고 말했었다. 그녀는 '난 이제 밝은 곳이 싫어. 일광욕 정도만 하는 게 좋아' 하고 덧붙였다. 내가 '누가요? 누가 떨어졌는데요?' 하고 묻자 그녀는 '모르겠어. 물어봤는데 큰 사고는 아니었나봐' 하고 대답했다. 그러나 내가 있는 방 창은 투명했고, 완전히 열리는 미닫이 창문이었다. 이상했다. 2층에서 사람이 떨어졌는데 어째서 나조 씨의 방에만 그런 조치가 취해진 걸까. 아니, 이 방만 처치가 이루어지지 않은 걸까. 별일이 아닌지도 모르지만 조금 혼란스러웠다. 내면의 작고 검은 점이 부글부글 부풀어 오르고 있었다.

 방을 나섰다. 무작정 옆 객실로 갔다. 문을 두드리며 말했다.
 "문 좀 열어주세요! 잠깐 창문만 확인할게요."
 문은 열리지 않았다. 나라도 나 같은 사람이 방문을 두드리면 문을 열어주지 않을 것이다. 내 목소리가 이상하고 바보같이 들렸다. 옆방으로 갔다. 문을 두드렸다. 문이 열리지 않았다. 또 옆방으로 갔다. 열리지 않았다. 그제야 대부분의 사람들이 평원 물싸움에 가 있을 거라는 생각이 들었다. 하지만 또 옆방으로 갔다. 문은 열리지 않았다. 그렇게 제일 끝 방인 나조 씨의 방까지 갔다. 방문을 두드리려다, 문고리에 손을 얹었다. 그리고 그것을 잡아 돌렸다.

 사람은 보이지 않았다. 켜진 TV에서는 국제 유가 정보가 흘러나오고 있었다. 욕실문 너머로 물소리가 들렸다. 방주인일 터였다. 나는 발소리를 죽인 채 창문으로 다가갔다. 나조 씨의 방은 이전에 들어갔던 방과는 창의 위치가 달랐다. 이전 방 창문이 문과 마주 보게끔 나 있다면, 나조 씨의 방은 우측 벽면에 나 있었다. 그 외에 다를 것은 없었다. 창문은 내가 기억하는 모양 그대로였다. 불투명해서 밖이 보이지 않는 창문. 미닫이인 그것을 밀자, 창이 손바닥 반뼘만큼 움직인 후 꿈쩍도 하지 않았다. 창틀에 설치된 추락방지 잠금장치 때문이었다. 합금으로 된 잠금장치는 전용 레버로 열어야 해제가 되는 물건인 듯했다. 창을 틀에서 빼내기 위해 들어올려보았지만 그 역시 소용이 없었다. 이쯤 되면 포기하고 방을 나가는 게 맞을 것이다. 하지만 불길한 검은 점이 부풀어올라 폭파하기 일보직전이었다. 미칠 것 같았다. 뭔지 모르겠지만 미쳐버릴 것만 같았다. 나는 책상으로 다가가 의자를 집어들었다. 그것을 창문을 향해 던졌다. 창이 요란한 소리를 내며 무너져내렸다. 방 안으로, 빛이 쏟아져들어왔다. 욕실에서 들려오던 물소리가 멈췄다.

  나는 뚫린 전방을 바라보았다. 전방으로, 주유소가 보였다. 마을에서 폐점되지 않은 채 유일하게 영업 중인 주유소였다. 그것은 나조 씨의 창문으로만 볼 수 있는 풍경이었지만, 특별한 것은 아니었다. 급유장과 세차장이 있는 평범한 주유소였다. 눈에 띄는 점이 있다면 급유장에 흰색 덤프트럭이 세워져 있다는 점이었다. 마을 공동 소유의, 축제기간이 되면 마을을 바삐 돌아다니는, 내가 박물관에 들이받았던, 바로 그 트레일러였다. 트레일러 윗면에 꽂힌 호스가 주유소 바닥 기름 탱크에 연결돼 있는 게 보였다. 그것은 언뜻 보아서는 그러려니 하지만, 생각해보면 조금 이상한 풍경이었다. 어째서 유조차도 아닌 일반 트럭이 주유소에 기름을 제공하고 있는 것일까, 제공받는 게 아니라.

트럭이 유조차였나. 그건 불가능했다. 기름은 반드시 원통 탱크에 담아야 한다. 원통 탱크가 충격에 강하고, 기름을 담거나 추출하기에 안정적이기 때문이다. 트럭이 유조차이려면, 원형 탱크를 지니고 있어야 한다는 말이었다. 그러나 트레일러는 사각의 적재함을 가진 덤프트럭이었다. 어째서? 그것이 뜻하는 바는 현재로써는 한 가지였다. 차량 불법 개조. 그러니까 둥근 원통 탱크에 불법으로 철판을 대서 그것을 사각의 덤프트럭으로 위장했다는 것 외에는 설명이 되지 않는 상황이었다. 박물관을 습격하던 때 내가 트레일러 아래에서 봤던 밸브는 아마도 유조차에 달린 그것이었을 것이다. 어째서 이 작은 마을에 불법으로 개조된 차량이 있으며, 그것이 인적 없는 시간 주유소에 기름을 공급하고 있는 것일까.

모든 정황들이 하나의 사실을 가리키고 있었다. 불현듯한 깨달음에 다리에 힘이 풀리는 것을 느꼈다. 나는 뒷걸음질을 치다 책상에 기대섰다. 급유를 마친 트레일러가 느릿느릿 움직였다. 트레일러가 사라지자 주유소는 다시 평범한 모습을 되찾았다. 그리고 욕실문이 열렸다.

위도, 앞니

나는 빈 시내 한가운데에서 앞니의 배에 깔려 있었다. 그는 검은 동굴 같은 입으로 '영감님, 저한테 왜 이러십니까? 이 불쌍한 남자한테 왜 이러시는 겁니까아' 하고 주절댔다. 공격은 제가 해놓고 정신이 오락가락하는 모양이었다. 그로부터 여전히 독한 술냄새가 났다. 선데 가게 주인은 팔짱을 낀 채 이편을 바라보고 있었다.

우리에게 다가선 젊은 경찰은, 앞니와 나에게 일어서라고 명령했다. 나는 짜증이 났지만 이것이 그다지 문제될 만한 상황은 아니라고 생각했다. 도끼를 휘두른 현행범으로 앞니를 경찰서에 보내면 끝나는 일이었다. 앞니는 살인 미수에 해당하는 일을 저질렀으니 당연히 처벌을 받을 것이다. 나 역시 한 번은 진술을 해야 하겠지만 그것은 나중 일이라고 생각했다. 그러나 경찰 앞에 선 앞니의 태도는 가관이었다. 녀석이 양손을 제 배 위에 공손히 얹은 채 쿨쩍거렸다. 앞니가 없어서 그런지 우는 꼴이 퍽이나 불쌍해 보였다.

"축제를 즐기러 왔는데 왜 이런 일이 일어났는지……. 영감님이 지나가는 저를 다짜고짜 때렸습니다. 이것 보세요."

녀석이 티셔츠를 걷어 배를 내밀었다. 쓸린 상처가 드러났다. 최근 상처였지만 내가 낸 것은 아니었다. 그렇게까지 아픈 척을 할 만한 상처도 아니었다. 나는 고개를 저으며 말했다.

"이자가 다짜고짜 도끼를 들고 달려들었소. 박물관에서 훔친 물건이라고 했소. 나는 그걸 피해 도망친 게 다요."

"네? 도끼라니요? 저 때문에 기분이 상하셨다면 죄송하지만 그런 무서운 말은 마십시오."

앞니는 정말 놀란 얼굴이었다. 그가 어리둥절한 얼굴로 비어 있는 양손을 들어 보였다. 아무리 주변을 둘러보아도 도끼는 보이지 않았다. 녀석이 어딘가에 그것을 떨군 모양이었다. 도끼는 들고 달리기에는 너무 무거운 물건이니까. 혼란에 빠진 내가 입을 뻐끔거리자 나를 바라보던 경찰이 미란다 법을 고지하기 시작했다. 옆에서는 앞니가 목이 마르다고 칭얼거리고 있었다.

실패한 쌍놈들의 세상

 허리에 수건을 감은 삼십대 남자가 문간에 서서 깨진 창문과 나를 번갈아 바라보았다. 젖은 머리를 올백으로 넘긴 남자는 상체가 아주 컸다. 코가 크고 움푹 들어간 눈이 조금 야비한 인상을 풍겼다. 나를 한 차례 훑어본 남자는 낮고 차가운 목소리로 말했다.
 "무단침입, 기물파손. 경찰을 불러야겠는데."
 "보고 싶은 게 있어서 어쩔 수 없었어. 모텔주인한테 방을 바꿔달라고 해."
 남자가 팔짱을 끼며 말했다.
 "뻔뻔하구나. 창문 값을 청구해야겠어. 안 그러면 모텔주인이 내가 한 짓인 줄 알 테니."
 내가 입술을 문 채로 서 있자 남자가 한숨을 쉬며 말했다.
 "뭘 보고 싶었던 거지?"
 "바깥 풍경."

남자가 헛웃음을 터뜨리며 말했다.
"바깥 풍경을 보고 싶어서 내 방에 들어와 창문을 깼단 말이지. 고약하구나."
"……."
"이봐, 창문 값을 내고 싶지 않으면 거래를 하는 게 어때. 어디로 가면 젊은 사람들을 만날 수 있지? 축제라고 해서 왔더니 순 말도 안 되는 일들뿐이야. 여긴 너무 지루해."
"젊은 사람들을 만나기는 힘들 거야."
"흥. 그럴 줄 알았어."
남자가 머리를 털며 나를 훑었다. 그는 닫힌 문을 힐끔 쳐다본 후 말했다.
"너는? 내 눈에는 너도 젊어 보이는데."
"당신과 하고 싶은 이야기가 있어."
그가 휘파람을 불며 말했다.
"이야기 좋지. TV를 끌까."
"아니, 그럴 필요 없어. 잠깐이면 돼."
"이봐, 다리가 아파 보여서 그러는데 침대에 와서 얘기하지 그러니. 이 옆으로 와. 아니, 일단 씻을래?"
나는 고개를 저었다. 남자가 피식 웃으며 양 손바닥을 뒤로 해 침대 매트를 짚었다. 그러자 그의 하체를 가리고 있던 수건이 느슨해졌다. 그는 그것을 힐끗 쳐다봤지만 다리를 오므리거나 수건을 정리하지는 않았다. 그 모습이 역겨워 고개를 숙였다. 남자가 웃었다.
"나는 정말 이야기만 하러 온 거야."

"그래, 그래. 무슨 이야기를 하고 싶니?"

"그러니까 나는, 나는 말이야. 한 마을에 대해 말하고 싶어."

"마을? 난 네 이야기를 했으면 좋겠는데. 나이가 어떻게 되니?"

"말 좀 끊지 말아주겠어? 이야기 중이잖아, 망할."

남자는 움찔했지만 곧 관대한 얼굴로 웃었다. 그리고 계속하라는 듯 손짓을 했다. 나는 바닥에 시선을 고정한 채 이야기를 시작했다.

"한 마을이 있어. 그 마을은 먹고살기 힘들다는 이유로, 살인마를 내세워서 축제를 운영해. 하지만 축제가 흥한 건 초반 몇 년, 이후로는 계속 내리막길을 걸어. 축제에서 벌어들이는 돈은 마을 사람들이 먹고살기에는 턱없이 적은 돈이었을 거야."

"어디서 많이 듣던 이야기 같구나."

"하지만 마을은 굴러가. 사람들에게 중요한 건 축제가 아니었거든. 과거에 일어났던 살인사건도, 그 때문에 죽은 사람들도, 잡히지 않은 살인마도 사실은 모두 허울에 불과해."

"……."

"마을에 있는 사람들은 하나의 사업을 계획했어. 내가 짐작하기로 그 시작은 9년 전쯤이었던 것 같아. 더 전일 수도 있고. 엄밀히 말하면 그건 사업이 아니라 범죄였어. 하지만 마을 사람들은 생각했겠지. 우리도 먹고살아야 하지 않느냐고 말이야. 아니면 살인마는 사람을 죽였는데, 우리가 벌이는 범죄가 뭐 그리 대단하겠느냐고. 어쨌거나 그들은 모두 한 방향으로 흘렀어. 흐르기만 했겠어? 경쟁을 했겠지."

"……."

"이를테면 그 마을 아이들이 한동안 가장 되고 싶어 했던 사람은 살인마였어. 왜냐면 살인마는 마을에서 가장 유명하고 가장 인기 있는 사람이었거든. 말하자면 어떤 문이 열려버린 거야. 법도 의미가 없고 윤리도 죄책감도 시간 낭비일 뿐인 그런 세계 말이야. 그런데 이 문이 열리면 안 좋은 게 뭔지 알아?"

"몰라. 별로 관심도 없고."

"이 세계가 열리면 말했다시피 규범도 의미가 없고 도덕도 불필요하니 다들 마음 편하게 쌍놈이 될 수 있어. 하지만 이 세계에서 살아남으려면 적당한 쌍놈이 되어서는 안 돼. 모두가 쌍놈이니까, 다들 서로를 능가하는 쌍놈이 되어야 하는 거야. 그런데 말이야, 보통 사람들은 대단하게 윤리적으로 살기도 힘들지만 대단한 쌍놈으로 살기도 힘들어. 내가 볼 때 그 마을은 실패한 쌍놈들의 세상인 것 같아."

"호기로운 이야기인데. 무슨 말을 하고 싶은 거니?"

"본론으로 돌아올게. 어쨌거나 마을 사람들은 축제로 돈을 번 게 아니었어. 축제는 그들이 번 불법적인 돈을 세탁하는 용도로나 사용됐겠지. 그들이 벌인 범죄가 뭐였을 것 같아?"

"네가 꾸며낸 이야기니?"

"그런지도 몰라. 나한테는 정황적 추측만 있고 증거가 하나도 없거든. 사람들은 어차피 내 말을 듣지도 믿지도 않을 거야. 내가 정신과 치료를 받았던 이력이나 들먹이겠지."

"……."

"당신은 마을 사람이 아니니까 말해줄게. 사실 여부는 당신이 판단해. 마을 사람들은 기름을 훔쳤어. 고속도로 아래에 있는 송유관에서 말이야. 그 송유관은 저유소와 연결이 돼 있거든."

"……."

"거기서 뽑은 기름을 어떻게 했을까?"

"……."

"주유소나 폐주유소에 그득그득 넣어뒀겠지. 그런데 여기서 문제가 발생했어. 이 과정에서 사람이 죽은 거야."

남자는 놀란 얼굴로 나를 바라보았다.

"사람이?"

"송유관은 땅 밑에 있잖아? 땅굴을 최소 사오 미터는 파내려 가야 했을 거야. 무슨 일인지 모르겠지만 8년 전 거기로 사람이 떨어졌던 것 같아. 그자의 양쪽 늑골 뼈가 부러졌어. 그건 장기를 손상시키는 중상이었을 거야. 그자가 떨어졌을 때 살아 있었는지 죽은 상태였는지는 몰라. 하지만 그 상황을 지켜보던 사람들은 선택을 했어. 그 죽음을 은폐하기로 말이야. 그 마을은 어차피 살인마가 날뛰던 곳이니까, 살인마를 흉내내서 시체를 유기하면 되지 않겠느냐는 의견이 나왔겠지. 그들은 실제로 그렇게 했어. 살인마를 흉내낸 거지. 시체에 불을 붙여서 증거를 인멸하고, 죽은 자를 평원에 묻었어. 당연히 이 희생자는 다른 희생자들과는 골절이나 방화 양상이 달랐어. 그래서 이 자를 죽인 자가 살인마가 맞느냐, 의문을 제기하는 사람도 있었지만 어쩌겠어? 범인이 잡히지 않은걸. 시간이 흐르고, 범인이 잡히지 않고, 다른 단서는 나오지 않았어. 사람들의 관심은 떨어지고 그냥 그렇게 그 모든 사건이 합쳐져버린 거야. 결코 합쳐져서는 안 되는 것들이."

"난 그런 일이 있는 줄 몰랐어. 죽은 사람이 누구니?"

"도노. 여기 모텔 주인의 첫째 아들이야."

"아아."

"이 사실은 모텔 주인도 아마 알고 있었을 거야. 아들이 도유에 동참한다는 사실도, 그 때문에 죽었다는 것도 알고 있었을 거야. 하지만 그녀는 이 사실을 묵인하는 편을 택했어. 뭔가를 약속받았는지도 모르고, 폭로를 하기에는 상황이 여의치 않았는지도 몰라. 그 속내를 나는 모르겠어. 어쨌거나 비밀은 묻혔고, 사람들은 계속 살았어. 축제를 했어. 기름을 포기하지도 않았어. 하지만 8년이 지나서 문제가 생겼어. 마을의 유가족 중 하나가 도노의 죽음을 파기 시작한 거야. 정말 엄한 짓이었지. 도노의 죽음은 살인마와는 상관도 없었는데. 하지만 문제의 유가족은 개의치 않았어. 아주 오지랖이 넓은 사람이었거든."

"……."

"그 사람이 진실에 매우 근접했던 것 같아. 그녀는 이 사건을 파다가 마침내, 9년 전 폐주유소를 드나들었던 사람이 누구냐는 질문을 던지기에 이르렀어. 도유 관계자가 도노를 죽였을 거라고 짐작했던 거지. 자, 생각해봐. 도유에 연루돼 있던 사람들은 어떻게 했을까? 이 유난스러운 유가족을 어떻게 해야 할까."

"……."

"이쯤 되면 아주 쉽지 않아?"

"……."

"도노에게 했던 것처럼 했지. 또 살인마의 짓으로 위장해서 죽였어. 그녀를 상처입히고 불태웠어. 그녀가 진실을 알게 되면 도유를 그만둬야 할 테니까. 감옥에 가야 할 거고, 입어야 할 손해가 막심할 테니까. 하지만 말이야. 그게 죽고 사는 문제는 아니었잖아? 죽고 사는 문제인 척하지만, 진짜로 죽고 사는 문제는 아니었잖아?"

"……."

"그녀는 당신이 있는 이 방에 아주 오랫동안 머물렀어. 딸을 죽인 범인을 찾으려고."

"……."

"마지막 문제야. 이 기름은 어디로 갔을까. 대체 누구한테 판 걸까?"

"너, 누가 보내서 왔니?"

"내 발로 왔어. 날 부른 건 당신들이잖아."

"나는 이 마을에 올해 처음 왔어. 뭔가를 듣고 싶어서 날 찾아온 거라면 그건 큰 실수야. 이제 그만 나가줬으면 좋겠다."

"알고 싶지 않아?"

남자가 수건을 추스르며 몸을 일으켰다.

"마지막 경고야. 지금 나가면 방에 침입한 걸 입 다물어줄 수도 있어."

"당신은 알아야 한다고 생각하지 않아? 이게 엄한 화풀이라고 생각해?"

남자가 침대 옆으로 가 전화기를 집어들었다. 나는 두 번째 책상 서랍을 열었다. 남자가 놀란 얼굴로 나를 바라보았다. 그곳에는 Best Oil이 적힌 회색 와치 캡이 들어 있었다. 나는 손을 뻗어 모자 아래 있는 반자동 권총을 꺼내 들며 말했다.

"수화기를 내려놔."

"너……. 총을 이리 내!"

나는 공이를 당겼다. 약실 안에 총알이 들어 있는 게 보였다. 공이를 완전히 당기자 뒤로 밀려나 있던 방아쇠가 틱, 하는 소리를 내며 앞으로 왔다. 거기에 검지를 집어넣었다. 나는 양손으로 총을 잡아 남자를 겨눴다. 남자가 수화기를 내려놓았다. 만일 내 심장을 볼 수 있다면 그것은 짙고 끔찍한 색을 띠고 있을 것이다. 심장이 무섭게 뛰고 있었다. 나는 말했다.

"늘 궁금했었어. 어떻게 이 망해가는 축제로 사람들이 먹고살 수 있는지 말이야. 그들이 먹고살기 위해 살인마를 선택했다고는 하지만, 그게 효과적인 선택이라고 생각지는 않았어. 그저 힘들어서, 살기 위해서 썩은 동아줄을 붙들고 있는 거라고 생각했어. 그런데 그게 아니었던 거야. 살인마는 위장이고 축제는 눈속임이었을 뿐이지. 현실은 더 간교하고 잔인해. 살인마가 그들에게 무슨 의미가 있겠어? 그자에게 희생된 사람들이 뭐 크게 문제가 되겠어? 고속도로를 타고 흐르는 기름이 있는데!"

나는 악마처럼 외쳤고 내가 외친 말은 내게로 돌아와 나를 두드려대고 있었다. 나는 숨을 헐떡이며 말했다.

"마을 사람들은 이 기름을 누구한테 팔았을까? 미리 말하자면 관광객들은 아니야. 그들은 고정적인 구매자가 될 수 없어. 대체 누구한테 기름을 판 걸까? 당신은 알잖아!"

"······난 아냐."

"사람들은 안정적으로 기름을 사줄 수 있는 구매자를 찾았겠지. 어떤 일이 일어난다 해도 관심이 없고, 싼 기름이면 모든 게 허락되는 주유업자들 말이야. 당신 같은 그런 사람들은 널리고 널렸겠지. 이 마을에서 어떤 일이 일어나는지도 모른 채, 그저 싼 기름이면 좋다고 이곳에 왔겠지! 불이 두려워서 꽁초는 늘 조심조심 다루지만 사람이 통째로 불타 죽는 데는 관심도 없지!"

"넌 지금 큰 오해를 하고 있어. 나는 네가 말하는 주유업자가 아니야."

"개소리 하지 말고 손 들어!"

TV에서는 여전히 국제 유가 정보가 흘러나오고 있었다. 남자의 노트북에는 여전히 유가 장외시장과 공장도 기름 가격이 띄워져 있을 것이다. 남자는 고개를 떨군 채 양팔을 들어올렸다. 내가 물었다.

"어제 마을회관에서 뭘 했어?"

"나는 물건을 사러 왔을 뿐이야."

"정확히 뭘 했냐고."

남자가 머뭇거리며 말했다.

"해마다 이맘때면 이곳에서 비밀 경매 입찰이 열려."

"비밀 경매?"

"기름을 살 사람들을 불러 모아서 한 해 동안 얼마만큼의 기름을 살 건지, 어느 정도의 가격으로 구입할 건지 적어내게 하는 거야."

"계속 해."

"그건 판매자에게나 이로운 경매 방법이지. 우리 같은 구매자한테는 좋은 방법이 아니야. 누가 어떤 가격을 적어내는지 모르는 상태로, 이쪽의 패를 보여줘야만 하니까. 하지만 마을의 기름이 워낙 싸고 질이 좋으니까 업자들은 그 사실을 감수하고 이곳에 오는 거야. 어쨌거나 경매가 끝나면 우리들은 1차로 사들인 기름을 차에 채워서 마을을 떠나. 축제 기간에는 마을에 트레일러들이 들어와도 이상하지 않으니까, 거래 시기와 축제는 늘 맞물려 있어."

"……"

"그런데 올해 잘나신 판매자 양반들께서 폐주유소에 들어 있던 기름을 도둑을 맞았다더군. 우리가 가지고 가야 할 기름을 말이야. 그들은 대안도 없이 기다려달라는 말만 했어. 우리는 짜증이 났어. 기름이 싸다는 이유로 마을이 제시하는 경매도, 정해진 시간에 이곳에 와야 하는 번잡함도 모두 감수했어. 그런데 이런 식으로 일이 어그러진다면 어떻게 우리가 그자들을 믿고 1년 치 기름을 살 수 있겠어? 이건 신뢰의 문제야. 그래서 어제 그 문제를 논의하기 위해 마을회관에 갔던 거야."

"그래서?"

"조금 더 기다려달라는 말만 들었을 뿐이야. 이쪽도 피해가 이만저만이 아니야. 싼 값에 기름을 구입할 수 있을까 해서 이곳에 온 건데, 지금으로서는 잘 모르겠어."

"……"

"이봐, 도노라는 청년과 이 방의 주인이 죽은 건 유감이지만 말이야. 하지만 나는 그의 죽음과 아무 관련이 없잖니. 이건 나한테 따져야 할 일이 아니라 기름을 판 사람들과 정리해야 할 문제가 아니니? 따지고 보면 나도 상당히 곤란하게 됐다고."

"그 기름 때문에 사람이 죽었어. 그 기름 때문에 진실이 계속 묵인되고 있고."

"……."

"여기에 당신 책임이 전혀 없다고 생각해?"

남자는 무언가를 말하기 위해 입을 뻐끔댔다. 그는 자신을 향한 총구 때문에 마음에 있는 말을 하지 못하고 있을 뿐이다. 나는 피로를 느꼈다. 그에게 물었다.

"이 일의 책임자가 누구야?"

이번에는 고민의 시간이 짧았다. 남자는 냉큼 무언가를 말하려 했다. 그때 방문이 열렸다. 열린 문틈으로 이비 씨가 나타났다. 그녀가 언제부터 문 뒤에 있었는지 알 수 없었다. 나는 비명을 지르듯 외쳤다.

"물러 서!"

"총을 내려놔, 애야."

"당신은 전부 알고 있었어! 도노가 죽었을 때도, 오기와 내가 살인마를 찾을 때도 사실은 전부 알고 있었어! 빌어먹을, 어떻게 그럴 수가 있어! 당신이 그러면 안 되는 거잖아!"

그녀는 표정이란 걸 가져본 적이 없는 사람처럼 무심한 얼굴로 말했다.

"1층에 너희 아버지와 방범대원들이 와 있어. 문제를 크게 만들지 마라. 너는 아파, 병원에 가야 해."

"아버지? 방범대원? 훔친 기름을 지키는 범죄자들이겠지. 아버지도 당신도 쓰레기야. 당신들은 나조 씨가 왜 죽었는지 알고 있었지?"

"아니, 난 몰랐어. 지금도 네가 무슨 말을 하는 건지 모르겠고. 네 망상을 듣고 있기에는 내가 너무 피곤하고 시간이 없구나. 병원 치료부터 받으러 가렴. 그러려고 사람들을 부른 거니까."

"……오기는 어디 있어?"

"그래서 네가 병원에 가야 한다는 거야."

"뭐?"

"오기는 죽었잖니. 5년 전에."

말을 하는 이비의 얼굴에 잠시 경련이 일었다. 나는 그녀를 바라보았다. 그것은 너무 말이 되지 않는 이야기라서 나는 그 말에 충격을 받지도 않았다. 그저 이비 씨가 정신을 놓아버린 건가, 하고 그녀를 응시했을 뿐이다. 그때 양팔을 들고 서서 내내 기회를 노리고 있던 남자가 슬그머니 팔을 내렸다. 나는 그에게 팔을 뒤로한 채 엎어지라고 지시했다. 그런 후 이비 씨에게 말했다.

"무슨 소리야. 난 어제도 오기를 만났어. 병원에 가야 할 건 당신인 것 같아."

"오기는 죽었어. 넌 5년 전에도 나한테 전화를 해대더니 지금도 그러고 있어. 네가 저장해둔 오기의 핸드폰 번호가 정말 오기 거라고 생각하니? 어린 오기한테 비상 연락망으로 들려보냈던 내 핸드폰 번호를 저장했던 게 기억나지 않아? 기억나지 않는다면 또 병이 도진 거야."

"……."

"애야, 병원에 가렴."

"날 미친 사람으로 만들어서 정신병원에 보내려는 거야? 사람들하고 그렇게 말을 맞췄어? 모든 사실을 은폐하려고? 정신 차려, 미친 건 당신들이잖아! 오기는 어디 있어?"

이비 씨는 일을 많이 해서 두툼해진 손으로 이마를 짚었다. 그녀가 눈을 가렸다. 나는 말했다.

"난 어제까지 오기랑 있었어. 오기가 나조 씨를 죽인 범인을 찾아야 한다고 말했어. 사람들을 불편하게 하려고 벗고 다닌다고 했어. 그런데 오기가 연락이 되지 않아. 내 전화를 받지 않는다고. 그 애는 언제나 목숨을 걸고 싸워. 그래서 늘 위험에 처한단 말이야. 지금도 그런지 모른다고! 그럼 안 되잖아. 오기마저 죽으면 안 되는 거잖아. 이런 장난을 칠 때가 아니라고! 알았어, 다른 건 묻지 않을 테니까 오기가 어디 있는지만 말해줘. 그럼 그냥 갈게. 응? 제발 부탁이야."

내 전화벨이 울렸다. 이비 씨는 나를 찢어버릴 듯한 얼굴로 휴대전화를 들어 보였다. 좀 전에 빈방에서 보았던 오기의 휴대전화였다. 이비 씨가 말했다.

"받아. 내가 건 거니까. 이건 내 휴대폰이야. 처음부터 그랬고, 지금도 그래. 너한테 오기 이야기를 듣는 게 반가울 때도 있지만, 결과적으로는 그렇지가 않아. 기분을 추스를 수도 없을 정도로 엉망이 돼. 네 뺨을 때리고 싶은 걸 참고 말하는 거야. 애야, 병원에 가봐. 이건 진심으로 하는 말이야."

그녀는 주먹 쥔 손을 떨고 있었다. 나는 그녀의 눈을 바라보았다. 그녀가 하는 말이 진심인 것 같다는, 바보 같은 생각을 잠깐 했다. 하지만 그것은 말이 되지 않는다. 오기는 있었다. 나는 오기 옆에 있을 때면 유독 높게 느껴졌던 온도와, 태양 아래 아프게 벌거벗고 있던 그의 몸, 그을린 얼굴에 박혀 있던 오기의 눈동자, 그러니까 무언가를 말하고자 하는, 어떤 말이 되고자 몸부림치지만 아직 말이 되지 못한 언어를 다루는 듯한 그의 눈을 떠올렸다. 그런데 오기가 없다고? 내가 환상을 보고 있는 거라고? 나는 고개를 저으며 웃었다. 내 웃음소리가 이상하게 들렸다.

그때 누군가가 방문을 걷어찼다. 열린 방문 앞에 아버지와 얼간이들이 서 있는 게 보였다. 주유업자가 몸을 일으키고 있었다. 이비 씨가 무어라 소리를 질렀다. 나를 둘러싼 세계가 뿌옇고 느리게 보였다. 저 가짜들. 사람들이 나를 잡아가게 두지 않을 것이다. 나에게 미쳤다는 말을 하게 두지도 않을 것이다. 절대로 용서하지 않을 것이다. 나는 방아쇠를 당겼다. 반동에 몸이 뒤로 튕기는 것을 느꼈다. 총알이 날카로운 소음을 내며 창틀에 가 박혔다. 틀에 붙어 있던 창문 유리가 산산이 떨어져내렸다. 사람들의 모든 동작이 멈췄다. 나는 창문을 향해 달렸다. 창틀을 딛고 섰다. 몸을 돌려 오기를 한 차례 바라보았다. 살갗이 타들어가는 것 같았다. 밖을 향해 뛰어내렸다. 누군가가 내 옷깃을 잡는 것을 느꼈지만 소용없었다. 나를 잡기 위해서는 나와 함께 추락해야 할 것이다. 나는 뒤뜰에 세워져 있던 트레일러 위로 떨어졌다. 거기에 잠시 엎어져 있다지상으로 내려갔다. 이비 씨와 아버지, 주유업자가 창문으로 나를 내려다보는 게 보였다. 나는 그들을 향해 외쳤다.
"당신들은 살인마야! 모두 살인마야!"
그러고는 안 돼, 안 돼, 무엇이 안 되는지는 모르겠지만 계속해서 안 돼, 안 돼, 하고 중얼거리며 달리기 시작했다.

위도, 기어코

경찰서에 있는 대여섯 명의 경찰들과 눈이 마주쳤다. 서 안은 유독 조용하게 느껴졌다. 걸음을 옮길 때마다 경찰들의 시선이 나를 따라왔다. 죽일 것이다. 사불을 찾지 못하게 되면 앞니를 죽이고 말 것이다. 속이 부글거리고 있었다. 이건 시간낭비였다.

술이 완전히 깬 건지 의기소침하게 웅크려 있는 앞니를 지나쳐, 나를 인계받은 늙은 경찰을 따라 서 안쪽으로 들어갔다. 앞서 걷는 경찰의 등이 뻣뻣하게 굳어 있었다. 그것을 보며 어쩌면 예상보다 시간이 오래 걸릴 수도 있겠다는 생각을 했다. 딱딱한 놈들은 쓸데없는 질문을 던지고, 불필요한 것들을 걸고넘어지기 일쑤니까. 그게 걱정이 됐다. 녀석을 따라 서 안을 가로지를 때였다.

근처에 앉아 있던 젊은 경찰 하나가 옆에 있는 녀석에게 귀엣말을 했다. 귀엣말이었지만 그의 목소리는 생각보다 컸다. 그 말을 들은 옆자리 녀석이 흠칫 놀랐다. 앞에서 걷던 늙은 경찰도 그 소리를 들은 듯 나를 힐끗 돌아보았다. 나는 무표정한 얼굴로 녀석을 바라보았다. 경찰은 잠시 내 얼굴을 응시하다 말했다.

"둘이 있어서 하는 말이지만, 운이 나쁘셨어요. 저 녀석은 해마다 와서 한 차례씩 난동을 부리고 가는 놈이에요. 평소에는 소심한데 술만 마시면 개가 되어서는……. 올해도 그냥 보내질 못하고 기어코 일을 저지르네요. CCTV도 곧 확보될 테고 크게 문제될 일은 없을 겁니다."

그것은 경찰이 해서는 안 되는 발언이었다. 쌍방 폭행으로 잡혀 온 자에게 진술을 받기도 전에 할 만한 이야기는 아니었다. 그러나 나는 고개를 끄덕였다. 그리고 속닥거리던 경찰들을 한 차례 바라본 후 말했다.

"처음이 아니군요."

늙은 경찰이 고개를 강하게 두어 번 끄덕인 후 나를 책상으로 안내했다. 나는 의자에 등을 펴고 앉아 그를 바라보았다. 고개를 돌리지는 않았지만, 서장실 문이 열리고 닫히는 게 시야에 들어왔다. 늙은 경찰은 그것을 힐끗 쳐다본 후 진술서를 작성하기 시작했다. 까다로울 거라고 예상했던 것과는 달리 조서를 작성하는 일은 어렵지 않았다. 경찰은 앞니와의 관계라든가 폭행 동기, 정황에 대해 간략하게 물은 후 별다른 질문 없이 내 진술을 적어나갔다. 그러고는 조사가 마무리되었다고, 조만간 연락이 갈 거라고 이야기했다.

나는 몸을 일으켜 출구를 향해 걸었다. 앞니는 여전히 '술을 마시고 기분 좋게 걷고 있었을 뿐인데 영감이 나를 밀쳤다'는 말을 반복하고 있었다. 그러나 전과 다르게 매우 주눅든 태도였다. 그러다 자신이 '해고'와 '병원'에 대해 물었던 것 같기도 하다고 우물댔다. 이에 그를 담당하고 있던 경찰이 말했다. '네가 찾는 범인이 도넛 가게에서 해고를 당하고, 정신병원 이력이 있는 여자아이일 거라고 생각지는 않아?' 하고 말이다. 그는 '술 깨면 계집아이에게도 질 인간이 번번이……' 하고 덧붙였다. 앞니의 눈에 조용한 불이 지나갔다. 경찰은 무표정한 얼굴로 컴퓨터를 바라보고 있었다.

출입구에 도달한 나는 슬며시 몸을 돌렸다. 다시 한번 모든 경찰들과 눈이 마주쳤다. 나는 그들을 둘러본 후 경찰서를 빠져나왔다. 죽고 싶었다.

어리고 정체성의 혼란을 겪는 살인마들은 세상에 섞이는 상상을 하기도 한다. 사람을 죽이는 상상을 할 때에만 자지가 선다는 사실을 알고 있으면서도, 사람들 앞에 나서서 인정과 환호를 받는 유치한 꿈을 꾸는 것이다. 하지만 누군가를 죽이고 은폐하고 도망치는 짓을 반복하다 보면 배우지 않을 수 없다. 가면을 쓰지 않으면 어디에서도 섞여 살 수 없다는 사실을. 섞여 있는 와중에도 섞일 수가 없다는 사실을. 하지만 이곳의 사람들은 나도 모르는 새에 내게 그 일을 해주었다. 나와 함께 살고, 내게 환호해주며, 심지어 나를 있는 그대로 받아들이는 일 말이다. 그들은 나를 너무 자연스럽게 받아들인 나머지 내게 '이봐, 당신에게는 가면이 필요치 않아' 하고 이야기해준 일조차 없었다.

나는 들었다. 서에 있던 경찰이 나를 두고 '기어코 일을 저지른 거야?' 하고 속삭이는 소리를. 그들은 나를 알고 있었다. 알면서 놓아주었다.

타오르는 마음

 고무가면의 작은 눈구멍을 통해 마을회관 안 대강당을 둘러보았다. 강당에 진열된 자리는 사람으로 꽉 찬 상태였다. 세상에는 살인마가 사용한 갈고리라든가 희생자의 배에 꽂혔던 연필 따위에 침을 흘리는 사람들이 있다. 비말에는 그런 자들이 지나치게 많았다. 의자에 앉지 못한 사람들은 강당 뒤편에 서서 대형 화면이 설치된 무대를 바라보고 있었다.
 경매는 이미 시작된 상태였다. 무대에는 희생자들이 남긴 물건들이 올라오고 있었다. 죽은 자의 일기장이라든가 그들이 사용하던 가발, 잠옷 같은 것들 말이다. 사회자는 그것이 한정판 상품을 대하듯 과장된 태도로 그것들을 소개하고 있었다. 물건을 대하는 응찰자들의 태도는 더욱이나 종잡을 수가 없었다. 그들은 쓸 데 없어 보이는 물건에 열광하는가 하면 그나마 값이 나가겠다 싶은 물건에는 무관심으로 반응했다. 사람들의 기준은 좀처럼 가늠키가 어려웠다. 그저 어떤 검증을 거쳤거나 희소성이 있는 것, 입소문을 탄 물건들이 좋은 가격을 받는가보다, 하고 짐작했을 뿐이다.

경매를 둘러보던 내 눈에 강당 뒤편, 팔짱을 끼고 서 있는 덩치가 보였다. 노박은 보이지 않았다. 나는 사람들을 비집고 그에게로 다가갔다. 생각에 잠긴 얼굴로 무대를 바라보고 있던 덩치는, 다가서는 나를 힐끗 쳐다보았다. 그가 나를 알아본 것 같지는 않았다. 머리에는 고무가면, 몸에는 검은 쓰레기봉투를 걸치고 있었기 때문이다.

모텔에서 도망친 나는 박물관 관리인을 찾을 생각이었다. 오기가 그와 함께 있을 테니까. 그러나 모텔을 나선 지 얼마 되지 않아 시에스타는 끝이 났다. 사람들이 활보하기 시작했다. 범인 찾기 게임의 단서를 손에 쥔 그들은 미친 개떼처럼 내게 달려들었다. 나를 쫓는 자들은 그들뿐만이 아니었다. 마을 경찰들 역시 총기 절도 혐의로 나를 찾고 있었다. 내가 어떻게 그 모든 사람들로부터 도망칠 수 있었는지는 나도 잘 모르겠다. 나는 시도 때도 없이 엎어졌고, 마을 하수구에 숨어들었으며, 도끼를 들고 달려드는 미친 놈을 피했고, 바닥을 뒹구는 쓰레기봉투와 고무가면을 뒤집어쓴 채 나를 잡겠다는 사람들을 따라 달렸다.

그토록 힘겹게 찾아간 박물관이었다. 그러나 관리인은 그곳에 없었다. 오기 역시 마찬가지였다. 나는 건물이 마저 무너진다면 제일 먼저 붕괴될 것 같은 반파된 계단 밑으로 숨어들었다. 그곳에 내내 엎어져 있었다. 엉망진창이지만 그랬다. 너무 깜깜했고, 답이 보이지 않았다.

그러다 저녁이 되어 박물관을 찾은 사람들을 보았다. 축제 운영위 사람들이었다. 그들은 잠긴 관리실 문을 열어, 그곳에 모아둔 박물관 물건들(개중 멀쩡한)을 트럭에 옮겨 실었다. 나는 숨은 죽은 채 그 모습을 지켜보았다. 원래는 박물관에서 경매가 진행될 예정이었으나 장소가 바뀐 모양이었다. 마을 홈페이지에 접속해 경매 장소를 확인하던 나는 뜻밖의 발견을 했다. 그곳에 경매 상품 목록이 올라와 있었던 것이다. 목록에 내가 그토록 찾던 물건, 자동 오르골이 있었다. 나는 흥분했다. 오르골은 현재로써, 나조 씨의 죽음을 밝힐 수 있는 유일한 증거였다. 물건과 '나조가 오르골을 들고 평원에 갔다'던 야기 씨의 증언을 확보한다면, 경찰에 수사를 요청할 수 있을 것이다. 상황을 역전시킬 기회였다. 그 때문에 나는 '곧 모든 사실이 드러날 거야. 마을회관으로 와'라는 메모를 남긴 후 이곳을 찾은 것이다.

덩치는 캐러멜만 좋아하는 이상한 인간이었지만, 사방이 적인 데서 만나자 반가움이 치솟았다. 나는 주변을 둘러보며 물었다.

"왜 혼자야? 노박은?"

고무가면은 눈구멍이 작아서 고개를 돌리거나 숙이면 옆에 있는 덩치도 제대로 보이지 않았다. 대답이 돌아오지 않아 덩치를 바라보자 그가 검은 봉투 밑으로 비어져나온 내 바짓단을 응시하는 게 보였다. 바지는 오늘 아침 노박에게 빌린 것으로, 덩치는 그것을 알아본 듯했다. 그가 말했다.

"사람들을 만나러 갔어."

"사람들? 누구?"

덩치는 내 질문에 대답을 하지 않은 채 캐러멜을 씹으며 물었다.

"네가 여기 있다는 걸 알리면 포상금을 받을 수 있어?"

"그럴 리가 있나. 경매 순서가 어떻게 되지? 오르골을 사야 하는데."

"오르골?"

"무대에 물건이 올라왔어?"

"아직. 가격이 비싸도 살 거야? 돈은 얼마나 있어?"

뜻밖의 관심이었다. 덩치는 호기심 어린 눈으로 나를 바라보았다. 나는 오르골을 살 만큼은 될 것 같다고 대답했다. 나조 씨에게 받은 유산이 있다고 말이다. 덩치가 새 캐러멜을 입에 넣었다. 나는 물었다.

"대체 밥은 언제 먹어?"

덩치는 말이 없었다. 또 대답을 안 하려나보다, 하고 고개를 돌렸을 때였다. 느른한 목소리가 들려왔다.

"내가 하는 일은 밥맛 떨어지는 일이야. 일을 할 때에는 식사를 잘 안 해."

"일? 무슨 일을 하길래……."

"네 친구와 함께 다니는 일."

그 목소리가 조금 잔인하게 들렸다. 고개를 돌렸지만 초점이 맞지 않아서 덩치의 얼굴이 보이지 않았다. 보이는 것은 마을회관의 허름한 천장뿐이었다. 나는 허공을 응시하며 말했다.

"노박과 친해서 이곳에 온 게 아니었어?"
"나와 함께하는 자들은 전부 쓰레기들이야."
"노박도 당신이 이렇게 생각하는 걸 알아?"
"알아야 할 이유가 있니?"

노박은 덩치를 친구라고 소개했다. 하지만 덩치는 노박을 비웃으면서 이상한 냄새만 풍기고 있었다. 나는 천장을 노려보며 말했다.

"뭐 눈에는 멀쩡한 사람도 쓰레기로 보이겠지."

덩치는 말이 없었다. 나는 고개를 돌렸다. 그때 눈앞이 깜깜해지는 것을 느꼈다. 두툼한 손이 고무가면의 좁은 눈구멍을 틀어막고 있었다. 나는 고개를 저으며 외쳤다.

"뭐 하는 짓이야!"

덩치가 킬킬거리며 말했다.

"너 눈을 감고 사는구나."

덩치의 손을 밀치고 무어라 쏘아붙이려 할 때였다.

"이번 상품은 마감 직전, 극적으로 우리 품에 들어온 물건인데요. 〈평원의 살인마〉에 이것이 등장하는 아주 중요한 장면이 있죠. 여러분은 그 장면을 기억하십니까?"

의자에 앉아 있던 누군가가 외쳤다.

"타오르는 마음!"

"네, 그렇습니다. 고속도로 살인 장면에 이 오르골을 타고 흘러나오던 노래가 〈타오르는 마음〉인데요, 영화 속 명장면으로 꼽히는 부분이었죠. 이번 상품은 〈평원의 살인마〉에 나왔던 바로 그 물건, 바로 그 음악, 반부사가 1983년도에 한정으로 내놓았던 V67

오르골입니다!"

 나는 녹색 오르골에 시선을 빼앗겼다. 몸이 부르르 떨리는 것을 느꼈다. 추정만 가득한 허허벌판에서 처음으로 어떤 실물을 접한 것이다. 오르골은 나조 씨의 죽음을 설명해줄 수 있는 물건이었다. 사회자는 신속하게 응찰 가격을 올려나가기 시작했다. 나는 떨리는 손을 감추기 위해 주먹을 쥔 채 팔을 들어올렸다.

 내가 물건을 사는 것은 크게 어려운 일이 아닌 것 같았다. 오르골은 사람들의 관심 상품이 아니었다. 제시가가 높지 않았다. 경쟁자도 보이지 않았다. 다행이었다. 오르골이 먼 타지 사람의 손에 들어간다거나, 그것을 증거품으로 내줄 마음이 없는 고약한 자의 손에 들어간다면 일이 복잡해질 터였다. 나는 계속해서 손을 들어올렸다. 이상한 것은 물건을 사겠다고 손을 드는 사람이 나뿐인 것 같은데 가격이 끊임없이 올라간다는 사실이었다.
 사회자는 내가 손을 들어올린 것을 확인하면, 다음 가격을 부르며 또 이쪽을 바라보았다. 그럼 나는 어김없이 손을 올렸고, 그럼 다시 가격이 올라갔다. 낙찰이 이루어지지 않은 채 상품가가 최초 제시가의 두 배가 되었다. 그것은 누군가 나와 가격경쟁을 벌이는 자가 있다는 이야기였다. 나는 좁은 시야를 열심히 돌리며 주변을 살폈다. 손을 드는 사람은 보이지 않았다. 그러다 오르골의 가격이 세 배 올라간 후에야 문제의 원흉을 찾을 수 있었다.
 경쟁자는 덩치였다. 내가 손을 들면 그는 이편을 한번 바라본 후 퐁당퐁당, 손을 들어올렸다. 나와 덩치가 나란히 서서 경쟁을 하고 있었던 셈이다. 고무가면 때문에 그 사실을 뒤늦게야 알았다. 빌어먹을 자식이. 문제는 그 때문에 오르골의 가격이 네 배 이상 치솟고 있다는 데 있었다. 오르골은 내가 가진 돈으로 사기 힘든 물건이 되어가고 있었다. 나는 고무가면을 고정하며 말했다.

"저건 영화 속 오르골과 같은 모델일 뿐이지, 영화에 나왔던 물건이 아니야. 그 돈을 내고 살 만큼의 값어치가 없다고."

"내 마음이야."

"캐러멜을 원하는 대로 사줄게. 나한테 양보해, 제발."

덩치는 내 말에 대꾸하지 않은 채 다시 팔을 들어올렸다. 미칠 노릇이었다. 생각 같아서는 모두에게 총을 겨눈 채 물건을 내놓으라고 외치고 싶었다. 그러나 그런 방식으로 오르골을 얻어낸다면, 순탄하게 수사를 요구할 수 없을 것이다. 야기 씨를 설득할 만한 시간도 얻을 수 없을 터였다. 응찰가는 이미 최초 제시가의 다섯 배를 넘어간 상태였다. 그것은 내가 가진 돈을 넘어선 액수였다. 고무가면을 타고 흐른 땀으로 범벅된 목을 훔치며 말했다.

"날 골탕 먹이려고 하는 거야? 내가 뭘 해야 물건을 양보할 거야?"

"난 오르골을 가지고 싶을 뿐이야."

덩치의 목소리가 웃고 있는 것처럼 들렸다. 사회자 역시 '응찰을 포기하시겠습니까? 〈타오르는 마음〉이 담긴 더는 구할 수 없는 바로 그 상품, 이대로 포기하면 영영 볼 수 없는 V67, 오르골을 이대로 포기하시겠습니까?' 하고 나를 응시하며 외쳤다. 미쳐버릴 것 같았다. 나는 그의 도발에 손을 들었다. 들어올린 손으로 가면을 움켜잡았다. 구겨진 가면이 다친 이마를 짓눌렀다.

생각해보면 오르골이 꼭 내 손에 들어와야만 하는 건 아니다. 덩치에게 상황을 설명하거나 돈을 지불하면 그가 오르골을 빌려줄지도 몰랐다. 그게 어렵다면 야기 씨의 증언을 먼저 확보해서 경찰서를 찾아간 후, 오르골의 행적을 이야기할 수도 있을 것이다. 번거롭겠지만 방법이 아주 없는 것은 아니었다. 낙찰을 외치는 사회자의 목소리가 울렸다. 그가 덩치에게 무대로 올라와달라고 말했다. 나는 고개를 떨궜다. 숙여진 눈구멍 사이로 주먹을 쥐는 덩치의 손이 보였다. 그가 조금 눌린 목소리로 말했다.

"무슨 일이 있어도 살 거라며."

"이렇게 비싸질 줄 몰랐단 말이야."

"유산을 받았다며."

"작은 돈도 유산이야. 망할, 나한테 해명을 듣기를 원해?"

덩치가 무거운 걸음을 옮겨 무대로 나갔다. 이상한 인간이었다. 오르골을 사겠다고 나서 놓고는, 물건이 낙찰됐다고 화를 내는 건 또 뭔가. 나는 무대로 가는 덩치를 바라보다 그를 따라 걷기 시작했다. 달리 방법이 없었다. 물건을 확인하기 위해서는 덩치를 따라가야 했다. 그는 나를 눈치채지 못한 채 성큼성큼 무대로 올랐다. 나는 무대 아래에서 덩치의 일그러진 얼굴을 바라보았다. 그게 조금 이상하다고 생각하기는 했다. 하지만 덩치에게 해야 할 제안에 마음이 더 팔려 있었다. 어떻게 하면 그의 마음을 움직일 수 있을까. 덩치는 오르골을 손에 든 채 무대를 내려왔다. 나는 그에게 말을 걸려 했지만, 축제 운영위 사람이 먼저 그를 맞았다. 나는 덩치의 뒤에 있었다. 그를 놓칠까봐 초조한 상태였다. 운영위 사람은 덩치의 이름과 연락처를 물으며 말했다.

"팔겠다고 맡긴 물건을 다섯 배가 넘는 가격으로 되사는 분은 처음이에요. 애착이 대단히 강한 물건인가보죠?"

덩치가 말했다.

"경매를 무를 수는 없나요?"

"그건 불가능해요. 뒤에 계신 분이 물건을 사고 싶어 했던 것 같은데 두 분이 개인적으로 거래를 하는 건 어떠세요."

다시 말하지만 나는 덩치의 뒤에 있다. 그가 몸을 돌렸다. 나는 그를 바라보았다.

고무가면에 찝찝한 고무 냄새가 나는 것은 큰 문제가 아니었다. 가면의 좁은 시야가 불편하기는 했지만 그 역시 감당할 수 있는 문제였다. 고무가면의 진짜 문제는 따로 있었다. 내 외침이 고무가면에 묻혔다. 뻗어나가지 못한 채 내게로 돌아왔다. 입에서 뿜어져 나간 숨이 가면을 때리고 물기가 되어 얼굴에 들러붙었다. 가면 안은 거친 숨소리로 가득 찼다. 가면 속 좁은 세상에 존재하는 것이 내 숨과 땀뿐인 것 같았다. 나는 다시 소리를 지르며 오르골을 향해 손을 뻗었다. 덩치가 물건을 자신의 몸쪽으로 잡아당겼다. 나는 그것을 잡으려다 물건을 쳤다. 덩치가 들고 있던 오르골이 주둥이를 벌리며 바닥에 떨어져내렸다. 떨어지는 순간 버튼이 눌린 건지 멈춰 있던 기계가 작동하기 시작했다.

오르골에서 느린 음률의 노래가 흘러나왔다. 덩치는 물건을 줍기 위해 몸을 숙였다. 나는 뒤집힌 오르골에 고양이 스티커가 붙어 있는 것을 보았다. 메이쿤 고양이라고 했던가. 나는 오르골에서 흘러나오는 노래가 어쩐지 익숙하다는 사실을 깨달았다. 나는 그 노래를 들은 일이 있었다. 그것은 오늘 아침, 덩치가 흥얼거리던 노래였다. 내 목소리는 여전히 고무가면의 방해를 받았다. 나는 가면을 잡아당겼다. 젖은 고무는 얼굴에서 잘 떨어지지 않았다. 그것이 머리의 상처를 건드렸다. 그러나 아프지 않았다. 전혀 아프지 않았다. 아픈 곳은 다른 곳이었다. 나는 고무가면을 벗어 던지며 배가 찢긴 짐승처럼 외쳤다.

"잡아! 이 놈이 나조 씨를 죽였어!"

오르골을 집어든 덩치의 얼굴이 굳었다. 나는 다시 외쳤다.

"이 사람이 살인자라고!"

사람들이 나를 바라보았다. 그 사이 덩치가 껑충거리며 달리기 시작했다. 누군가가 나를 손가락질하며 외쳤다.

"범인이다! 여기 범인이 있다!"

나는 허리춤에 꽂아뒀던 총을 꺼냈다. 그것을 허공을 향해 쐈다. 나를 향해 몰려들던 자들이 갈라졌다. 나는 덩치를 쫓아 달렸다. 회관을 나서자 덩치가 건널목을 건너는 게 보였다. 그가 건너편에 있는 주차장으로 빨려들어가고 있었다. 나 역시 건널목으로 뛰어들었다. 그때였다. 어디선가 억누른 숨소리가 들려왔다. 고개를 돌리자, 도끼를 치켜든 채 웃고 있는 앞니 빠진 남자가 보였다. 그가 '으아아!' 하는 괴성을 내지르며 내 머리를 향해 도끼를 내리쩍었다.

위도, 이기적인 사람

 이발사는 상가 유리에 '잠시 가게를 비웁니다'라는 메모를 붙이고 있었다. 나는 녀석에게 다가가 옆머리를 가리켜 보이며 말했다.
 "머리가 마음에 들지 않소."
 이발사는 잠시 시계를 본 후 대꾸했다.
 "그럼 살짝 다듬어드릴까요?"
 나는 녀석의 안내에 따라 가게 안으로 들어갔다. 그리고 이발사가 권하는 자리에 앉아 그가 특별한 가위를 꺼내오는 모습을 지켜보았다. 그리고 보를 뒤집어쓴 채 이발사에게 옆머리를 맡겼다. 이발사는 대충 가위질을 몇 번 한 후 물었다. '이만하면 훌륭하지요?' 나는 고개를 저었다. 녀석이 옆머리를 조금 더 잘랐다. 그리고 대답을 요구하듯 나를 바라보았다. 나는 또 고개를 저었다. 이발사는 곤란한 듯 시계를 응시했다. 그러고는 어떤 모양을 원하느냐고 물었다. 나는 머리에 머리카락이 남아 있지 않았으면 좋겠다고 말했다. 지금 스타일이 흔적도 없이 사라졌으면 좋겠다고 말이다. 이발사는 한 차례 한숨을 쉬고는 '이럴 거면 이발비를 추가로 받아야 되겠어요' 하고 말하며 바리캉을 집어들었다. 그 말에 화가 난 나는 자리에서 일어났다.

내가 쓰고 있던 보를 그의 낯짝에 덮어씌웠다. 그것으로 그의 목을 조였다. 그러자 녀석이 요란한 소리를 내며 뒤로 넘어갔다. 나는 그의 뒤로 가 한 팔로 이발사의 목을 감았다. 녀석이 몸부림을 쳤다. 나는 반대편 팔로 다른 손을 감싸안았다. 그렇게 녀석의 목이 삼각형 모형이 된 내 팔 안에 갇혔다. 세모가 세모에 갇혔군. 녀석이 발버둥을 쳤지만 이렇게 된 이상은 속수무책일 것이다. 나는 이발사의 목을 위로 들어올리며, 조였다. 녀석은 곧 정신을 잃었다.

팔다리를 묶은 이발사를 벽거울에 기대 앉혔다. 내린 셔터 너머로, 한창 게임 중인 사람들의 환호성이 들려왔다. 그 고함 소리가 나를 도와줄 것이다. 나는 트롤리로 가 특별하다던 가위를 훑어보았다. 머리도 제대로 못 자르는 가위가 어떻게 특별한가. 가위에게는 가능성이 있었다. 더 특별해질 수 있는 가능성이. 나는 가위를 들어 이발사의 허벅지를 찍었다. 생각보다 예리한 물건이었다. 둔한 물건 주인은 한 박자 늦게 비명을 터뜨리며 눈을 떴다. 그는 면보에 틀어막힌 입으로 연신 소리를 질렀다. 그래봤자 면보가 침에 젖을 뿐이다. 그의 비명이 잦아들 즈음 나는 그의 허벅지에서 가위를 뽑았다. 핏줄기가 터져나왔다. 이발사가 다시 비명을 지르기 시작했다. 나는 가위를 그의 경동맥에 가져다댄 채 말했다.

"자네 목소리에 사람들이 반응하는 게 빠를까, 내가 자네 급소를 찌르는 게 빠를까."

이발사는 그제야 비명을 멈췄다. 나는 그의 입에 물려 있던 면보를 뽑아 던졌다. 녀석은 제 목을 누른 가위를 한 차례 바라본 후 겁에 질린 눈으로 나를 응시했다. 나는 물었다.

"사불은 어디 있어?"

"……"

나는 가위를 들어올렸다. 그것으로 반대편 허벅지를 내리찍으려 하자 이발사가 외쳤다.

"안 돼요! 저는 말할 수가 없어요!"

"왜지?"

"말하면 전 죽을 거예요."

"말하지 않으면 지금 죽을 거야."

녀석이 울고 있었다. 이발사는 위험한 상황에 있었다. 그럼에도 녀석은 나보다 다른 자들을 더 무서워하고 있었다. 자존심이 상하기도 하고 이 상황이 웃기도 했다. 나는 말했다.

"사불은 어디 있어!"

"영감님도 저희 생각을 해주셔야죠! 어떻게 그렇게 이기적이십니까!"

"뭐?"

"여태껏 편히 살 수 있게 모시지 않았습니까. 그런데 이제 와서 왜 사불을 찾는단 말이에요!"

"대답하지 않으면 네 목을 찌를 거야."

"곧 죽을 분 아닙니까! 저희도 살 수 있게 해주셔야죠!"

나는 녀석을 바라보았다. 녀석이 당황한 듯 눈을 굴리다 확인사살하듯 말했다.

"암에 걸리셨잖아요. 치료를 포기했다고 들었어요."

"그 사실을 누가 알고 있지?"

"마을 남자들은 거의 다요. 간암이라고······."

"언제부터?"

"두 달 전 병원에 가셨을 때부터······."

"그래서 박물관을 없앤다고 했나?"

"아니에요, 저희는 그런 배신자들이 아닙니다. 박물관을 다른 데 쓸 거라고 했어요. 박물관 밑을 팔 거라고······."

나는 녀석을 바라보았다. 한참을 바라보다 물었다.

"왜 박물관 밑을 파지? 살 수 있게 해달라는 말은 뭐야?"

녀석은 입을 다문 채 고개를 저었다. 더 이상 어떤 말도 않겠다는 태도였다. 녀석은, 내가 곧 죽을 거라는 이유로 나를 무시한다. 그런데 정말 그 이유인가. 내가 가위를 내려다보고 있자 눈동자를 굴리던 이발사가 머뭇거리며 말했다.

"저는 핵심 멤버가 아니에요. 지금도 박물관에 가려던 참입니다. 거기서 경매 상품을 마을회관으로 옮기려고요. 저는 그런 자잘한 일이나 하는 놈입니다. 정 궁금하시면 거기 오는 다른 놈들한테 물어보세요. 그놈들도 주요 멤버는 아니지만요. 주요 멤버들은 며칠째 나타나지 않고 있어요."

"퇴직 경찰 외에 주요 멤버가 누구지? 그들은 어디 있지?"

녀석은 망설이듯 눈동자를 데굴데굴 굴리고 있었다. 내가 한 발 다가서자 녀석이 진저리를 치며 몸을 젖혔다. 녀석의 뒤통수가 요란한 소리를 내며 벽거울에 부딪쳤다. 이발사가 단말마의 비명을 지르며 고개를 떨궜다. 그때까지도 나는 녀석이 기절한 척을 하는 거라고 생각했다. 가위로 그의 반대편 허벅지를 찍었다. 녀석은 반응이 없었다. 나는 황망히 이발사 녀석을 내려다보았다.

찾기 힘든 아이들

도끼날이 도로 중앙선을 내리찍었다. 몸을 던져 도끼날을 피한 나는 콘크리트 위를 뒹굴었다. 반동이 주는 충격파에 앞니 빠진 남자는 비명을 내지르고 있었다. 나는 몸을 일으키려 했지만 왼쪽 어깨가 미치게 아팠다. 몸을 날릴 때 부딪친 듯했다. 들고 있던 총도 날아갔다. 흔들리는 시야로, 덩치가 올라탄 검은 차가 주차장을 빠져나가는 게 보였다.

나는 떨어진 총을 향해 몸을 굴렸다. 앞니가 내게 다가오고 있었다. 성한 팔로 총을 잡으려 했지만 손이 닿지 않았다. 앞니가 도로 중앙선을 사이에 둔 채 내 앞에 섰다. 그가 도끼를 치켜들었다. 그가 웃으며 말했다.

"네가 범인이지?"

나는 몸을 튕기며 오른팔을 다시 총을 향해 뻗었다. 총을 잡았다. 도끼를 휘두르는 앞니와 눈이 마주쳤다. 그때 빠아아앙, 경적과 함께 빨간 사륜구동이 우리를 향해 달려들었다. 무엇을 할 새도 없었다. 앞니가 차를 피해 나뒹굴었다. 내던져진 도끼가 내 머리카락을 스치며 도로 밖으로 날아가 박혔다. 빨간 차는 고작 몇 센치 간격으로 내 옆에 멈춰 섰다. 나는 멍하니 그것을 바라보았다. 차창이 열렸다. 운전석에 앉은 올드맨의 얼굴이 드러났다. 그의 눈이 광택을 잃고 무너진 유리처럼 보였다. 그가 말했다.

"타라."

올드맨에게 이런 차가 있었던가. 내가 숨만 헐떡이고 있자 관리인이 말했다.

"말 거니?"

고개를 돌리자 이쪽을 응시하고 있는 앞니가 보였다. 나는 왼팔을 감싸쥔 채 몸을 일으켰다. 앞니가 휘청휘청 내 쪽으로 달려왔다. 그가 옷깃을 낚아챘다. 나는 그것을 뿌리치며 조수석 안으로 몸을 던졌다. 문을 닫기도 전에 차가 출발했다.

노인이 아무 일도 없었다는 얼굴로 말했다.

"박물관에 남긴 메모를 봤다."

나는 덩치가 사라진 사거리를 가리키며 대답했다.

"나조 씨를 죽인 범인을 찾았어. 그자를 잡아야 해."

"검은 차로 달아난 녀석 말이냐. 안전벨트를 해."

"맞아."

"그놈이 범인이라고?"

"그렇다니까."

노인은 이해할 수 없는 말을 들은 듯 나를 빤히 바라보다 물었다.
"녀석이 말을 데리고 있든?"
"말? 무슨 말?"
노인은 표정 없는 얼굴로 나를 바라보았다. 나를 보고는 있지만 나를 보는 것 같지 않은 텅 빈 눈이었다. 기분이 이상했다. 나는 그의 옆얼굴을 바라보았다. 왜인지 모르겠지만 차에서 내려야 한다는 생각이 들었다. 그때 차문이 잠겼다.
"안전벨트를 해."
나는 노인의 말을 듣지 못한 척 전방을 주시했다. 노인은 내 손짓에 따라 사거리에서 우회전을 했다. 그러나 덩치의 차는 보이지 않았다. 노인은 무심한 얼굴로 직진을 하며 말했다.
"어째서 그 녀석이 범인이지?"
"그가 살인 현장에서 사라졌던 오르골을 경매에 내놨어. 그가 범인이 아니라면 어떻게 그럴 수 있겠어?"
"다시 한번 말하지만 안전벨트를 매. 네 말이 사실이라고 해도 나는 이해가 되지 않아."
"왜?"
"그 녀석은 처음 보는 얼굴이야. 녀석이 뭐 하러 나조를 죽인단 말이냐?"
"나도 그걸 잘 모르겠어."
노인은 한심하다는 얼굴로 나를 바라보았다. 나는 계속 말했다.
"나는 나조 씨를 죽인 사람이, 도유 핵심 멤버일 거라고 생각했어."

"도유?"

"정확한 명단을 입수해야겠지만 상당수의 마을 사람들이 기름을 훔치고 있어, 고속도로 밑 송유관에서 말이야. 도노의 죽음 역시 그일과 관련이 있어. 나조 씨는 그 사실을 추적했던 거야. 그러다 그녀도 살해됐지. 그래서 나는 도유 핵심 멤버가 범인일 거라고 생각했었어. 어쩌면, 덩치는 그자가 부른 해결사인지도 몰라."

노인은 혼잣말을 하듯 다시 물었다. 도유? 나는 그의 얼굴이 무섭게 일그러지는 것을 보았다. 노인이 다시 되물었다. 도유? 그가 운전석에서 고개를 돌려 나를 응시하며 물었다.

"축제는? 네 말이 사실이라면 축제를 지속할 이유가 없어."

"축제는 돈세탁 정도의 기능이 아니었을까."

노인은 할 말을 잃은 듯 나를 바라보았다. 차가 비틀거리고 있었다. 내가 '조심해!' 하고 말하며 전방을 가리켰지만 그는 생각에 잠긴 얼굴로 대시보드를 응시했다. 나는 급히 운전대로 손을 뻗어 차의 방향을 바로 잡았다. 그러나 더 큰 문제는 눈앞의 갈림길이었다. 그것은 시내와 국도로 갈라지는 길이었는데, 덩치가 어떤 길을 택했을지 가늠이 되지 않았다. 사람이 많은 시내? 인적 없는 국도? 차를 세우고 바닥에 난 타이어 자국이라도 감별해야 할까 생각하고 있을 때였다. 갈림길이 코앞으로 다가왔다. 그때 돌연 노인이 내게서 운전대를 빼앗아 차를 국도 쪽으로 밀어넣었다. 그는 턱으로 안전벨트를 가리키며 말했다.

"네가 말한 대로 그자가 해결사라면, 나조가 죽은 후에 마을을 떠났어야 하지 않니? 해결사가 어째서 살인의 증거가 되는 물건을 경매에 내놓는단 말이야?"

"그건······."

"안전벨트를 매. 나조가 죽고 녀석이 내내 마을에 있었니? 뭘 하고 돌아다녔어?"

나는 대시보드를 내려다보다 말했다.

"내 친구와 함께 있었어."

"네 친구?"

덩치는 노박과 함께 있는 게 자신의 일이라고 말했다. 나는 그 말이 이해되지 않았다. 그들은 뭘 하고 있었던 걸까. 노박은 어째서 덩치를 이곳에 데려온 걸까. 차가 국도로 접어들고 있었다. 나는 치밀어오르는 불안을 누르며 물었다.

"덩치가 어디로 간 줄 알고 있는 거야? 왜 국도로 왔어?"

"녀석의 임무는 다른 것이란 생각이 들어. 하던 일을 마무리짓지 못해서 마을을 떠나지 못한 거야. 어서 안전벨트를 매."

"그래서?"

"녀석은 오르골을 경매에 내놓을 정도로 대담한 놈이야. 인적 많은 곳에 숨어드는 도망자 스타일이 아니야. 건방지고 오만해. 두려울 게 없는 녀석이야."

"그게 국도랑 무슨 상관이야?"

"모르겠니? 여긴 사람이 없기로 유명한 17번 국도야. 녀석이 따라올 테면 따라오라고 말하고 있는 것 같구나."

노인이 차의 속력을 높였다. 얼마나 달렸을까. 전방에서 태평하게 달리고 있는 덩치의 검은 차가 보였다. 나는 놀라움을 느끼며 노인을 옆얼굴을 바라보았다. 기분이 이상했다. 관리인은 내가 준 몇 줄의 단서로 덩치를 찾아냈다. 어떻게 덩치의 행동을 간파한 걸까. 나는 그의 옆얼굴을 바라보며 물었다.

"이 차는 어디서 난 거야?"

"훔쳤어."

"어떻게?"

"훔치고자 하면 훔칠 수 있어."

생각에 잠기게 하는 대답이었다. 그때 덩치의 차가 갓길에 비스듬히 멈춰 섰다. 노인의 말이 맞았다. 덩치는 인적 없는 장소로 우리를 불러들인 듯했다. 왜? 차에서 내린 덩치가 자동차 옆면에 기대섰다. 그가 허리춤에 손을 얹고 있었다. 나 역시 상의 아래 넣어둔 총을 움켜잡았다. 그때였다. 노인이 돌연 액셀을 밟기 시작했다. 차의 속도계 바늘이 급격히 치솟았다. 나는 황급히 안전벨트를 맸다. 차 안에서 보는 바깥 풍경은 퍽이나 이상했다. 움직이고 있는 것은 차인데, 내 눈에는 덩치가 이편을 향해 달려들고 있는 것처럼 보였다. 이상한 착시였다. 시속 220킬로미터, 노인이 덩치와 그의 차를 향해 돌진했다. 나는 노인을 향해 외쳤다.

"멈춰!"

노인에게 내가 놓치고 있는, 뭔가가 있었다. 그가 고개를 돌려 나를 바라보았다. 그는 손을 뻗어 내 안전벨트를 풀었다. 벨트가 딸깍, 풀리는 소리가 났다. 관리인은 내게 인사를 하듯 희미하게 웃었다. 꽝, 노인의 사륜구동이 총을 든 덩치와 그의 검은 차를 들이받았다. 나는 날았다. 잔금이 생긴 차창 위로 걸쭉한 피가 튀었다. 그것이 덩치의 피인지 내 피인지 알 수 없었다. 아뜩함을 느끼며 대시보드를 잡기 위해 손을 뻗었지만 그것이 맥없이 미끄러졌다. 노인이 나를 측은하게 내려다보며 말했다.

"너나 나나, 찾기 힘든 아이들을 찾고 있구나."

나는 어쩌면 관리인이 오기를 죽였을지도 모르겠다고 생각하며 정신을 잃었다.

D+3 적합한 장소

걷잡을 수 없는 졸음이 밀려왔다. 열리려 하는 문을 향해 누군가가 발길질을 하고 있는 것 같았다. 문이 쾅 소리를 내며 닫히면 의식은 뒤로 넘어가 아래로 아래로 곤두박질친다. 보이지도 않고 존재하지도 않는 바닥이 나를 끌어당기고 있는 것만 같다. 그렇게 추락을 거듭하다가 이렇게 떨어지면 영원히 돌아올 수 없을 거라는 생각에 놀라 번쩍 눈을 뜨고 마는 것이다.

눈을 떠도 보이는 것은 어둠뿐, 어쩔한 피냄새가 났다. 몸을 움직이면 어딘가 심하게 망가져 있을 것 같은 냄새였다. 손끝에 닿는 글러브 박스와 환풍구 때문에 여전히 차 안이라는 사실을 알았다. 차문을 당겼지만 문이 열리지 않았다. 운전석도 마찬가지였다. 뒤쪽은 열릴지도 모른다는 생각에 뒷좌석으로 몸을 옮겼다. 아니, 옮기려 했다. 그때 발에 단단하고 볼록한 무언가가 밟혔다. 몸이 흔들렸다. 균형을 잡기 위해 오른손을 뒷좌석으로 뻗었을 때였다. 축

축하고 차가운 살갗이 손바닥에 닿았다.

"누구야?"

돌아오는 대답이 없었다. 차의 공기가 출렁이며 피냄새가 짙어지는 것을 느꼈다. 나는 황급히 뒷문으로 손을 뻗어 차문을 당겼다. 문이 열리지 않았다. 휴대전화를 꺼냈지만 배터리가 다 된 상태였다. 권총도 사라지고 없었다. 창문을 깨서라도 이곳을 나가야 했다. 창을 부술 만한 것을 찾기 위해 실내등을 켰다. 보고 싶지 않은 것이 뒷좌석에 있었다. 그것을 등진 채 글러브 박스를 뒤졌다. 그러다 내 오른손바닥이 피범벅이라는 사실을 알았다. 그것을 응시하다 룸미러로 시선을 돌렸다. 그곳에 하얗고 푸른빛을 띠는 덩치가 있었다.

고개를 돌려 덩치의 얼굴을 바라보았다. 눈을 감았다. 떴다. 덩치의 얼굴에 귀가 없었다. 양 귀가 뜯겨나가면서 나온 피가 구레나룻을 타고 흘러 덩치의 얼굴에 음영을 만들고 있었다. 덩치는 완전히 죽어 있었다. 나는 목구멍에서 소리가 말라붙는 것을 느끼며 대시보드에 머리를 가져다 박았다. 그때 똑똑, 창문을 두드리는 소리가 났다. 고개를 들자 어둠 속에 서 있는 노인과 눈이 마주쳤다. 그가 내게 총구를 들이밀었다.

폐주유소는 접근을 금지하는 노란 띠가 둘러져 있었다. 기름 도난 사건 이후 쳐둔 것인 듯했다. 그러나 주유기는 이미 엉망으로 해체된 상태였다. 관리인이 등 뒤에서 줄을 당겼다. 나는 목에 개줄 같은 노끈을 맨 채 그의 손전등이 가리키는 길을 따라 걸었다.

세차장을 지나치자 정비소와 사무실을 겸하던 컨테이너 건물이 나왔다. 나는 그 안으로 걸어들어갔다.

컨테이너 내부는 텅 비어 있었다. 노인은 손전등을 움직여 정비소 안쪽을 가리켰다. 그 과정에서 손전등 빛이 바닥의 무언가를 스치고 지나갔다. 나는 손전등이 지나친 어둠을 바라보았다. 턱이 부르르 떨리는 것을 느꼈다. 멈추지 말라는 듯 노인이 등뒤에서 목줄을 당겼다. 나는 어둠을 응시하며 물었다.

"당신이 한 짓이야?"

"응."

노인은 손전등을 되돌려 어둠을 비췄다. 그러자 나란히 누운 남자 둘의 시체가 나타났다. 마을의 방범대원들이었다. 총에 맞은 듯 그들의 가슴과 배가 패여 있었다. 바닥은 피로 흥건했다. 그들의 귀 역시 잘린 채로 바닥을 뒹굴고 있었다. 노인이 다시 목줄을 당겼다. 나는 그의 손짓을 따라 정비소 안쪽에 있는 세 평 남짓의 사무실로 들어섰다. 젊은 연인을 파탄냈던 그들의 밀회장소였다. 노인이 손전등으로 간이책상과 침대뿐인 사무실을 훑었다. 그가 침대를 가리키며 말했다.

"밀어."

나는 침대로 다가가 그것을 밀었다. 무거웠지만 밀지 못할 정도는 아니었다. 바닥에 깔린 낡은 코일 매트의 방해를 받으며 몇 번 힘을 가하자 침대가 옆으로 밀렸다. 노인이 바닥을 향해 손전등을 비췄다. 그가 매트를 치우라고 손짓했다. 나는 묵직한 매트를 들어올리다 흠칫 놀라 멈춰 섰다. 감춰져 있던 바닥에는 가로 세로 폭

1미터 정도의 나무 덮개가 딱 맞는 퍼즐인 양 바닥에 맞춰져 있었다. 노인이 그것을 들라고 지시했다. 나는 덮개에 매달린 끈을 잡아당겼다. 그러자 덮개가 열리며 검고 깊은 구멍이 드러났다. 보는 것만으로도 숨이 막히는 나락이 그곳에 있었다. 그로부터 지독한 기름 냄새가 났다. 노인이 아래로 연결된 사다리를 바라보며 말했다.

"우리는 여기로 내려갈 거야."

"왜?"

"사불이 아래 있어."

아마도 이곳은 송유관으로 가는 길목일 것이다. 나는 노인이 겨눈 총구를 바라보았다. 이 안으로 들어가지 않으면 죽을 테지만, 들어간다 해도 살아나올 수 있을 것 같지 않았다. 노인이 나를 지그시 보며 말했다.

"떨고 있구나."

"왜 덩치를 죽였어? 사람들은?"

"그들 말로는, 나조를 죽인 범인이 이 아래 있다더구나. 널 이 자리에서 죽여도 되겠지만 너한테 보여주고 싶은 게 있어. 그러니 내려가."

"오르골은 어떻게 했어?"

"부쉈어. 그게 중요치 않다는 걸 알고 있잖니."

나는 손바닥으로 얼굴을 감쌌다. 그리고 물었다.

"저 아래 누가 있는데?"

"네가 가서 확인하지 그러니."

나는 구멍을 바라보았다.

퀴즈쇼를 마치고 돌아왔을 때 사람들이 보인 반응은 뜻밖이었다. 날 놀리는 사람은 많지 않았다. 네가 망해서 잘되었다고 말하는 사람도 없었다. 내가 만난 마을 사람들은 불편한 얼굴로 나를 외면하거나 비굴한 미소를 띠었고, 자신이 그때 마을회관에 없었다는 사실을 증명하기 위해 애썼다. 누군가는 눈물이 맺히거나 연민에 찬 얼굴로 내 등을 두드리기도 했다. 그들의 말이 거짓말이라고 생각지는 않았다. 마을회관에 있었던 사람은 서른 명에 불과했고, 그것은 마을 인구의 1/8에 해당하는 수치였다. 그러니까 마을회관에 있던 자들이 마을 사람 전부를 대변한다고 할 수는 없었다. 그러나 이상한 것은 내가 마을회관에 있었다는 자를, 아버지 외에 단 한 명도 만나지 못했다는 점이다. 1/8은 결코 낮은 비율이 아니었는데.

나는 사람들의 반응에 고개를 끄덕였다. 어색한 미소를 띠었다. 침묵했다. 거리에서 나를 바라보는 사람들의 시선에 고개를 숙인 채 황급히 자리를 피했다. 달리 뭘 하겠는가. 일을 망쳐버린 것은 나인데. 마을회관에 있었던 사람들에게는 잘못이 없었다. 그들에게는 '답을 알려준다/ 알려주지 않는다'는 선택권이 있었고, 그들은 '알려주지 않는다'를 택했다. 그게 다였다. 그 선택이 범법은 아니지 않은가.

하지만 혼자가 되면 나는 늘 마을회관에 있었을 사람들을 상상했다. 전화기 뒤에서 입을 가린 채 이편을 응시하고 있었을 사람들을 떠올렸다. 그리고 묻는 것이다. 사람들은 어째서, 나한테 답을 알려주지 않았을까? 무의미한 물음이라고 생각하면서도 그것은 자연발화하는 불쏘시개처럼 혼자 화르륵 일어나서 내 머릿속을 뒹굴곤 했다. 그랬다. 모든 게 내 잘못이었다. 그러나 불쏘시개가 뒹굴고 나면 머릿속은 불지옥이 됐다. 사람들은 왜, 어째서 내게 답을 알려주지 않은 걸까. 묻지도 못할 질문을 하고 또 하고, 그러다 누구를 향한 건지도 모를 복수를 다짐하고, 벽에 머리를 쾅쾅 박다가 벌떡 일어나서 중얼거렸다. 악의를 느꼈어. 그때 사람들의 악의가 나한테 향하고 있었어. 그래서 살갗이 찢어지는 것 같았어, 하고 말이다. 매일 그짓을 했다. 그렇게 나는 미쳐가고 있었다. 그러다 나조 씨가 나를 피하는 걸 빌미 삼아 그녀에게 득달같이 달려들었다. 숨으려 하는 그녀를 억지로 만났다. 그리고 나는 '나조 씨도 나를 피하는 거예요? 내가 창피해요? 이런 망할, 나한테 실망했어요? 나조 씨도 다른 사람들과 똑같잖아요!' 하고 말할 생각이었다. 지나서 보면 그건 화풀이에 지나지 않았다. 지독한 짓이었다. 그럼에도 그녀는 나를 위해 울어주었다. 울어준다는 생각도 없었을 것이다. 나조 씨는 그저 그 상황을 슬퍼했을 뿐이다. 그제야 정신이 좀 들었다. 내가 상처받았다는 걸 인정했다. 그리고 '이제 됐어. 이 정도에서 마무리하자'고 결심했다. 문제는 정리되지도 해결되지도 않았지만 그러지 않으면 이곳에서 살 수 없을 것 같았기 때문이다.

　나는 이제 이곳에서 살 수 없다. 딱히 가고 싶은 곳이 있는 것도 아니다. 더 이상은 개좆 같은 퀴즈들을 풀고 싶지도 않다. 답을 말하면, 사람들이 나를 받아줄 거라 기대하는 짓도 그만하고 싶다. 그저 나조 씨를 죽인 범인을 알고 싶을 뿐이다. 그런 의미에서 구멍은 나한테 적합한 장소인지도 몰랐다. 나는 노인을 바라보다 물었다.

"당신 누구야?"

관리인은 무뚝뚝한 어조로 대답했다.

"박물관 관리인."

"그걸 묻는 게 아니잖아. 당신 누구야?"

"퀴즈야, 풀어봐."

"몰라. 난 도저히 모르겠어."

노인은 잠시 입술에 검지를 얹었다가 망설이듯 말했다.

"말하면 믿겠니?"

"……."

"평원의 살인마."

"당신은 살인마가 아냐. 살인마 얼굴은 내가 봤어. 당신 대체 누구야?"

노인의 얼굴이 실패한 종이뭉치처럼 일그러졌다. 그가 목줄을 당기며 말했다.

"내려가, 당장!"

망치고 싶지 않아

노인이 사다리를 두세 칸 남긴 채 뛰어내렸다. 구멍을 올려다본 그는 '10미터는 되는 것 같군' 하고 말했다. 눈앞에는, 무너짐을 막기 위함인 듯 천장과 양 벽면에 나무 지주를 댄 긴 땅굴이 있었다. 그것은 세로 2미터, 가로 1미터가 안 되는 넓이로 한 사람씩 일렬로 걸어야 하는 매우 협소한 공간이었다. 천장에는 2미터 간격으로 백열전구가 매달려 있었다. 그것들이 그 어둡고 먹먹한 공간의 유일한 빛이었다. 벽에는 백열전구를 기능하게 하는 전기 시설과 인터폰, 지상으로 이어지는 환풍 장치가 갖춰져 있었다.

땅굴 안팎으로 이어진 호스와, 호스에 연결된 계기판도 보였다. 송유관에서 뽑은 기름을 기름 탱크로 운반하는 도구일 터였다. 그러나 현재 그 장비들은 모두 작동을 멈춘 상태로, 그것을 보니 도유를 하는 자들이 처한 위기가 뭔지 알 것 같았다. 그들이 잃은 것은 폐주유소에 담아뒀던 기름뿐만이 아니었다. 폐주유소가 개방되면서 그들은 언제든 기름을 도둑맞을 수 있다는 위험에 노출된 것이다. 당장 기름을 모아 주유업자들에게 그것을 넘겨야 하는 입장에서는 보통 곤혹스러운 일이 아니었다. 용의자의 집 첫째는 자신도 모르는 사이 엄청난 일을 저지르고 말았다.

"걸어."

내가 머뭇거리자 노인이 목줄을 당겼다. 음습하고 좁은 길도 그랬지만 걸음을 내딛기 힘들게 하는 것은 냄새였다. 그곳에서 머리가 아플 정도로 쾨쾨한 기름 냄새가 났다. 그것이 안으로 들어가선 안 된다고 내게 경고하고 있었다. 내가 선뜻 움직이지 못하자 노인이 품에서 스패너처럼 생긴 쇠꼬챙이를 꺼냈다. 그가 나를 향해 그것을 휘둘렀다. 비명을 지르며 몸을 움츠리는데 머리 위에 있던 백열전등이 퍽 하고 터졌다. 유리 조각이 볼을 긁고 지나갔다. 머리 위가 깜깜해졌다. 어둠 속에 잠시 서 있던 나는 걸음을 옮기기 시작했다.

2미터를 전진할 때마다 전구가 터졌다. 지나온 길은 암흑, 좁은 외길이 계속되고 있었다. 지독하게 무력했다. 노인으로부터 목줄을 낚아채는 데 성공한다 하더라도, 달리는 순간 등에 총을 맞고 말 것이다. 그 사실을 알려주기 위함인듯 등뒤에서는 지속적으로 가래 섞인 숨소리가 들려왔다. 흥분한 것 같기도 하고 흐느끼는 것 같기도 한 소리였다. 돌연 노인이 말했다.

"내내 생각했어. 왜 이 멍청한 꼬마는 내 얼굴을 기억하지 못할까."

"……"

"너는 틀렸지만, 어쩌면 맞았던 건지도 몰라. 네가 나를 봤을 때 내게는 말이 없었으니까. 야비한 시골 촌놈들이 내 말을 훔쳐서 여기에 숨겨뒀으니까. 이곳에 와보니까 알겠어. 말의 냄새가 나, 소리가 들려. 녀석은 여기서 내내 나를 기다리고 있었어. 꼬마야, 너도 들리니?"

"……."

"나는 너한테 내 말을 보여줄 생각이야. 그게 엄청난 특혜라는 걸 알아둬라. 너는 내 말이 어떻게 생겼는지 내게 낱낱이 이야기해야 할 거야. 내 말은 정말 훌륭하거든. 고고 밴나가 다 뭐냐? 이거야말로 풀고 싶은 퀴즈 아니냐?"

"당신한테 말이 있는데, 누군가가 그걸 훔쳐서 여기 숨겨뒀다는 거야?"

"이제야 말이 통하는구나."

노인은 이상한 말을 하고 있었다. 땅굴 입구는 말을 내려보낼 수 있을 만한 크기가 아니었다. 이곳은 말이 살 수 있을 만한 공간도 아니었다. 어떤 말이 10미터 지하에서 살아갈 수 있단 말인가. 안 그러려 했지만 목소리가 떨려서 나왔다.

"말을 왜 나한테 보여주려는 거야?"

"너는 볼 수 있으니까."

"……."

"처음에는 네 속임수에 걸렸다고 생각했다. 네가 내 옆구리에 전기 충격을 가했을 때 말이야. 내 주의를 돌리기 위해 오기 운운하는 거라고 믿었어. 그런데 너는 정말 오기를 봐. 그렇지?"

"사람들이 그렇게 말하라고 시켰어? 오기는 있어."

"얘야, 사람들은 네가 얼마나 대단한지 알지 못해. 그들은 네가 네 친구를 만들어내는 게 얼마나 대단한 일인지 짐작도 못하면서 그게 무언가가 될 것 같다 싶으면, 그저 만들어낸 것을 턱턱 이용하려 들어. 싼 값에 말이야. 교활하기 짝이 없고, 비천하며, 역겨워. 그렇지 않니? 그들은 네가 날 봤다는 사실만을 가지고도 돈을 벌었어. 그 형편없는 그림으로 말이야. 하지만 그들은 네가 본 것에 대해 제대로 이야기하길 원하지 않아. 너는 실컷 이용당하다 버려질 거야. 아무것도 아닌 채로. 저들이 각오도 없이 살인마를 흉내내고 거기서 단물을 빨아먹었던 것처럼, 너는 그렇게 버려질 거야. 그들은 네가 친구를 만들어냄으로써 치러야 했던 대가에 대해서는 관심이 없어. 그것에 대해서는 내내 무시하다가 조금 성가시다 싶으면 너를 미친 아이 취급해서 치워버리겠지. 이미 그러고 있지 않니? 너와 나는 이길 수 없는 싸움을 하고 있는 거야. 뭘 만들어도, 무슨 짓을 해도 그게 저들의 추잡스러운 하나의 논리로 빨려들어갈 뿐이야. 그래서 너한테 기회를 주려는 거야. 알겠니? 알겠느냐고!"

"무슨 소릴 하는 거야. 망할, 오기는 있어! 없는 건 미친 당신의 말이지, 오기가 아니야!"

"훌륭한 태도구나. 그런데 얘야, 그 아이가 실재한다면 그 아이는 어째서 나타나지 않는 거니?"

"당신이 죽였으니까! 세상에서 없애버렸으니까!"

갑자기 노인이 걸음을 멈췄다. 나는 몸을 돌려 그를 바라보았다.

어둠에 잠긴 노인이 총을 내 이마에 겨눴다. 나는 뒷걸음질을 쳤다. 노인이 목줄을 당겼다. 줄이 팽팽해졌다. 이곳에서 죽으면 내 시체는 발견되지 않을 것이다. 죽는 것보다 그 사실이 더 두려웠다. 나는 무엇을 알거나, 알리지 못하고, 어떤 증거도 남기지 못한 채 은폐될 것이다. 사라질 것이다. 내가 느꼈던 분노와 슬픔 역시 그렇게 될 것이다. 참으려 했지만 참을 수 없었다. 흐느낌이 새어 나왔다. 그때 노인이 잡고 있던 내 목줄을 던졌다. 내가 놀라서 그를 응시하자 노인이 말했다.

"내 얼굴을 잘 봐. 잘 보고 저들에게 가서 전하렴."

내가 머뭇거리자 노인이 총구를 들이밀며 말했다.

"달려!"

나는 등을 돌려 뛰기 시작했다. 코앞에는 둥근 커브길이 펼쳐지고 있었다. 노인은 나를 미끼로 사람들을 이곳으로 끌어들일 심산인 듯했다. 상관없었다. 죽기 전에 저 안으로 들어가고 싶었다. 누가 있는지 보고 싶었다. 만나야 했다. 터널 안으로, 안으로, 달렸다. 그러나 커브가 끝나고 갑자기 눈앞에 나타난 풍경은 나를 얼어붙게 만들었다.

20평 남짓한 원형 공간이 그곳에 있었다. 송유관을 실제로 보는 건 처음이었다. 그것은 지름 50센치 가량의 회색 파이프로, 원형 공간의 한가운데를 가로지르고 있었다. 파이프 중앙에는 세로 10센치, 가로 20센치 가량의 얇고 네모난 철판이 접합돼 있었다. 철판에 밸브 두어 개와 유압계, 호스가 매달려 있는 게 보였다. 호스는 내가 들어온 입구 반대편으로 이어지고 있었다. 한창 도유가 이루어지는 중인 듯했다.

송유관 너머에는 검은 우비를 입은 남자 둘이 등을 돌린 채 서 있었다. 그들이 고개를 돌려 나를 바라보았다. 익히 알고 있던 얼굴들이었다.

"병원에 가 있어야 할 애가 왜 여기에 있니."

나는 대답하지 못한 채 고모부의 얼굴을 바라보았다. 그의 옆에 서 있던 퇴직 경찰이 몸을 돌리며 팔짱을 꼈다. 그러자 그에 가려져 있던 다른 한 사람이 드러났다. 둘이 아니라 셋이었다. 세 번째와 눈이 마주쳤다. 놀랐으나 크게 놀라지는 않았다. 경악했지만 마음 한구석에서는 고개를 끄덕이는 내가 있었다. 이 만남은 덩치가 오르골을 들고 달아나던 그 순간부터 예견돼 있던 일이었다. 애써 생각지 않으려 했을 뿐. 노박이 시선을 떨궜다. 목이 막히는 것을 느끼며 물었다.

"노박, 네가 왜 여기 있어?"

노박이 내 질문에 대답을 하기도 전에 퇴직 경찰이 그에게 턱짓을 하며 말했다.

"처리해."

고개를 숙이고 있던 노박이 내게 걸어왔다. 나는 그와 눈을 맞추려 했지만 그는 나를 보고 있지 않았다. 나는 고개를 저었다. 달아나야 했지만 달아날 곳이 없었다. 머뭇거리는 사이 노박이 내 왼팔을 잡았다. 노박이 그것을 뒤로 꺾었다. 그것은 너무 쉽게 돌아갔다. 팔이 미치게 아팠다. 비명을 지르며 물었다.

"노박, 너는 이 사람들이 도유를 하는 걸 알고 있었어? 나조 씨의 죽음이 이들과 관련돼 있다는 사실을 알고 있었던 거야?"

노박은 말이 없었다. 대답을 한 것은 퇴직 경찰이었다.

"또 쓸데없는 짓을 하고 다니는구나. 알다 뿐이겠냐, 이 녀석이 처리한 일인데."

노박은 못마땅한 듯 퇴직 경찰을 힐끔 쳐다보았다. 그러나 퇴직 경찰의 말을 부정하지 않았다. 눈을 감았다 떴다. 눈앞의 모든 것들이 다 웅웅 흔들리고 있었다. 몸속에 벌떼를 풀어둔 것 같았다. 몸 안의 벌떼들이 모든 것을 찢고 집어삼키며 웅웅거리고 있었다. 나는 치밀어오르는 현기증을 누르며 말했다.

"노박, 네 입으로 말해줘야 하잖아. 어떻게 된 거야!"

노박은 아무 소리도 듣지 못한 것처럼 고모부를 향해 물었다.

"없앨까요."

고모부가 말했다.

"그래, 대신 맨 손으로 해. 총은 안 돼."

노박이 고개를 끄덕였다. 그는 오로지 고모부만을 바라보고 있었다. 누구를 바라보고 누구를 향해 말해야 하는지 이미 선택을 마친 것 같았다. 노박이 나를 바닥으로 밀었다. 그가 양 무릎으로 내 팔을 짓누른 채 내 목에 손을 올렸다. 발버둥을 쳤지만 빠져나올 수가 없었다. 노박이 내 목을 졸랐다. 숨이 막혔다. 그 순간에도 노박은 나와 눈을 맞추지 않았다. 그래서 그 말을 했다. 확실한 것은 내가 노박의 머리에 총알을 박는 대신 사력을 다해 그 말을 했다는 사실이다.

"덩치가 죽었어."

노박이 놀란 얼굴로 나를 응시했다. 목에 가해지던 압력이 약해지는 것을 느꼈다. 숨을 들이키자 기침이 터져나왔다. 노박이 이상한 목소리로 물었다.

"뭐?"

"네 새 친구가 죽었다고. 오르골을 가지고 달아나다 살해당했어."

"오르골?"

"그래, 나조 씨가 죽었을 때 사라진 오르골 말이야. 그걸 본인 손으로 경매에 내놨어. 그것도 네가 시킨 일이야?"

"누가 죽였어?"

"박물관 관리인. 그가 터널 뒤편에 있어."

노박이 몸을 일으켰다. 그는 놀란 기색이었으나 내가 기대했던 질문을 하지는 않았다. 관리인이 왜 이곳에 있는지, 어째서 사람을 죽였는지 말이다. 사람들 역시 마찬가지였다. 그 사실이 이상했다. 나는 말했다.

"관리인은 자기가 평원의 살인마라고 했어."

누구도 놀라는 기색이 없었다. 혼란스러웠다. 이들은 대체 뭘 알고 있는 거지? 내가 뭘 잘못 알고 있는 거지? 그때 노박이 고모부를 쏘아보며 물었다.

"오르골을 내 친구한테 줬어요? 그걸 경매에 내놓으면 돈을 벌 수 있다고 했어요?"

퇴직 경찰이 말했다.

"환장을 하더구나."

그일은 순식간에 일어났다. 노박이 송유관에 붙은 호스를 잡아 뜯자, 그것이 찢어지며 아가리를 벌렸다. 찢어진 호스에서 유증기와 함께 기름이 치솟았다. 사방으로 튀었다. 노박이 품에서 지포라이터를 꺼냈다. 그것을 찢어진 호스에 가져다댔다. 점화장치를 누르기 직전이었다. 노박에게로 달려가던 퇴직 경찰이 움직임을 멈췄다. 노박이 기름에 젖은 입술을 핥으며 탈색된 얼굴로 말했다.

"왜 그런 짓을 했어? 오르골을 처리해준다고 했잖아. 그걸 왜 내 친구한테 줬어?"

고모부가 애써 부드러운 목소리로 말했다.

"라이터를 내려놔. 네가 우리에게 가담하고는 있지만, 널 완전히 믿을 수 없었어. 아니, 정확히 말하면 너와 함께 다니는 그 사채업자를 믿을 수가 없었어. 녀석이 네 옆에서 우리 사업을 염탐하려 드니까, 우리도 안정장치가 필요했을 뿐이야."

"그래서 오르골로 함정을 팠어? 오르골 때문에 친구가 잡히면, 결국 위험에 처하는 건 나야. 당신들은 나를 배신한 거야!"

노박을 설득하려던 고모부의 표정이 변했다. 그가 무표정한 얼굴로 노박을 응시하며 말했다.

"너도 우리를 배신하려고 했잖니."

노박이 놀란 얼굴로 머뭇거렸다. 그가 뭔가 말을 하려 했다. 고모부가 고개를 저으며 말했다.

"달라질 건 없어. 네 빚은 우리가 갚아줄 거야. 우린 다만 안전장치가 필요했을 뿐이야."

노박의 눈동자가 흔들렸다. 그때 퇴직 경찰이 뚜벅뚜벅 그에게로 다가갔다.

"멈춰, 오지 마!"

퇴직 경찰은 걸음을 멈추지 않았다. 그는 노박에게 다가서 손바닥을 내밀며 말했다.

"불장난을 할 게 아니라면 라이터를 이리 내, 애송아. 애초에 우리 애송이를 다른 데 넘길 생각은 없었어. 우리가 네 고통을 모른다고 생각하지 마라."

노박의 어깨가 흔들렸다. 망설이던 그가 라이터를 퇴직 경찰에게 내밀었다. 경찰이 그것을 받아 가슴 안주머니에 넣었다. 초초한 얼굴로 그 모습을 지켜보던 노박은, 날뛰기를 포기한 짐승처럼 고개를 숙였다. 그러나 안주머니에 들어갔다 나온 퇴직 경찰의 손에는 뜻밖의 물건이 들려 있었다. 그가 휙, 하고 물건을 휘두르자 노박이 신음을 내뱉으며 상체를 구부렸다. 노박이 믿을 수 없다는 눈으로 자신의 가슴에 박힌 잭나이프를 내려다보았다. 그의 가슴에 피가 번지고 있었다. 폐를 찔린 건지 노박이 왈칵 피를 토했다. 노박은 당황한 눈으로 퇴직 경찰을 바라보았다. 고모부가 화가 난 얼굴로 외쳤다.

"뭐하는 짓이야!"

"어린애들이 팀에 들어오는 건 질색이야. 도노를 생각해. 어린애들은 늘 문제를 일으켜."

"그건 너 때문이었잖아. 처음 온 애에게 게이, 게이, 하는데 어떤 녀석이 참겠어!"

"위선 좀 그만 떨어. 도노를 죽이자고 했던 건 너야. 오르골을 이용해서 이 녀석을 처리하자고 했던 것도 너고."
 고모부와 퇴직 경찰이 서로를 노려보았다. 그러나 고모부는 곧 코웃음을 친 후 송유관과 연결된 호스를 두어 번 당겼다.

"네가 정말 나조 씨를 죽였어?"
 달려간 나는 노박의 멱살을 움켜쥐며 물었다. 노박이 몸을 비틀며 비명을 내질렀다. 그는 무언가를 말하고자 했다. 나는 그의 입가에 귀를 가져다댔다. 그가 중얼거리듯 말했다.
 "죽고 싶지 않아, 미치고 싶지도 않아. 이것만 하면 나갈 수 있을 거라고……."
 "나조 씨가 안아줬다고 했잖아. 앞으로 가라고 했다며!"
 노박의 눈꺼풀이 부르르 떨렸다. 그는 난처할 때면 눈꺼풀을 떠는 버릇이 있다. 빌어먹을 부르르, 부르르. 잡고 있던 그의 멱살을 놓았다. 나조 씨가 안아주고, 앞으로 가라고 했다던 건 거짓말이었구나. 나는 넋이 나간 상태로 노박의 상체를 일으켜세웠다. 그를 데리고 나가야 했다. 살려서 듣고 싶은 말들이 있었다. 노박의 팔을 어깨에 감은 채 몸을 일으켰다. 그때 어찔한 충격이 후두부를 때렸다. 나는 앞으로 고꾸라졌다. 노박의 상체가 바닥에 나뒹굴었다. 다가온 손이 그의 가슴에 꽂힌 칼을 비틀어 옆으로 그었다. 노박이 몸을 꺾으며 피를 토했다. 솟아오른 피가 다시 그의 얼굴 위로 떨어져내렸다. 껄떡이며 폐가 열린 소리를 내던 노박이 돌연 숨을 멈췄다. 퇴직 경찰은 노박의 배에서 잭나이프를 뽑아 쥔 채 나를 바라보았다.

"살인마는 어디 있지? 그에게 무기가 있어?"

"……."

"이 녀석은 도박 빚이나 지고 다니는 한심한 놈이었어. 그걸 갚겠다고 사채업자를 끼고 와서는, 우리 마을을 망하게 하려 했어. 묻잖니. 살인마에게 무기가 있니?"

"……."

"사실을 말하지 않으면, 넌 죽어. 녀석들이 나조를 죽이고, 그 사실을 알아낸 너를 죽이고, 서로를 해하고 달아났다는 이야기를 만드는 게 어려울 것 같니? 일을 어렵게 만들지 마라, 밴나. 이번에는 일을 엉망으로 만들지 마."

고개를 들었다. 퇴직 경찰이 부릅뜬 눈으로 나를 바라보고 있었다. 상대를 제압하는 데 이골이 난 자 특유의 시선이었다. 그러나 나도 그랬다. 이번에는 엉망으로 만들고 싶지 않았다. 정말 망치고 싶지 않았다. 나는 천천히 고개를 끄덕이며 말했다.

"무기가 없어."

"그럼 그가 뭘로 사람을 죽였다는 거냐."

"내 총으로. 그걸로 세 사람을 죽였어."

"넌 왜 안 죽였지?"

"총알이 다 떨어져서. 그한테 총알이 없었기 때문에 간신히 도망칠 수 있었어."

퇴직 경찰이 나를 응시했다. 나는 그의 눈을 바라보았다. 그때 반대편 땅굴에서 두 남자가 걸어나왔다. 주유소 사장과 그의 아들이었다. 고모부가 호스를 당겼던 게 그들을 부르는 신호인 듯했다.

반대편, 머지않은 곳에 출구가 있었다. 노박의 시체와 손상된 호스를 본 부자가 놀란 얼굴로 물었다.

"무슨 일이에요?"

퇴직 경찰은 주유소 부자에게 땅굴을 수색하라고 명령했다. 주유소 부자는 겁에 질린 얼굴로 '우리가요?' 하고 물었다. 그러나 퇴직 경찰은 '살인마한테는 무기가 없어. 이빨 빠진 늙은이에 불과해' 하고 말했다. 부자는 탐탁잖은 표정이었지만 이의를 제기하지는 않았다. 나는 땅굴 안으로 걸어들어가는 그들의 뒷모습을 바라보았다. 퇴직 경찰이 그런 나를 응시했다. 나도 그를 마주 보았다. 그리고, 총성이 울렸다.

평원에서 하나가 무너지면

외마디 비명과 함께 다시 총성이 울렸다. 퇴직 경찰과 고모부가 송유관 뒤로 몸을 피했다. 모든 것들이 꿈속에서 일어나는 일 같았다. 나는 노박에게 다가갔다. 그의 뺨을 때렸다. 일어나, 노박! 피가 맺힌 그의 속눈썹은 움직이지 않았다. 주먹으로 그의 가슴을 내리쳤다. 노박은 미동조차 하지 않았다. 그의 심장에 귀를 가져다댔지만 박동은 들리지 않았다. 멈춰 있었다. 작은 소리라도 들릴까 해서 그의 가슴에 볼을 대고 있자니 졸음이 몰려왔다. 너무 피곤했다. 다시 총성이 울렸다. 고모부는 허리춤에서 총을 꺼내는 퇴직 경찰을 향해 으르렁거리며 말했다.

"총은 안 돼! 여기서 총은 안 된다고."

"녀석도 총이 있어. 이대로 죽을 셈이야?"

고모부가 터널 저편을 향해 외쳤다.

"여기서 총은 안 돼! 유증기가 새고 있소. 모두가 위험해지는 수가 있다고! 우리는 대화를 할 거요. 이쪽도 총을 버릴 테니까, 당신도 총을 버려!"

퇴직 경찰이 고모부를 노려보았다. 고모부가 속삭이듯 말했다.

"기름구이가 되고 싶은 거야?"

"녀석을 총도 없이 상대하겠다고?"

"이대로 죽으면 힘들게 번 모든 재산이 다 네 아내한테 가겠지."

퇴직 경찰은 송유관을 지그시 노려보았다. 그는 권총을 송유관 너머로 던졌다. 그러자 터널 저편에서 총이 날아왔다. 내가 주유업자로부터 빼앗은 총이었다. 고모부가 외쳤다.

"또 없소? 이쪽은 이제 아무것도 없소."

잠겨 있는 관리인의 목소리가 들렸다.

"없어."

고모부가 말했다.

"우리 모두 양손을 들어올리고 있을 테니, 당신도 양손을 들고 나오는 거요. 불만이 있다면 대화로 풉시다."

잠시 후 피를 뒤집어쓴 노인이 터널에서 걸어나왔다. 관리인은 왜소하고 볼품없으며 난폭해 보였다. 역시나 내가 본 살인마가 아니었다. 다시 봐도 아니었다. 노인은 피칠갑한 얼굴과는 어울리지 않게 눈을 내리깐 채 말했다.

"내 말을 찾으러 왔어."

고모부가 고개를 저으며 물었다.

"몰라서 묻는 건데, 무슨 말?"

"넌 아직도 나를 조롱하는구나. 사불을 관리하는 수첩을 써놓고도 그런 말을 하나."

"사불 관리는 그러니까……. 암호요. 기름을 뜻하는 암호 말이에요. 기름을 말할 수 없으니까, 저희끼리 암호를 정하자고 한 거요. 당신은 큰 오해를 하고 있어요."

"넌 거짓말을 하고 있어."

"정말입니다. 저희는 돌아가신 부인께 지속적으로 당신에 대한 보고를 받았어요. 그런데 그녀가 말하길, 위도 씨가 밤마다 '사불, 사불' 하고 잠꼬대를 하신다기에 그게 뭔지는 모르겠지만 굉장히 멋지고 대단한 것인가보다, 하고 그것을 기름명으로 삼았어요."

"너희는 내 말을 숨겨뒀어."

"무슨 말입니까. 절대 그렇지 않아요. 저희는 어르신 덕분에 이만큼이나 먹고살 수 있었는데요. 이 모든 건 어르신이 이룬 업적입니다. 그런데 어떻게 저희가 그런 짓을 하겠어요? 늦었지만 저희가 어르신이 원하는 걸 드릴 수 있지 않을까요. 어르신이 잃어버린 말이 어떤 말입니까?"

노인의 얼굴에 경련이 일었다. 그가 턱으로 송유관을 가리키며 말했다.

"사불을 눈앞에 놓고도 거짓말을 하는구나. 계속 그 안에서 울고 있잖아."

고모부와 퇴직 경찰은 당황한 듯 서로를 마주 보았다. 노인은 치밀어오르는 감정을 억누르는 얼굴로, 낮은 숨을 내뿜고 있었다. 고모부가 말했다.

"말은 이 안에 없어요. 이건 그저 기름이 흐르는 관일 뿐이에요.

어떻게 말이 관 안에 들어간단 말입니까."

"말이 있어. 거기서 계속 울고 있어. 녀석이 너무 슬프게 울어서 참기가 힘들어."

노인의 숨소리가 점점 커지고 있었다. 고모부가 고개를 저으며 말했다.

"말이 있다고 칩시다. 그러면 말을 어떻게 데려가겠다는 겁니까?"

"관을 잘라야 해."

"송유관을 자를 수는 없어요. 알잖습니까. 다만 송유관 회사 측에 문의를 해볼 수는 있을 거예요. 그럼 그쪽에서 송유관 안에 말이 들었는지 아닌지 확인해주지 않겠소? 그들이라면 송유관을 열 수도 있을 거고요. 안 그래요? 조금만 기다리면……."

"너희는 나를 실컷 부려놓고, 내가 고작 말을 돌려받겠다는데 그걸 들어줄 마음이 없구나."

"아니에요. 존경하는 어르신, 조금만 기다려주십시오. 우리 사이에 그 정도 신뢰는 있지 않습니까? 조금만 기다려주시면 제가 그 일 해결하겠습니다."

관리인이 고모부를 바라보았다. 그가 물었다.

"자네를 믿을 수 있나."

"예예, 믿어주십시오, 어르신."

관리인이 고개를 끄덕였다. 고모부가 한숨을 쉬는 듯했다. 그때 노인이 품에 손을 넣었다. 고모부는 '총은 안 돼!' 하고 외치며 품에서 총을 꺼냈다. 그러니까 총이 안 된다는 것은 다른 사람에게만

해당되는 이야기고, 자신은 된다는 그런 의미였던 모양이다. 노인과 고모부가 거의 동시에 총을 쐈다. 고모부의 총알이 다리를 스친 듯 노인이 무릎을 굽혔다. 고모부의 경우는 더 끔찍했다. 총을 쥔 그의 손목이 터지며 날아갔다. 고모부가 잘린 팔목을 잡은 채 비명을 질렀다.

퇴직 경찰은 뒤로 날아간 고모부의 총을 잡기 위해 몸을 돌려 달렸다. 그러나 관리인은 퇴직 경찰을 향해서도 총을 쐈다. 그의 등과 허리, 뒷목이 터졌다. 퇴직 경찰의 큰 몸이 고꾸라졌다.

관리인은 절뚝이며 고모부에게 갔다. 그의 나머지 한 팔을 쐈다. 노인의 얼굴에 고모부의 피와 살점이 튀었다. 고모부의 비명이 터널을 메웠다. 그는 달아나려 했지만 양팔이 고장난 탓에 몸을 일으킬 수조차 없었다. 그가 일어나려고 몸부림을 치면 칠수록 터널 바닥이 피로 흥건해졌다. 관리인은 그를 지나쳐 송유관에 다가섰다.

그가 관을 향해 총을 쐈다. 송유관에 구멍이 나며 기름이 솟아올랐다. 또 한 방을 쐈다. 또 쐈다. 총을 쏠 때마다 송유관에 구멍이 생겼다. 귀가 멀어버릴 것 같은 소리였다. 총알이 전부 떨어지자 그는 고모부에게 다가갔다. 그러고는 그의 머리채를 잡아 그것으로 송유관을 부수기 시작했다. 고모부가 무어라 비명을 지르고 있었지만 노인의 귀에는 아무 소리도 들리지 않는 듯했다. 고모부의 머리가 터지면서 그의 피와 섞인 기름이 분수처럼 솟아올랐다. 머리가 송유관에 부딪칠 때마다 깡깡, 소리가 났다. 나는 피범벅이 된 관리인의 옆얼굴을 바라보았다. 그가 외치고 있었다.

"사불, 내가 왔어. 널 꺼내줄게."

깡깡. 깡깡. 그 소리를 듣고 있자니 치미는 졸음을 참을 수가 없었다. 눈꺼풀을 들어올리려 했지만 좀처럼 그게 되지 않았다. 눈이 감겼다. 사불. 어딘가 모르게 익숙한 이름이었다. 잠이 들어 좋은 점은 어디든 갈 수 있다는 것이다. 현실을 보지 않아도 된다는 것이다.

눈을 뜨면 나는 노란 평원에 서 있다. 눈앞에 바위가 있다. 빈 평원에는 나와 오기, 우리뿐이다. 나는 고개를 돌려 오기를 본다. 오기는 나를 등진 채 평원을 향해 서 있다. 나는 조금은 목이 마르고 조금은 졸린 상태로 그를 바라본다. 그토록 만나고 싶었음에도 그를 부르진 않는다. 이름을 부르면 그가 사라져버릴 것 같기 때문이다.

그러다 문득 나는 오기에게 옷을 입혀야겠다고 생각한다. 아픈 태양과 사람들의 시선, 죽음의 공포로부터 자유로울 수 있는 옷을 입혀야겠다고 생각한다. 엉뚱하고 바보 같지만 그 순간만큼은 그것이 전부인 것처럼 생각한다. 그가 벗고 있으면 그로부터 시선을 돌릴 수가 없으니까, 내 살갗이 타들어가는 것 같으니까. 그래서 나는 '오기!' 하고 그의 이름을 부른다.

오기는 기다렸다는 듯 달리기 시작한다. 그가 평원을 발로 구를 때마다 깡깡, 소리가 난다. 나는 '시끄러워! 시끄러워!' 하고 중얼거리며 오기를 따라 달린다. 몸이 하나의 거대한 폐가 된 것만 같다. 한번은 오기를 잡을 뻔한다. 그일은 깡깡 소리가 잠시 늦춰질 때 일어난다. 소리가 잦아들자, 오기의 뜀박질도 느려진다. 나는 속력을 낸다. 한 팔을 뻗어 날아오른다. 온 체중을 실어 오기의 어깨를 낚아챈다. 우리는 비틀거리다 함께 평원에 넘어진다. 나는 그를 안는다. 우리는 평원을 뒹군다. 그로부터 따뜻하고 끈끈한 땀냄새가 난다. 옷을 입어, 오기. 무슨 옷? 모르겠어. 내게 맞는 옷이 없어. 나는 그의 눈을 본다. 오기의 눈이 보이지 않는다. 땀냄새가 돌연 피냄새로 바뀐다. 깡깡 소리가 다시 시작된다.

오기는 어느새 다시 달리고 있다. 깡깡, 깡깡, 저 깡깡 소리가 문제다. 나는 오기를 향해 '제발 멈추라고!' 하고 외친다. 하지만 그는 멈추지 않는다. 달리고 있는 그의 뒷모습이 조금 작아졌다고 느낀다. 커졌다고 느낀다. 엉망진창이다. 낮은 어느새 밤이 되어 있다. 달리던 오기는 보이지 않는다. 나는 검은 평원을 홀로 달리고 있다. 늦은 밤 그곳에 혼자 있는 건 미친 짓이다. 나는 어두운 평원이 싫다. '오기, 오기!' 하고 목소리를 높이지만 그는 보이지 않는다. 머리가 깨질 것만 같다. 불편한 것은 그뿐만이 아니다. 밤의 흙냄새는 낮의 흙냄새와는 다르다. 그것은 어둠과 습기를 품고 있다. 달리느라 몸은 뜨거운데, 피부 표면에는 차갑고 끈끈한 공기가 내려앉는다. 그러나 무서운 건 따로 있다. 나를 가장 두렵게 만든 건, 놀라지 마라. 내가 서 있다는 사실이다. 그러니까 평원에는, 몸을 숨길 만한 곳이 어디에도 없다. 지상의 알 수 없는 존재들과 어둠이 나를, 나만을 응시하고 있다. 나는 그 사실에 놀라 기절할 것 같다. 이전에도 이후에도 나는 스스로를 그토록 크게 느낀 일이 없다. 나는 드러나 있다. 연약하고, 콧물을 질질 흘리며, 길을 잃은 상태로 그렇게 드러나 있다. 공포에 질린 내가 본능적으로 하는 행동은 몸을 낮추는 것이다. 짐승이 온 것도 아니고 무언가에 걸려 넘어진 것도 아닌데 나는 자발적으로 주저앉는다. 그리고 평원 바닥에 몸을 바짝 붙여 엎드린다. 흙에 얼굴을 박은 채 쿨쩍거린다. 한번 몸을 굽히고 나자 도저히 그것을 다시 일으킬 수 있을 것 같지가 않다. 나는 바닥이, 땅이 되고 싶다. 그것이 될 수 없을 바에는 평원에 붙은 개미가 되고 싶다. 개미가 된 채 땅밑으로 들어가고 싶다. 그렇게 얼마를 엎드려 있었을까.

멀리, 차가 멈추는 소리가 들린다. 몸을 낮춘 채 고개를 뒤로 튼다. 검고 큰 덤프트럭이 그곳에 있다. 도움을 요청할 어른이 나타났다! 굳어 있는 몸을 일으켜 손짓을 해야 한다. 내가 이곳에 있다는 사실을 알려야 한다. 늦은 밤 아무것도 없는 평원에서 사람을 만난다는 건 엄청난 행운일 테니까. 그때, 차의 전조등이 꺼진다. 차문이 열린다. 그리고, 비명과 함께 사람이 튀어나온다. 젊은 남자다.

"아아악! 살려주세요!"

모든 게 반복되고 있다. 나는 목소리의 주인이 누구인지 여전히 모르겠다. 그것은 정말로 낯선 소리이기 때문이다. 사람에게서 그런 소리가 나올 수 있다는 사실에 나는 놀란다. 듣는 것만으로 병이 날 것 같은 소리다. 나는 견디지 못하고 흙바닥에 머리를 박는다. 그때 다른 소리가 내 귀를 파고든다. 사불! 사불! 멈춰, 사불! 후발주자였다. 그자가 달아나는 남자를 뒤쫓고 있다. 나는 후발주자가 정말 무서운 자라는 사실을 안다. 사람들에게서 끔찍한 비명을 끄집어내는 자라는 사실을 안다. 온몸으로 그것을 느낀다. 그런데 그때, 돌연 그 악귀가 내 옆에 넘어진다. 악귀치고는 어이없는 실수다. 그때 소리가 다시 시작된다. 깡깡깡깡! 깡깡! 깡깡깡깡깡

깡깡! 깡깡깡깡깡깡깡깡깡깡깡깡깡깡깡깡깡깡깡깡깡깡깡깡깡깡깡깡깡깡 고막이 터질 것만 같다. 고개를 들고 싶지 않다. 그러나 머리가 너무 아프다. 고개를 흔들며 저항해보려 하지만 그럴수록 소리는 더 커진다. 나는 울며 고개를 든다. 곁눈질로 그자를 본다. 깡깡 소리가 커진다. 그것이 내게 부족하다고 말하는 듯하다. 더 자세히 봐야 한다고 나를 채근하는 것 같다. 나는 흐느끼며 고개를 돌린다. 그자를 바라본다. 깡깡, 소리가 잦아든다. 지독한 정적이 흐른다. 그리고 마침내 나는 깨닫는다.

내가 본 건 사람의 얼굴이 아니다. 일그러진 눈과 비틀어진 코, 웃고 있는 입. 어둠에 잠겨 있는 반쪽의 얼굴. 그러니까 그것은, 귀다. 거기에는 검은색 피를 흘리고 있는 귀가 있다. 나는 그 귀를 뚫어져라 바라본다. 그것은 두툼하게 늘어져 있는 상처입은 귀다. 나는 신음을 내뱉지만 내 소리는 그자에게 가 닿지 않는다. 귀가 다시 일어나 달리기 시작한다. 그 귀는 내 안에 들어와 부풀어오른다. 귀가 그리던 선과 명암이 눈이 되고 코와 입이 되어 자란다. 자란 귀가 하나의 얼굴이 되고, 인격이 되어 내 비명을 집어삼킨다. 그것이 사람을 죽인 후, 한도 끝도 없이 커진다. 나는 겁에 질려서 그것을 물끄러미 바라보고 있다. 내내 바라보고 있다. 그러나 그것은 귀다. 귀일 뿐이다.

황망함에 휩싸여 몸을 일으키자 오기가 평원 저편에 서 있다. 나는 오기를 본다. 그도 나를 본다. 그가 어떤 표정을 하고 있는지는 모른다. 나는 그에게 외친다.

"오기, 사실을 알았어! 내가 네 형을 죽인 살인마를 봤어. 이리 와!"

하지만 그는 오지 않는다. 12살 여름, 오기는 자신이 범인을 잡을 수 있는 미끼가 되어야 한다고 생각했으니까. 홀로 분노에 차 훌쩍이면서, 차들이 보일 때마다 손가락을 들어올렸으니까. 그러다 차에 치였고, 날아올랐고, 죽어버렸으니까. 자신을 친 차가 달아나는 줄도 모르고. 아니, 그것을 알았을 수도 있다. 차가 달아나는 것을 알았지만 다만 움직일 수 없었던 것뿐인지도 모른다.

오기가 평원에 서 있다. 얼굴이 보이지 않지만 나는 그가 슬퍼한다고 느낀다. 어떻게 할 수가 없어서 몸을 꼿꼿이 하는 일에만 최선을 다하고 있다고 느낀다. 나도 그러니까. 평원에서 하나가 무너지면 다른 하나가 홀로 서 있어야 한다. 그건 너무 무서운 일이다. 이편을 응시하던 오기가 몸을 돌린다. 그가 반대편 어둠을 향해 걷는다. 나는 멈춰 서 있다. 이제 그를 잡을 수 없다는 사실을 안다. 시작된 줄도 몰랐던 내 마음은 그 대상을 잃고 방향을 잃고 비틀거리다 말한다. 내가 죽은 사람을 좋아했다고. 오기가 사라지는 검은 평원을 응시하다 눈을 뜬다.

고모부의 머리뼈가 허옇게 드러났다. 피칠갑을 한 살인마는 송유관을 향해 그것을 망치처럼 휘두르고 있었다. 나는 포복자세로 주유소 부자가 걸어나왔던 곳, 반대편 출구를 향해 기어가기 시작했다. 1미터 앞의 커브 길로 접어들면 살인마의 시야에서 벗어날 수 있을 터였다. 머지않은 곳에 출구가 있었다. 조용히 오른팔을 뻗고 있을 때였다. 깡깡 소리가 멈췄다. 고개를 들자 살인마와 눈이 마주쳤다. 그가 물었다.

"어디 가?"

나는 일어나 달렸다. 커브를 돌자 일자로 뻗은 땅굴이 보였다. 그 끝에 지상으로 향하는 사다리가 있었다. 그것을 향해 달렸다. 살인마가 절뚝이며 나를 쫓아오고 있었다. 휘청이며 사다리에 도달한 나는 그것을 오르기 시작했다. 이가 부서지도록 어깨를 튕겼지만 다친 팔 때문에 속도가 나지 않았다. 얼마쯤 올랐을까. 발밑에서 씩씩거리는 소리가 들렸다. 당황한 나머지 발이 자꾸만 사다리에서 미끄러졌다. 팔 힘이 급격하게 빠지고 있었다. 아래를 보지 않으려고 노력하며 다음 칸으로 손을 뻗고 있을 때였다.

목에 급작스러운 무게가 실렸다. 고개가 뒤로 꺾였다. 뻗은 손으로 황급히 사다리를 잡았다. 발밑의 노인이, 내 목에 걸린 노끈을 잡아당기고 있었다. 컥컥거리며 고개를 바로하려 했지만 머리를 가눌 수 없었다. 사다리를 잡은 팔이 덜덜 떨렸다. 나는 노인으로부터 벗어나기 위해 왼발을 마구 휘둘렀다. 발이 허공을 차고 있었다. 그때 사다리 막대를 잡고 있던 오른손이 옆으로 미끄러졌다. 손바닥이 막대 왼쪽 끝으로 가 걸렸다. 사다리에 걸린 건 오른팔과 오른발 뿐. 몸이 균형을 잃고 빙글 왼쪽 아래를 향해 돌았다. 몸이 뒤집히며 아래 상황이 눈에 들어왔다. 한 팔에 노끈을 감은 노인이, 내 오른다리를 물기 위해 피범벅이 된 입을 벌리고 있었다. 나는 허공에 떠 있던 왼발을 당겼다. 젖혀진 노인의 턱을 향해 그것을 찼다. 발끝에 강한 타격감이 느껴졌다. 공격은 과녁을 명확히 해야 한다는 사실을 알았다. 관리인이 사다리와 노끈을 놓친 채 아래로 떨어져내렸다.

사다리를 다 올랐지만 밖으로 향하는 통로는 굳게 닫혀 있었다. 기름 호스가 끼워진 맨홀 뚜껑이 입구를 틀어막고 있었다. 나는 다친 왼팔을 사다리 안쪽에 걸어 넣은 채 성한 팔로 뚜껑을 밀기 시작했다. 그러나 뚜껑은 꿈쩍도 하지 않았다. 아무리 밀어도 역부족이었다. 아래로부터 이상한 냄새가 났다. 구역질이 치미는 것을 느꼈다. 이를 나쁜 예감 정도로 치부하고 싶었지만 그럴 수 없었다. 송유관을 먹다만 빵처럼 헤집어놓은 탓에 터널 안은 유증기와 기름으로 난장판이 되어 있었다. 게다가 터널 안에는 깨진 백열전구와 난사된 총알까지 불씨가 될 만한 것들은 차고 넘쳤다. 불이 시작됐다면 그것은 단순한 화재로 끝나지 않을 터였다. 나는 주먹으로 철판을 두드렸다. 소용이 없었다. 머리를 주철 뚜껑에 붙인 후 그것을 오른팔과 함께 들어올리기 시작했다. 그것이 조금 들썩였다. 목뼈가 부러질 것 같았다. 나는 '으아아아' 소리를 지르며 벽에 머리를 박던 힘으로 뚜껑을 밀었다. 마침내 뚜껑이 들렸다. 나는 손을 뻗어 지상의 흙을 움켜잡았다. 엎어진 채로 오른 손을 흙에 박고 왼쪽 어깨를 튕기며 밖으로 밖으로 기어나왔다.

눈앞에는 광활한 평원이 펼쳐져 있었다. 나는 허겁지겁 숨을 들이켰다. 서늘한 공기가 몸 안으로 들어왔다. 울고 싶을 정도로 그것이 달고 시원했다. 고개를 돌리자 6차선 고속도로가 보였다. 가드레일 옆, 도로 밖으로는 흰 덤프트럭이 일렬로 세워져 있었다.

나는 그곳으로 다가가 차문을 열었다. 차 안은 비어 있었다. 나는 목에 걸린 노끈을 풀며 트럭에 올라탔다. 창문을 연 후 한 차례 심호흡을 했다. 키 박스에 꽂힌 열쇠를 비틀어 시동을 걸었다. 잠시 후 시동이 걸렸다.

왼편의 고속도로로부터 최대한 멀어질 생각이었다. 오른편에 있는 평원으로 들어가야 한다. 나는 차에 후진기어를 넣고 액셀을 밟았다. 핸들을 오른쪽으로 돌렸다. 차의 엉덩이가 가드레일을 들이받으며 왼편 고속도로를 침범해 들어갔다. 망할 또 핸들 방향을 헷갈린 것이다. 욕설을 중얼거리며 다시 핸들을 돌렸다. 침착하자. 어찌됐든 평원으로만 가면 그만이다.

그때 차 등에 매달린 기름 호스가 눈에 들어왔다. 송유관과 이어진 호스였다. 이건 불쇼를 하겠다고 입에 기름을 처넣고 있는 꼴이었다. 곧 폭발이 일어날 것이다. 손이 덜덜 떨리는 것을 느꼈다. 침착해. 빌어먹을, 기회가 다시 오지 않을 텐데 어떻게 침착할 수 있겠어. 여기서 살아나간다면 면허를 꼭 따야겠다고 생각하며, 차를 움직였다. 트레일러의 머리와 몸통을 정렬해 차가 평원으로 갈 수 있도록 방향을 잡았다. 나는 평원을 한 차례 바라본 후 액셀을 끝까지 밟았다. 차에 속력이 붙자 입구에 걸려 덜커덩거리던 호스가 뽑혀나갔다. 한숨을 쉬며 사이드미러로 시선을 돌렸을 때였다.

검붉은 손이 불쑥 운전석으로 들어왔다. 피와 기름 냄새가 끼쳤다. 노인은 트레일러 옆면 사다리에 몸을 건 채 차창으로 한 팔을 밀어넣고 있었다. 그의 손이 내 목을 움켜잡았다. 나는 운전대를 놓은 채 노인의 얼굴을 쳤다. 노인은 꿈쩍도 하지 않았다. 그가 말했다.

"차를 돌려. 내 말을 봐야지."

트럭은 운전대의 지시 없이 최고 속도로 달렸다. 노인은 차 안으로 얼굴을 밀어넣으며 내 목을 졸랐다. 숨이 막혔다. 고개를 흔들었지만 그 손아귀에서 벗어날 수 있을 것 같지 않았다. 그때였다. 허우적대며 의자를 긁던 오른손에 무언가가 걸렸다. 좀 전에 풀어둔 노끈이었다. 그것을 움켜잡았다.

"차를 돌려!"

거대한 폭발음이 들렸다. 노인이 송유관 쪽으로 고개를 틀었다. 그가 '사불!' 하고 외쳤다. 그 순간 나는 노끈을 던졌다. 노인의 목에 그것을 걸었다. 그리고 한 팔로 노끈을 당겼다. 노인은 비명을 지르며 내 목을 잡았던 손을 놓았다. 나는 그것이 고통 때문이라고 생각했다. 그러나 오산이었다. 노인이 오른손을 뻗어 운전대를 움켜잡은 것이다. 그는 운전대를 끝까지 돌렸다. 왔던 곳으로 되돌아가려는 심산이었다. 불구덩이로 가려 하고 있었다. 나는 발을 더듬어 브레이크를 찾았지만 그것은 잡히지 않았다. 노인의 거친 회전에 트러일러는 전복될 듯 덜컹거렸다. 몇 번의 시도 끝에 노인이 차를 돌리는 데 성공했다.

눈앞에 어둠보다 짙은 연기를 내뿜고 있는 불기둥이 보였다. 30미터가량 솟아올랐던 불길이 고속도로를 따라 길게 번지며 장벽을 만들고 있었다. 우리는 그것을 향해 달려가고 있었다. 노인이 웃음을 터뜨렸다. 나는 왼손을 뻗어 개폐기 버튼이 있는 차문을 더듬었다. 고통 때문에 왼손이 버튼에 도달하지 못한 채 그 주변을 더듬기만 했다. 또 한 번의 폭발이 있었다. 불이 솟았다. 왼손에 개폐기 버튼이 잡혔다. 그것을 모두 눌렀다. 노인이 당황한 얼굴로 나를 바라보았다. 창문이 올라가고 있었다. 노인이 창에서 목을 빼고자 했다. 그러나 나는 노끈을 잡은 오른손에 체중을 실어 매달렸다. 잘 움직이지 않는 왼팔도 줄에 감았다. 노인이 창문 밖으로 목을 빼려하면 할수록 그의 얼굴은 더 심한 보랏빛이 되어갔다. 나는 그의 얼굴에 일어난 혈관들과 그것이 불꽃 모양을 그리며 터지는 것을 바라보았다. 노인은 올라가는 창문을 두드려 부수려 했지만 역부족이었다. 창문은 계속 올라갔다. 노인의 목이 창문에 걸렸다. 그의 고개가 창문에 눌려 젖혀졌다. 나는 비스듬히 나를 향해 있는 그의 옆얼굴을 바라보았다. 노인이 비명을 지르며 창문을 두드리고 있었다. 나는 그의 얼굴을 바라보았다. 9년 전, 내가 보았던 얼굴이 거기에 있었다. 주름이 져 조금 더 늙고, 조금 더 심술궂으며, 조금 더 침울하고, 조금 더 고통에 취약해진 듯한 귀가 그곳에 있었다. 창문에 살이 눌리고 뼈가 부러지는 소리가 났다. 그리고 노인의 퍼덕임이 멈췄다.

불길은 연료가 다 타고난 후에야 멈출 것이다. 불 앞에서는 땅굴과 고속도로, 널브러진 시체들 모두 땔감에 지나지 않았다. 나는 핸들을 잡아 불 장벽을 향해 돌진하는 차를 돌렸다.

위도, 길고 큰 하품

 차가 폭발지점을 향해 내달리고 있었다. 내가 그렇게 되도록 운전대를 돌렸기 때문이다. 솟아오른 불기둥은 얼굴을 바꿀 수 있는 짐승처럼 일렁인다. 그것은 내가 그간 보아온 어떤 불길보다도 거대하고 아름다우며 악독했다. 나는 그것이 사불이 일으킨 불길이라는 사실을 알고 있었다. 나는 그 불길을 향해 몸을 집어넣고 싶었다.
 나는 사불이 무엇인지 모른다. 그가 어째서 내게 왔는지도 모른다. 나는 압도적인 그의 힘 앞에서 생각하기를 포기했다. 사불이라는 존재 자체가 매혹적이고 현기증 나는 거대한 구멍 같았다. 그러나 사불이 사라지고 난 후에도 구멍은 사라지지 않았다. 사불이 떠난 후 그 현기증 나고 매혹적이던 구멍은, 깊고 어둡기만 한 그냥 구멍이 되었다. 그것은 사람들이 빠져 죽은, 폐쇄해야 할 어둠이었다. 냄새나는 어둠이었다. 부패하는 어둠이었다. 우스운 사실이지만 나는 그 아래로 내려가본 일이 없었다. 나 역시도 그 구멍이 두려웠기 때문이다. 그곳으로 내려가 구멍의 실체를 본다면, 사불이 돌아오지 못하게 될까봐, 내가 더 이상 사불을 원하지 않게 될까봐, 그곳에서 돌아오지 못할까봐 두려웠다. 나는 평생을 그 언저리만을 맴돌고 있었다. 그러나 사람들은 내가 그 구멍 자체라고 말한다. 나를 해명할 수 없는 구덩이라고 말한다. 틀린 말이다.

  나는 이제 사불을 만나러 간다. 구멍을 그의 불로 메울 것이다. 그 안에 무엇이 있든 불로 지져 없앨 것이다. 사불은 내가 느끼는 두려움이 얼마나 무의미한지, 우리가 얼마나 당연한 존재들인지, 구멍에서 올라오는 악취와 부패한 죽음들이 도리어 우리를 얼마나 강하게 만들어주는지 증명할 것이다. 그럼 나는 엎드린 몸을 곧추세워 다시 한번 그와 달려볼 생각이었다. 노끈이 목을 옭아매고, 차창이 나를 압박하기 위해 다가오고 있지만 더 이상은 두렵지 않았다. 나는 창문을 두드리며 불길을 향해 달려나갔다. 황홀했다. 이 모든 것은 내가 바라던 바였다.

  그리고 보았다. 불구덩이 사이로 걸어나온 말 한 마리를. 나는 넋을 잃은 채 바라보았다. 녀석은 밀크초콜릿 빛을 한 아름다운 갈색 말이었다. 녀석의 콧등에는 별모양의 흰 털이 나 있었다. 그의 얼굴에 떠 있는 별을 따라 그의 곧게 뻗은 몸뚱이를 바라보았다. 거리가 있어서 확신할 수는 없었지만, 아니다. 거리가 있다고 해서 내가 사불을 알아보지 못할 리 없었다. 그것은 틀림없이 사불이었다. 타오르는 불길은 녀석의 후광, 밤보다 짙은 연기는 녀석의 숨결. 불기둥을 등지고 선 사불은 우아하게 대가리를 숙인 채 바닥에 놓인 무언가를 뜯어먹고 있었다. 그것은 꼭 시체처럼 보였다. 늙어빠진 영감의 시체처럼 보였다. 사불이 그것의 대가리와 팔, 코와 가슴, 턱과 가랑이, 목과 발목을 크고 단단한 이로 뜯어먹고 있었다. 그래, 너는 계속 그 일을 하고 있었구나. 내가 없이도 그 일을 하고 있었구나. 조금은 기분이 상했지만 나는 그를 부르고자 했다. 사불, 사불! 그러나 사불은 대가리를 숙인 채 계속해서 시체를 뜯어먹고 있었다. 결코 성취할 수도 없고 끝낼 수도 없는 삶과 죽음의 찰나들을 뜯어먹고 있었다. 그러다 그는 이편을 향해 고개를 들었다.

　사불이 나를 바라보았다. 그러고는 고개를 쳐들어 울기 시작했다. 그의 울음이 순간 평원을 덮었다. 걷잡을 수 없는 슬픔이 밀려왔다. 그것은 곧 사라질 감정이었다. 나는 죽어가던 사람들을 떠올렸다. 누군가는 맥없이 흐느꼈다. 누군가는 손톱을 물어뜯었고, 누군가는 체념한 듯 한숨을 내쉬었으며, 누군가는 '죽어버려라' 하고 악담을 퍼부었고, 누군가는 허기진 얼굴로 마을 쪽을 멍하니 바라보았다. 살기 위해 악착같이 비명을 질러대는 사람도 있었다. 나는 그들을 비웃었다. 내가 죽을 때가 되면 그런 식으로 죽음을 낭비하지 않고, 그것이 이루어지는 과정을 음미하겠다고 말이다. 그러나 나는 어리둥절함을 느낀다. 죽음이 어떻게 시작되고 어떻게 끝나는 것인지 이해가 되지 않는다. 왜 이루어지는 것인지 이해가 되지 않는다. 사불의 울음 소리가 한동안 계속되었다. 그 울음에 먹먹함과 슬픔을 느낀다. 목을 누른 차창은 거침이 없었다.

　사람들은 자연과 시간을 향해서는 어째서 살인마라 칭하지 않을까. 그들의 살인이 너무 당연하기 때문일까. 지나치게 은밀하게 이루어지기 때문일까. 조금 있으면 해가 뜰 것이다. 곧 검은 구멍 같은 아침이 올 것이다. 도로변에 뒹구는 빈병 같은 아침이 올 것이다. 해안가에 떠내려온 죽은 고래 떼 같은 아침이 올 것이다. 그 아침은 너무 길고 지루해서, 죽음에 이르지 못할 타격만을 내게 줄 것이다. 언제까지 그 짓을 계속해야 한단 말인가. 그 비참함을 언제까지 견뎌야 한단 말인가. 하지만 그 아침을 한 번쯤은 더 보고 싶다고 생각한다.

차는 불길을 향해 달리고 있었다. 불길은 내게 남아 있는 산소를 단호하게 빼앗아갈 것이다. 나는 기대하고 있었다. 그때 돌연 사불이 울음을 그치며 주변을 두리번거리기 시작했다. 평원에 코를 가져다댄 채 땅냄새를 맡았다. 그리고 대가리를 들어 평원 저편을 향해 귀를 세웠다. 귀가 몇 차례 움찔댔다. 코를 씰룩이고 있었다. 나는 그를 부르고자 했다. 사불, 사불! 솟아오른 유리창이 목구멍을 짓누르고 있었지만, 나는 그를 향해 웃었다. 사불, 사불! 사불은 나를 한 차례 보고는, 길고 큰 하품을 내뱉었다. 하늘을 향해 갈기를 털었다. 그는 불길을 등진 채 평원 저편으로 타박타박 걸어가기 시작했다.

나는 눈을 깜빡였다. 사불에게 가지 말라고 말하고 싶었으나 유리창이 울대를 짓눌러 소리가 나오지 않았다. 나는 계속해서 사불과 멀어지고 있었다. 멀어지고 있었다. 멀어지고 있었다. 사불이 사라지고 있었다. 멀리 사라지고 있었다.

너는 네가 미쳤다고 생각해?

세 시간을 달렸지만 다른 차들을 만나지는 못했다. 이런 운전 실력으로 고속도로를 달리는 건 자살 행위였다. 자살로 끝나면 다행이게, 다른 사람들에게는 재난 그 자체. 하지만 지각이 있는 자라면 덤프트럭 사다리에 묶인 시체를 보고 알아서 나를 피해갈 것이다. 오로지 그 사실에 기대를 걸고 있었다. 차가 커브를 돌 때마다 노인의 머리가 텅텅 차벽을 쳤다.

피곤했지만 잠이 오지는 않았다. 마을 범죄와 살인마에 대해 이야기하면, 사람들을 그걸 믿어줄까. 아마도 아닐 것이다. 게다가 도유 관계자들은 온 힘을 다해 내 말을 묵살하려들 것이다. 나는 신뢰할 수 있는 목격자가 아니니까. 고모부가 아버지를 시켜 나를 정신병원에 보낸 것은 탁월한 선택이었다. 9년 전, 내가 본 것이 살인마의 얼굴이 아니라 그의 귀였다고 증언을 정정한다 하더라도 그것은 큰 효력을 발휘하지 못할 것이다. 네가 본 게 살인마의 얼굴이 아니라 귀였다고? 귀? 귀 말이야? 그 번복은 어쩌면 사람들의 신뢰를 더 깎아먹는 행동이 될지도 모른다.

고속도로 한가운데 사람이 서 있는 게 보였다. 급브레이크를 밟았다. 차가 한 번에 서지 않아서 하마터면 사람을 칠 뻔했다. 차를 세운 나는 멍하니 도로에 선 자를 바라보았다. 오기였다. 그는 트럭으로 다가와 사다리에 묶인 시체를 응시한 후 조수석에 올랐다.

5년 만에 오기를 만나러 갔던 때, 그라면 나를 이해해줄 거라고 생각했다. 들은 이야기가 있었기 때문이다. 퀴즈쇼 날, 오기는 마을회관에 왔었다. 그는 태풍의 이름을 알려주지 않은 사람들을 향해 비겁자들이라 외쳤다고 했다. 모두 답을 알고 있지 않느냐고 말이다. 그 이야기를 전해들은 나는 땀을 흘리며 오기가 있는 평원으로 달렸다. 그에게라면 나조 씨 이야기를 할 수 있을 것 같았기 때문이다. 하지만 그 이야기를 누구에게 들었던가. 오기가 마을회관에 왔었다는 말을 대체 누구에게 들은 건가. 그날 회관에 있었다는 사람은 아버지 외에 단 한 사람도 만난 적이 없는데, 누가 내게 오기 이야기를 해주었나. 아무리 거슬러올라가도 그자가 생각나지 않았다. 나는 오기를 바라보며 물었다.

"퀴즈쇼 날 왜 마을회관에 갔었어?"

"그냥. 가슴이 답답했어. 네가 상금을 타서 마을을 나가는 모습을 보고 싶었어."

오기의 대답에 나는 웃었다. 그것이 내가 너무도 듣고 싶었던 말이라는 사실에, 그토록 자기중심적인 환상을 만들어낸 나에게, 그

환상을 유지하기 위한 거칠고도 정교한 작업들에 대해, 하필 그 대상이 오기였다는 사실에 쓰게 웃었다. 오기는 내 웃음에 화가 난 듯 굳은 얼굴로 검은 도로를 바라보았다. 그러다 돌연 물었다.

"너는 네가 미쳤다고 생각해?"

나는 도로를 응시했다. 오기가 고개를 돌려 나를 바라보았다. 그 시선을 무시하려 했지만 좀처럼 무시할 수가 없었다. 왜냐하면 오기가, 풀지 못하고 있는 문제의 답을 알려주기 위해 내게 왔기 때문이다. 우리 사이에는 무언가가 있었다. 명명할 수 없지만 고통스럽고 저릿저릿한 무언가가 흐르고 있었다. 그가 다시 물었다.

"너는 네가 미쳤다고 생각해?"

"……나는 미치지 않았어."

내 대답에 안심한 듯 오기가 시선을 떨궜다. 너와 나는 어쩌면 재난 그 자체. 똥더미를 향해 가는 수레바퀴. 그러나 마음만은 기가 막히게 잘 맞지. 나는 너무 지쳐서 쉬어버린 목소리로 말했다.

"눈 좀 붙여둬. 먼 길을 가야 하니까. 아주 큰 도시로 갈 거야. 사람들이 우리를 볼 수 있는 곳으로 가서 그곳에 살인마를 던질 거야."

오기가 고개를 끄덕였다. 차를 출발시켰다. 해가 뜨고 있었다. 노란색과 주황색 어딘가를 헤매고 있는 어렴풋한 띠들이 청색 하늘에 어렸다. 나조 씨가 없는 하루가 다시 시작되고 있었다. 나는 그녀가 보고 싶었다. 나조 씨에게 살인마의 얼굴을 보여주고 싶었다. '제가 살인마를 잡았어요' 하고 말하고 싶었다. 살인마 따위는 제쳐두고 우리가 할 수 있는 가장 사사로운 이야기를 하고 싶었다.

팬티 사이즈가 뭐예요, 나조 씨. 이번 생일에 팬티 좀 사드릴게요. 됐다, 됐어. 이게 이렇게 엉망으로 늘어났잖아요. 팬티가 다 뭐냐, 먹을 거나 사줘라. 팬티 사이즈 늘리는 소리 좀 그만하시라고요. 시끄럽다, 너 그만 집에 가줄래. 가진 않을 거고 화장실이나 다녀올게요. 그리고 당연히 나조 씨가 그 자리에 있을 거라고 생각하면서 방문을 열어젖히고 싶었다. 고고 밴나가 무슨 뜻이냐고 직접 묻고 싶었다. 그녀라면 피하지 않고 내게 사실을 말해줬을 것이다.

귓가에 '고고 밴나'라고 말하는 나조 씨의 목소리가 다시 어린다. 풀리지 않은 문제는 계속해서 곁에 머문다. 나는 그것을 도저히 치워버릴 수가 없다. 고고 밴나. 고고 밴나. 나는 잠들지 않기 위해 그 말을 중얼거리며 달린다. ■

작가의 말

아홉 살에서 열 살 무렵, 외할머니가 집에 머물 때면 나는 간간이 할머니를 때렸다. 할머니가 너무 아들만 사랑하는 사람이라서, 내 어머니가 상처받을 일이 많았기 때문이다. 그런 일이 있을 때마다 어머니는 침대에 누워 접은 한 팔을 눈가에 얹은 채 낮은 숨을 내쉬곤 했다. 나는 방 문틈 사이로 그 모습을 지켜보다가 어머니가 외출을 하는 때가 오면, 할머니에게로 갔다. 그리고 선빵을 날렸다. 양 주먹에 와 닿는 할머니의 몸은 크고 물렁했다. 할머니네 집으로 가라거나 외삼촌이랑 살라는 잔인한 말을 하기도 했다. 그러면 처음에는 당황하던 할머니도 계속되는 공격에 화를 참지 못하고 나를 때렸다. 나는 아이 치고 덩치가 좋았고 할머니보다 스피드가 있었다. 할머니에게는 농사로 다져온 근력이 있었다. 우리는 그다지 서로의 사정을 봐주지 않았다. 싸움은 어머니가 돌아오거나, 방 열쇠를 확보한 누군가가 방 안으로 들어가 방문을 걸어 잠가야만 끝이 났다. 싸움이 끝나고 나면 우리는 각자의 방에서 울었다. 어떻게 알았느냐고? 언젠가 할머니의 울음 소리를 들은 일이 있었다. 하지만 어머니에게 그 싸움을 이야기한 적은 없다. 둘 다 그랬다.

그때 내가 무슨 생각을 했는지는 잘 모르겠다. 할머니로부터 어머니를 지키고 싶었던 것 같기도 하고, 왜 할머니는 엄마를 사랑하지 않는 거냐며 바닥을 내리쳤던 것 같기도 하다. 분명한 건 내가 어머니를 사랑하고, 그 사실을 입증하고 싶어 했다는 점이다. 사랑을 입증하는 가장 쉬운 방법은 차별이었고. 그것은 할머니의 방식과 다르지 않았다.

애정을 표현하는 내 방식이 그때와 크게 달라진 것 같지 않다. 나아진 것 같지도 않다. 그래서 '작가의 말'을 쓰기 어려웠다. 소설을 쓰는 동안 이 세계에 정이 붙었다. 아직 빠져나오지 못했다. 늦은 새벽이면 가끔 '주인공들에게 그런 운명을 줘놓고 네가 속 편히 살 수 있을 거라고 생각해?' 하고 스스로에게 물었다. 잠들 수가 없었다. 그래서 내가 이 이야기를 좋아하고 있구나, 막연히 생각했다. 그런 상황에서 애정을 표현해야 하는 지면을 받자 겁을 먹었다. 내 애정이 이 이야기를 규정지어서 이것이 나아가는 걸 가로막는 건 아닐까, 독자들의 자유를 해하지 않을까, 걱정이 됐다. 심지어 나는 차별받는데 지친 사람들의 마음에서 이 이야기를 시작하지 않았나.

〈타오르는 마음〉은 2년 남짓의 수정 과정을 거쳤다. 그 과정에서 교보문고를 거쳐 은행나무 출판사를 만났고, 뼈대가 새로 만들어졌으며, 많은 에피소드들이 삭제되거나 생겨났다. 제목과 표지를 정하는 문제에 있어서도 수많은 대화가 오갔다. (그 과정은 아직 끝나지 않아서, 지금도 담당 편집자와 출판사 직원들이 고생을 하고 계시다.)

소설 속 인물들 역시 많은 변화를 거쳤다. 새로 등장한 인물이 있는가 하면 사라진 인물들도 있다. 팬클럽 운영진과 밴나의 아버지, 덩치, 전부인과 용의자의 집 남매가 새로 나타난 인물들이다. 밴나의 어머니와 친구, 나조 씨를 스토킹하던 범죄자는 존재했으나 사라진 경우다.

운명의 변화를 맞은 인물들도 있다. 가장 크게는 밴나와 오기가 그렇다.

위도의 경우는 처음부터 지금까지 가장 변화가 적었던 캐릭터다. 사불 역시 그렇다.

수정 과정에서 이야기의 분량이 원고지 1448매에서 1666매로 늘어났으며, 다시 1379매로 줄어드는 과정을 거쳤다. 분량이 늘어날 때는 상당히 괴로웠고, 원고를 잘라낼 때에는 박물관을 무너뜨리던 때와 같은 시원함을 느꼈다. 말이 과하게 많아질 때 자신이 어떤 상태인지, 재고해볼 필요가 있는 것 같다. 내 경우는 그렇다.

가장 마음에 남는 수정은, 마지막에 있던 나조 씨의 독백을 삭제한 일이다. 그것은 내가 이 소설에서 제일 좋아한 부분이었으나, 편집자의 조언에 따라 없애는 편을 택했다. 지금은 없앤 편이 훨씬 좋다고 생각한다.

비말의 평원은, 내 꿈에서 시작되었다. 평원에 홀로 서 있는 꿈을 종종 꿨다. 그곳에 서 있을 때면 나는 늘 겁에 질렸다.

소설을 쓸 때 독자를 자신으로 상정하는 작가가 있는가 하면, 그렇지 않은 작가도 있고 그 경우가 다양한 것 같다. 내 경우는 처음에는 주로 나만을 위한 이야기에서 시작했다가 소설을 쓰는 과정에서 몸이 세상을 향해 조금씩 열리는 것을 느낀다. 나중에는 내가 보이지 않는 독자를 향해 손을 뻗고 아우성 치고 있다고 느낀다. 그것은 조금 불편하고 괴로운 감각이다.

듣기 부담스러울 말을 하나 덧붙이자면 집필 과정에서 나는, 내가 누군가에게 줄 수 있는 좋은 것이 있다면 전부 주겠다고 생각했다. 이야기의 힘을 믿지 않고 말의 힘을 부정하던 순간들이 있었음에도 그 마음만큼은 간절했던 걸로 기억한다. 이런 마음을 품을 수 있게 해준 독자들께 감사하다.

궁금해할까봐 덧붙이자면, 할머니는 내가 대학생 때 돌아가셨다. 할머니와 나 사이에는 무수한 시간이 있었지만 용서를 구하거나, 서로를 용서하는 일은 일어나지는 않았다. 나는 그녀가 죽음으로써 우리 사이의 어떤 길이 영원히 막혀버렸다고 느낀다.

할머니의 장례식에서 돌아온 밤, 나는 태어나서 처음으로 귀신을 보았다. 잠을 자다 깼는데 침대 머리맡에 머리 긴 젊은 여자가 앉아 있었다. 그녀는 내 할머니를 닮지도 않았고, 내가 아는 어떤 사람과도 비슷하지 않았다. 처음 보는 낯선 얼굴이었다. 그녀는 조금 슬퍼하는 듯한 표정으로 나를 응시하다 손을 뻗어 내 볼을 한 차례 쓰다듬었다. 그런 후 내가 덮고 있는 이불 안으로 들어와 나와 나란히 누웠다. 나는 무서웠지만 너무 피곤해서 그냥 다시 잠이 들었다.

  나도 양심이 있다. 할머니와 화해하지 못했으므로 이 일에 어떤 의미를 부여하지는 않는다. 그러나 나는 할머니를 떠올릴 때면 내 볼을 쓰다듬고 내 옆에 누웠던 귀신을 함께 떠올린다. 그러면 할머니의 죽음은 내가 이해하지 못했으며 여전히 이해하지 못하고 있는 불가해한 것이 된다. 그럼 나는 다시 할머니를 생각한다. 우둔하지만 그렇다.

2020년 여름
이두온

타오르는 마음

1판 1쇄 발행 2020년 7월 2일
1판 4쇄 발행 2021년 1월 18일
개정판 1쇄 발행 2025년 11월 5일

지은이 · 이두온
펴낸이 · 주연선

(주)은행나무
04035 서울특별시 마포구 양화로11길 54
전화 · 02)3143-0651~3 | 팩스 · 02)3143-0654
신고번호 · 제 1997—000168호(1997. 12. 12)
www.ehbook.co.kr
ehbook@ehbook.co.kr

ISBN 979-11-6737-597-1 03810

• 이 책의 판권은 지은이와 은행나무에 있습니다. 이 책 내용의 일부 또는 전부를 재사용하려면 반드시 양측의 서면 동의를 받아야 합니다.

• 잘못된 책은 구입처에서 바꿔드립니다.